你说的天堂
一片 荒凉

子日山
作品

paradise

作家出版社

目 录

1. 现实和天堂是两种力量

真的，其实从开始一直到最后，你始终可以这么认为，是你打开了这个世界，是你投入其中，是你选择了你，是你最后关闭了这个世界。

扁奇一直厌倦生活，厌倦世界，厌倦自己，甚至厌倦父母，如果前三种厌倦尚在可以理解的范围内，那厌倦父母则远远是越界了，这一切源于一种认识和现状，在他看来，爸爸妈妈只能生产出智力平庸和长相平俗这类特点的孩子，只能提供简单粗暴的教育，而这个社会呢，无论那教科书无论那讲堂上无论那电视里，是怎样道貌岸然引经据典吹拉弹唱，都掩盖不了他每日环境里的冷漠、势利和妒忌，他就是这样平庸平俗，他就要面对这样的环境。

那他还能怎样，换一个他，换无数个他，在这种模具里，也是这种状况，既然是失望，但溢满心头的竟然是厌倦，无论这种认识是自觉的还是被动的。

既然智力平庸，扁奇的学习成绩就不会很好，他很努力，但到了高二以后，努力已经远远不够了，家长会时，班主任淡漠而直截了当地告诉他爸爸：高中毕业没有问题，大学基本没戏。

那是个夏夜，天空像被戳破无数个孔洞，细碎的光透露进来，大地并没有浮现丝毫凹凸，还是无边无际的黑暗。

班主任四十二岁，孩子还很小，老婆是校工，每天收发室闲着，但不能迟到早退。两口子收入普通，单位的房子，不用交房租，一天三顿饭，一周吃一次肉，四季每人四套衣服，正常轮替着。周围每个家庭都这样，所以彼此间无须羡慕嫉妒，他和她的家庭生活可以算美满，美满的概念可宽可窄，不同的人理解不同。班主任教物理，每天都有课，两个班，八十多个学生，每天都要批改作业，即便是应付，也是需要时间和精力甚至记忆，每天就是各种细节的重复，每个晚上，他面前都是四堆新旧不一的作业本，要识别各种各样的笔迹，其实这就是工作，他已经习惯了，也就不是什么烦恼了。所以，当扁奇的父亲问到扁奇的情况时，班主任没有情绪，淡漠和直截了当都是最有效率和最省力的表达。

扁奇的爸爸很窝心，一直盼望孩子考上大学，有份好工作，生儿育女，发展发达，将来或许可以跟着沾点光，虽然这些年也知道他的学习与日俱下，好似彩票中签的概率下降一般，但总还是有些侥幸，班主任的结论犹如上帝的判决，爸爸很烦躁，他似乎突然间看到了末日。

被人贬低很令人沮丧，扁奇却是很不服气，但挫折太多了，这个挫折就跟其他的挫折一样，随着日子悠悠地流淌，也就溶解了消散了，或被别的情绪掩盖了。

扁奇还是发现了，后座的家伙背书还是很快的，对于他来说，也许需要十分钟时间才能记住那大段的文字，而他后座的家伙，也许只是三分钟，或许更短，那些函数题，优秀的同学可以如流水般解决，而对于他，时断时续，如同那卡住的录音带一样，即便是拍拍打打也是无济于事。

他不服气，就是不服气，这一切是如此不公平，世界将他平庸地塑造，却让他理想远大。

这种可悲就降临在他身上，怎么办？这是不公平的世界，扁奇就是这么想，他要讨还公平。

高三的生活被学习完全主导，天空是灰色的，树木花草都是灰色的，整个世界是灰色的。望着那喜欢的女孩的背影，这是扁奇生活的唯一欢乐，那种喜欢，是和胸部、屁股和曲线割裂开的，仅仅是脸庞的美丽、眼神的闪烁。他想得到她，至于什么才是得到她或者得到她会怎样，他都没想过，他能想到的是，她喜欢他吗？至少从这一点上看，他还算务实。

扁奇有几次站在郊外，望着那永远不变的山野，那耀眼夺目的太阳光芒，那奔来赶去的白云，他总是想象着落日赶往的大城市，那里一定有熙熙攘攘的人，有色彩斑斓的生活，他想自己一定要努力，自己一定要幸运，自己一定要离开这里，一定要到达那个胜境，还要带着那个女孩。

那个女孩，也是同学，当他第一次见到她时就爱上她了，她真是很漂亮。

那是个深秋的下午，阳光暖暖地涌进教室里，当班主任介绍新来的女同学时，金黄色的光芒、白皙肤色、羞涩的眼神和秀美的脸庞就永远地刻在他心上了，一切都静止了，包括微风吹拂着她的刘海，那发丝悬在空中凝固了，像冬天的枝杈，就是那一刹那，他觉得从她的眼里看到了自己的幸福自己的呼吸自己的颤抖，甚至闻到了空气的味道。他觉得一切开始有了意义，他想拉着那个女孩，一起奔跑在旷野上，给她描述在这无际的天和地中他会战胜多大的风雨和建起多么恢宏的事业。

可悲的是，他只是普通男孩，即便在班里几十个男孩中，他也毫不出色，更可悲的是他不这样认为。

不能用怯懦或害羞或明智来解释他没有表达自己的爱，他只是在想，至少要用学习成绩来拯救困境的自己，一定要考上大学，然后才是她，这个先后次序表明他还是有相当强大的自我控制力。

扁奇发奋读书，变换着各种学习方法，变换着各种折磨自己提高成绩的手段。

若这个世界存在上帝，上帝若在这个时候俯视这个高三群体，他会发现，在广袤的中国大地上，像野草一样密布的、呈现立体状平面状的学生们，都在各种努力着，虽然上帝宽爱无边、知晓万物，他又怎能认作扁奇更需要拯救。

多少次的模拟考试，扁奇只能是中等，机会渺茫，他觉得自己像一头鲁莽的公牛，毫无希望地冲撞眼前的楼房。

当正面厮杀或是决斗已无法取胜，智者就会选择迂回或是偷袭，表面上可以说是聪明智慧，实质上则是破坏规则。

扁奇仔细揣摩高考的流程和考试环节，他不断地打听，不断地询问，然后在脑子里反复演练，在最后几个月的模拟考试中，他也在试验着自己的办法，为此班主任已经正言告诉他：这种考试，这种时候，你还作弊，高考时候，你会被赶出去的。他一副懊悔神态，甚至眼圈里含着泪：我知道错了，现在每晚都睡不好，我一定改正，他故意语无伦次，在这些絮叨中，老师一不留神，也会被他搞得主次颠倒，忘记话题。这样几次后，他还是发现了规律，高考时，带书带纸条都不安全，考试途中传纸条也很愚蠢，这类性质恶劣明目张胆的作弊肯定会被格杀勿论，但临交卷前的几分钟内，监考老师疲惫，考生松闲有度，这时协同配合会大有不同，甚至交卷时候，拿别人卷子抄两笔，老师也顾不过来或者老师懒得多事，顶多怒喝几句，然后还有一些细节安排，一定要有预判。

这个世界上再无常的事件也是有规律的，有的事件发生的概率比较大有的比较小，聪明人所做的事情是分清楚大概率和小概率然后采用不同的对策。

无论如何，一切还是基于自己的成绩。高考，主要还是考自己的水平，在这种重大的考试中，作弊顶多能帮上百分之十，操作好百分之二十，但百分之五，对于他就已经够了。不管怎样，还是要发挥好自己，有时候作弊心理会严重影响水平，反而得不偿失，自己会做的一定不能错，容易的先做，需要时间思考的后做，似是而非的尝试做，很难的，坚决不做，那是留给顶尖大学的学霸们。

正是炎热的时候，高考来了，临出门时，扁奇不断鼓励自己，一定要发挥出色，他内心激昂但外表拖沓，甚至没洗脸，一副消沉神情，他还往脸上涂了点白面粉，以示苍白。走在街上，感觉周围一切都在给这大事件让路。

这世界折磨或诱惑芸芸众生有很多办法，我们常称之为意外，扁奇竟然被分到第一排，并且是最靠近监考老师的座位，这意味着他的最后几分钟理论完全失效，若发现他在眼皮底下越轨，监考老师会直接把卷子扯走。

有的人在意外中摔倒，有的人则借用意外获益。

这可坏了，扁奇心里盘算，他的心咚咚地跳，他反应很快，马上有了主意，扁奇随即做出一副颤巍的模样，附之以深深的咳嗽，向后面看了几眼，看准目标点，然后走到后排女同学的边上：

“请帮我好吗，我感冒了，怕风，咱俩换个座位，好吗？”

那女同学白了他一眼：“我也怕风，那么靠前，我不去。”

他似乎已有准备：“帮我一下吧，我妈给了我一百元，我送给你了，帮帮我好吗？”他言辞恳切，有泎徘徊。那时的一百，还是个大数字。

这时监考老师喊了一句：“干吗呢，回座位。”

女同学开始收拾，犹豫的慢，但毕竟是一个月的花销，她有点迟疑。

他接着说：“考完这门后我给你，钱在家呢。”

女同学“哦”了一声就走向前排。

监考老师看着女同学坐到第一排，就问道：“这是你的位置吗？”

女同学呆呆地望着老师又马上避开老师眼睛，

“嗯，不是，他说他感冒了，怕风，要换座。”

监考老师不假思索地说：“不能换位置。”说着大步流星地走向后排的他，“这是高考，不能你想换就换，马上回去。”

扁奇这时眼泪下来了：“我就说不想考了，我妈偏让我考，我病了，医生说我不能再被风吹着，我就只能换座了。”

然后他就开始咳嗽，接着竟然从口袋里拿出张纸：

“您看，这是病假条。多亏我带着了，我昨晚也没睡好，总是做梦，想去医院挂急诊，可能我得肺炎了。”

监考老师接过病假条，只瞄了瞄病假条的笺头，印刷的是医院门诊部，看着他的苍白和咳嗽，递还给他，

“别啰唆了，这么大的男人还哭哭啼啼，准备考试吧。”说完转身离去，走了几步，突然又转回头：

“你怎么带着纸进来的？”扁奇庆幸自己没有转换表情，他很从容。

“门口老师检查过了，病假条可以。”

监考老师似乎舒了一口气，走了。

扁奇知道这道坎过去了，马上整理心情，集中精力应付考试，前面的家伙成绩很好，要搞定他，他捅了捅他，小声说，

“哎，哥儿们，帮帮忙，别捂那么紧。”那同学并不理睬。

第一门考的是语文，他对语文比较有信心，无须偷看，第一门考完后，他就尾随那学霸出了门：“帮我一下，每门给你一百。”

学霸说：“这是高考，让监考抓到就惨了，不行。”

“你只要在最后几分钟，把考卷让我看到就行。”

这次考试扁奇一共花费七百元，他考得应当不错。这毕竟是笔不少的钱，当他开口向爸妈讨要时，他说道：“我若上大学，你们愿意花多少钱？”

他觉得无须隐瞒，该诚实的时候一定要过度诚实，这样就会获取超额信任。他接着将算计和运行过程全部托出，爸妈很惊讶，也不免担心和庆幸。但就是从此以后，对于家中大事，他们开始跟他商量了。

无论怎样，那女同学还是不好意思接他的钱，反复说算了吧，你毕竟是病了，我也应该这么做。他倒很坚决，反复几次，女同学收下了一百元。

学霸也毫不例外，再三说太多了，少点就行，他坚决依旧，学霸收下六百。

在他的理解范围内，答应的事情就应做到，尤其是涉及个人利益，何况，他已经赚到了大便宜。在他不理解的范围外，某种特质在

他身上发芽生长了，而这种特质很多人一生可能都无法触及，但他具备了，他注定会异乎寻常。

高考志愿表开始填写了，他只选取管理系，无论是重点或是普通院校，管理别人是人生的最高目标。他还记得高一时，看到妈妈在恳求单位领导的那一刻，那位领导毫不理睬，脸扭到一边，无论妈妈如何低三下四地恳求，他当时的念头就是过去狠狠地踢他一脚，他当然没冲动，但对领导的概念刻入脑海。

也许是心智尚未发育成熟，也许是过多的思虑，孱弱年轻的身体无法扛住这么重的算盘，扁奇病倒了，发烧，几乎持续一个月。

在高考分数颁布临近的日子里，每个人都是那么紧张，每一天都被赋予了独特的意义，天空、白云、月光、家、食物、朋友、愁容如同空气般包围着，对于扁奇而言，这些都是无知无觉，他的身体折磨他的感觉，他的感觉折磨他的意识。

他越来越不自信，梦中看见高考错题了、漏考了、被警察抓起了、被女同学揭发了、七门课全是零分，醒来后，就不断地安慰自己，庆幸是在梦里。但分数毕竟没有公布，他能有多大的自信安抚理智和疏导病痛的身体呢。

也不时有同学拘手缩脚地探望，也有父母不时地责怪式安慰，这一切都让意识不断地中断、延续、转移、分岔。

扁奇经常想起这初恋，因为是单相思，因为只有自己是主语，也许称作初爱更为恰当，他自嘲着。她在干吗呢？会今天下午就来找我吗？会见到我就说喜欢我吗？会跟我拉手吗？他就这样放任地想着，只要能转移病痛，只要能将无聊转移。

日子一天天在临近，还是太慢了，一切充斥着停滞和无聊。

这世界不断地让你失望，不断地让你出乎意料，但只有几件事或几件大事在你意料之中给你惊喜，也许就够了，他想，我预计自己一塌糊涂地失败，这是预料中吗，那高考给我个意想之外的成功吧。但我若预料自己辉煌地成功呢，那千万别给我意料之外。

每件事都按照自己时间自己的道理去展现、铺开、绵延。

高考成绩公布了，他不但过了录取线，甚至还过了重点线。

“啊！啊啊啊！”扁奇独自站在郊区的田野上大喊，太兴奋了，他似乎看到一个不一样的人生在脚下铺开了，正如这低垂的白云和太阳，在天空中涂抹着新的蔚蓝壮丽。

“这是一个什么样的世界呀，难道是自己可以控制的世界吗？”他似乎生出横行无忌的信心了。

他的举动如同突破了几代人的平庸，他通过作弊获得的超额分数，对于貌似公平的高考机制是个挑战，并且在没有代价或者代价很小的情况下，也对公共道德是个挑战。若这是个公平的世界，这一切会像云朵一样来去无踪吗？会有报应吗？他会如何？

也许报应就是：高考本身就是个笑话，他为未来所付出的所有学习努力就是浪费，所有的心思和投机都是自我毁灭。这或许才是真正让人不寒而栗的结果。

或许还可以这样说，有时与其有目的地奋斗，其实还不如漫无目的地彷徨。

武汉一所大学的管理学院录取了他，看到通知书那一霎，扁奇眼前的周围似乎消失了，代之以想象中的世界呈现，从那一刻起，他发现自己的一切有了意义，所有动作有了意义，他开始经常被自己感动了。扁奇有种冲动，他想象自己可以随时随地放松起来，让自己跳起来唱起来笑起来，就在大街上，自己不再压抑不再正经，把周围的万物包括人都看做石头树木死物一般，像那天天游荡在街上的精神病，或许那才是真正的自由。

那天一个绰号叫“禾几马户”的同学在街上看到他时，“怎么你了？考上大学了，就看不起人了？”

扁奇连忙说：“没有没有，我只是近视眼严重了，没看清楚呀。”

其实扁奇知道自己不会看不起人，自己是看不到人了，他的心已经被万物充满，像注满了水，他甚至看不见自己了，他似乎是万物的思想了。

在他的周围，熟悉的人都是抱着羡慕和嫉妒的心理面对这平庸的家庭，孩子考上大学是一种家长的巨大成功，这意味着家长会有命运变化的可能。本来周围的每个人都沉溺在眼前的世界了，也似乎看到了自己的归宿，而一个跳出自己归宿的人，那很自然会引致其他人情绪的波动。

如果你知道人间这种真相，还认为这世界上是充满善良和爱的，那你一定是一厢情愿的幼稚或者虚伪。反过来这真相也表明那周围的人跟扁奇一样，其实都在厌倦都想离开都想改变。每个人其实都因为这无处可逃而轻微地厌世。

那是几年前热映的《少林寺》，当年这位被称作“禾几马户”的同学迷恋和尚的英武，时时口称阿弥陀佛，后来被有才气的同学笑称“秃驴”，被更有才气的同学拆碎成“禾几马户”。这位禾几马户不无忧虑地看着他，“近视眼，哦，小四眼，那抓紧配眼镜呀，别装武林高手。”看着扁奇走远，禾几马户心里暗骂几句，继续闲逛着。

禾几马户没有考上大学，爸爸让他去建筑公司做工人，说是暂时过渡，将来学个技术活或者将来当个小领导。这种说法给他描画了一个可实现模型，爸妈自己也开始信以为真了。然后他们开始给他张罗老婆，对于禾几马户而言，和所有同学一样，多少年来一直学着古今中外英雄人物的事迹和一本正经的人文思想和各种缠绕头脑的数理逻辑，现在突然转换成低级的体力劳动，那怎能是一个对世界有所憧憬的年轻人所能忍受的？经历反抗、无奈、妥协、接受这些阶段后，不免产生了对可实现模型的依赖，也就是有新的目标了。禾几马户非常羡慕扁奇考上大学，并陷入深深的嫉妒中，但又能如何，只能连同伤心一起自生自灭了。

后来，禾几马户学了技术，自己开了家汽车修理店，娶了一个不施粉墨的老婆，有了一男一女两个孩子，白天睡到自然醒，晚上按时自然困；有客户上门，就忙一阵，钱自然不缺，绝对没有拖欠，中午啤酒肉串晚上白酒海鲜，往来各种旧相识，聊天吹牛互不亏欠，伺候得身体健康快活，虽没有别墅美女各种奢华高尚和威严，但有小家平静和周围的广阔田野和每天的夕阳西照。毫无疑问的是，他一定会坚决地捍卫爸妈这辈人的现实道德。

禾几马户若能够像上帝一样俯视这个扁奇和这之流的所谓才子佳人的未来，一定不会羡慕嫉妒。

有的时候，你是按照自己的喜好搭出了积木，在一些人的眼里是创意非凡，但在另外一些人的眼里是幼稚不堪。

那位女同学拿到了扁奇给的换座位的一百元钱，那种赚便宜的理解和兴奋是难以压抑的，当她通过嘴的述说得以发泄后，自然也传播出去，但就如同深海中浪花，自生自灭。

学霸似乎很镇定，他过去经常被人要求提供帮助，这次唯一不同的是收入丰厚，他明白这事自己也有过错，所以他能安抚自己，平淡待之。后来的发展正像自信的那般，他考进了复旦大学，他在大学里依旧很优秀，甚至还增加了刻苦的因素，据说曾经连续三个月不出校门，然后又考进上海交通大学的研究生，后来就留学美国，在美国娶妻生子，只是老婆不漂亮，孩子好几个，自己买了房子，开一个省油的日本牌子车，过着日出教书、日落思乡的日子，偶尔回国。但回来后，发现国内巨大发展，发现金钱美女权势艺术奢华泛滥，自己那些自信变成无边的感慨，再往后，他就很少跟同学接触了，他的科研项目很成功，行业内很有名气，但他还是开着那辆省油的日本车，老婆跟那些漂亮女人一样变老，然后一起丑陋。他有一句话堪称警句：生活不就是这样么，在平淡中你能挖掘到很深刻的快乐，那快乐可以深入到地下十八层。

“孩子，我们捡到人家丢失的钱包，若看到了失主，是要归还的。你这件事，我们也说不清楚，你真是不能糊涂呀，将来怎么样，你自己把握好吧。”妈妈和爸爸这样告诫着，这是在扁奇临去武汉前。

爸妈不也是希望他比其他人过得好吗，孩子自己找到了出路，无论是通过什么方法，爸妈所做的，就是保护。

彻底离开了，带着行李，带着无知，带着冲动，带着浪漫，带着野心，出发了，就像翻完了一本书，又打开了另一本书。扁奇暗下决心，要做一个新的自己，在这个新的起点上。

2. 人生还有一件事

武汉，夏日的裸露，街面的喧嚣，人流的穿梭，望不尽的广告牌，看不完的新奇古怪，扁奇眼花缭乱兴奋不已，他根本无法领悟到这一切其实完全可以简化为钱、性、自由，甚至进一步归结为欲望的澎湃。

若将这些立体的动态的故事碾轧成平面的静止的画面，就会发现，这眼前所有的一切都如同家乡小镇，很可怜，很可笑，很无聊。

在看不透的眼前，每一种色彩会将他的双眼蒙住，每一种混乱都会令他想象无边。

大学校园简直是野心培养基地，在那里，推崇成功，推崇特异，似乎每个人的嘴上都要挂着伟人、成就、事业、世界这四种词汇。他们不知道，这是需要你和你的周围共同配合和共同创造的，是需要你有很多死去活来的往返运气的，就在不远的大学时代之后，社会在张着血盆大口，每个人的野心要么无声熄灭要么鲜血淋漓。

学生寝室和其他类型的宿舍氛围差别很大，即便是各寝室也是不一样的，通常寝室中六七个人，这六七人就是个小集体，这上千个寝室就是上千个小集体，每个小集体都会形成各自独特的文化，有的寝室称兄道弟，有的寝室各行其是，有的寝室激情澎湃，有的寝室钩心斗角，有的寝室学无止境，有的寝室吃喝玩乐。当然这些都是在一定程度上的，毕竟还都是孩子还都是学生还都是在学校各种力量的挤压下，这就意味他们的千差万别是在限度内在被控制中，这些独特在远处观望，也只是平淡无痕，如同那群山峻岭，即便是千姿百态的外观，但仍旧是同样的岩石同样的土壤同样地顽固同样的冰冷同样地相互支撑和经受同样的风雨。

相比较男生寝室，女生寝室更是如此，她们细密的心思和各种不同的性格特点、家庭习惯、人情世故是可以媲美大自然的丰富，这是一种色彩斑斓的人工世界。

但大学生活又是每天重复的日子，对于年轻热血的学生们而言，这似乎又是一场望不到边际的生活，于是每个人都或多或少地暴露出自己的虚弱和无知，他们彼此在影响着冲击着学习着，推动着生活缓慢行进。

女学生大都来自城镇以上，农村学生较少，这就意味着她们大都没有住过校，也自然没有集体相处经验，这样一来，几乎每个人都需要适应。刚入校时，女生寝室夜半时分都是哭声一片，发自胸腔的哭泣被嘴唇紧紧闭合产生了气流，这是一种重低音，徘徊在花草丛林楼房之间，像烟雾一样久久不散。慢慢地随着周围的熟悉和心理的适应，女学生们像饥饿的动物般，不自觉地四处寻找寄托，寄托对象包括朋友、男朋友、信件、音乐、学习等，慢慢地从中建立快乐、勇敢和习惯。

新生第一次集中时，扁奇就瞄向那些女同学，其中有一个在周围异常突出，那是一种超脱式的美丽，这一种美丽冲进他的视野，有时候就这样，美不是你发现的，而是它告诉你的，直接让你目瞪口呆，直接在你心里重新建立标准甚至重新建立自己。扁奇就这样，望着那个女孩，微微地张开了嘴，眼睛不断地聚焦着，他已经彻底忘记曾经的初爱了。

那天在宿舍楼门口的宣传栏前围了很多人，是个通知，刚被贴上，学生会的通讯社新成立并招募。扁奇总喜欢一个人转悠，他临时起意，直接走进活动室填表报名，不大会儿，其中的一个教师模样的人看了看他和表格，“管理系的？哦，那你做社长吧。”

严格说，这位教师其实是教工，在校团委工作，是教师子弟，从幼儿园到高中一直围绕在大学内外，都说龙生龙凤生凤，但高级知识分子的父母交配出的他，却考不上大学，于是混迹于校工之列，他很老实也很犟还有某种自卑，这几十年来，在他的眼里，学校、教师、楼房、树木都在变老，但学生会的一茬茬所谓干部们之间的斗争却是分毫不减永远继承继续着，他既有对过去逝去的伤感也有对此时此刻的厌倦，当学生会的几位所谓干部们对通讯社社长的人选争来争去时，他就很倔强地自己做了选择。

这世界就这样，有人无辜地遭遇到了痛苦，有人无辜地碰到了幸福，这是人世间的概率，这就是运气。

这时候，世间的事情就是如此可笑，推门就能入室，但一定是第一个才可以，当有第二个进来时候，好运就不在了。当管理系陆续有一些同学加入通讯社时，也只能是个小兵了，这些小兵们懵懂地望着身为同学的扁奇时，这位通讯社社长，无论如何也无法想象这社长同学有何超人之处，只能按照经验中的常规概率逻辑去推断，但无法想象这种偶然的发生。你若从此下结论，这世界某些角落是骗局，那肯定也是正确的，当后来出现诸多事情，扁奇其实是深深地理解，有些事真是无关道德或修养或积累，就是简单的一个词：一个小失误或一个小运气，但就是发生了，发生在自己的身上，无论怎么不可思议。若就此认为这是美好前程发出的曙光，那就一定是幼稚可笑了，因为这也可能是大难前的暮色。这，真需要将来才知道，直到扁奇的终了才知道，人，面对未来，的确是太无知无力了。

但当时，对于扁奇来说，他像每个人一样，只能看到眼前、目前、现在、当今，其实即便是这些，也并不是那么清晰可见。

他那时归结为管理专业的优越和自己的某种魅力，他对眼前的世界进一步充满信心。

通讯社意味着有经费有名义，有一些手下。其实对于后者，只是在成立之初有几十号人聚集一堂，当然全是入校新生，都是像自己报名时的临时起意一样，是那些对文字有各种想象的新生蛋子们，随着时间流逝，几个月后，也只有所谓通讯社的几位干部参与了。至于经费，其实也只够支撑买书报买粉笔买各类文具和其他小费用了，虽然不多，但这就足够更新自己的文具了，小赚不是贪，自己学习所用难道不是为了通讯社发展吗？扁奇对这类事从开始就很明确就不纠结。

至于名义，走到哪里，亮个名头，也很唬人，让被采访者感受到所谓群众的关注，即便一向嬉笑放纵的家伙遇到所谓学生会通讯社记者的提问时，也会故作镇定左右搪塞。

那天上公共大课，在进进出出的学生中，那个美丽的女孩又出现了，那女孩神似他能熟悉的所有美丽，那些令他欣赏和倾慕的甚至想象之外的美丽都在她身上完美地集中完美地呈现，瘦瘦高高的体态，恬淡文静的神态，在那一瞬间，扁奇似乎完全理解纯洁和优雅的含义了，爱迅即点燃，冲动像只猛虎陪伴左右。

脑中就是一闪念，他马上拿起笔写在纸条上，

同学：

请你中午十二点半去校学生会。

校通讯社

然后让前排的同学将纸条递给她，只见她接过后低了下头，然后转过头迷茫地望了望后面，不得线索。

秋天的太阳有时还是很灼人的，新生的生活是在摸索和适应中的，每个人都假装是规范下的乖孩子，顺从权威，取悦周围。等到看清楚了周围搞清楚了现状，就像幼儿园的孩子，逐个从睡梦中醒来，开始尽情发挥自己。

随着新鲜感的消失，日常生活就开始无限重复起来，起床、洗涮、食堂、教室、食堂、午睡、教室、食堂、教室、洗涮、晚安，这些地点和动作占据了每天，也是占据了青春，当然也是规范了行为。当这些占据到一段时间后，就开始处处散发着单调无聊厌倦，像街道

上往来的冷漠的面孔一样，像天空中飘浮的无所事事的云朵一样。在这样地占据中，头脑也自然被那逻辑严密的各类科学理论清理得缺乏人性，激情也似乎分离分散若有若无。

其实每段时间里，就在同一个世界不同的人体验着不同的期盼，某婴儿望着奶瓶手舞足蹈，某学生在盼着下课铃声，某男孩在吻向女孩，某中年人在抱怨红绿灯的变换，某老年人在看着倒计时的手术时间。

十二点半，美丽女孩茫然地站在校学生会门口，扁奇故作严肃地走了过来。

"你是电子系的吧？"

"是啊！"

"请问你叫什么名字？"扁奇努力让自己变成心目中的成熟模样。

美丽女孩略略皱了一下眉，忽闪了一下眼睛，坦荡的神态：

"你有什么事吗？"

扁奇马上生成诚恳和友善的模样：

"哦，同学，你别误会，我是校通讯社社长，知道你文笔很好，请你加入到我们通讯社来。"

美丽女孩"哦"了一声，顺带着有点羞涩有点自豪的混杂表情，

"我叫雾絮。"

马上又转向疑问的神情，"你怎么知道我的文笔很好？"

扁奇似乎有些仓促，"哦，我看过你的档案。"

当雾絮若有所思地勉强地"哦"字刚一脱口，扁奇马上掐住话头：

"我叫扁奇，欢迎你加入校通讯社。"扁奇一定要打断她的思路，免得她会深思深问，他似乎发觉自己的解释有漏洞。

扁奇很热情，一堆话喷薄而出，结果就是雾絮实在狠不下心来说抱歉。

时间是什么，就像上帝一样，看不见摸不到，只能通过装置或言语去显现。时间并不存在，存在的只是变化，每个物种甚至物体，都在按照自己的节奏在变化。

很搞笑的是，在说话当中，扁奇竟然递给她一块糖，雾絮马上摆手表明拒绝，接着说谢谢。扁奇也不勉强，拨开糖纸塞入自己的嘴里。

雾絮在离开的路上，在平静中疑问流淌出来：通讯社的社长能看到我的档案吗？突然又想他知道我的名字吗？第一个疑问她搞不清楚，对于第二个疑问，她自己解释成也许他已经知道我的名字了，只是第一次见面的礼貌问答罢了，否则他怎么看我的档案。不过，雾絮直觉上还是感觉怪怪的，真要加入这个通讯社？校报上发些文章？或者板报上？或者还有如扁奇所说的其他各种活动和各种机会？如此这般吗？好吧，看看再说吧，反正也太闲了。

扁奇还是自责了一下，这件事的确盘算不细，多亏她先报名字，否则就会不容易解释她的文笔，至于她的文笔，扁奇还是很有信心，理工科的女孩，普遍都是自认文笔出众的。

就这样认识了，下一步呢？扁奇的兴奋被这个问题取代了，心理学的术语是所谓的兴奋灶转移。很快，他就有了主意。

3. 这件事可以变成另一件事

每个人似乎都要在这漫长的大学期间建立自己的快乐地盘，有人结伴八卦饶舌，有人结伴琴棋书画，有人投机专营，有人独往独来神经兮兮，当然也有人在尝试恋爱。

既然是管理系，似乎大家都认定自己将来要管理别人而不是被别人管理，于是在入学前就已经在脑海里演练着那想象中的领导模样，当然更多的都是领袖的仪态，每个人都信心满满。当别人担任了班干部，那就体现了自己的失败，为了平衡自己或证明自己，就会额外地产生各种样式的对抗。

群体中，总是有笨嘴寡言的，有能言善辩的，有八面玲珑的，有激进强势的，这在管理系两个班的六十人中，毫无例外。这些人会聚时，无论相互间如何被口号要求团结紧张严肃活泼，还是形成了很多小帮派，如同成人社会。

扁奇似乎感受到了同寝室直至同班同学的敌意，他并不在意，每天忙忙碌碌，上课之外，他就混在学生会里或通讯社办公室里，装成学生领导的神态，在这个圈子里，他似乎找到了被崇拜被尊重被喜欢的感觉，其实这个感觉是不存在的，只是他自我感觉过度罢了，这是一种轻微的幻想症。而在寝室里在班级中，周围同学大都自我欣赏，审视着对方的平庸，自然相互也就并不买账，这个年龄加上这个管理专业的标签造成大家都有轻微的幻想症，按照某位心理学家的理论，其实每个人都有精神病，只是程度问题。

雾絮生长在教师家庭，所看见所感受所接受的全都是所谓光明正大的群体世界，在这个世界中，道德法律正义好人坏人，全都是定义好的，甚至被直接指定了，这不用探究不用纠结，当然探究之后就会思想复杂甚至反动了。

高中时代是不允许谈恋爱的，这是副教授爸妈规定好的，她一直算是严格执行，虽然以前她也在某瞬间对某同学心动过，但还是控制自己急急转移注意力，即便是有男孩的纸条传递，她是连看也不看，直接销毁。到了大学后，副教授爸妈说这方面她可以自己做主了。

自从加入到通讯社后，雾絮被封为板报部部长，对于这种称呼和任命，雾絮感觉有些小孩子过家家的把戏，按照扁奇社长说法手下还有三个热心的板报文学青年，但雾絮从来就没见过这三个人，于是每次板报写画之前，都是雾絮费番口舌、四处求人才能与自己一起完成。每次完成之后，那扁奇会认真仔细地看，边看还边评论，当然全是溢美之词，看完后就严肃离开，并不另外说什么。时间一长，雾絮也就知道彼此都是新生，自然不免心里有些不屑，但在认知上觉得这家伙竟然是社长，大概应当有高深之处，尤其是每次还那么严肃。

板报工作毕竟很辛苦，每个周末都几乎占用一天，雾絮真是承受不住了，做任何事情都是要有动机有目的吧，扁奇的“板报影响力”和“这是雾絮的文字自由天地”的两种说法慢慢都被雾絮所适应了，适应的结果是被看透了，然后就乏味了。雾絮找到扁奇说不想再继续了，没想到扁奇爽快地同意了，还说没关系呀，的确你太辛苦了，我很理解，不过，你很优秀，你想做什么。这话说得让雾絮有些感动，随之又感觉有些可笑，心想，我想做什么你还能实现吗？当然嘴上却说我什么也不想做了，只想享受一下周末。

小的时候，副教授爸妈就告诫她，说话的时候要关爱对方，不要随便说话，不要伤及对方面子，记得雾絮当时还问，为什么要关爱对方，两副教授说，因为这样对方才能关爱你。原来这也是公平交易。

扁奇平静地说：“那你这几周先休息一下吧，以后的事情再说。”

说完，递给她一块糖，雾絮有点不知所措，连忙摆手说不要，谢谢，扁奇却很坚持：

“咱俩认识这么久了，别介意，很好吃的。”雾絮也就接了过来。

回教室的路上，雾絮还是剥开了塞到嘴里，想这前前后后，还是忍不住笑了，这个扁奇还真是有点奇怪。

若仔细想一想，雾絮还是从来没与一个男孩单独这么多对话，所以第一次这样接触，雾絮也是有种温暖。

每个寝室都是标准配置：上下铺，八个床位，意味着最多可以住八个人，中间两排书桌，整个寝室显得满满当当，两个灯管亮亮堂堂，将满满当当的阴影搞得似乎无处可藏。

那天晚上，辅导员来到寝室跟她们聊天，别的寝室也来了几个人，大家围着辅导员坐着，还有几个坐在上铺，一切显得很立体，有点花果山的热闹气氛。

辅导员比较健谈，无论是国际风云还是校园生活，都可以生成书面文字直接传播，完全符合社会整体目标下的标准语言。其实，辅导员目前还是大三的学生，他是个比较质朴的男孩，无论是谁，见到他的时候最深的印象是这是个可靠踏实懂事的人，他的爸妈也是那朴实的人，普通工人，对上面不巴结，对弱者不藐视，有同情心，嫉妒心也不强，平时不生是非甚至躲避是非，毫无口舌计较，全是朴实待人。这样的环境下，辅导员安静地成长着，在家里做家务，智力也算优等，学习又刻苦，考上大学真是情理之中。如同在小学中学一样优秀，在大学里，辅导员继续像以前一样，没想改变自己，也没有崇高愿望，只是规规矩矩地做着原来的自己。在家听父母，在校听老师，在社会听宣传，一切有规有矩，听话就安全就幸福，难道活着不就是如此简单如此放松吗？老师们自然对他很满意，大学里，学习成绩不是最重要的，不求多出类拔萃，少惹是非就好，当然能经常帮助老师或系里做事，那就是好学生，辅导员就是这样的人这样的表现甚至这样的心理，他自然也就是党员了，那些有投票资格的人赞成，那些嫉妒者，或者异议者也适当保持沉默，辅导员没有反对者。

给一年级新生做辅导员，系里是精挑细选，对他非常放心。

后来的发展也正如他的简单一般，辅导员被分配至一家大国企里，在质量管理处做科员，在这期间，辅导员结婚生子，单位提供住房提供工资待遇，生活很平顺。对于社会上的风雨交加，他只是看客。没有出过轨，没有被戴过绿帽，对社会不怨不恨不喜，那些思想上政治上的争议，他不懂，他认为一切都不需要想太多，一切也就自在快乐。

在女生宿舍里，辅导员表情认真：

“到了大学，就是到了人生的转折点，无论你以前表现如何，到了大学以后，都可以重新开始。”

这时就有人插话，“那中学时期的表现不也很重要吗？”

“毕业分配还是取决于大学时代的表现，你们的表现都在档案里，至于中学时代，接收单位应该是没有那么多闲心和时间去阅读的。”

有人就嘀咕，“那就好，真是不知道那高中班主任能在档案里写些什么，要能看看就好了。”

“这个，谁也看不到自己的档案。”

说到这里，大家都有些神秘感，“那到底谁能看到？”

“一般人是看不到的，当然班主任应当能看到，呵呵，所以你们要听班主任的话呀。”

雾絮听到这些，似乎有些触动，心里有些不舒服。

几天后，扁奇给雾絮打电话，说是通讯社需要些文具，能否帮忙一起去汉口那里买？雾絮略一犹豫，马上又答应了，无论如何，扁奇对自己不错，不应当拒绝。

周六早上，二人在校门口见了面，雾絮有些诧异：“只有咱俩去吗？”

扁奇一愣，随即有点失望的样子：

“哦，还有两人，他们直接到汉口等咱们。”说完，又递给她一块糖，“这糖很好吃吧？”

一副漫不经心的神态，雾絮边说谢谢边摆手拒绝。

扁奇比较能说，二人话题也算有趣，一路上倒是笑语不断。

就在江汉路站牌下，扁奇所说的人迟迟未到时，雾絮已经明白了，但她并没说什么，只是二人多少有些尴尬。毕竟都年轻，那过往的人流嘈杂很快就将两人的尴尬冲刷得一干二净。

回到寝室的雾絮，在很深很静的夜里，她不自觉地想着和扁奇结识的前前后后，或许已经在半睡的状态，这些事实和梦有稍许的交叉，她突然感觉心猛地一沉，浑身发麻，有种恐怖萦绕心头，而这种想法正填充了以前怪怪的感受，扁奇从一开始传递的那张纸条，就是他的笔迹，他看不到自己的档案，似乎不知道自己的名字，更不知道自己的文笔，他和自己去汉口并没有同伴，买的那些东西，似乎学校附近也有，他一直在撒谎。

最让她感觉有些奇异的是为何总给她糖吃，他有时候那种神态也是怪诞，雾絮跳出细节，她面向一个根本问题：自己喜欢他吗？他长相普通，身高普通，只是两只眼睛不停地骨碌打转，气质稍有不同，看不出好人坏人，虽说是通讯社的社长，大概有些本事吧，不过，我没感觉。我喜欢他吗？不。

同样的深夜，扁奇突然感觉到自己的愚蠢了，有时候就这样，愚蠢的出现是互动的结果，这意味着对方的精明撕裂了自己的智力，结果是暴露了自己的愚蠢。他太自信了，自以为这么多的铺垫和积累，雾絮应当能接受了，并能适当地接近自己，但从雾絮的表现可以看出，她似乎对他无动于衷，扁奇想，再换个办法吧，往下要周全，一定要巧妙，想到此时，扁奇感觉热血沸腾，心情大好。

夜晚的校园，桂花香弥漫在空气中，男男女女有匆匆走过，有漫步，有闲坐，有私语。漆黑昏暗明亮，各种亮度占据着校园周围，喧闹细语静谧，各种音量散布在校园左右，声音和光亮的区别，就在于频率的差别，所有的东西其实都是相互连接的，都是渐进的过程，并没有绝对的差异。

这个世界的魅力，其实就需要每人用此时此刻去知觉，也就是一种综合判断，而不是用具体刺激去承载，不是感受过去或期待未来。

扁奇的寝室有六个人，大家每天睡前都要神聊，每个年轻人，就像每个蕴含能量的火山，怎么可能从每日各种压抑中轻易沉默而不发泄呢，谈校园谈老师谈女孩，谈各种心动的人或事，用以发泄、用以共鸣、用以炫耀。

几天后扁奇准备打电话给雾絮了，扁奇的提议周全并完美，扁奇已经想清楚准备好，当雾絮感谢自己的时候，自己如何去表演神秘。但是没想到，接电话是雾絮的室友弦悠，她说雾絮最近很忙，不想再参加任何活动了，扁奇说是我，弦悠说雾絮知道是你。

那一刻扁奇感觉是一下子跌入了黑窟窿之中，眼前似乎所有的东西都已经没有意义了，他不知道怎么离开电话旁的，他的五官不再受头脑的支配，变成自动运行状态了，他似乎跟某人微笑，跟某人打趣，跟某人说再见了，他一个人沿着回寝室的小路，那暗淡的橘色灯光照着坚硬的水泥、柔弱的绿草、僵硬的枝叶，暧昧得潮湿。

其实那天还有月光，扁奇若望向夜空，他会发现月亮还是依旧跟着他走去走来。

失落、受辱、自卑、自责轮番折磨着他，他在想象着几种场景：他站在她宿舍窗下，高喊着她的名字，每个早晨，直至永远；或者，他给她写信，将自己的所见所思全部托出，每个时间，直至永远；或者，他经常地找她，各种见面方式，每个闲暇，直至永远，要将这平常的自己和她，都变成伟大爱情的试验品。他似乎为自己的勇猛和献身所感动，似乎有一种壮烈感。但很快，这种冲动又转化成某种自傲，她值得我这样吗，我难道就这样贬低自己吗，难道这天下熙熙攘攘的女人们，只有她一人吗？他就在头脑的旋涡里挣扎着。

当传达室的胖老太喊雾絮的时候，她似乎知道是扁奇的电话，她央求寝室中的好友弦悠帮她一下，她实在不知道怎么应付他了。在去汉口的一天里，他跑前跑后，买车票买雪糕挑文具买午饭，他一直在花费，这一切都是她的第一次，第一次与一个男孩这么久长地在一起，第一次一个男孩在给她花钱，她看他表现幽默，跟他一起欢笑，她也是喜欢他的，至少做个朋友也很好，他的谎言他的殷勤，她其实可以理解，可以原谅。她有时会想到他的严肃和微笑的转换，她觉得其实他也有趣。但是，最重要的是，他不帅，他不高，他真不是她想象中的男孩，而这心底的秘密，她不会说的，她似乎感觉他在一点点接近自己，她有些不安。

有时就这样，她能想到的也是他能想到的，世事有时简单得像一盘棋，你看到的棋子，她也是能够看得到，否则何谓对手或对象呢。那一天的花费，对于他来说，也是一笔不小的数字，相当于他一周的生活费，最终的结果当然是以各种单据各种说法在通讯社的经费上予以解决，他认为理所当然。有时就这样，假公济私这个词就是恰当描述，但换个思路，他出去购买文具，付出劳务和时间，的确需要相应工资补偿，在没有这种工资补偿的前提下，他采用交友和游逛的方式，做了另外的补偿，就此也可以描述为公平交换。世事的复杂，有时可以计算清楚，有时糊涂账也有糊涂账的道理，若按照当时劳务计算，每天普通工人的工资是二十元左右，他和她大致消费也是二十左右，所以这种报销也有道理。若说通讯社社长是光荣名誉，不应当有工资概念，但这名誉似乎也很难抵消这劳务消耗，劳务消耗毕竟也是需要时间、食物、水这类代价的，毕竟名誉不能解决饥渴问题。反正要有这笔开支，哪怕是自己承担，自己承担似乎就违背了公平。

在现代社会就这样，一切都转换成钱的概念，劳务、时间甚至场所都可以换算成金钱，金钱会将一切是是非非摆放整齐，反而减少社会的浑浊。若用思想或道德或精神之类的概念替换金钱，只能让社会陷入一种规则不清的混乱，规则不明，大家怎么玩？

当然令扁奇自卑的是，也是他自知的，他的形象和身高，这是硬性标准，而她，雾絮，却是屈指可数的美女，甚至万里挑一的，那种气质优雅，真不是自己能匹配的。

4. 明明是爱情，却是工具

圣诞节过去了，元旦过去了，活动结束了，欢笑结束了，寒假临近了，当然，考试也就临近了，压力登台了。每位学生都要面对，尤其那些以大学为睡乡为游乐场为名利场的家伙们，所有的教室、图书馆及至所有的房间，灯火通明，所有人的表情，严肃惶恐。简化而言，一年两次，一次折磨一个月，那明亮的教室、空荡的走廊、压抑的对话，汇聚成一个点，像针刺一样，注入到每个人的灵魂。

反正是用了一些手段，扁奇考试顺利过关。

下学期开始了，春天来到了，像仙女散花般，太阳也在播撒着温暖，直至每个人的心底，年轻的学生们生机勃勃，像植物一样。在这期间，扁奇几次路遇雾絮，两人只是点头，或者偶尔地装作没有看见。其实两人的心却都是咚咚直跳，扁奇是一种激动，雾絮呢，则是一种不安全感和稍许的歉意。扁奇似乎退却了，他不想让自己处于单相思的状态，就像那句很流行的很宽慰人的话：天涯何处无芳草。

雾絮还是有种奇怪的感觉，每次遇到扁奇时，他总是那种神情，就是似乎不把她放在眼里的样子，甚至当她看向他时，他也一副不屑的神情，正是这种神情，令雾絮对以前的认识发生了纠结，一种莫名的被藐视感小小地刺痛着自己，后来转念一想，何必在意。

这个世界最美好的状态似乎是，整体完美，细节和谐，差一点的状态是，整体恶劣，细节和谐，最罪恶的应该是整体恶劣，细节冲突。有的人认为，为了整体完美，可以允许个别细节恶劣，其实这是因为这人不在细节中，假设，若为了多数人的幸福，可以屠杀个别少数人，这一定会和社会道德冲突，那这多数人的幸福又能走多远呢？

扁奇在学生会的快乐在扩展在加强，他跟学生会主席斯仿混得很好，斯仿是个广东人，他和宣传部部长还有几个老乡算是一帮，扁奇这北方人很有心地选择跟主席在一起，外人看来，他就是加入了学生会广东人帮派的阵营。主席已经临近大四了，他不得不让位了，他准备将下任主席交给老乡这位正处于大二的宣传部部长淮湃，他也需要扁奇的支持。对应的所谓另一帮是湖北帮，他们是学生会副主席及其他几个部的部长们。

斯仿来自于广东江门，比较起来，他的家境很好，当每个人的月花销只有二百元时，他家里已经可以每月给他一千元左右的生活费了，在周围同学中俨然是富豪级了。

每一天，无论我们在什么状态，无论我们是在梦前，还是醉后，是艳阳当头，还是郁闷烦恼，当我们描述这个世界时，都有一种期盼：明天要如何。但有一类人，就在他们欢笑中，或者还算计着明天怎么安排怎么应付的时候，突然，就在一瞬间，所有的十几年岁月或者几十年生命，似乎就等着这一瞬间，完全像爆炸一样，他们的生命终止了，所有的理想所有的责任所有的算计，一切的一切全都消失了，生活突然停止了，周围消失了。

似乎，大家团坐在舞台周围，观看着舞台中间演员的纵情高歌，就在大家眨眼的一瞬间，声音舞台全部消失，只剩下团团坐的你们我们，这是多么大的恐怖呀。

又似乎，你带着殷殷笑容走向朋友，你从你朋友的眼睛里看到了期待，你正想着如何去表达一种快乐时，突然，你停止了，你没了，你的记忆你的思想没有了，你永远消失了，不知道你怎么去想象这一切。

叔言淹死了。叔言无法想象就在下午就在小摊贩那里为一毛钱讨价还价，三分钟前在长江里还在选择着游泳结束后是吃个小炒还是吃大锅菜的时候，一分钟前就处在抽筋和呛水的恐惧中，随之则是意识的模糊，最后所有意识消失。不知道叔言如何理解自己突然没有意识这种现实。

大学简介里面有一句话是学校矗立在美丽的长江江畔，但从来没有任何提示，就是这美丽的长江，每年都要吞吃该校的一名以上学生，当然，长江若有嘴，会辩解说，吞吃的都是那些抱着快乐愿望的游泳学生。

消息传播得很快，但也只是一定范围，传到最远处的只是符号，管理系的一名学生淹死了，最远处的人“哦”了一声，然后下一秒继续自己的生活，意识之流没有任何波澜，像听到身边的人咳嗽了一声。而叔言周边的人呢，叔言的妈妈已经哭昏了，同寝室的同学哭了，同班同学震惊了，扁奇震惊了，他似乎从生活中清醒了，他从每天的细节中掉了出来，像从魔鬼的口袋中跑了出来，扁奇开始重新看待这个世界。

扁奇开始咒骂：去他妈的，混蛋，王八蛋，多大的仇恨呀，要谋杀一个孩子，去你妈的世界，去你妈的道德，去你妈的公平，混蛋，王八蛋，我们还要怎么活呀，可以淹死，可以撞死，可以病死，可以被事故杀死，可以被各种偶然干死，去你妈的，我们还要怎么活呀，我要把棋盘掀翻，棋子踩碎，从头再来。

对于周边那些旁观者呢，正常思维被打断了，思想脱轨了，有的人很久才回归到原有轨迹，有的思想就沿着别的分岔走掉了。

当很多人还在咒骂社会不公平时候，包括扁奇的咒骂，他们还其实还停留在抽象的感觉阶段，还没有具体地体验这个社会的价值和伦理体系，他们不知道在另一类人的眼里这类愤怒是多么幼稚可笑，如同那被抢走玩具的孩子，那类人才知道什么是不公平，整体的不公平，细节的不公平，哲学意义的不公平，才有资格指责、愤怒、挑战、破坏。

扁奇真是反应过度，那些日子，他像个精神病一样，将周围一切视作无物，想睡就睡想走就走想说就说想玩就玩，几天后，他才似乎如梦初醒，当然这都要归功于大学食堂的规律性，只有三餐的定时开关，才能让他的胃就范，而当他的胃就范后，他的精神似乎渐渐回归正常了。

他最后得出了一个结论：这个世界中，没有上帝，没有道德，没有正义，没有公平，只有规则，只有技巧。

人似乎都是如此，身体中孕育着一种能量或是激情，随着人体的生长，思想的集中和精细，慢慢转化成各种动机，随之而生的是各种情感：爱、喜欢、羡慕、嫉妒、仇恨等，然后以事业或前途或爱情的概念包装出来，这样一来，在社会上就可以名正言顺地争和抢了。

扁奇并不清楚那么多复杂的理论，他只是凭着感觉去控制自己的方向自己的作为了。

我要得到雾絮，这是目的，在人生这独一无二的旅程里，美好，难道不是我扁奇应当得到的吗？换个时候，扁奇又说我要得到雾絮，这是手段，因为我活着还有更大的价值和目的，雾絮只是我必经的磨炼之一，她，难道不是一个很好的锻炼手段么？当然这些都是他的自言自语，同时发生在他的脑部肌肉和脸部肌肉上。

扁奇开始下手了。他要把这个女孩当做自己旅途的目的或是自己成长的工具。

学生会的女生部部长叫宛锦凭，扁奇安排通讯社的一个男孩去写一下她的事迹，告诉他要从她的生活碎片中找到闪光点，然后要发表到校报上，这样主要是扩大女生部的影响，为女同胞做些实事。当扁奇找到宛锦凭，说出目的时，宛锦凭有点不知所措，她毕竟是二年级学生，遇到这事还是头一次，有些自豪，有些美好期望，也有些紧张，面对脸红但真诚的学弟时，她暗自镇定了一下，严肃认真地说，像在脑海中某位人物的神态：

“我有啥写的，都是应该做的。不过呢，扩大女生部的影响倒是应该的。”

这类文章的写法有些类似《动物世界》的文风，作者按照自己的观念和想象给对方涂上了圣洁，就像飞翔在空中的鹰，它的引颈动作明明是换气的需要，却被那激情文人命名为搏击长空。面对宛锦凭，这学弟作者采用最新流行的词句修饰和艺术化政治化道德化的套话加工，她就成典范了。当然这类文章，对于校报而言，几乎每期都有，说到底是千人一面，作者写得无聊，读者看得无聊，但校报的编辑们需要工作和工资，这些无聊的结果是有人获益。若说是欺骗吧，似乎没有受害者，其实严格意义上最大的害处是，这类文章树立了一种标杆，丰富了说教者的词汇，伤害了自由和自主和特异的无限。

无论是否有作用，反正宛锦凭在白纸黑字的校报上看到了自己的名字，往小里说，寝室同学同班同学都知道自己的圣洁和圣洁的证明了，往大里说，这几千人的大学老师们校友们，都知道圣洁的宛锦凭存在了。虽然一定不会有人在意，但宛锦凭觉得自己变成学校的焦点了，宛锦凭很高兴，很感激扁奇，当然给自己很多余地以示谦虚：

“这文章里的自己，还需要现实的自己去学习呀，不过女生部的影响扩大了，非常感谢呀，我代表女生部感谢通讯社的帮助，嗯，以后，你们通讯社有事情，我们一定全力支持全力配合。”

一个是无心获益，一个是用心讨好，宛锦凭和扁奇慢慢相处起来，像哥儿们一样。

雾絮的美丽是内敛的，但依然抑制不住光芒，她的名字在男生寝室夜谈中是频率最高的词，她的身高、体态、气质、白皙、五官、曲线虽然隐藏在保守谨慎平常的衣服中，但夏天已经将这些展现披露。她是男孩们心中的神，是他们的梦，也是女孩儿们的美丽高峰，在外表方面，她超凡的美丽，在女生中已经不会招致妒忌了。

太多的追求了，太多的信件了，那些高中时代的男同学们像苏醒过来一样，各种花样的信件和表白涌来。也许距离和想象才让他们更放松大胆。

在大学里，那些高年级的同学，其中一些自觉优秀的开始各施手段，雾絮感觉自己突然迷惑了，也就麻木了，她不知如何对待，于是就像在高中一样，一概不理。

这所理工科院校，总体而言，男女生的比例大致是七比一，在这高比例的理工男中，其实也是有形象外表非常出色的，雾絮也是不无欣赏的，但有趣的是，这些男孩跟她一样追求者不少，竟然也养成了守株待兔的习惯，看见自己真正匹配或惊叹的，依然表现出被动的状态和习惯。雾絮搞不清这其中的原因，这样一来，自我评估也受影响，自信当然也不足，就像一件艺术品在拍卖市场上过于瞩目反而将买家吓走，退而求其次。大一下学期，很多姿色平平的女孩开始有男孩陪伴了，而她，依旧和室友弦悠成双结对。

在一个热气蒸腾的晚上，扁奇对宛锦凭说："电子系的雾絮，你知道她吗？"

宛锦凭看他这样问有些惊讶："雾絮？哦，是那个漂亮的女孩吧？"

"是的。我喜欢她。"

"啊？呵呵，需要大姐帮你吧？"

"是的，完全靠你帮忙了。"

"哎，真的吗？不过，这类事怎么帮忙？何况，她太出众了，超出了通常意义的美丽，估计你很难呀。"

扁奇认真地看着她，"其实，我觉得只是缺乏机会跟她接触，如果接触时间长了，是很有可能的。你若能让我俩经常接触，肯定没问题。"

宛锦凭像不认识那样看着扁奇，"没看出来，就凭你这种自信，你还是很不凡的。好，经常接触，这个不难，看我的吧。"

扁奇的笑绽放出来，"大姐，谢谢你了，不过，要帮我保密呀，千万别让雾絮知道了。"

宛锦凭那天找到了雾絮的班主任，她问能否让弦悠到学生会的女生部帮一下忙，这类事其实都是学生自己的事情，班主任通常不过问，当她以请求的名义请示班主任时，班主任感觉受尊重，当然高兴当然同意并说自己去通知弦悠。

弦悠找到宛锦凭说我就是班主任推荐到女生部的，宛锦凭暗自叹息，这年头真是流行"不做事留好名"的风气呀，她于是说你可以再推荐一个人加入女生部，宛锦凭的想法很巧妙，弦悠和雾絮的关系很好，她俩有点形影不离的样子，要借弦悠的嘴说出雾絮的名字，这样以后的事情就更容易铺垫。但没想到的是，弦悠却说出了另外的名字，宛锦凭暗自叫苦，真是无奈，转念一想其实也无所谓，就说你们班好像有个叫雾絮的女孩吧。

事后，宛锦凭想到这大概可以解释为朋友之间的小心机，唉。

等到弦悠见到雾絮的时候，她兴致勃勃的神态，“我去学生会女生部了，我也推荐你去了。”

雾絮每次看到或听到学生会三个字的时候，总是能联想到扁奇，当弦悠这样说时，第一反应也是那扁奇的把戏。于是推托道：

“现在学习这么辛苦，天天这么忙，哪有时间呀？”

弦悠似乎已经知道雾絮可能推托，“班主任也同意了，我也跟学生会说了，但直接推托也不好，要么咱们先去混几次，看情况再说。”

于是，这二位午饭后就去了女生部，算是报个到。没想到宛锦凭看到她们时候，似乎看透她俩的心思，就郑重其事地说道：

“现在有些同学，只知道自己开心快乐，毫无奉献精神，为同学为学校做点事，就觉得影响学习，天天玩乐就不说浪费时间了，其实我可以告诉你俩，为学生会做事不会吃亏的，将来的档案、毕业分配这些东西都会体现的。你们二位很幸运，班里推荐，那就好好做事吧。”

这番话说完，雾絮和弦悠也无话可讲，只能低头说是了。

炎热的武汉夜晚，太阳离开了，但热量依旧在，你会错觉，炎热是和太阳无关的。人，不停地流汗，拿个凉席，去草坪里躺下，但蚊子又来侵扰，酷热需要你的汗水，蚊子需要你的血液，这是人的价值吗？

学生会主席斯仿和扁奇坐在草坪上，扁奇有些不解：

“你要毕业了，为何还要这么在意下任主席呢？”

“小兄弟，的确和我无关了，但不瞒你说，淮湃这兄弟还是很能干的，我瞧不起那湖北帮，不能让他们坐这主席位置。”

“不过，那都是需要同学投票选举的，咱们这几人有什么作用呢？”

“你不清楚，所谓的同学投票，其实有资格投票的就这些人，就是学生会的这帮人，别人也不知道，也不感兴趣，每次都是报给团委几个人名，然后团委认为可以，就在这几人当中产生。说到团委，也就是团委书记说了算，他看谁顺眼，也就按照自己的喜好确定了。”

“那直接找团委书记不就可以了吗？”

“现在的团委书记似乎无心搞这事，那些副书记不会干预的，他们不愿意插手，免得书记多想。我找过书记，他的意思是差不多就行，让你们学生会自己选吧，他又不愿意面向全校筛选，他不想把规模搞大，他要求在学生会内部小规模民主选举。”

听着他这么说，扁奇想到小时候家里挂的一幅宣传画，几位浓眉大眼一脸正气的工人在热火朝天的工地中流着汗面带笑容地挥舞工具，当时感觉是世界是正义的，人心是团结的，劳动是光荣的。那时的小扁奇多想早些长大，投入到这战天斗地的宣传画里面呀。现在，扁奇有点错乱的感觉。

不同的年龄，不同的性别，不同的圈子，有着不同的游戏，当然也就有着不同的规则。

学生会那个湖北籍的卫生部部长师船也找过扁奇，师船一看就是个很朴实的人，不过口才很好，他并不过多绕弯子，他有一番构想，如何改变学生会的现状，如何扩大影响力，如何才能更好地为学生服务，他在这些细节上深入阐述，最后希望扁奇能支持自己，他希望自己能更多地为学生会服务。望着他真诚的眼和听着他对事对人的分析上，扁奇似乎感觉到这所谓的湖北帮并不存在，也许这只是那几个广东人假想的，也许这种称呼更容易让几个人团结一致吧。扁奇还是有些不安的，他无法说已经答应斯仿了，只能说我再想想看看吧，但师船表现得似乎没听懂他的意思，只是一味地大谈特谈，他并没有要求扁奇立即表态的想法。

其实，扁奇还是不了解师船，也许师船也不了解自己。师船还是很有心计的，虽然他不这样认为自己，他还是很有策略的，他也是采用类似革命时期的“依靠支持派、团结中间派、打击反对派”的方式方法四处活动，他认为自己当选就是对学生会的贡献，他见到学生会的湖北人，他也许诺，他以老乡的名义拉拢。师船给人一副憨厚诚实的感觉，这是他聪明的自我选择，当发现这种状态能博取老师同学的欢心时，他就如此强化自己的表现，就进一步展现自己的爽直，但绝对是一种过滤以后的爽直，当然不能完全归于师船的个人心机，有时候也是一些无意中的选择，就像儿童一般，想吃糖的时候，哭就可以，不用说出来，慢慢地，哭就是最好的要糖的语言。这可以认为就是一种习惯，而不是一种心计，或者也可以认为，这是一种心计，慢慢养成一种习惯。

生物的本能是每一种力量都需要延伸，你可以追踪溯源为生命意志。生命意志是什么，非理性的东西，生命冲动？荷尔蒙？支配欲望？很多说法无法证实，笼统地说就是万物生长的力量。

5. 所有的白天和黑夜，因为爱情而柔软

雾絮是被刺激了。同系三年级所谓的学长都奋几乎每天都来找她，他不像其他那些追求者在她的冷淡中和婉拒下就知趣离开，刚开始时，还算是有点名义：老乡呀，学长呀，借本书呀，再还书呀，落东西呀，再回来取呀，等所有的小把戏都用尽了的时候，他就对雾絮说，想交个朋友。雾絮早就发现他在打自己的主意，她根本就讨厌都奋，长得有点猥琐，个子似乎跟自己差不多，又没啥气质，还一副自命不凡的架势，虽然雾絮不是特别嫌弃相貌丑的人，但是差距太大了，尤其是走在大街上，匹配是个很重要的概念，这可不是虚荣的借口而是个实用的公平。在他三番两次的各种借口铺垫时，雾絮已经不耐烦了，就等着他这样说然后拒绝呢，于是，雾絮说自己不想谈朋友，都奋就问为什么，雾絮不耐烦解释，就说毕业以后再说，都奋一副不明白的样子，试图说服她大学交男朋友的重要性和自己的独特性，雾絮看他如此不知趣，还在啰嗦，已经心里冒火了，于是沉下脸生硬地说：

“别说了，我走了。”

都奋受到了打击，他消沉了几天，这几天他在失恋中各种思索，最后得出结论竟然是雾絮大概在考验自己。

这几天雾絮冷静下来，有点自责，自己说话可能太过分了，伤害了都奋。没想到的是十天后的周末，下课后，都奋就出现在雾絮的

面前，一副千锤百炼的精神挂着一个宽容的微笑，说要请雾絮看电影，雾絮的怒火又被点燃了，她严厉起来，“我晚上有事，不去。”

说完，匆匆走开。那都奋张着嘴，这是一副吃惊的样子，一直呆看着，直到她的背影消失在人群中。

都奋虽然情商不高，但他非常执着，正是凭这一股超常的毅力和学习方面的智商，他能够考上大学，雾絮是他的初恋，他爱得很执着，也很迅速，他甚至爱得很自信，这两次挫折似乎是他人生开始最大的苦难，他有些崩溃的感觉，这种感觉能够直至心底，似乎把他的小时记忆都唤起，他现在不仅仅是愤怒，而且是毫无信心了。

都奋似乎有时也明白，自己的身高、形象延至这副皮囊，的确很普通，换到旁人的角度，也会认为无法和雾絮相配，就像那个著名的鲜花和牛粪的比喻，他非但不面对这结论，反而凭空设想，若自己是高干子弟或者知名才子呢，情况会大不同吧，由此得出推论是她也是爱慕虚荣也是庸俗之人。按照这种思路，爱情似乎也是公平交易，双方要匹配，若这方面不足，就要用另外方面弥补，在这个前提下，爱情才能生长，爱的双方心里都有一个评估标准，或者是无意识的标准，这就是教育或文化的结果，似乎他都明白，但他仍旧任性，他不想遵从这道理。

都奋还尝试过像小说里的主人公那样，在一栋楼用灯光在闭合中发出“心”或者“I love you”的图案，但当他试图到宿舍楼或教学楼去找人探讨时，宿舍楼的同学们是各种嗤之以鼻，教学楼的看门老头倒是提供了一个方案，那就是能否改造一下电路，将每个房间的灯光都能够统一控制，当然这笔不菲的费用要由都奋负担，这方案与其说是办法倒不如说是幽默，老头看都奋走开后，哈哈大笑。后来都奋想了想，又找到老头，说他可以提供这笔钱，但改造后可以以后对外营业，凡是想在教学楼搞灯光浪漫的，可以交钱，然后他可以和学校分成，说完只见那老头闭着嘴说不出话来，这回轮到都奋笑着走开。

那个在教学楼看门的老头，是武汉黄冈的一个村庄里的农民，据他说自己的某个祖辈中过举人，在他出生的时候，哥哥姐姐各有两个了，加上爸妈共七口人，家里共有十几亩地，过着温饱的生活，新中国成立后被划成中农，他脑子机灵，跟着乡里领导跑前跑后，巴结有余，嫉妒人有，嘲笑人无，因此也在村里做了支书，上传下达，每天人模狗样，吆五喝六，自有一番小天地。“文革”时候，很多事进退复杂，有时积极的被更积极的替代，没道德的被没人性的打倒，有时又翻转回来，那些做事过度的家伙又被批判。“文革”结束后，说不清他属于哪一波，反正风向总变，他又回归为农民。后来，他能厚着脸找到本家弟兄的亲戚的亲戚，也就是这所高校的领导，找得早不如找得巧，脸皮厚嘴巴甜就是好，寻了份高校的看门工作，当然在家乡一定要说成是进入大学担任管理工作，风光得不得了。没人能够谴责他过去的所作所为，那个年代，就那种道德高度，也就是活着才能是人，活不下去的就是畜生甚至是灰尘。这老头，虽然没文化，但为人势利，满嘴光明正大，每次捡到学生丢失的各类物品，一定翻尽翻透。他活着很快乐得意。

往后的几天，都奋似乎又处于疗伤阶段。这段时间，执着这种品质发挥了作用，都奋不会认输的，他要战胜眼前的困难，他要战胜雾絮的拒绝，也就是要战胜雾絮。这不是爱或不爱的问题了，似乎演变成攻击还是撤退的战略问题了，演变成不是感情问题而是尊严问题了。但究竟采取什么样的方法呢，都奋想，我可以跟你保持距离，我可以不和你说话，但我要天天都能看到你。

都奋的这种坚持，让他的生活似乎也有了意义，像一个业余爱好一样，都奋喜欢这种捉迷藏，没有什么成本代价，都奋不再无聊了。

学生会的活动很多，尤其是和其他学校各种联谊或比赛，雾絮和扁奇因此也见面很多，那一天是去华中师范大学观摩武汉高校演讲大赛，扁奇走过来站到雾絮的面前，笑嘻嘻地说道：

“你们电子系的数学一定很难吧。”

雾絮没想到他这样搭话，他俩已经几个月没有说话了，没想到第一句话竟是这样发起，她额外放松，咧嘴一笑：

“一定是比你们管理系的难很多。”

扁奇好奇的神态，但很正经的样子，“我已经感觉很费力了，不知道你这弱小女子怎么应付。”

雾絮很自豪，“我还好呀，反正都能保持优秀，呵呵。”

扁奇嘴角扭了一下，发出“刺”的一声，然后左顾右盼的样子。

“咦，收税的人在哪里呢？”

“什么收税？”

“听说现在吹牛需要上税了。”

“呸。”两人哈哈大笑。

扁奇很会设计话题，这就让雾絮的话保持流畅说得开心，当然这些话也是适合几人参与的，就连在旁的弦悠也不时插话。在等学校客车期间，扁奇还趁人不注意拿出一块糖递向雾絮，雾絮只是口说谢谢然后摆手不要，扁奇也没说什么，只是剥开，塞入嘴里。

当某种不安扩散时，身心会趋向熟悉的东西，无意中会寻求保护。

另外一个班级有一个名叫既道的家伙，个子高高，长相英俊，他喜欢踢足球，初中高中都有过女朋友，到了大学后，也经常有女孩子过来嘘寒问暖，经常也是情书不断，也许发育迟缓，他对于爱情的迷醉似乎低于对足球的热爱，在踢球时的抢抢夺夺还是有点勇猛，学习上生活上就有些吊儿郎当，但他很聪明，门门也能过关，因此在大学里就是各种贪玩。

既道以前的女朋友也不错，但跟雾絮比起来，那还是有些差距的，或输在容貌，或输在气质，或输在心智，那时候班中的很多人都认为，既道和雾絮还是非常相配，但有趣的是，他和她彼此间倒没特别多的想法。

当都奋在表演坚韧不拔时，班里甚至系里很多人都知道了，在这点上，大家似乎都立场一致：若都奋那家伙能追上雾絮，那我们每一位男生都合格了，那我们更应该出手了。雾絮当然不知道大家的想法，她只是想怎么才能早些摆脱这麻烦，正像弦悠所说，最好的办法就是找个男朋友，何况大学四年的确需要热个身。弦悠很喜欢既道，但落花有情流水无意，既道也没多看自己几眼，自己多看人家就无趣了，但可以让雾絮试试，自己够不着的时候，有时候就好奇于朋友如何，就像云朵走停不定一般，有时候人嫉妒重重，有时候又乐于助人。

其实雾絮第一次见到既道时，也感觉不错，很帅气很阳光很正面，也就很有好感，在既道这个角度呢，雾絮也是有相当的吸引力，但双方都没觉得自己需要进一步努力，也许你可以认作这是孕育，也可以说是超脱，也可以说是懒散。弦悠竟然找到既道，问他是否有女朋友，既道说，以前高中有过女朋友，现在只有友谊了，弦悠问那你愿意跟雾絮谈朋友吗，既道说当然可以呀，不过那师哥都奋在虎视眈眈呢，弦悠说他根本就是骚扰，你何必在意。

二人在校北门见面，然后相互间保持着一点一米的距离共同走向江边。

那时候从江边望向汉口时，几栋超高楼在建起，有一种社会的现代跋扈之气在升腾，似乎在暗示传统的埋葬，同时也在着宣示着未来的浩荡，夕阳照在江水上闪耀成金光片片，面对这样的图景，二人都将此解读为庸俗的重复的无聊的布景，二人之间话也很少，即便是说的几句，也是发自于肺腑之外，正像人人都在传说的那句话：爱情是需要培养的，他俩也这样认为：那就培养吧。

回校园的路上，雾絮和既道之间的距离仍旧保持在一点一米的时候，都奋突然出现了，他瞪着自己的眼睛，一种震惊的神情，看着他俩从眼前飘过。此刻，雾絮和既道也看到了他，但雾絮装作没看到他，以超乎异常的热情和既道说话，并靠拢既道，这种变化既道也感觉到了，但他并没有表现出相应的热情，只是淡淡地说着走着，心里想着道具这个词的意思。

都奋绝望了，他本应当对雾絮交男朋友的情况有所预期，但他没有，他更没有想过在校园里遇到雾絮和男孩说说笑笑的情境下自己应当如何应付，都奋的反应很直接，事后自我的评论就是仪态全失，那个画面永远地刻在他的脑海里，他当时的意识是：完了，坏了，今晚的自习怎么上，今晚的觉怎么睡？以后怎么办？

那如同从头到脚被倒下一盆凉水的冲击似乎让都奋有所清醒，不可思议的是，都奋不再分析雾絮和那男孩的关系和状态了，他似乎明白自己永远得不到雾絮了，执着的意义已经消散了，他算了一下，自己对她的追求已经有一百天了，他似乎完全解脱了，他当晚睡得很好，他突然认为自己并不是那么爱雾絮，自己只是爱她的皮囊，想想那古埃及的木乃伊，想想那骷髅头，雾絮不也就是那种构造吗？她只是自己生命中的一道坎，她是为自己将来发达增加磨难罢了，她就是《西游记》中妖怪之一。正像他爱得很快一样，他不爱的速度似乎也很快。

雾絮和既逍经常约会，二人的动作还维持在绅士淑女阶段，也许还是大一阶段，二人都没有认识到迫切性；也许二人的身体没有发育完全激情不够；也许二人都对彼此的尊重或对于自己的矜持过于看重，反正二人竟然没有使用拉手接吻乃至媾和这类爱情催化剂，没想到这样的表现为后来埋下了隐患。

学生会的活动很多，但涉及每个部门并不很多，女生部部长宛锦凭有意安排雾絮和弦悠参加这些活动，当然这些活动也是趣味多多的，那次邀请武汉市的棋王柳大华到学校下盲棋，以一敌十，就在体育馆里，雾絮和扁奇又坐到了一起。

那晚雾絮见到扁奇时，扁奇一瘸一拐，那种单薄和苍白竟然让雾絮生出一分同情，让雾絮不知为何地感觉和他有了一丝亲近感。雾絮问你这是怎么回事呀，扁奇勉强地笑了笑：

“下楼梯时看美女，崴了一下。”

雾絮“扑哧”地笑了，“美女一定很开心吧？”

“就像你这样。”

二人哈哈大笑起来。无论如何，以一敌十，并且是盲棋，柳大华这种超人式的行为令现场的每个人激情不已，每个人其实都融入柳大华的超人般的记忆和棋艺中了，作为学生或者普通人，在生活中是很少能遇到这种异乎寻常的人，大家每天都在面对如同自己一般平庸无聊无趣的人，而这位超人，让所有人在乏味的生活中看到了希望，甚至看到世界的浩瀚和灵光，让每个人都唤起新希望和新力量。

扁奇突然问雾絮，“有男朋友了吧，感觉幸福吗？”

雾絮开始一顿，似乎没听清的样子，“你说什么？哦，男朋友，那个，哦，没有，没有男朋友。”

扁奇的这种打岔让雾絮很不适应，如同安静平缓阴沉的梦中突现一片阳光，梦境一片色彩斑斓，雾絮也没有搞清楚为何自己这样说出，有时候就这样，似乎嘴自身就可以行动，而不需头脑的指引。

扁奇并没有接这话题，又跳转话题，“这个世界上，像柳大华这样的超人真是很难遇到，相比下来，我这人就是畜生级别呀。”边说边摇头，最后还咬着下嘴唇。

雾絮点了点头，也是庄重神态，“嗯，看出来了，是有点畜生的样子。”然后哈哈大笑。

扁奇猛然间似乎眼睛一亮，真诚地看着她：“我会成功的，像他一样。”说着就用手指向不远处那拿着扇子摇头晃脑的柳大华，扁奇的神情太特别了，雾絮的眼睛不自觉地收录并储存到记忆中。

在那容纳几千人的校体育馆里，灯火通明，柳大华用高昂的武汉话说着棋步，下面是嗡嗡的各种私语小喧哗，每个人不是在欣赏精彩棋艺，而是在见证奇迹，活着不是喂饱养好这副皮囊，而是憧憬那深不可测的未来。

扁奇的话永远处于腾挪翻转中，雾絮似乎永远不知道他下一句话落在何地，在他的脑海里，似乎有个不同的世界，雾絮看着他，若有所思，过一会儿发现他的嘴长得很有趣，上翘的厚嘴唇很有力量的样子。她看到了细节，她就会进入细节，就会被细节吞没。

当扁奇又将糖块递过来时，雾絮算是配合地接了过来，“谢谢。”

很自然地剥开并塞入嘴里，乳白的牙齿上下开合起来，雾絮感觉这块糖味道真不错。

扁奇不时地看着那芬芳红唇，雾絮不免怀疑自己嘴上有什么痕迹，她就不免擦拭几次。

散场后，雾絮望着扁奇走远，感觉怪怪的，突然想起了什么，

“咦，他的脚怎么好了？哼，这坏家伙，他又在骗我。”

6. 你确定的却是不确定的

学生会主席的竞选开始了，在座的每位学生，每个不安分的心外面都包裹着所谓正义的念头，在念头外面的皮囊上，则是全然的严肃认真，每个人都希望自己的正义得到实现，因为他们怀疑别人正义的思想构成，所以也就认为自己才是正义的。这些学生代表们，投下了自认为正义的一票。

淮湃成为了新一任学生会主席，广东派赢了。

那天在学生会，扁奇递给雾絮一张电影票，“请你看电影，呵呵。”

雾絮皱了下眉，顿了一下，连忙摆手，“不不不，我不去，我没时间，谢谢了。”

扁奇笑笑，“不是我，是学生会。”

说着，把那一张电影票展开，原来是两张票，

“这是学生会发的，你可以带你的男朋友去看。”

雾絮又好气又好笑，“真会逗人，若是两张电影票，那我就收下了，谢谢了。不过，我会抓紧找男朋友的。”

雾絮想，既然是学生会发的，那扁奇肯定也去，还真是不能让既逍露面，她还是没有想清楚这是为什么。

那是个醉人的夏夜，橘红色的灯光布满街道，路上行人三三两两，世界是如此的悠然自在。就在电影开演时，雾絮和弦悠的边座都还空着，一会儿一个家伙摸摸索索地坐到了雾絮的边上，露齿一笑，

雾絮仔细一看，简直不知说什么好了，竟然是扁奇，扁奇小声说："见到我别激动，学生会请咱俩看电影。"

二人对着笑起来了，弦悠也似懂非懂地跟着笑着，扁奇笑着然后递给她俩两块糖，二人接了过去。

既道和雾絮本来约好去武昌街道口那里的商场转转，第二天上午，既道在女生楼下等着雾絮，一会儿雾絮走了过来，不同寻常地平淡，没有微笑，"我今天不舒服，我不想去了。"

既道惊讶地看着她，更不解她的表情严肃，"你怎么了？"

"哦，没事，你走吧，我要回宿舍了。"

说完，扭头就走，那天女生宿舍楼下站着很多男孩，他们都看到了走过来又走回去的美丽女孩，周围一片寂静。

既道完全没有反应过来，一副呆傻的神情，看着她消失在楼道。

正像那个时代的很多爱情故事一样，或者那个时代的爱情发展标准模板，男女双方的接触是没有人说准备开始恋爱甚至都不认可恋爱，开始二人只是聊天，然后二人遛马路或者二人上自习，到一定时间积累后相爱，然后找各种偏僻阴暗角落搂抱亲吻，境界高的，就开始上床，但一定不能怀孕，否则就会开除。延伸一下，所谓开明的学校，会假惺惺地宣称：不反对不支持谈恋爱，但若怀孕，那就一定开除。就好像说，允许你开花，但不允许你结果，你必须控制到位，至于怎么控制，那是你的问题，反正控制不当，那就惩罚你。

既道和雾絮的发展，还只是初级阶段，理论上，既然没人说开始，当一个人退出时候，就无须说再见。标准分手语是：我最近很忙，咱们别见了；或者我想好好学习，咱们别见了；或者说我还没想清楚，我再想想吧。雾絮这话基本类似标准分手语的初级版，既道很烦恼，这件事太突然，没有任何预兆，这让他陷入各种猜疑之中，这种思虑的表面现象就是似乎自己爱上了她，而这不是他能接受的，何况还不是这样。这种逻辑很诡异，本来正常分合，正常心理，突然有了变故，单方提出分手的速度超常，对方通常可以接受分手，但不能接受那超常的速度，若在这个超常速度上纠结，就似乎是爱了，或者变成爱的一部分了，爱太宽泛了，像花园一样，归类也需要费时费心费力。

雾絮的作为，不按常规速度的单方面分手，完全破坏了普遍的感情发展规律，完全打破了正常的分手节奏，其实节奏真是很重要，历经沧桑的人才能对这个词有深刻体验，不夸张地说，人生幸福与否有时于此体现。本来这属于小概率事件，但不幸地落到了既道的头上，既道觉得自己突然看不懂世界了，这个世界的意外其实很少，虽然每个分秒都有各种意外的概率存在，但多数人是遇不到的，就是这件事，这种小概率事件，竟然在他身上发生了，并且毫不温情地针对自己这个信心满怀的爱情被动者，他感觉似乎无比冤屈，他所做的就是找雾絮，让她解释这突然发生的背后故事。

武汉，热呀热呀，身体被激活了，甚至每个细胞都被激活了，都在寻求自己最舒服的状态。

雾絮这些日子，一直在躲避着，躲避既道也躲避扁奇。她对自己也发生了怀疑，她为何总是想着扁奇，此刻隐约觉得既道处于一种尴尬的位置而不是扁奇，似乎变成了个三角形结构。难道这就是爱？自己爱扁奇？怎么可能？怎么能这样？某种快乐和兴奋一直缠绕着她，甚至还有嘴上的甜滋味，这一定是每次他给自己糖吃的结果，她突然想到那实验中的狗，条件反射下的狗，每次见到扁奇，自己的口腔会有甜的味道，这样发展下去，或者这样训练下去，是否再见到扁奇时候，自己的口水会脱口而出呢？脱口而出？这个成语在这里真是太贴切了，想到这，又是一场大笑，自己偷偷地。

雾絮隐约感觉到，其实她参与到学生会女生部里面应当是扁奇在其中鼓捣的结果，她不得不佩服扁奇的手段，他似乎总是设计迷局，总是有无穷的办法和无穷的惊喜等着自己去猜想去发现。

新主席上任后，扁奇被封为外联部的部长。

既道又站在楼下喊她的名字了，雾絮这一次没有让室友去说谎，她自己走了下去，对既道说，“你以后不要找我了，我要好好学习了。”

既道难以置信地看着她，“这到底是为什么？”

雾絮坚持着，“不为什么，就这样吧，你别问了，以后不要再找我了。”

既道此刻暴露出幼时的任性和急躁，上前抓住她的肩膀，摇晃着她，“你为什么这样，告诉我。”

雾絮的五官收紧表现出愤怒，她甩掉他的胳膊：

“对不起，没有什么为什么，什么都没有，再见。”

说完，扭头就走。

既道心里骂着婊子养的，咬着牙，恨恨地离开，他也不无傲气。

当天晚上，既道找到弦悠问个究竟，弦悠看着满脸委屈的帅哥，心想这媒人就是费力不讨好的货色，二人好上了，也没自己什么好处，但若二人出状况了，那自己的责任就出来了，明显的责任和利益不对称不对等，媒人就是这种百害无利的工作。其实弦悠也看出来雾絮的状况了，但面对既道，她只是说我问问吧。

在那公用的洗浴房兼厕所里，弦悠看着雾絮：

“毕竟你俩相处几周了，你其实还是应当给既道一个交代，让他这样激烈情绪也没有必要。”

雾絮一副愁苦状，“唉，我也不知道怎么了，这么久了，我还是没有喜欢上他。”

弦悠狡黠地一笑，“其实你也瞒不过我，我知道你怎么想。”

雾絮的脸转向她，盯着她，“别瞎说，我自己都不知道，你就知道了吗，不是你想的那样，算了，我自己处理吧。不让你为难了。”

她一副凛然大义的做派。

弦悠知道雾絮一向嘴很严实，若没有想清楚她一定不会说的，别为难她了。她转念一想，继续笑着，“你能怎么处理，无非是再说些谎话安抚一下既道受伤的心灵，可能这样对你反而不好。算了，还是我帮你吧，我帮你开始，我再帮你收场。”

雾絮望着她那坦然的样子，也笑了起来，“那太谢谢你了，真是我的好姐妹。”

第二天中午在二食堂的时候，弦悠看到拿着饭盆排队的既道，她把他喊到边上，“哎，我帮你问了一下，你也知道她很倔强，她觉得对不起你，她其实在读高中的时候有一个男朋友，现在那男孩来找她了，旧情未断呀。她一直跟我说很抱歉。”

既道的傲气复发了，“心里有人还跟我谈什么，脚踏两只船吗，怎么是这种人，我还是躲远点吧，我又不缺女孩子，哼。”

弦悠没想到他竟然这样说话，心想还真是没长大的人，平日像个阳光男人，遇到事才暴露出是个狭隘小屁孩，这种人的确不适合雾絮，于是迎着他的话头，“那好吧，祝你早日另结新欢。”随即哈哈大笑着离去。

既道看她这样言语举动，也觉得自己失语自己过分，这些话根本就没有经过大脑，自己的耳朵和弦悠的耳朵都是听着自己的嘴发出的声音。但即便这样想，傲气的既道也没做任何补救说法或动作，既然已经分手，结果就是结果，已经无法改变了，何必再去周全。

毕竟是没有长时间的感情积累，十多天后，既道就彻底摆脱这次变故，自然在心底也没落下什么阴影，但在经历上多了一种体验，在经验上有了某种积累。很多年后，才悟出自己当年太幼稚了，没有及时将感情升华，没有及时把爱情的甜蜜和诱惑调动起来，应当亲吻她，抚摸她，那就一定会调动起她的性欲，让爱情熠熠放光，让她像条狗一样，天天如影随形。

7. 每颗牙都要咬到肉

宛锦凭还在当着女生部部长，在很多人眼里，她是个很正统的女孩，这就意味着她有坚定的信仰，这种信仰不一定是那飘在灵魂上的观念，或者某种主义的思想，而是很简单明晰的对家长老师领导长辈的遵从，这遵从也并不是完全地放弃自己爱好、个性、欲望，而是巧妙地聪明地将这些进行伪装、化解和利用，更重要的是这样已经养成一种习惯，是从三岁开始的，不得不承认这就是社会的优秀模型。她跟别的学生会干部不同的是，她在自己的学院里甚至在班级里也担任职务，她有广泛的人缘和相当多的认可，她的脸庞总是很光润，只是长相平平。

在学生会的竞选当中，她似乎明白这局面的微妙，于是她保持着沉默，也许广东派的淮湃很会聚拢人心，也许湖北派的师船很能开拓局面，但从哪个角度，似乎宛锦凭的水平和能力都无法评判出他们对学生会的发展会如何，若从个人喜好上来讲呢，他俩都跟自己接触很多，倾向哪一个似乎都让自己不安。另外她就看团委的意见，团委似乎没有任何建议甚至暗示，难道真要民主选举吗，选举就那一些人，大部分学生都不参与，即便参与进来，也并不了解参选人，现在的学校也并不允许那种大规模的竞选活动，所以一切就取决于那一小部分人，也就是所谓的学生会积极分子们，看着这两帮人都在积极地上下左右活动，宛锦凭想，难道社会上也是如此吗，她很迷茫，然后就是不断地应付。最终的结果是，她也就被淮湃和师船认为是个有城府的政客女，等到淮湃上任后，她就依然做她的女生部部长。

那天宛锦凭和扁奇聊天时，红扑扑脸蛋的宛锦凭打趣着：“看你和雾絮说说笑笑，关系进展不错了吧？”

扁奇摇了摇头，“也只是说说笑笑，还没有什么进展呀，似乎她现在有男朋友了。”

“那的确是个问题了，你准备继续奋斗还是默默地溜走？”

“唉，我也没想清楚，难过呀。”

“其实，你想过没有，即便是你得到了她，未必就是好事。”

“嗯？为何？”

“雾絮过于美丽，超出通常意义的漂亮，这种女孩，即便是得到了，估计你也守不住。”

“这话怎么理解？你发现了什么吗？”

“我只是直觉。”

扁奇很直率，“我现在最大的问题还是怎么得到她，其他的顾不上了。”

“唉，你这么聪明，其实是个傻孩子。”

有些事就是那样巧合，其实扁奇已经看到过既道和雾絮一起散步或自习，这些画面深深地刺激着自己，侥幸的是，他和她在一起还保持着距离，而通过这距离就估量出了他和她的心理距离，另外就是雾絮一直在否认他的存在，这两个因素让扁奇还怀有某种希望。扁奇一直认为自己是个急躁的人，但面对这件事，他似乎表现出巨大的忍耐和冷静，当他精心地设计这些取悦的说法和做法时，当这一切进展顺利时，他发现自己是如此的不寻常，甚至佩服自己了，有时候，他甚至把自己想象成匍匐在草丛中的狮子，只是在等待，看着猎物的炫耀和悠闲，他在等待那瞬间出击，在等待那瞬间出击的快感，他对自己充满信心，对未来充满信心。

雾絮其实不知道，她自己在变化着，她的审美在变化着，她从幼儿时期的那些可爱的动物、仙女、王子，到后来的电影电视剧里的人物，到现在对语言对感情对欢乐的看重甚至到此刻，形象变成了指标之一，更吸引她的是幽默自信和各种古怪精灵的想法。随着年龄和经验的增长，思想以及审美其实一直在变化，若人有本质，这变来变去的审美一定会将本质修改得混乱不堪．那这本质也就一定不是原来的本质了，或者人其实没有的本质，只有此刻的特点。

雾絮很烦恼，雾絮很纠结，雾絮也很迷茫，她拿出画笔开始画画了，她就画眼前的窗户，她的画本来一直是种写实的风格，这也反映了她的教育和经历和心态都是处在秩序中。但现在，就在这种心理状态下，画中的窗户和窗户外的树枝树叶都有某种变形，里面的线条发生了扭曲，这种扭曲在暗合扁奇诡异笑容时的某些皱纹，她根本没有发现。

若从窗外看她，雾絮就像是独自从冬天走过来的人。

在数理统计的课上，也许正是因为年轻和热情和幻想，学斌老师和其他老师很不同，这个瘦瘦矮矮白白的学斌老师在神采飞扬地讲解着，对于这种枯燥复杂的内容，若能活泼激昂深入浅出地讲解，这不是普通老师能够做到的，这往往是那些可以称为有某种天分可以领悟深刻的人才能做到的。不得不承认，大学里的确充满着各类天才级的人物，他们超凡脱俗，脑子异常，他们外表形象跟我们普通人一样平俗，但他们有自己的特异方式应付这个世界，社会有的人靠阿谀奉承靠各种钻营来实现自己的欲望，但这里的天才级人物，完全靠那独一无二的个人头脑就可以。学斌就是这样的人，他从中国科技大学毕业后，一方面是懒惰的原因，一方面是家庭境况原因，他直接参加工作，没有进一步深造，做教师工作后，他很知足，与其他一些农村出来的同学不同，他更喜欢的是走入家常的娶妻生子生活，而不是漫无边际的出人头地。

就在这十几个女学生中，他捕捉到了她，就这样有趣，无论是雌性或雄性的动物或人类，最先辨别的是异性，然后在异性中，捕捉到自己感兴趣的，而不是对自己感兴趣的。学斌在爱情方面有些自卑，他就有点例外，他就会某种被动，就会积极采集信号而不是释放信号，弦悠不知为何，她在这学斌老师的跳来蹦去的思维中沉醉，被他的风采迷住了，于是对着他的眼睛发出了闪闪亮光。

或许是记忆力太差或许因为过去太久远太模糊，所以会认为大学浪漫，其实那真是漫长的无聊时代。

扁奇在班中甚至在宿舍里就不受欢迎。其实有时博取大家的共同欢心还是要有一些注意事项的，第一说话要小心，要从众，就是说要尊重别人的意见，发表的意见不要惊世骇俗，若是惊世骇俗了，面对别人的批判就要多宽容多微笑。第二呢，就是适当吃点亏，不但不能寸土不让，还要多贡献一点，不能说我家自古以来就如何如何。第三呢，要有分别地团结人，要有支持者，要有铁哥们，要有关系不远不近的，当然也要有敬而远之的，绝不能威慑甚至伤害别人。第四呢，学习成绩也要偏上，不能我差我怕谁？具备这几点了，也往往可以成为大家的默认领导了。而扁奇呢，也许是第一次住校，也许是学校工作太多，对于第一点，他说话就不像在学生会那里吐字如金，而是有发泄的迹象，虽然不泄露机密，但在别人眼里，有炫耀的嫌疑。第二点呢，因为太忙，很多该做的值日他做得不够或者不好，其他的也没见有什么付出。第三呢，应该还是忙的缘故，他对于室友都全是不远不近，都是在敬而远之。至于第四点呢，他基本上属于六十分万岁的级别，所以这些累计起来，他在宿舍乃至班级的地位就偏下了。对于墙里开花墙外香的现象，周围同学往往不屑地分析道：投机呗。

当然最重要的是，在班中或在宿舍里的作为或评价的确没有什么实用价值，这也是扁奇随便的根本原因。

重复的日子，重复的三餐，重复的宿舍教室图书馆，就这样走进了大二。

扁奇开始为那校学生会主席的位置谋划了，如果说那做学生会的干部只需经常和那些干部们混到一起，积极一些，嘴甜一些，就像坐夜间公交车，只要你别太晚，通常很容易搭上很容易占据位置，但若是学生会的主席或者副主席的位置，那就像在上班高峰期搭上车还要有座位，这就非常复杂了，并且还要有相当的运气，通常外围的人理解这事还是很简单，只要搞好团委书记的工作，甚至有校党委的领导帮助，就一切搞定了，再有就是让那些投票的人都认同你。其实原理都知道，但做起来非常复杂。

因为这十几个学生会干部都知道这个原理，也都想坐到这个位置。当这十几个学生会干部同时向团委书记或校党委领导们献殷勤时，这些领导们就眼花了，他们怎么区分，他们怎么判断，除非有人异常突出或优秀，大部分学生都围困在自己的学业里，能如何突出呢，真正突出的，例如学业优异获得全国大奖，那类人通常还不屑学生会，当然若有人自以为是地保持自尊从而拒人几米之外，那些领导们就更不会知道这人的存在，即便知道，也会片面认为这人不想进步，你要理解领导，他们也是跟你一样看着同一个世界，也是受到个人生活圈的限制，他们也会误解也会偏见。

这十几个学生会干部于是又转向那些投票的人，首先遇到的问题是，这些投票的人其实也是处于变动中，他们大都是学生会的成员，很多人都是干了一段时间后就丧失了原有的热情，慢慢就流失了，当然又会有一些人补充进来，这些人大多数是新生。这些学生会干部通常对新生感兴趣，以各种名义接触他们，扁奇很清楚，湖北籍学生最多，他们找老乡就行，沟通起来叽里咕噜说着家乡话，自己根本听不懂，因此胜算很高，对于那广东帮呢，除了湖北籍的学生，似乎南方各省学生都是可以团结的对象，而至于自己呢，也只能拉拢北方省份的学生了。这当然是简单的划分，真正的工作还是都要联络都要团结，毕竟那些湖北人广东人或者南方人内部之间也是有各种不和谐的。

大家毕竟都是年轻人，那十几个学生会干部的上进念头在学业里在日常的生活中也在不断磨损着，所以有时候淘汰不是来自于外面，而是自己的兴趣和毅力。既然这样，相互的竞争就不会白热化，手段自然不会极端。时间一长，这种马拉松般的竞争中，慢慢就形成了几个人在努力在坚持，也就是普遍被认为下任学生会主席的有力人选，扁奇就是其中之一。

扁奇的目的很明确，一定要有个好分配好去处，这就一定需要坐上学生会主席的位子。

世界本来可以停顿下来，旧有的欲望已经达成了妥协，并有了安置。但是，新生的力量在崛起，开始新一轮的推动、改变、征服。

团委书记俊成是外校调过来的，一年前，因为老婆调动的事情，他费尽心机，老婆以前是黄石的中学老师，要从黄石调到武汉，户口问题，接收单位问题，原单位的放人问题，跨市问题，这些事堆摞起来压得他喘不过气，可以影响这件事的每个环节每个人物每个说法都需要精心面对全神贯注。对于当年的淮湃竞选学生会主席事情，他根本无心去考察细节，当他看到校党委书记懈怠的眼神后，他就抱着得过且过的态度了，当然嘴上要说竞选是为了实现充分的民主。

作为一个有理想有抱负的青年干部，自己三分地里的权利怎么可能有一帮人指手画脚暗自交易，除非自己心思不在这里。

这一次就不同了，夫妻团聚大事解决了，俊成要规划一下自己的地盘了，要有作为了，虽说还有住房待遇一系列问题，但毕竟属于校内事情，可以慢慢来。

他将那学生会的十几个干部挨个见了一遍，聊了聊，当年他上大学时候，他知道这学生会表面上像小孩过家家，实际上，很多事都是社会官场上的雏形，做事的度和量上有差别，但质上差别不大，因此他并不马虎。

根据这些或深或浅或真诚或应付的话语，俊成还是知道了这潜在的广东帮和湖北帮的竞争，让他纳闷的是这广东帮怎么可能在本所湖北的高校获得领先，按理来讲，学校里广东籍的学生相比较不是太多呀。这个问题一直隐隐地藏在自己的心底，就像自己眼镜腿有些不对称某个时刻就感觉不舒服一样，但又没办法去问，毕竟自己在学校时间偏短，这种阴谋论是招人闲话的。

既然没有合理性，毫无疑问，身为湖北籍的俊成要改变这个不正常，他是湖北荆门人，正巧做实践部部长的汉坤是老乡，还是同一所高中毕业，甚至有过共同的老师，这样一来两人间对话直接用家乡口音展开，那种亲切显得对话的内容是多么无谓，这在外人眼里就是一种排斥。人就是这样，多数的时候，情感完胜理智，俊成已经认定这汉坤是最好的人选，当时就暗自决定安排汉坤做学生会主席了。

往下继续的交谈中，文艺部的广东籍空豪和那外联部的扁奇乃至于那主席、副主席、部长们，他都感觉是那么平常平淡，俊成就是表演微笑和耐心了。

那弦悠闪亮的眼神和崇拜的神态被教数理统计的学斌老师早已捕捉到了，这是人的本能，释放和接收是生物的基本属性。学斌其实在爱情方面始终无法将自卑分解，这缘于他接触女孩太少，面对这大城市里长大的女孩，他一直很怯懦，他的特长在日常生活无法展现，因此自信无处立脚，也就是要完全处于被动接受状态，另外一方面，很奇妙的是，弦悠完全是通过数理的抽象逻辑和自己的喜好两者的相互感应而改变，所谓的精神之爱或者形而上的理念世界完全占据了弦悠，她似乎看不见或者不在意那学斌老师的瘦小和阳刚不足这类黯淡的雄性特质了。他俩在课堂上，以各自的感受，相爱了，至于行动的表达，就等着那偶然一刻的降临了。

在一个阴雨天的周日，雾絮忍受着寂寞，年轻人，热血流动的激情动物，能够安静地待在寝室里，心在空无间飘荡，这是一种理智的成长和成熟最好的方式。她端着开水杯，伴着热气，站立着，望向窗外，外面是绿树和错落的楼，天空则是昏暗浑浊，一切都在提醒她，这是个平静的世界，她可以从容地慢慢地思考，她突然发现，这还是她第一次陷入这没有内容的思考中，这似乎是一种享受，但很难持久。很快，她就想到扁奇，这个怪物，他在干什么呢？一旦把焦点对准了他，雾絮的思想似乎在他的形象前停滞了，扁奇无论如何不是个很帅气的男孩，他能考入这所大学也说明只是智力稍好的证明，相比而言，自己高中时代的男同学中还真有一些比他优秀很多的，若在社会上，这类人应该更多，所以，他的确不该让自己如此关注，自己是陷入傻气了，掉进井里了，成为青蛙了，这大众评论的流行词汇说得很有道理呀，自己真不该，绝对不该，雾絮在努力说服着自己。但是，扁奇那诡异闪亮含笑的眼神，令她有种欲罢不能，脑海不时地浮现，难道这是喜欢吗？

她似乎觉得自己中毒了，一定要躲着他，越远越好，越久越好。开水也是一种味道，人，不仅仅是因为口渴才需要喝水，雾絮继续享受在自己对话的寂静中。

扁奇有些不知所措，他深切感受到了团委书记俊成的冷淡，他想改变但不知道如何去做，男人之间就这样，再去低三下四，再去想办法取悦，似乎都很伤尊严，更重要的是这样做毫无用处。但即便不如此，又有什么好办法呢，就像以往做那些数学题一样，他在思考着。

有些事明显得就像棋局一样，大家都盯着每个棋子，你走的每一步，对方自然看得很清楚。

文艺部的空豪和学生会主席淮湃在一起聊着。淮湃说："那天团委书记俊成暗示要大家支持实践部的汉坤，想让他做我的下一任。如果这样的话，你完全没希望了。"

"也未必吧，不是还要投票吗？"

"投票？团委书记私下会告诉大家投给汉坤的，大家肯定会按照他的意思做的。即便有个别违背，也基本没作用。"

"那怎么办？"

"除非团委书记不支持汉坤。"淮湃吐了一口烟。

"这是很难的呀，谁能改变他呀。"

"其实咱们学校的党委书记是广东人，梅县的。"

"要么去找找他，怎么样？他什么名字？"空豪眼睛发亮了。

"哦，他叫朱和。不过，据说那书记不太认老乡。"

"为什么这样呢？"空豪忧心忡忡的神情。

"听说当年那朱书记在化工系做教授时对一个家乡来的学生很好，后来不知道那学生做什么了，伤害了书记，这书记以后就对老乡不好了，就不认老乡了。当然，若是朱书记支持，这学生会主席的位置就轻而易得了。"

"是呀，那能不能再去找找他呢？"

"主要还是无法接触上，需要名义呀。"淮湃眼睛转来转去，似乎在盘算什么。

“那怎么办？”

“你仔细想想吧。”

当我们谈论到大学里面的讲师副教授教授之类时，很多人都是充满了敬仰之情，往往在自己的头脑中升腾出一种幻觉，一个圣洁之地，一群散发智慧光芒的学者们。但，正像我们所属单位所处职业一般，教育也是职业化的一种，也是付出劳务（包括脑力），然后获取报酬，本身属于社会分工的一个环节，尤其是现代社会，正像机器化大规模批量生产物品一般，教育也是呈现出批量化规范化的模样，相应地，教师的圣洁或师道尊严其实就已经毫无必要，职业间的平等，甚至教师学生间的平等已经是大势所趋了。在他们身上，或者在任何人身上，包括什么伟人，若排除宣传因素，其实都没有任何圣洁没有任何光芒，若有，或许也是像你我那般口臭、狐臭或汗臭。

因此处于各种职称的老师们似乎也很明白，在计划时间计划地点到达后，按照计划内容，张嘴就行了，无论听讲的人有多少，有什么特征，叫什么名字，他们只是在计划时间结束后，就如同来一样再离去。这一切的所作所为完全是如同工厂中的工序一般，冰冷、精准、高效。

在这种状态下，空豪还是打听到了那朱书记的老婆在自动化系做副教授，但仔细一想又不知怎么去靠近接触。

世界上很多事道理是雷同的，就像奢侈品的价格高一样，因为购买的人多，奢侈品就一定要设立门槛，提高价格就是一种门槛。求朱书记的老婆办事情的人太多了，她自然就和人保持的距离很远，她就很难接触，当空豪试图通过自己的广东老乡去引荐时，那广东老乡说，你没看到过她那眼光，像看贼一样，每次上课，她都毫无生气，考了五十九点九，你也别想让她给你及格，这老乡自己先泄了气，毫无疑问，这是条死路。

这位副教授出生在武汉，后来上大学留校结婚，这一系列事件都是在这座城市里完成，她的信念很坚定，人是不平等的，人是需要竞争和筛选的，只有这样，人类才能进步，人里面有好人有坏人，好人需要好的出路，坏人要有报应。所以，她非常理性，忠于自己的信仰，她从来不同情，不怜悯，她认为那些被同情被怜悯的人本身就应该被淘汰的，至于好人坏人的区分，她一定要从这人的地位区分，好工作的人、高收入的人一定是好人，反之都是坏人。不得不承认这是她的童话故事，她从始至终生活在这座城市里，这就是她的世界，外面所有的一切都是围绕着自己，就如同地球中心说一般。也正是因为她是副教授或者说是教书匠，人微言轻，行为也无足轻重，她的所有信仰和作为和这个世界并不相交并不冲突，如同自己色盲一样，不影响别人看世界。她佩服爱戴身为书记的老公，她绝对不能给老公添麻烦，她自认是好人，所以她应当很幸福，事实也是这样，她和老公都活得很幸福。

空豪就在想，难道就眼睁睁地看着这结局吗？他一定要做什么，一定要改变，哪怕付出一些，也绝不能让汉坤得逞，他似乎从汉坤的谦恭中看到了傲慢，看到了自己的失败，他在不知不觉中把汉坤视为了敌人。

8. 爱情是需要布景的

校学生会开始筹办校园歌手大赛了，校园有时是很有趣的一种结构，它树立远大目标去规范你捆绑你的时候，经常还有一些小目标去刺激你去麻木你，让你觉得校园也不是完全枯燥乏味的让你觉得也是自由自在的，其实这是在占据你的精力消耗你的时间，让你有适当的发泄和适度的迷糊，很像哄孩子，要经常地打岔，才能让孩子忘记哭泣。

那天，其实雾絮是不想参加学生会的活动了，又是弦悠，拉着她去，说是女生部要求大家都要到场都要开会，有事情有安排。雾絮看着这弦悠，也不知道这姑娘怎么了，最近爱打扮了，还一副嘻嘻哈哈傻大姐模样，做事更积极了，要不是她经常陪自己做这做那，雾絮也就不会跟从了，雾絮隐隐约约觉得这一定都是那扁奇捣的鬼，在自己身边安插了个助手，而这位神奇的助手竟然还不知道自己在做助手。

刚到学生会的会议室后，那雾絮就看到扁奇笑嘻嘻的神态，但那神态是对着宛锦凭的，两人在说笑着，根本一副没有他人在场的样子，后来会议开始后，雾絮发现，那扁奇从始至终似乎都没看她一眼，即便那眼睛望向雾絮座位方向，也只是那毫无生机甚至带有某种厌烦的冷漠。这个发现，让雾絮的心情变得很恶劣。

经常是这样，当一个人自认判断正确，并准备采取相应动作时，而对方却提前一步做出你准备的动作，这种结果是让你觉得自己判断上出了差错，同时就生出挫折感，甚至失去自信。雾絮的恶劣心情中大部分是一种挫折感，无着无落。她开始不自觉地分析，他完全没必要呀，前些天还好好的呀，不该这样呀，突然又有种隐约的感觉，也许是扁奇这个混蛋在耍花枪，又在搞鬼。虽然这么想，自己的理智安抚了情绪，但毕竟是猜测，这种不确定感还是无法平复焦虑的心情，于是，她心一横，好，既然这样，太好了，不搭理我，正好，我也不理你，太好了，真是太好了。

任何人的思想经过这种扭曲的过程，注意力和情感就一定会发生变化，而这，就是激情的积累、爱情的生长。

肯定地说，这个举动是扁奇故意所为，他感觉自己的身心完全陷入对雾絮的爱里面了，雾絮对他意味着一切，意味着他的人生观，意味着世界的意义，意味着自己的将来。扁奇经常陷入绝望中，他发现自己对她的追求似乎走入了死胡同，他似乎已经没有别的招法了，当持续的攻击让对方的防御变得强大后，甚至比进攻还要强大时，最好的办法是：撤退，让对方的防御松懈甚至解体，然后再突然反攻，

扁奇想，别总让她享受被敬仰的感觉，让她体验一下被蔑视的感觉。扁奇有时觉得自己根本是上帝的弃儿，无论是学习还是学生会的晋升或是追求雾絮这些种种件件事情，全要靠自己的奋争，丝毫没有上帝的关照。当然若是旁人看来，这一切都是扁奇自找的，既然智力平庸，他完全可以不去考大学；既然竞争激烈，他完全可以不去竞选主席位置；既然条件一般，他完全可以不去追求那花中之冠，这一切完全都是他自寻烦恼。退一步而言，这一切都是世界制造的不公平，它造出无穷样的外表形象和智力，然后又赋予美和聪明的标准，让每个人都处于不同的起跑点，直至享受或承受不同的人生，所以这些烦恼是与生俱来的，大多数人都需要面对的。你要么压抑，你要么拼搏，毫无办法，压抑，你就要小心精神病的伏击，拼搏，你就要注意超越众生却又不能用力过猛，否则就是坏蛋的定义或者监狱的大门在为你敞开。

春天的时候，上帝的表现是郁郁葱葱的绿色，温暖在包围着众生。

校园歌手大赛很快就要开始了，学生会的几个部门协同举办，外联部的扁奇负责大赛的场地及设备等工作，女生部部长宛锦凭又安排雾絮和弦悠帮助扁奇工作，雾絮有些烦了，她不想参与了，她想躲这些婆婆妈妈远点，更重要的是躲开那可恶的令人讨厌的扁奇，当弦悠拉着她去学生会时，她坚决推托。

她反问弦悠："你这么积极图什么？大家都是平等的同学关系，为何那些同学就可以做领导，而我们就要当小兵，呼来唤去跑来跑去的小兵？你还正常吧？"

没想到弦悠对这问题似乎思考过，她很平静，"你说得很对，我们经常被他们当做工具，但我们不这样做，我们去干吗，去没完没了地学习吗？去没完没了地逛街吗？去没完没了地玩吗？其实这也是我们接触外面的方式，我们也可以接触到各种各样的人和事呀，这样一来，你不觉得他们也是我们的工具么？咱们利用他们成长呀。这难道这不就是平等吗？何况这所谓的领导，你就当过家家罢了，这一切都是大学里呀。"

雾絮像不认识地看着她，左右前后地打量她，"境界呀，阿Q呀。"虽然用词戏谑，但那种佩服还是溢于言表也灌满心房。

弦悠的眼皮有意地忽闪着，"当然啦，要积极地生活，积极地感受，这样才多几分快乐。将来还不知道谁胜谁负呢！"

雾絮不得不佩服弦悠，她感觉自己被完全说服了，这种话语的确很有力量，让一个人重新审视周围一切。雾絮联想到扁奇，为何自己总是被动消极呢，为何不表达出同样的轻蔑和无谓呢。

通常，我们很清醒，只往前走一步就行，很坚定很明确，走完那一步之后，又似乎很明确很坚定，再走一步也行，但是，当两步走完，你的新的认识又产生，伴随着你当时的坚决，你很犹豫，在犹豫中，你发现，原来两步走完了，还怕第三步吗，然后就迈出了第三步，没想到这一刻一切都改变了。人，表面上，全是理性和逻辑主宰，其实各种思想斗争后达成的结果是类似于动物般的天马行空，处心积虑的结果却是滑稽可笑。

就在这犹豫中，弦悠拉着她出了门。

实践部部长汉坤不再是一副小心翼翼的神情了，他经常性地指手画脚，貌似大刀阔斧、敢于做事、勇于承担责任的样子，但在学生会主席淮湃的眼里，则是浮夸的张扬和霸道的越位，也许是年轻也许是为了效率，汉坤觉得要为即将到来的自己上任做好充分的准备，要树立自己的权威，要珍惜这眼前的一点一滴，他经常性地直接找俊成商议，俊成似乎为了便利或者为了乡情，也默许了这种行为。当二人在大庭广众之下用着大家都听不懂的家乡话嘟噜时，所有其他人被关在语言的门外，都感到了拘束或者排斥，至于淮湃，他嘴上也不说什么，甚至有时还伴以笑容，慢慢地，他就选择躲开，他开始经常上课经常地上自习，就连各种选修课也不落下，俨然是一位爱学习的学生会主席，至于空豪，他除了生气就是埋怨，跟很多人嘀嘀咕咕，在一些细节上，他开始和汉坤发生争执，很多决定本来就是说不清或者向左向右甚至多做少做都是差别不大的，若一定要去分析清楚找出是非对错或证明高明笨拙，这本身就是寻求矛盾的最好办法，汉坤和空豪就是这样一起制造矛盾然后一起跳入这个漩涡。

人生就这样，很多一念之差和很多巧合凑到一起，就会产生不同的命运轨迹。

那是个周五的下午，校党委的办公室给团委书记俊成打电话，告诉他准备一下，下午四点随同校长一起去武汉大学开会，三点左右车会来接他。

俊成本来安排下午三点在大学生活动中心和学生会一起观看歌手比赛的彩排，中心的钥匙在他这里。这样一来，他就需要把钥匙交给扁奇，于是他马上给扁奇打电话，让他抓紧过来取钥匙。

雾絮和弦悠还处在各种细节忙碌中，扁奇不时地偷看雾絮，他成功地表演了冷淡神色，但在他的眼里观察到的雾絮，似乎也是一种冷漠，这种反馈让他额外心凉，事情的发展显然突破了自己的预计，他本来只是想让她尝一下被蔑视的感觉，但她的反应是也是蔑视，按照这样的“一报还一报”，两人岂不是要成仇人了，扁奇感觉似乎这招出错了，他有点自责。

当他接到俊成的电话，马上爽快地应承下来，

“好，不用担心，马上派人去校办公楼取，十分钟就到。”

扁奇笑嘻嘻地告诉雾絮取钥匙的细节，相对应他笑容的是雾絮的冷漠眼神，二人本来是可以相互温情，或者至少是平淡对话，但此时一方是不无巴结另一方则是冷漠排斥，一方在压抑着对雾絮的爱，表达的是帮我去做事；另一方心想的是对扁奇态度变化的报复，表达的则是冷漠无谓，二人处于某种尴尬中，但都有一种心跳加剧，这是肾上腺分泌共同加快的时刻。

人活着，经历各种意想不到的时刻，有时是肉体的欢乐，有时是精神的快乐，有时是二者兼有的快乐，或者相互促进的快乐。人的成功，似乎也是由这快乐的指标衡量，有种说法是肉体的快乐是本原的深层的最大的快乐，属于正常的天然的快乐，相对应的精神快乐则是后天的肤浅的甚至是变态的快乐。但也有说法是，肉体的快乐是动物性的，而万物之灵的人的快乐则是精神快乐。无论怎样论证，快乐依然让我们看不清，就像那艺术的概念一样。

天很热，雾絮走在取钥匙的路上，美丽的面庞，长发飘飘，步履匆匆。她的脚下是由不规则石头铺就的路，但路面是平整的，是规则的，她走得很坦然。

9. 这个爱情是时间的错误

学校的那个小树林，有人在踢球，来往的女孩不断，男孩的英武雄姿一定能落入女孩心底，当然来来往往的女孩妩媚，也一定会在踢球的男孩中刻下印记。

几个刚在小树林踢球的年轻人正歇息在石凳上，用武汉话相互调侃着，他们远远看着雾絮走来，脱俗的美丽，沉静的神情，自信的走姿，这种画面在每个人身上心里似乎都有了反应，激发乃至生成了美丽的概念甚至艺术的感觉，就像心理测试一般，都在被测试着对这画面的回答，你是静静欣赏还是扭头不见还是占为己有，若这美丽是在茂密的山林里，或是在庄严的大会堂里，或是在夜总会的包房里，每个人的作为是不同的，如同孩童看见糖果一样，有的喊叫，有的口水溢出。

就在这个小树林里，就在这来来往往不多的行人中，就在这熟悉的周围和伙伴中，其中一个名叫葛贺成的难以压抑自己的激情，他站了起来，他绝对不能错过这一瞬间的机会，他迎上去，“嗨，美女，能结识一下吗？”

雾絮似乎已有经验，不显慌张，只是平淡但坚决地说：“对不起，我还忙，不能。”她的平淡和坦然和客气似乎加剧了葛贺成的喜欢，在他心里又增添了某种激进，葛贺成笑了起来，“有什么可以忙的，我可以帮你呀，告诉我你的名字。”

雾絮脸上显现生气表情，“请你让开。”

“这么小气，就问你一下名字吵。”

雾絮不多说，只是绕开他，葛贺成一把抓住了她的书包带子：“呵呵，这样总可以说了吧。”

雾絮眼睛冒火，“请你松开，否则我喊保安了。”

“喊吧，呵呵，大声喊。”

他笑着说着，面向自己的伙伴们挤眉弄眼，伙伴们跟着起哄，周边有同学走过，也都或放慢或停下脚步，望向这个场景。

雾絮拽了几下，毫无结果，她愤怒地看着他，然后摇摇头松开手，快步走开，朝向北门。葛贺成有些呆住了，眼睁睁地看着她离开，伙伴们跟着更大声地起着哄。

在雾絮的眼里，陌生的男人、强迫的举动，这是一种危险，是一种深不可测的危险，最大的危险会抵达强奸杀人，所以她一定会恐惧，虽然这白天这校园还远不至于，但她一定要摆脱。在葛贺成的眼里，雾絮是一种沉着大方的美丽，是可以接近是可以爱护，最好的运气是可以结识可以相爱，他不理解她的跑开，他更不去想自己会带给她恐惧。

对女人的骚扰有很多种，有的是动手动脚，有的是羞辱谩骂，有的是甜言蜜语。

在炎热的夏天，绿树成荫的小树林，那蛐蛐在肆意高声歌唱着，它们似乎认为，这周围的一切都是它们的听众。

葛贺成提着书包，沮丧地走到伙伴身边，“跑了，这妞，妈的。”

“肯定去找保安了，咱们也撤吧。”

“那书包怎么办？”

“扔这里吧？”

“不行，万一丢了就麻烦了。”

“那就在这里等着，你又没做什么。”

雾絮快步赶到了北门保安室，一个胖胖的家伙正摇着扇子坐在藤椅上，当雾絮急切地说流氓抢包时，胖保安“哦”了一声，他说你要等一会，这里只有我一个人，另外一个上厕所了，一会就回来了，然后又问，包里有什么？雾絮看着那不紧不慢漫不经心的态度，突然想象着自己是否可以把那晃动的扇子一把夺过。

胖保安其实也烦，这些同龄人也就是大学生们天天牛 × 哄哄，从来不正眼看自己，似乎天生他们是主人，而自己就是奴才，想当年，自己高考只是差了十几分，若在湖北之外的省份，一定也会考上大学，甚至能进这所大学，也能像他们一样，真是不公平，另外，这院里几千名学生，天天这屁事那屁事不断，够烦。这大美女经常在门口进进出出，也该折腾折腾她。他这样想着，于是那态度更是缓慢温和。

“你别问这些了，求求你抓紧去吧，要么他们就跑了，我的包就找不到了。”雾絮有泪奔的感觉。

每个因素都在顽强地保持着自己的节奏，在这个她临近泪流的时刻，这位胖保安却在想这事怎么这么麻烦，那我今天是否能按时下班，我是否可以跟几个老乡喝酒呢？

胖保安看着她，站了起来，拿起电话，喂了几声，“东门吗，刚才有几个流氓抢了女学生的包，别让他们跑了。”

然后眼睛瞟向她，“哦，那几个流氓长什么样子。”

这一刻是下午两点三十三分，团委书记俊成站在办公楼下，拿着钥匙，急切地望着那穿向北门的路和过往的人。

就在这个下午两点三十三分，扁奇还在想着，等雾絮拿回钥匙后，自己应当以什么样的表情和话语表达。

就在这个下午两点三十三分，党委的朱书记刚刚午睡醒来，慢慢地穿着衣裤。

就在这个下午两点三十三分，学生会主席淮湃在教室里还在听课，课的名字是工业制图。

就在这个下午两点三十三分，弦悠还在清点着奖品，其中有个奖品有点破损，她正想着怎么处理。

就在这个下午两点三十三分，长江边上徐家棚码头的船缓缓离岸，驶向武汉关码头。

就在这个下午两点三十三分，东北茂密丛林里的一只蚊子在飞向一只雄鹿。

就在这个下午两点三十三分，英国的伦敦太阳升起，北美洲的温哥华渐入夜深。

就在这个下午两点三十三分，地球依然在无始无终地旋转着。

当雾絮带着俩保安走到小树林时，那葛贺成和几个伙伴还在那里踢着球，包就在他们那堆衣服边上，“就是他们。”雾絮指向他们。

看到雾絮和保安，几个人停住了球，葛贺成笑嘻嘻地迎了过去，“误会误会，开个玩笑。”

保安一看是他们，院里教授的子弟，相互间都熟悉，流氓是熟人，那就不是流氓了，还能说什么，雾絮一看他们彼此开始说笑递烟，唉，看样是皇军遇到伪军了，她摇了摇头，也没说什么，拿包就离开了。

葛贺成的爸爸是材料系的副教授，爸爸学术水平一般，性格温顺，倒是人缘不错，妈妈是图书馆的管理员，在借阅处管理图书，在家里还管理大事小事，面对各种琐事，她不免唠叨抱怨，全家在婆婆妈妈的管理下也是一种平静和幸福。只是这葛贺成学习平庸，其实也努力，但成绩中等，为了表现自己或是遮挡自卑，他经常惹是生非，当然也只是小是小非。学校子弟算是照顾，搞个委培，于是也就像模像样地混迹在大学生中，虽然他学习不好，但头脑活络。

直到书记的小车到达时，俊成也没见到那外联部部长扁奇过来取钥匙，面对小车司机，他只能厚着脸皮请求送自己去趟学生会，司机并不搭话，只是将他送至学生会，这种不搭话在俊成看来是一种不满。当俊成看到那扁奇还坐在桌前发呆时，气愤实在难以遏止，但几十年受教育结果是所有的表达都要经过一定的筛选和过滤这些流程后才能释放出来，这愤怒最后表现出来的是平静和讽刺：“扁部长，还是劳您大驾不起呀，我还是过来送给您吧。”

扁奇看到了俊成涨红的脸和微微变形的五官，他很紧张，他几乎跳了起来，“书记，不是这样，我已经派人去取了呀，哎呀，怎么这样了，我太不应该了。”

“我一直在办公楼下等着，没人过来。”

扁奇双手接过俊成递过的钥匙，“太对不起了，怎么能这样，一接到电话我就派人过去了。”

俊成并不等他解释，转过头就走了，扁奇跟在后面，还在解释着。

这一切的发生，都在大家的视线内，没人说话，都只是谦恭地看着俊成书记离开。

雾絮拿着书包沿着林荫小路走着，她努力安抚着这突如其来事件引致的情绪，走了一会，突然想起自己取钥匙的事情了，她马上快步走向办公楼，那愤怒和自责和担心和汗水和烦恼浸泡着她。

当两手空空的雾絮回到学生会时，扁奇还沉浸在沮丧中，看样这团委书记，自己算是得罪到底了，在这学生会里自己算是干到头了，另外，这雾絮怎么回事，怎么取个钥匙还能出错。当看到雾絮时，扁奇知道不能将俊成的怒火全部转发出去，借着那对雾絮的冷漠的不满，他还是释放了一部分，“你怎么回事呀，书记等你拿钥匙，你干吗去了，害死我了。”

雾絮呆住了，面对这指责，委屈和愤怒和自责和汗水蜂拥而下，“出了点事，我，我……”还没说完，眼泪“哗”一下流出，如同水龙头猛然喷出一般，她马上转过头去，带着哭腔，“对不起。”

随即跑着离开，弦悠看到了这完整的一幕，她的眼睛左右一转，随即她也跟着追了出去。

扁奇呆住了，他面无表情地望着房门，似乎要透过墙壁看着她俩的跑开，这个时刻是个无我的状态，他完全陷入了事情本身的逻辑中，就像艺术家从作品中感受着什么一样。他想起了一首歌的歌词，“我终于失去了你”，那首歌高亢地在脑中反复播放着。

在那一刻，他突然觉得一种壮烈，他似乎孤独一人站在荒草遍布的大草原里，呼呼的大风扫荡着，他一人屹立不动，面对着这宇宙的寂寞。

武汉真是太热了，像在桑拿房一样，五脏六腑都在腾腾的热气中，在这种热量中，人是有变化的，有时候是渐进的变化，有时候是奇迹发生了。

扁奇觉得有些不解，有些不屑，有些释然。他不理解，为何每次考试都会有这么严重的作弊，按照他的估算，怎么能有三分之一的人都在相互借鉴或直接抄袭，他在高考时候，精心设计了一次，但后来，在学校里，他想一定要重新再来，但周围如此多的人在作弊在投机，他也忍不住了，也许这就是真正的校园，推广而言，也许这就是真正的社会。

扁奇住在上铺，每当蚊帐放下后，他打开床头小灯，那是他一个人的世界，他可以放松自己的面孔，放任自己的眼光，虽然睁着，但可以什么都没看到，那个夜晚很安静，他梦见自己站在汉口的晴川饭店大门外，在一个月光如水银泻地的深夜，只有自己一人站着看着，那个大门在紧紧地关闭着，很久很久，突然，门大开了，随即，他就醒了。晴川饭店，那是当时汉口最豪华的饭店，矗立在武汉长江大桥边上，他想，这应当是个不坏的梦。

你不知道要准确描述这个世界么，总在美化，以为美化以后，听众观众才能阳光才能正面才能迷信，其实大家都明白你在说谎，谁能相信谎言呢，尤其时间一长，都知道你才是最大的骗子。

作为现任学生会主席的淮湃还是经常有机会见到朱书记的，很多场合，他都有幸成为观众，而朱书记，毫无疑问地身处在主席台或会议室主位，在这些场合里，朱书记是非常和蔼可亲，他总是目光炯炯，举止高雅，言语机巧，兼有学者和政治家的气魄，听他讲话，就似乎进入了一个理性美好的世界，所有的曲折或困惑或困难，在朱书记的话语里都有光明正大的解释，甚至逻辑严密的结论，淮湃从中只能发现自己的狭隘自私或无知。

空豪已经找自己很多次了，他总是需要主意需要办法，空豪一直没有突破，他不知道怎样才能接近书记，有句话说“为达到目的而不择手段”或者“鱼死网破”，淮湃暗自骂着空豪，这个笨蛋，他束手无策，根本连拼命的办法都没有。在多次的请求下，淮湃说，要么这样吧，看准机会，我带着你去找一下朱书记，你跟他说，反正就这一次机会了。

“那我跟他说什么呢？”

“这个还用我教你吗？”

看着空豪那谦恭的神情和空洞的眼神，淮湃摇了摇头，人都是喜欢教导别人引导别人，这是人超越别人的证明，如果有第三者甚至更多的人旁听，那更是一种快乐，据称是社会需要的快乐和自我实现的快乐。但面对一人，并且是自己的师弟时，这有时还要增加某种善良和耐心，似乎为了增加自己的价值，或者不甘心这样简单传授，淮湃说道，“你要请我吃饭呀。”

空豪当然满口答应，“哎呀，师哥，当然了，何止是吃饭，若我当选了，还要请你游玩。”

淮湃叹了一口气，很真诚地说，“其实这都无所谓，我也不在乎。主要还是你要有手段，否则，你当选了也是受罪呀。”

淮湃于是将想法和盘托出。

有时候闭上眼睛，静静地想着：山不动，风不吹，树不摇，真是个安静的世界，但很快发现，自己的心，在蠢蠢地跳动。

学斌老师大概受到某种情感鼓舞，那天突然很真诚地说道：“你们知道吗，这个社会的栋梁，其实并不是那所谓的一类大学出来的学子，他们虽然是经过学习筛选出来最优秀的人，但他们往往也是最入世、最庸俗的一类人，因为他们完全按照社会的塑造长大，他们也自然最遵从最捍卫现状，因为他们可以从中获益。但这个世界不需要停留在现状中，它需要变化变革甚至革命。所以，只有你们这所谓二类大学的学生们，因为你们有适当的聪明，尤其是不甘被人占先的侮辱，才是推动这个世界更美好更强大的动力和原因。”

说完后，同学们都有些呆住了，随即，大家开始热烈地鼓掌，这也许是对于他们最大的安慰最好的鼓励或者最好的恭维，如同身体上的伤疤反而变成美丽的刺青。弦悠，以自己对理性的感悟，她沉浸在这个说法本身的道理中，抛开说法的道理不讲，换个角度，难道不是学斌对弦悠的某种恭维么？所谓爱屋及乌，大概是这个道理。

眼泪，这个不争气的东西，也许它真正成为独立的东西后，就脱离自己的控制了，在自己眼眶中，眼泪似乎在躲避着自己的难过，争相逃出；眼泪还好似冲垮了自己经营很久的心理堡垒，在那一霎间自己被完全摧毁了被完全改变了，雾絮觉得自己真正喜欢上了扁奇，她不再阻挡了，不再回避了，她只是奇怪为何会这样。雾絮从小到大，或者准确地说，在心智成熟后，就几乎没有流过眼泪，也的确没有什么值得流泪的地方和事情，生活都是按部就班或者是顺畅地流淌着，一切都是在爸妈的安排下在老师的安排下，但这一次的眼泪，不能定义为这是第一次就珍贵，而是受到生活碰撞的第一次，是在爸妈老师之外自己独立面对的第一次，甚至可以说是生活虐待后的第一次，每个人都有施虐的倾向，也有某种受虐的爱好，就像精神病学家指出那样，每个人其实都是精神病，只是或强或弱的程度问题，就此，你可以认为，雾絮有某种受虐的倾向，于是她受到谁的委屈，她就会某种程度地倾向谁，这就是二十岁的女孩的故障，或者是女人甚至是人性共同的弱点。

雾絮喜欢上了扁奇，无可救药地。在她的眼里，扁奇是特异人类。虽然在扁奇的室友、同学眼中，扁奇就是一个平庸无聊的小人。

10. 另一件事又回到了这件事，像灵魂附体

当弦悠告诉扁奇那受骚扰的事情后，扁奇完全是带着一种忏悔的心情去找雾絮，他不再有想法了，有一个证明是，他的兜里已经不再揣着糖了，他这时心里很纯净了，只想道歉，既然没有好过，那就洒脱地道别，也算对得住自己的付出，也算给过去的自己一个结尾，更是对雾絮眼泪的一种怜惜，这的确是善良。站在女生宿舍楼下时，他甚至想到雾絮不会下楼见他，或者冷冰冰地匆匆离去，他有了充分准备。

高大的梧桐树，浓密的树叶，形成了大小不一的阴影和适当的凉爽，它在尽情享受阳光的时候，人也得到了庇护。

时间并不久，雾絮一袭白裙，披肩长发，竟然有某种笑意，扁奇有些惊讶，尽管如此，他还是通红着脸，“对不起。”

雾絮直接打断了他的话，脸色绯红，“咱们走走吧。”

扁奇嘴张开着，睁大着眼睛，看着雾絮，雾絮竟然笑嘻嘻的样子。

“你有糖吗？”

扁奇有种恍若隔世的感觉，他完全呆住了。

淮湃的睡眠一直很差，从他高中到现在，睡眠每天只能持续四五个小时，开始他很高兴，他有大把的时间去学习也有大把的时间去游逛，还有大把的时间胡思乱想。但日复一日年复一年都是这样，世界都在黑暗中，而他在瞪着眼睛在看护着世界，他感觉孤独和无聊

像从黑暗处爬出来的蛇，慢慢地化作绳索将他捆住将他恐吓，他开始害怕，开始痛苦，他想，当这个世界都在梦里时，是否自己被忘记被抛弃，就如同所有的人都在参加上帝的会议，而他却被拒之门外。

他形象普通，又没有对异性表演的欲望，也就气质平平，这些汇总下来，自然没有女孩的格外关注，反过来，那种女性的特征和气味也没有对他形成诱惑。

处在蓬勃的青春期状态的他，慢慢地走向思想的深处，他变得真是优秀，既能入世又能具有参与周围精细的聪明伎俩，还能偶尔超脱出来。

傍晚时分，他敲开了朱书记办公室的门，当他走进后，朱书记的温和，办公室里的家具、摆设、光亮、空间，这所有的一切以各种渠道冲入他的感官，他快速地接收着，反应着，这一切都是自动地反应，虽然脑子飞速旋转，但还是影响了节奏，因此他看起来，就不免迟钝、缓慢和某种害羞，“嗯，朱书记，我想跟您汇报点事情。”

朱书记的温和似乎在慢慢转为平淡，“找我汇报？你应当跟俊成书记汇报吧。”

“因为这个涉及俊成书记，所以不太方便。”

朱书记的眼光黯淡下来，“什么事情？”

“其实这事是那文艺部的空豪想跟您汇报，他只是想让我引见，他现在门口呢。”

“怎么这么麻烦，别让他进来了，你直接跟我说吧。”朱书记眼光冷漠。

“哦，好吧。”

淮湃咽了口唾液，书记的严肃已经超出他的预计了，他有些混乱了，他在下着决心，也在整理自己的思路。

校园的喇叭已经响起了，播放的是歌曲《跟着感觉走》，在淮湃的脑子里突然浮现了食堂那拥挤的画面。

“空豪说，很多同学反映，在下任学生会主席的竞选中，俊成书记指定实践部的汉坤做主席，要求大家支持他。”

朱书记的眼睛已经眯了起来，那眼仁已经看不到了，但却发射出冰冷的光芒，他仍旧面无表情。

“那又怎么样？”

朱书记的回答显然让淮湃的心哆嗦了，他开始抵抗了，

“因为他们是老乡。”

这句话淮湃用的是粤语，他似乎在提醒，也似乎在发泄不满。

朱书记显然收回了这种冷酷，微微一笑，但并不理会淮湃的口音变化，“哦，就这事呀，我知道了。”

淮湃完全失望了，他发现走进了一个完全不同的世界，这是个浩瀚无际深不可测的成人世界，他脑子一片混乱，他需要反抗了，既然这样了，他就把话说痛快吧，放手一搏了，他的眼睛圆睁：

“我只是觉得这件事对空豪不公平，因为他是广东人，难道就应当排除在外吗？”

朱书记又恢复到冷漠中，“好的，我知道了，年轻人，这些应该不是你们想的那样，就这样吧。”

朱书记继续冷漠，很明显，朱书记在委婉地让他离开。朱书记本来还想说，以后这类事还是要找俊成书记多沟通，不要再越级了。但他看到淮湃情绪的激烈，他就不再劝告了。

如同，大人和孩子在下棋，大人告诉那信心满满的小孩：你不懂规则，招法不对。

毫无疑问，这是一次彻底的失败，这场景这对话这冷酷，对于他都是第一次，他压抑不住自己的紧张，这的确是需要消化、分解和忍耐的，以往对朱书记所有的感觉，在这一次彻底颠覆了，这不是年轻的他能够看清的。不管怎样，他想说的已经全都表述清楚了，没办法了，本来这就是小聪明，自以为此举是可以拉拢，进而利用，原来，这一切都是自己所看不清摸不着的是自己所抵达不到的，反过来看，自己本是小卒，怎可能把将帅作为工具，他感觉自己全错了，甚至他在想，这事对他会引致的后果。

空豪看着满脸沮丧的淮湃，反而有一种高兴，那是一种受到教

导之后产生压力然后发现教导者本身的失败后，自己的本能反应，属于压力的释放。他发现成功的人原来也像自己一样有烦恼和压力，原来是跟自己一样的。但毕竟这事的前前后后都是为了自己，毕竟这种高兴有些无耻，所以也装作郁闷起来，几分钟后，他就变得真正郁闷了，同时他也不知怎么安慰这位高深的学长，他和淮湃像两只漂在湖面上无人掌舵的小船。

就在那晚的考前辅导课上，弦悠问了一个又一个问题，面对着散发出芳香气味的姑娘，看着裸露的脖子、手臂和小腿，还有那在灯管下反射出的白嫩的肉色，学斌的兴奋在膨胀，难以自抑地扩张。弦悠在数理逻辑上，如同一只蚯蚓在黑暗厚实的泥土里钻来钻去没有方向，她似乎拧紧了自己的神经而得不到缓释，这时的学斌，从那枯燥的数理统计复杂中，帮她巧妙地绕过了困难，找到了方法指明了方向，她为自己的顿悟而欢心，她将这种欢乐化为感谢或敬佩的眼光，这些光芒照向了学斌，双方的变化通过各种细节在相互传递着，积聚着，直到猛一呼吸，学斌略微颤抖地说：“可以出去走走吗？”一切真是顺理成章了。

在这个夏季的夜晚，节拍、流明、色调、湿度、温度，这一切都是人为了认识世界的需要将对象细分再命名，这些概念都是围绕人的感觉所设所造。人的感觉就这样被规范和被细化，思想也就这样被肢解，这是心灵的手术。

学斌和弦悠的心都是空空的，都在准备盛纳对方，那欢快的感官像吸尘器一般，随时都在准备着将对方的一言一行吞进自己的记忆里，他俩走在校园里，散发出只有对方才能接收的丰富，两人细细地感受着品味着。当然这种状态，双方都是第一次。

只有符合各自的认知结构，才能被解读，正如那学校对面的黑黢黢的大楼，只有观者先天具备立体感知能力才可以将那黑色线条的浮现认作大楼，这是位哲学家的理论。在他俩的漫步里，只有爱的渴望才能识别爱的甜蜜。

学斌，毫不意外地在散步中就将考题基本上透露给弦悠了，这是一种关怀这是一种话题但这也是一种炫耀，这时的弦悠，完全准确地明白了学斌的心思，接受甚至感谢这关怀，这老师的优势变成弦悠的依赖，很快，这获得的资源又演变成她的自豪了，她怀抱着这爱和秘密，她在想，这同学中，是否告诉别人帮助别人，是否让别人来分享自己的快乐呢，她马上想到了雾絮，不，有时她嫉妒有时她同情，有时她关怀有时她躲开。路面似乎不平整，学斌被绊了一下，其实只是他按照弦悠散步的节奏而调整了自己的节奏，这样抬放脚的高度有点混乱，鞋尖顶上了水泥地连接处的凸起上，这样鞋尖和凸起都有些磨损。

弦悠甚至进一步想，若雾絮是自己，她会喜欢学斌吗？反过来，学斌会喜欢雾絮吗？雾絮那么漂亮，学斌没有理由不喜欢呀，若自己和雾絮摆放在学斌面前，学斌会选择自己吗？这个问题的出现，让弦悠产生了烦恼，她不自信了，雾絮得到的太多了，她可以肆意扔掉那所谓的帅气男孩，而那是自己想得而不能的，她比自己优秀，当这个结论隐现的时候，弦悠是多么不情愿去面对，难道还要告诉她考题，还要继续让她优秀吗？

朱书记在周二下午的例会后，似是偶发兴致的样子，把俊成喊到自己的办公室里，客套几句后，他笑眯眯地看着俊成，“有人向我反映，说你指定了下一任学生会主席，是吗？”

这问话很突然也很尖锐，非常考验人的品质和智力，若完全否认，似乎表明朱书记听信谣言，若完全肯定，又似乎证明了告密者的正确性，俊成略一思忖，“哦，也没有指定，只是有些倾向吧。您也知道，很多学生都想要这个位置，作为我而言，肯定要从中发现最适合这个位置的人。”

“听说这个人还是你的老乡嘛。”

“哦，是的，不过我觉得他很适合这个岗位，举贤不避亲嘛，我认为将来跟我搭档起来会让工作更加顺畅。”

俊成暗骂那多嘴多舌的人，同时又为自己的这种解释和这个典故的应用暗自庆幸，随即自己又沿着这个思路，找到了自己的合理性甚至正义。

“你也不能这么讲，毕竟学生会主席还是需要民主选举嘛，你这样做太明显了，这不，还是有人反映到我这里了。”朱书记还是笑眯眯的神情。

俊成还是意识到自己过于简单了，不敢直视朱书记的眼睛，微微地低着头，他有些后悔了。

“好吧，书记，我还是想得不周到。”

在回去的路上，俊成慢慢平静下来，意识到自己这番对话很有问题，多亏最后自己认错了事，否则仔细探讨起来，自己的逻辑是有问题的，“举贤不避亲”这话证明了自己是在指定主席的做法，自己用结果证明过程的合理性，这种论证很有问题。很多事情都是这样，俊成也很明白，规则毕竟是规则，这是不容挑战的，但可以变通，可以润滑。学生会主席选举，肯定是人为操作的，这是确切无疑的潜规则，但自己不能把倾向说出来，不能明目张胆地用结果正确来否定这所谓的光明正大的规则，不能挑战规则。冠冕堂皇是必需的必要的，是要将事情呈现出口号般的色彩，是需要粉饰的。按照哲学术语，要非本真态，要遮蔽。

俊成当天找到汉坤，“你做事太不小心了，怎么现在大家都知道我支持你，公认你就是下任学生会主席了。”

“我没有呀，大家都知道了吗？我不知道，我一直很低调呀。”

“什么低调，现在朱书记都知道这事了，都知道你是我的老乡了。”

“我真的不清楚，我没做什么，那肯定是有人在捣鬼，到上面告状了。”

“谁在捣鬼，那人是谁呢？”

“那肯定是想从中获益的人，我知道了，肯定是那广东帮，他们跟朱书记是老乡。”

汉坤是那种头脑活跃的能说善想的家伙，有时候这类人的确很有天分，感觉异常敏锐和准确。

这句话突然唤醒了俊成，以前的疑问全都解开了，哦，明白了，正是这位朱书记，所以这几任的学生会主席就由广东籍学生担当。原来是我的老乡挡了他老乡的路了。

在每个黑魆魆的夜晚，校园的草地上总还留有那些从光明玩到黑暗而不愿意离去的学生，他们发出各种样的欢笑或叫喊声，混杂在花香草香中，俊成有些烦恼，他看不清了，他突然想象那是一群狐狸在那里玩耍，说着人语，看着那黑影摇来转去，他不由得打了个寒战。

他安慰自己暗示自己，这仅仅是想象，他是用自己的丰富思维打造了一个虚幻的场景，何必当真。这是看那些鬼故事的结果吗，直接原因是自己想象，但其实是来自于别人的鬼故事，他是建立在别人的基础上发挥的结果吧，这一定不是他独创的，这是学习的结果，进一步想，自己的每一天变化，难道不都是学习的结果吗？自己根本没有独创，自己只是联想，世界上所有的思想都是联想的结果吧，都是没有独创。这究竟是个什么样的世界，是无神无鬼的世界吗？难道我看到的才是真的，自己想象的就是假的吗？那朱书记是在扶植自己的老乡吗？那我是什么？是傀儡吗？我是继续做让他们在后面耻笑在背后操纵的傀儡吗？若我不做呢？俊成觉得很无力很悲哀，觉得这一切看不清。

他边想着边向着家走去。所谓的家，只是一间屋，里面承载着家具和床和被褥和简单生活用品和老婆和孩子，这是他所有的拥有，其他所谓的厨房、卫生间都在外间都是共用的，在门开的瞬间，在白炽灯下，这所有的拥有都以各种杂乱和嘈杂绽放着，这是他眼睛熟悉的、心情放松的、感觉温暖的地方，也是他慢慢麻木慢慢厌倦的地方。这就是心理的变化，在各种刺激后在各种习惯后人的变化。

灯下，两岁的孩子还在床上哭哭啼啼，那做高中老师的老婆眼直直地望着哭闹着的孩子、眼前的书桌、高高摞起的学生作业本，陷入沉思中：这难道是我要追求的生活吗，这是我追求的结果吗？

俊成推开家门的那一刻，老婆的抱怨声很大，俊成似乎发现家里的一切都在望着他，他似乎成为被观察被审查的对象，在家外的时候，他始终觉得，自己在观察别人，别人在自己面前，只是个转瞬即逝的东西，但在家里，在这个推门就看到全部的家里，自己则是老婆和所有物品的观察对象，自己变成他们的审查物，自己是否尽到了户主丈夫爸爸的义务，如果没有，为什么怎么办行不行，是否应该放弃户主丈夫爸爸的称号，自己活着的目的就应该是建设和满足他们，他迅速转变，心思完全转入家里，他不再有力量，他已经变成了服从者。换句话，在家外，一切都是为他而存在，他把一切作为工具，而回到家里，他是为家而活着，家是他的目的，或者家把他作为工具。换个心理学术语，抽象一下，他在外施虐，在家受虐，但换个角度论证，也可以变成在家施虐在外受虐。

如果，俊成不甘当傀儡，他就应当反抗，然后他的结果很可能就会滑到对抗学校书记的对立面，很可能他就会被替换掉，因为他不适合做傀儡，做傀儡也需要资格和条件的。家外的一切只是工具，只是对象，而不是目的，所以他无须遵从什么道德和说法，他可以伪装起来，找到技术手段去使用工具。

如果，俊成，甘当傀儡，他就要去适应这诡秘的世界去追随诡秘的人和事，然后他才可以安全地保住位置，这样一来就建立起稳定和安全，仍就能保证老婆孩子生活家居的正常运转。

第二天一早，俊成就感觉一切都是那么清新，这世界的一正一反的观念转换其实就是一刹那的顿悟，他应当捍卫朱书记的思想。

就是这天，瓢泼大雨，整座城市被水所浸泡，那些花草树木高楼大厦孤立无援地仰望着那漫无边际的灰白天空承受着那无休无止的暴雨，人呢，都被困在自己的脚下。

汉坤很早就赶到俊成的办公室了，他要找俊成商议自己下一步的举动，某一时刻雨还算小，雨伞尚能应付。俊成看他到来后，并不翻抬眼皮，汉坤敏锐地感觉到了俊成的冷漠，当他试图用微笑和谦恭和似乎可怜的神情来问候俊成时，俊成只是“嗯”了一声，虽然他不是一种坏心情。在这种态度下，本来汉坤就应该离去了，俊成似乎很忙，更似乎他不想跟汉坤说什么，汉坤手足无措地站在走廊上，那是个只有顶的敞开式的走廊，他漫无目的地望着周围，眼睛的转动其实只是个装饰，貌似大雨完全将他滞留了，他只有等待。俊成其实知道汉坤的不安，随着情境的变化，俊成也就把他叫入办公室，“我跟领导们汇报了一下，领导们还是希望这次学生会的改选要完全民主化，所以，你以前的想法要及时调整及时跟进。”

汉坤只是匆匆望了一下俊成的眼睛，然后移向办公桌上堆起的书，那书的侧面有些乌黑，一定是翻多后留下的污浊，不知道有多少人阅读，不知道有多少人从中获益，或许也会从中获害。汉坤似乎没有明白俊成的意思，他忽然陷在那用词上了，我或者你，而不是我们了，这意味什么，这意味着界限吗，这意味着两个孤独的东西吗？

“那我应当怎么做？”

俊成突然发现汉坤进入了一种孤立无援的状态，这是一种令人可怜的状态，应当类似于昨晚自己的状态，俊成油然而生一种同情，同情汉坤其实就是同情昨晚的自己。

“唉，你只能努力获得大家的支持了，我也毫无办法了。这些都是上面的决定，我只能说这些了，你回去吧。”

汉坤不记得自己怎么谦恭地告别，怎么沮丧地离开，但一定是很机械很自然地告别并走开。面向那肆虐的暴雨，他没有撑起伞，他想到在浴池里，那喷水的龙头，水量也相似，只是温度不同吧，于是他扎入雨中，跑向寝室，也就是他现在的家。

11. 你我望的是一个东西却是不同的样子

直到第二天晚间，也就是扁奇和雾絮相约一起在灰色的西三楼202室上自习时，扁奇一直处于一种懵懂状态，他一直在亢奋着，在亢奋中咀嚼这幸福，他甚至不知饥渴不思睡眠，甚至有那么一刻，他竟然流出了眼泪。在夜深的时候，他躺在宿舍的上铺里，似乎俯视着世界，看着左右和下面的同学，他开始觉得这世界是如此的美好，努力的自己再次获得了奖励，所有的一切都似乎围绕自己满足自己。

他的手指所及是那草席的磨损处，他摸索着，感觉着，那破损处细细的毛，柔软但又稍稍地扎手，如果这根草也有思想，那它在感受什么呢，做草席，是它的选择吗，它快乐吗？凉风从敞开的窗户外扫了过来，在若隐若现的昏暗光下，蚊帐晃动着，扁奇微笑着，看着。

自习时，扁奇明显感觉到了雾絮的温情，她处处在体贴他关心他，似乎他是个还没长大的孩子，爱是什么，扁奇感觉自己完全淹没在雾絮的世界里，他不时地透过雾絮的眼看自己、感觉自己，感觉自己似乎是雾絮的一部分，同时，他又不时地望向雾絮，这个美丽的女孩，是自己的。

雾絮眼含笑容，柔柔地小声说道："咱俩出去走走，好吗？"

这是个凉爽的秋夜，乳白的月亮和橘黄的路灯播撒着不同的光亮，扁奇的余光注意到雾絮纤细的胳膊和柔软的手在甩动着，他有意地用自己的手去碰，这种细微的主动，雾絮当然感觉到了，二人的注意力马上都转移到指尖的触碰了，相互间已无话语，只有那进出的气息包围着，一下两下三下，终于，停留在一起，扁奇的手牵住了雾絮的手，异性的刺激和想象其实不仅在扁奇身上燃烧，也同样在雾絮身上涌动，一股电流迅速传递，开始在彼此身体流淌，快乐在弥漫，就这样，二人手拉着手，相互源源不断传递着手心的温暖和颤抖，身体像漂浮在月光下的虚空中。

这世界每一样东西都是独一无二的，因此也就是孤独的，我是孤独的，你是孤独的，山是孤独的，云是孤独的，地球是孤独的，宇宙是孤独的，既然是孤独，进一步的感受就是孤苦伶仃，然后就是无依无靠，然后就是适应，重新寻找位置，重新建立信心，重新建立自我。

空豪感受的正是这种孤独，尽管他还没有清楚明白这种孤独背后的构成和广泛，但淮湃已经明确地告诉他的无奈了，空豪已经无所依靠了。

在空豪静默的时候，他很敏锐地发现，汉坤突然无精打采了，他开始变得沉默甚至某种客气谦恭，扁奇呢，似乎突然兴奋起来，开始每天笑哈哈，表现着一副满不在乎的神情，俊成呢，也不如以前那么忙忙碌碌了，他似乎对空豪有更多的微笑了，空豪迷茫地看着周围，周围发生了变化，这几个自己关注的人都和以前不一样了，似乎秩序和道理发生了变化，这显然不是自己预料的结果，不知道哪里变化了，这世界被蝴蝶的翅膀扇动改变了吗？他不知道，他不知道这种变化对他意味着什么，他还沉浸在自己的失落中，在这种心理氛围中，他就可以审视自己的现状，他需要跟别人比较，重新建立自己的信心，他看着寝室里的同学，大家其实都这样生活呀，不去做那学生会的干部，可以那般地轻松和自如，那自己何必去努力呢，他发现自己可以变成另一种存在了，他发现自己另有价值，自己的独特性是可以在另外方面光彩夺目。

若从行为心理学角度观察，是刺激方式发生了变化，以前他在某种刺激下可以欢欣鼓舞，突然那种刺激不在了，他开始感觉无聊和孤独，不自觉地要寻找建立新的刺激，像自己刚入校的时候一样。

毕竟都是年轻人，这几位的心情在学生会的日常工作中得到了反应，每个人似乎都是热情不高的神情，似乎都是在将最后的日子耗尽的样子，俊成看了出来，于是开始不点名道姓地在会议上重复那句“当一天和尚撞一天钟”的千古名言，他在会上试图把道理讲清楚，在学生会工作，是种荣誉，要珍惜为广大学生服务的机会，但是听者都明白，其实任何一位学生积极表现一下，都能够得到这个机会，若任何一位学生依靠积极就能获得的东西，何来荣誉之说呢。但无人敢于反驳，于是俊成就得以继续他的理论。

这几天，淮湃还是感觉到俊成对他的态度有所变化，似乎更多笑容。感觉是什么，是从眼前的场景中找到和记忆中场景不同的地方，这是身体器官的一种机能。淮湃发现了，但他没有形成结论，因为他还年轻，也就意味他没有经历过这种可以如同变色龙般做事的人。

他不知道，若人可以长命百岁，人会更加充分地表现毫无信仰毫无原则的属性，甚至还有一些人，观念的改变有时就是一刹那的事情，简单得如同换了个发型，态度马上跟随转变，这真是具备灵性的人才能做到的。

俊成笑哈哈地把淮湃喊到了自己的办公室，关上门，倒上水，一起坐到了办公桌对面的藤椅上，这一连串动作让淮湃有些坐站不宁，俊成客套了几句，然后问道：“你即将离任了，对于下一任的主席，你心里有人选吗？”

淮湃马上领悟到，那天和朱书记的谈话发生了作用，看样并不是如同自己想象的悲观，事情有了转机，也许就是朱书记有了指示，淮湃刚才的不安找到了落脚点，他由不安和郁积多日的愤懑转为兴奋，这是完全的翻转，这种认识变化后，情绪的变化更是一霎那，淮湃控制着自己，他在偷偷地深深地吸气然后缓慢地吐出，他努力压制着激动保持着平静，他缓慢地说，甚至头低下了，他其实在隐藏自己的欢乐眼神：

“哦，是的，我一直觉得文艺部的空豪比较适合。”

这个答案对于俊成是意料之中，但为了让对话深入，他就装作有兴趣的神情，“哦，说来听听。”

这种论点说完，论据展开是人理性训练的必备程序，何况这内容早已准备充分，这种阐述无非是个人经验个人想象，再掺杂个人情感个人动机，结合学生会主席的特殊性，套用社会语言政治语言，采用一定的逻辑组合修饰伪装来证明论点罢了。这种训练，高中就完成了。

有些事就是仪式，就如同见面时握手或互道你好，俊成装作兴趣模样和思考神情认真地倾听，在表演期间，俊成的心飘向了朱书记，他在想，如何组合编排话语向朱书记汇报。这种心不在焉其实也被淮湃有所察觉，他还是硬着头皮接着说，他俩最后的结束语是：“你说得很有道理，我会考虑一下的。”

俊成看着淮湃以拘谨的神态告别，看着他转过身子，小心地拉开门，走出去，又转过身笑着，以一副弯腰的谦恭神态望着俊成，再慢慢地关上门，俊成也是笑眯眯地看着，心却盘算着，如何取悦朱书记，从而获取朱书记的欢心。

那天阴雨绵绵，从窗口上望，灰白的天空和绿绿的树如同凝固一般，每个人的注意力在无法跳进头脑的兴奋灶时，似乎都集中到了自己的孤独。

淮湃很兴奋，傍晚时分，就在西四楼的走廊里，那灯泡似乎接触不良在不时地闪动着，走廊里有些昏暗，他和空豪走到敞开着的走廊，面对着绿树葱葱，释放着自己的心情。

日子是那么地绵延，无始无终，枯燥无聊重复将那热血和激情冷却了。学生们与其说是在忙碌中在欢乐中，倒不如说是在逃避中。

其实，对于弦悠和学斌的相处，学斌还是有一定的压力的，师生恋，这个社会对于爱情其实有很多限制条件的，一些道德限制，例如同性间，亲戚间，已婚人之间，还有一些社会限制，诸如年龄差异、初高中生之间、或某些岗位的同事间，然后就是师生恋了，虽然没有强制规定，但在不同的单位，就会有不同的理解，领导就会有不同的干预。尽管在大学里，不像高中里师生恋被完全禁止，但也是有一定的压力，家长认为身在异乡的女儿是以求学为目的，而不是求爱，但女孩往往认为自己已经长大，有了支配自己的权利，作为老师的同事，就会认为这种近水楼台先得月有点太饥渴太取巧，作为学校那些领导们，就会认为老师注意力还是要在教书授业上，找自己的学生有违师道尊严，最重要的是会给学校带来麻烦。

深秋的落叶铺在马路上，不时的过往车辆碾轧着，风吹来时，那细碎的枝叶飞扬起来，万物似乎都很寂寞，相互间可有可无。

弦悠和学斌在橘黄色的灯光下走着，二人的身影时而拉长时而缩成一团，学斌似乎沉浸在这身影变化中，一种乐趣滋生着，他似乎在这种简单的变化中就可以感受幸福了。弦悠则有一种淡淡的失望，她虽然没有对爱情有过多的幻想和理解，但这眼前的学斌和这段时间的交往，让她总是感觉有什么不对劲的地方，一种无法看明白说明白的地方，很多词汇是无法抵达心内真正的意愿的，说明词汇需要进一步细化，或者说明弦悠还没有真正读懂自己的心思。

朱书记的办公室有二十多个平方米，像所有的领导办公室一样，基本的结构是两大块，一块是宽大的桌子和椅子，另一块是组合的舒适沙发，这种结构的基本含义是一块代表了权利的上下，一块是代表了权利的左右，也就是说暗示着一块是不平等的一块是平等的，沙发中间是茶几和茶几上的暖瓶茶壶茶杯，稍微特别的是，在朱书记椅子的背后是满墙的书，其他的三面墙零落地挂着各种锦旗和相片框，房间的中间还放着一个炭火炉，正缓缓地烧着，整间屋子散发着暖洋洋的气息。朱书记几乎每天都坐在办公桌后面的椅子上面对着带着各种笑容和各种要求或请示的人，有时候这也像个佛堂，区别是没有香火缭绕，他还能够给予有声的回答，这样的架势和语言像是人类的主宰，这日复一日、年复一年的循环已经让朱书记养成了习惯，已经持续十年了。当他由留校生转为助教、教师，然后是讲师、副教授、教授，教授升为系主任、学院主任、学院书记，再升为副校长、副书记、校长，最后做书记，这简明的历程却是跨越了二十五年，现在又在这书记岗位上做了十年了，他建立了自己的威严和自己的氛围，无论在校外还是校内都获得了极大的尊重，所有人间美好的词汇，大半都在勾画着自己。其实这些尊重、尊严、美好诸如此类的词汇都是这个位置的标准配置，有点像灯光下的座位，任何人坐上去都会流光溢彩光荣正确。

在这些灿烂夺目的笼罩下，朱书记有时不免期盼那上帝或天堂的存在，天堂里也有大学校园吧，也会有教授吧，当然也应当有校长吧，我也可以做校长吧，他巴不得将学校原封不动都搬到天堂里，然后自己一定要在那里有同样的位置，当然那些捣蛋的对手们或坏蛋们也最好都过去，首先，他们是手下败将，只有他们才能证明自己的正确；其次，压制他们会让自己获得快乐。从这一点来看，这朱书记还是很有胸怀有些大气的，不是每个人都能喜欢他的对手们或坏蛋们的。

朱书记沉浸在自己的想象里，幸福溢满心头。

朱书记那一刻正在这其中沉沦，俊成敲响了朱书记办公室的门，于是场景中断，朱书记的嘴说了声进来。

在俊成小心翼翼面带巴结地问候时，朱书记面无表情，岁月和职业已经将他磨炼成熟及至老练，他的欢乐只在心里激荡。

“我想跟您汇报一下工作。”

“嗯，说吧。”

“对于上次您给我的教诲，我这几天认真反省了一下，然后又跟学生会的各部门负责人分别谈了一下，从整体上有了新的认识，我发现自己以前的想法的确太不成熟了。”

“哦？什么新的认识？”朱书记开始有些不在意，听他这么一过分退缩谦虚，反而生出兴趣，八卦的心态扬起，不过，他也不愿过多表明自己态度，按照经验，通常而言，这类低姿态的话语开端往往会潜伏更多的贪婪。

“现在全社会都在提倡竞选，我的确应该充分让学生们参与学生会主席的选举，按照他们自己的意愿，而不是我自己的想法。”

朱书记觉得俊成还是没有将话说透，感觉他似乎在等待自己的语言来过渡一下，“那你现在完全没有自己的想法了吗？”

俊成其实就等这句话的过渡呢，他要将自己对朱书记的尊重和顺从和讨好顺畅地表达出来，要让朱书记的理念实现，朱书记决定自己的未来，难道这世界除了他之外，还有别人能如此强大如此真实地帮助自己吗，没有。

“哦，也有一点。我觉得那文艺部的空豪还是更适合这个岗位。”

毫无疑问，朱书记迷惑了，他只是延伸了俊成的话，只是想知道俊成的下一步举动，这是工作，这也是八卦，这也是乐趣，谁能分清楚，他突然被俊成拽进自己不熟悉的细节中了，他的八卦误入歧途了，看着朱书记的迷惑，俊成似有不解，就提示了一下，“就是那个广东籍的文艺部部长。”

朱书记马上明白了，马上联想到这俊成的自作聪明，俊成以为自己反对提议湖北老乡，然后就自作聪明地改做成自己的广东老乡了，俊成以为自己跟他一样，搞些老乡关系，简直是侮辱。朱书记很恼火，把自己矮化了，矮化成跟俊成一个高度了，温和的神情马上转换成严厉的面孔。

“你这是什么反省，怎么还是在用自己的想法，什么广东籍，我不会在意什么老乡，你不要天天在这些小圈子打转转，要敞开胸怀，面向全校，让同学们自己选举吧。”朱书记差点把“蠢货”这个词吐出口。

此时的俊成呆住了，那满腔的激情和期待突然被冷水泼洒，不仅仅是冷却的刺激，还有冷水的冲力，如同讨好的孩子，本来想获得大人的赞许，没想到却是劈头盖脸的批评，他似乎有流泪的冲动。

俊成意识到自己又犯了错，最关键的是自己不知错到了哪里，他只能哼哼呀呀的样子，然后说：“好吧，朱书记，我明白了，让同学们自己选举吧，我不再有任何想法了。”

朱书记很恼火，俊成的说法暗示着自己在操控学生会主席的人选，这简直是侮辱，这类细节是自己所不屑的，也就是这俊成，这种小人的心态，小人是什么，就是这种位卑自卑的人。

俊成也很恼火，表情异常严肃，在回办公室的走廊上他在心里骂骂咧咧，这朱书记太难伺候了，太难琢磨了。他走进自己的办公室，觉得应当发泄一下，于是他将眼前的杂志，一本接着一本撕了起来，里面的语句都被扯开了，连不成完整的思想了，他现在真是不需要思想了。慢慢地他冷静下来，他开始回忆上一次朱书记跟他的谈话，似乎并无什么暗示，对比这一次谈话，看样朱书记并没有想让广东籍学生入选，是自己过度理解了，又生出了误解，这种误解看样惹恼了朱书记，唉，怨不得朱书记如此愤怒，怨不得朱书记让自己好好反省一下，这老家伙的确功力深厚，怪就怪自己思想太粗糙，好吧，对不起了，我要进一步仔细、进一步用心。既然明白了，那下一步应当怎么做呢，真是按照朱书记指示的“让同学们自己选举”好吧。

他的情绪慢慢地在深秋的阳光里消融。

12. 他的游戏却是你的梦想

大学时间其实完全是由无聊、困惑、喜悦、压力、烦恼这些时刻的排列组合，可以想象成这些积木被上帝抛来抛去。

“这世界是没有方向的，其实也没有时间，你们知道吗？”扁奇寝室里的阮仕荣这么没有来由地对着几个同学说，有时说话就这样，有炫耀新理论的意思，有发泄的意思，有教育别人的意思，也是混杂这些所有意思的意思。他是来自于福建一个富裕的家庭，他有时说，我若像你们这样努力，那我一定会考上北大清华的，开始大家都认为他在吹牛，但慢慢发现，这东西竟然天天大量的时间是用在睡觉上，他很少上课，课本都是新的，看着老师留的作业然后翻着书，竟然就能鼓捣出来，并且很少犯错，另外明显表现的是反应快记忆力强，这些现象和特征加到一起后，大家暗自服气，就任他吹吧，说不准他就是对的。他后来又开始发表一些怪议：人，为什么要奋斗？做个普通人不是很好吗？

若说特点，他是个很爱干净的人，每晚睡觉前必泡脚洗脚，床铺永远整齐，衣服永远洁净，就连说话，也是非常干净，绝无任何脏字，看样正如他说，自己是贵族之后。寝室里六个学生，还是慢慢形成经常在一起或经常不在一起的几拨人，扁奇，每天忙于上课、学生会和雾絮，时间始终处于紧绷状态，毫无疑问，完全独来独往，不得不和其他五位室友保持距离，这肯定属于独拨。这位阮贵族呢，除了睡觉之外，其余时间就混迹于各种朋友圈，这属于随机拨。另外四位呢，那陕西的和河北的经常一起教室图书馆或电影院，那湖北的和四川的和外寝室的人混在一起，这都属于正常拨，朋友搭伴结交是个很有趣的现象，经济条件好的喜欢在一起扎堆，强势一点的却喜欢跟性格柔顺的在一起，喜欢学习的大都独来独往，喜欢玩的一定是三两集群。

每个人的心里都充满着对别人的不屑或者对自己的宽容，都认为自己是正义满满，大家都是同龄人，都是靠自己的各种努力考入了大学，每个人都有一定想法然后这些想法也获得了赞赏或者成功，在这种状态下，怎么可能不自傲呢，既然自傲了，怎么可能让其他人轻易压制或贬低呢，一定要在复杂的生活中找到别人的不足。何况，那些不足，处处可见。

阮仕荣长得风骨特异，换个角度说他五官长得精致似乎可以用漂亮这个词，他身高只有一米六五左右，若从远处看，却又比例合适，像个大个子，他有种温柔的感觉，让男人们都有种心疼的感觉，但他又不是那偏女性化的男人，即便让你做上帝，当你偶然间看到自己的作品，也会为此纠结。很神奇很有趣的是，很多女孩非常喜欢他，甚至直接追求他，这些女孩大都长得高高大大，不乏相貌出众的，这令周围人难以思议羡慕不已。他的信很多，从大一的时候，每天似乎都能收到信，当然随着年级升高，他的信的厚度和密度也降低很多，尽管如此，还是比别人多，并且大都是女孩子的信，另外每逢周末或节假日，经常有女孩过来看望他，他倒是很少出门，很有守株待兔的样子，女孩子经常不同，都没有成为女朋友，貌似这也是懒惰的结果。

扁奇和阮仕荣虽然一个寝室，但似乎是开向两个方向的列车，这二人的做派，似乎都在考验上帝对未来的安排，若不信上帝的话，也可以发出疑问：努力和消极会在缤纷的生活中获得什么结果呢。扁奇还是暗暗倾羡他的，这种天赐的智力和生活的富庶和女朋友众多，这些竟然可以全部归一人占有，当然，表面上扁奇是装作不在意的神情，阮仕荣呢，自己不上进，但对这混得风生水起努力中的人也不免心生嫉妒，虽然经常自我安慰要轻松生活，但若真是改变自己开始努力，自己似乎又接受不了这种辛苦，毕竟懒惰是来自于幼儿时代，习惯已经深入脊髓。当阮仕荣看到扁奇那种嘴角的笑时，不知为何竟然理解成嘲弄的含意，这样一来，阮仕荣不免对扁奇不屑，他于是从道德层面把扁奇视为投机分子，当他得知这扁奇竟然把校花雾絮搞到手里时候，心理开始失衡，首先认为的是这是个骗子，然后就认为那雾絮其实是败絮，再后来就认为二人关系不会久长。

那天几个人开始争论一个问题：手和脚，哪一个更干净？阮仕荣说，你看那脚，总是在被包裹着，每天接触的无非就是袜子，而手呢，从与人握手，到抓面食，到擦屎撒尿，一直到各种东西，所有的好事坏事做尽，呵呵，如同那各种成功的人，人每次都能将手洗干净吗？那在心里为何总是认为手最干净呢。这话表面只是就事论事，但仔细琢磨一下，像是针对某一人而发。

扁奇沉浸在自己幸福中，也就格外宽容一些，虽然觉得有点不对味，但也就隐忍了。

意义和价值其实都是人赋予的，都是人工社会的产物，但就万物万事而言，所有的微小甚至宏大都是平等的都是物体的自我表现，都是孕育着巨大的力量和潜力。即便在人工社会里，意义和价值也会变化甚至反转的。

俊成很聪明，他似乎悟出一些道理了，他发现从目前而言，不做胜于做什么，但也不免延伸算计，若真是完全竞选，若出现的结果是那广东的空豪当选或是自己老乡汉坤竞选，那书记是否会疑心我在做手脚呢？

你不能表明态度，因为事物的发展往往有自身的规律和意外，你若表明态度，会将事物的变化增加了另外的因素，这另外的因素或许会增加了变数，这样一来，你会变得被动，你的态度会让你选择变少。俊成觉得自己似乎陷入这个悖论里了。他又迷惑了，一定要找到解决办法。

在空豪的眼里，事情突然发生了反转。如同漆黑的房间里，突然打开了一扇门，一条通路显而易见，那沮丧一扫而空，自从那天淮湃将事情的蹊跷分析后，空豪心里乐开了花，但他是不敢在脸上流露出来，虽然嘴角已经微微地上翘，他还是年轻，控制自己的表情能力还是欠缺，按照通常的观念，若是将自己的表情和心里的状态同步，那就意味着浅薄，浅薄意味着不成熟，其结果就是失败。

这些日子，俊成在大会上大谈特谈公平竞争公开竞选，空豪的理解就是某种对自己的默认或是为自己铺垫。

有时候是这样的，你必须认输，这样才能更准确地看待自己、看待世界，你如果不认输，不放下武器，这样你会把翻盘的机会丢失，甚至会遭受到更严重的打击，然后命运等待你进一步的认输。这是种人世间想和做的技巧。

汉坤似乎已经彻底失望，这些日子，俊成对他的态度已经非常冷淡，汉坤只能谦恭有加。当俊成在大会上反复强调公平竞争公开竞选时候，汉坤反而认为，就在几周前，他还是团委指定的唯一，现在却把他踢走，还美其名曰公平公开了，其实就是找个名义换个唯一就是了，他开始恨，恨空豪，恨淮湃，恨那广东籍的几个学生，恨朱书记，就是这帮人控制了学生会，控制了团委，甚至他有某种程度地恨俊成。他有一种不服气的感觉在升腾，他甚至认为自己是正义，自己要代表正义要向黑暗挑战，一种壮烈感油然而生。

汉坤是个比较偏激的人，他长在农村，村庄里毕竟人少，事情偏于简单，这样他看待问题就趋于单纯，他黑白分明善恶分明，小学初中高中三个阶段时候，他的学习成绩上等，他也就能够相应地做着课代表或者劳动委员或者卫生委员这类中级干部的位置，这些都是顺其自然的，也都是老师指定的，所以公平合理正义这些概念一直灌输和执行得很好，但在大学阶段，尤其是人聚集到一定密度后，事情变得复杂，黑和白、善和恶之间有大量的过渡阶段，反而单一的黑白或绝对的善恶没有显现或无法分辨，汉坤就不会有这种认识转变，更没有人告诉他。汉坤通过自己的视野，用自己的经历，去看待评判这复杂的人事关系，凡是自己认为正义的就是事实正义的，当看不清时候，凡是有利自己的就是公平正义，这一定会偏差，偏差后，他态度又趋于强势，他不妥协不认输，也就是不接受现实。

他的家境一般，所以他的钱就不宽裕，也就意味着用钱获取的娱乐没有很多，所以他的精力就不分散，他太执着了，这是教育的结果，从小一直被灌输学习才是唯一，要坚持坚持再坚持，哪知道坚持多了就会执着，最后执着就变成习惯。

扁奇一直沉浸在爱情的甜蜜里，若学生会的事不忙，在晚自习里他就会跟雾絮在一起，两人手拉手，已经走完了学院的每条小路，相互的依恋不断地在增长，也许幸福太巨大或太突然，望着夕阳渐渐沉入楼后或树丛中，扁奇有时候不免怀疑这傍晚的世界，这世界和自己小时的世界是否还是同一个，他有时候还称量自己和雾絮，他甚至有时转换成她的角度，想他配她吗，从长相身高家境各个角度进行评判称量，这样做的结果是有时他感觉自卑，有时他又觉得相差无几，他最后的结论是，自己的智力和能力足以担当或者实现这种爱情，因为他太顺了，或者太成功了，也就不免完全相信这一切都是努力和智力相加或相乘而换来，而不是那所谓的看不见摸不到的运气，更不是诸多误解偏见的成果。他相信自己，相信这个世界，相信奋斗就会成功的人类格言，相信自己是靠独特和优秀而成功的。

这世界就这样，当你认为你发现它的规律时，就在不远处，它的惩罚就开始酝酿了。但你永远不知道它的爆发是在何时是在何地是为何事，你只要活着，主要向前走，就意味着你早晚会遇到它。

当俊成多次强调公开竞选、公平竞争时，扁奇还是很相信他的，这生涯的二十年，是相信长辈相信权威相信主流的年龄，尽管有人说俊成其实是在帮助自己的老乡，但扁奇觉得自己可以通过努力和真诚改变结果的，他没有过多的阴谋论想法，所以也会将消极意义的、不确定的阴谋论淡化，只是将传言视为生活正义的上下偏差波动，自己不能太当回事了。因此，他倒是要全身心地为竞选而努力。

在那个风吹叶落的夜晚，雾絮挽着扁奇的胳膊，二人缓缓地走着，望着这无月的天空，扁奇向雾絮描述着学生会的现状，雾絮只是听着，她没有任何想法，扁奇说：“我要努力，要做学生会主席，这样分配时会有优势，会优先挑选城市和单位，这样咱俩分配时会到一起，永远在一起。”

只有这最后一句，扁奇明显感觉到雾絮的手臂紧紧地挽住自己，她轻轻地叹了口气，头靠向自己的肩膀，雾絮缓缓地说：“你知道吗，其实我不敢看向未来，我不敢想未来，真的。”

扁奇的心猛地一沉，很快他又恢复，他偏着头看着雾絮的眼睛：

“相信我，这一切我都在考虑，我会成功的，我们一定要在一起。”

雾絮深情地望着扁奇，扁奇的眼睛闪亮，这是一种坚定一种自信，她喜欢这样的神态。她“嗯”了一声，头紧紧地靠着扁奇，就在那一刹那，她的眼里在闪着泪花，嘴角却上翘，是在微笑。不知为何，二人都有一种惊悚的感觉，这种感觉让以后的雾絮不时地挂怀，有点像缓缓水杯里下滑的水渍。

天上还是不见月亮，或许已经潜入人间。

学生会主席的参选人报名开始了，没想到这种大张旗鼓所引致的是竟然多达三十多名学生报名，当把名单报到俊成那里时，面对这三十多名分布在一二年级各系的学生，他自言自语：“怎么这么多人报，真是麻烦。看样这高调真是有问题。”

俊成发现自己的节奏被破坏了，本来每天他固定保持一种理解事情处理事情的速度，但现在，自己需要加速了，需要将热情和精力分散了，本来可以大笑，若按照这样平均的话，只能是微笑了。窗外的天空是灰白，看样今天是没有机会看到太阳了，他胡乱想着，随后摇了摇头召集团委几个人开了个内部会，大家各自发表了一些见解，最后的结果是让这些参选人面试一下，最后再挑出五人进入竞选。当有人提出这是否违背了公平公正的原则时，他说道：

“这些人，咱们不熟悉，近万名学生更不熟悉，若让他们都进入公开竞选阶段，那学校就不用上课了，就看他们折腾了，咱们就先代为筛选吧。”

面对手下这些人，俊成说话比较随便和直接，当然，站在不喜欢他的人的角度，就会认为他比较霸道。

“那以什么标准筛选呢？”有人问道。

“面试后再说吧。”

在他说话时，他没有露出笑容，他其实觉得有点累就有点不耐烦，这样一来，很多干部觉得他很有官的派头，也就无人愿意多嘴。

一天又一天，地球只是循环重复，人呢，只盯着眼前细节，自以为在创造什么改变什么。

当这三十多人的谈话记录摆在俊成的面前时，他似乎看到了自己当老师时学生交的作业，他开始还是认真看了几篇，真是感慨，有的学生要么是毫无经验充满浪漫，要么就是胆子大脸皮厚，自吹自擂，甚至有的还是花样百出幼稚愚蠢，当然大多数都是条理清晰想法实际的。后来的一些他也就翻了翻，哪有那么多耐心。人，文字呈现是一种样子，见面又是另外的样子，等到说话做事呢，还会有另外的表现，所以干脆，俊成就直接从里面找出五名在学生会里算是熟悉的学生，这里面包括了汉坤、空豪、扁奇，对于扁奇，俊成还真是犹豫了一下，但想想扁奇平时那副面对自己低三下四的嘴脸，觉得这可以充个数或者做龙套，至于汉坤和空豪，他还要等着下一步的意外变化，他已经想好了下一步。另外两个，一个是来自江西的萧然，她还属于大一新生，在学生会宣传部做副部长，另外一位是来自北京的沿冬，他在学生会的学习部做部长，最重要的是这两个地方的生源不是很多，并且，毫无疑问，俊成需要他们做龙套，需要他们凑成某种因素，这种因素可以造成某种意外，在某个环节中，需要他们发挥特别的作用，俊成已经想好了。

团委只有这十号人，看俊成书记已经直接确定了名单，大家也没说啥，当办公室人员问是否张榜公布时，俊成说还是低调吧，私下通知吧，否则那些落选的家伙们不知道怎么又蹦又跳呢。

即便这样，还是有落选人过来质问落选原因，俊成总是冷冷地接待，要让对方有某种被震慑的感觉，尽管他还没有搞明白对方是谁，仍不妨碍他的第一句回答，“我们查了你的档案，我们要进行比较和评比。”

这句话通常有很深远的想象力，落选人都被这句话击倒了，从而哑口无言。档案，这是个神秘的东西，在每个人的心目中，它似乎是人的标签，它表面上是反映过去，实际上代表了未来，它的另外含意就是你在每个成长时间段的判决书或者鉴定书。无人能确定自己的档案里记载了什么，也自然无人知道自己被标明坏人或是普通人或是好人，因为你被别人掌握着，被别人掌握着自己也不知道的什么东西，这方面无人敢自信。

俊成对这些人充满了蔑视，还跟我叫板，哼，世界都没看清楚，就想指点江山吗？

能否可以放慢生活的节奏呢？面向这个世界。

持续一周了，弦悠不想见学斌，她不知为什么烦恼，就是烦恼，坐在床边上，呆呆地看着寝室，每张床上的物品其实都被精心摆放着，然后每张床都呈现一种秩序，但这八张床整体的呈现却是乱七八糟，在灯光的照射下，弥漫着无趣和败兴，局部的秩序却是整体的混乱，这就是一种角度，弦悠联想起自己的爱情，她不知道和学斌之间是种什么呈现，本来各自都是呈现着某种精致，当他和她在一起的时候呢，在第三者看来或者在人群看来是一种不和谐吗？她惊讶于自己突然的比方，她在这联想的结论下迷惑了，自己怎么了，怎么总可以绕到这爱情上，这属于冷静思考后的顿悟吗？她喝了口水缓了缓节奏，干脆直接开始分析自己的爱情了，换个角度，第三者的角度或是人群的角度，他配得上自己吗？自己虽然不是很漂亮，但身材还是不错，来自大城市，爸妈都工作稳定，也算富裕家庭，而学斌呢，来自于农村，很多时候都表现出一种土气和小气，他适合自己吗？外人会怎么看怎么说呢？爸妈呢？但很快，她又怀疑自己是否太市侩太庸俗，总是用那市井的标准来称量自己，难道一定就要如此吗？

若超越一下抽象一下，按照某位哲学家的观点，意识这是个存在的东西，人这个身体载体甚至周围环境也算是一个东西，这两个东西是两个独立的事物吗，相对于这个物理世界，意识不就是存在于那理念世界吗，一种完全是灵魂的世界吗？灵魂的世界不就是彼此以独特的思想、普遍的抽象相互交流吗？身高、长相、家境这些外表包装，这都是外在的表面的物质的，这都属于物理世界的，在风吹雨打的漫长人生里能维持多久？爱情难道是要建立在这些表面的物理世界上吗，即便建立了，那能长久吗？她的爱情应该建立在理念世界上，弦悠试图在说服自己，她其实相信哲学的心物二元论。就在此刻，还有一种她不知道或有意回避的原因起了作用，那就是，她不知道怎么拒绝学斌，她从小到大没有拒绝过别人，只是因为她怯懦或者害羞或者是善良，或者是因面对这独特位置的老师，她不知道怎么收场，这是种尴尬，于是她就不自觉地采用了那“不战不和不守、不死不降不走”的清朝守将的战术，她真不懂，她不做选择其实也是一种选择，那就是默许爱情继续。

可以就此认为是她找了个二元论的理由遮盖了拒绝别人的尴尬，这真是某种心理缺陷。

唉，复杂的现实，复杂的人类，欺骗有时像阳光一样遍洒人间，自己也反射，自己也吸收，简单地说，欺骗不仅仅是面向别人，有时也针对自己。

她就在这种默许中保持着，慢慢就觉得还是继续爱情吧，继续心灵的沟通吧，不要再被物理世界所牵引了。

“我不会按照世俗的眼光去生活，世俗的想法就是模型，我不能在那模型里成长，我也不能在模型里面受到捆绑，若按照世俗的眼光去选择，那我的自由哪里去了，我还是我自己吗？”

是的，道理很清晰，结论很明确。但道理外面还套着道理，只是她不知道，她的所谓反叛虽然不是世俗教育的产物，却是与生俱来的任性表现，这种任性其实也相近于她在幼小阶段，出汗就脱衣服，然后爸妈阻止，她坚决不从，哭闹不已。区别是，她现在有了从或者不从的大道理，她自认逃开了世俗观念的约束，却陷入了自然的驱动。

这一关一过，弦悠觉得自己可以死心塌地了，她相信自己的选择和爱情了，她不再介意别人的想法了。

当然，这番心理斗争学斌毫不知晓，但那一段时间弦悠的沉默，却增加了学斌的爱情深度，如同买卖过程，卖家过度的犹豫，会增强买家的期望度，爱情真是毫无例外。学斌更加珍惜这独一无二的弦悠了，在他心里他觉得弦悠是那么美丽那么独特，他要爱她一辈子。

俊成分别找他们五个人谈了话，他的说话还是很有次序和策略的，首先他要恭喜这五人成功入围，当然要表明自己对他们的信任和对他们在学生会工作的感谢，这与其说是讨好，不如说是要求他们感恩或效忠，然后进入主题，主要是说，其实这种公平竞选，还是要有一些约束条件的，不能过于白热化，还是要友谊第一，个人不能有太多主张，学生会毕竟还是受党团的管理，不能掺杂个人的意志，这就意味不能用个人主张获取民意，不能做任何承诺，另外就是为了校园秩序，不能公开集会和出现标语宣传文字，五人只能说是。俊成最后还说，现在临近考试了，春天的时候这些工作才能开展，所以你们还是要以学习为重，否则出现补考情况，自己要承担后果。

13. 爱，要穿过春夏秋冬

武汉的冬天又来了，真冷，所有的地方都似乎被浸泡在冰冷中，没有取暖设备，室内甚至比室外还要冷，这对于北方学生来讲，简直是一种灾难，本来人类就是这样发展过来的，祖先都是野兽，野兽是无惧寒热的。

考试即将来临，寒假春节都在排着队等着日期的走近，学生们像散养的小猪们，又都拥进各种钢筋混凝土内，开始读书学习了，整个校园呈现出少有的安静，在大都市里，这是一个孤岛，而在校园里，每个学生似乎是不同类的植物，大家共同依赖这片土地，承受各自的不同的心理压力，表面上相互依存或者相互配合，实质上却又人人孤寂人人恐惧。

终于在那个寒冷的雪夜，在那路灯隐约的树下，在那摇晃的阴影里，扁奇和雾絮亲吻在一起，双方都是第一次亲吻，二人久久地抱着，眼睛闭着舌头缠绕着，那么温暖那么甜蜜，二人的思维已经停顿，似乎在辨识着对方的每个细胞，在同步着绵延不绝的激情颤抖，整个世界似乎都已经消失了，或者是他们都不再需要了，期盼着这时间停下来，让这美好永驻。当激情减退彼此松开后，雾絮的眼睛一片迷茫，定定地望着扁奇，似乎看着自己命运的终结地，扁奇似乎也被这痴痴的眼神所吞噬了，比较起来，他其实更快更深地被卷入爱情中，他在暗暗地发誓，要为这个女人打下一片天地。

人的理智和情感如此地聚焦结合，在丰富的世界里，显得耀眼夺目，但在二人世界里，还是不免会有某种浅薄、笨拙和短暂。

在自己的家乡，在周围熟悉人的身边，在自己的父母眼下，每个返家的学生都进入舒适状态，雾絮的家在长沙，爸妈都在一所职工大学里做副教授，这所大学是厅属院校，学生毕业后拿大专学历，爸妈自从大学毕业后就一直做老师，学校里老师都是大学毕业，大家都很优秀，爸妈都很老实，不投机当然也不屑投机，就这样生活，自打有了雾絮到雾絮考上大学离开长沙，一直平淡顺利，这就是普通人的生活普通人的经历。其实雾絮报考武汉这所院校，还是因为妈妈的大学同学在这所院校里做副校长，将来希望有各种照应，爸妈都希望雾絮大学毕业后回到长沙，就到这所职工大学当老师，跟他们一样，在这个安全的角落，幸福到老。

又是半年不见了，再次见面雾絮和爸妈都在兴奋中，到家的当天，雾絮就给扁奇写信，他们约好了，每天都要写信，要汇报彼此的变化，一点也不能漏，雾絮说你会在每天给我的信里练练文笔，我是怕你文字生疏了，水平下降了，这样有助于你成长。

爸妈看这密集的信就知道女儿谈恋爱了，二人私下嘀咕：唉，孩子长大了，不过不知道是什么样的男孩？爸爸就说，大学时代还不稳定，时间长了就换人了，现在不管她，随她高兴吧。

这样故作不知的做法还是让雾絮有些按捺不住了，她跟妈妈说了，自己喜欢一个男孩，一个很特别很优秀的男孩，边说边笑，眼睛熠熠发光，似乎还溢出了幸福。妈妈只是说，好好好，不过别太痴情了，免得将来太受伤，然后随口问道："他是哪里人？"

"东北的。"

"嗯？怎么找了个东北的？将来分配怎么办？他的爸妈呢？他的家庭情况呢？"

雾絮似乎被妈妈的表情和问题打晕了，她不知怎么回答，她本来只是想爱情，没想到这其实是立体的生活，她的背后有爸妈，她的爸妈周围有各种判断和眼光，其实她还没继续深入这个思路，否则那就更加辛苦，扁奇的背后还有父母，他的父母周围也有各种判断和眼光，他和她相爱，只是一维的红绳连接，没想到，双方父母的眼光和状态，就又加了一维，变成二维，那还有分配呢工作呢结婚呢，这都是在增加维度，变成三维四维了，结婚后，孩子的出现，就变成更多维度了，每一维的增加都是对人的考验和限制，都是新的麻烦和责任，都需要你发展出另外的能力和精力，都需要你全身心地去照顾去承载，这会如同套娃一般，一个接一个的套出来了，道德会告诉你，这是需要承担的责任，等进一步生活后，发现责任后面还有责任。这就是我们面对的世界，是一个花花世界，花花到目的都是花样迭出的。

其实雾絮的妈妈也没有想很多，她甚至没想继续这个话题，在平淡的生活里她只是有点八卦，只是双方的话题将她的意识带到了一个新的领域，她忘记这是女儿学习的阶段了，包括爱情学习阶段，女儿的认真也变成她的认真了。随兴一问，然后就认真地分析和预测，将没有成形的东西塑造成单一的形状，本来还会有其他形状，本来还有其他可能，但经过这理性这经验过滤后，她得出了一个简单粗暴的结论，将幸福甜蜜搞得无滋无味，这可谓是一种禁锢一种干涉或者一种污染。

雾絮从小一直是听爸妈的，她已经习惯了，若她坚持爱情，那她面对的不仅仅是爸妈语言的压力还要突破对爸妈服从的习惯，毫无疑问，雾絮开始发蒙，她的心思像跷跷板忽左忽右，这样一来，她的回信动力严重受阻，扁奇对她的吸引力在减弱在降低。当扁奇的信继续时，她只回复了一封，只说见面后再说吧，扁奇感觉到了。

这半个月来，雾絮一直闷闷不乐，她不知怎么面对扁奇，她想他，但似乎又不太想了，还有一周就开学了，爸爸看她这神态，说你还是出去逛逛吧，去找高中同学玩吧。

那是上午十点零五分，雾絮记得很清楚，她是会永生难忘的，那个时刻，她记得看了一眼手表，在离开小区的大门走向13路站牌时，她突然发现一个人从后面快速走过，本能中她看向那迅捷的移动，非常熟悉的身形、身高、走姿，就在那一刹那，她几乎窒息了，她的心狂跳起来，怎么这么像，怎么能这么像，这么像他，那人突然站住，突然转身面向她，笑着。

就是他，就是扁奇，就在那一刹那间，雾絮简直无法相信自己的眼睛了，她不由自主地喊了出来，“啊，扁奇，你怎么在这里？”

扁奇只是哈哈笑，雾絮也笑了，二人紧紧地拥抱起来，在他的肩膀上，她的眼泪跟着笑容“哗”地流了出来，完全不由自主，这已经是半个月了，心情处于昏暗中，她用理智努力地控制自己的感情，将那爱和思念紧紧地压缩在某个角落，然后慢慢地分解和丢弃，这应该是她在一生中遇到最大的困难，她坚决地指挥着自己。但就在这一霎那，在这拥抱的紧绷和微微颤抖和野性的气味感受中，如同铁桶环绕的心灵突然被击穿，如同电脑被重新启动，所有的积累竟然被这意外所破坏，扁奇这种突如其来的举动完全将她生活理性的正常运转和正常轨道和正常习惯所打乱。

“你，你这个坏蛋，你怎么在这里？”

“我要给你个惊喜。哈哈。”

“你等我多久了？”

“我在这里等你四天了。”

“啊！四天？我若不在家呢？”

“我只想等你，不去想是否能等到你。”

听到这句话，雾絮的眼泪又一次流下。

“你怎么不到家里找我？”

“我怕被狗咬，哈哈。”

雾絮笑着拍打着他，泪水还在涌出，扁奇的眼眶也红了。三年以后的某一刻，扁奇想到这个细节时，他似乎也有点迷惑：为何自己在起初就去做一个结果和目的不相匹配的事情，他觉得那不是他呀，似乎是其他人在饰演着他，似乎这是别人的故事，那时的他为什么只是想等待，而不在意是否可以等到。将来的他真是没有看懂现在的他。

一位穿橘色工作服的清洁工看到了这一切的发生，通过她的视觉听觉和她的经验，她知道了这里面的故事：男孩因为怕狗就不敢去女孩家，傻傻地等了四天，女孩很感动，这男孩有点傻，这是清洁工的经验。笑容和眼泪都是容易传染的，清洁工也跟着微笑，眼睛有点发酸，在那一刹那，清洁工也忘记了自己，她完全沉浸在自己分析的情境之中，像体验一种艺术。

扁奇过会儿转头朝那家小饭店门口站的人挥手，雾絮也随着他的头转向那里。

“那是谁？”

“那是老板，她知道我是来找女朋友的。我这几天三餐都是在她家吃的，她给我打折，哈哈，我们处得很好，她很支持我。”说着拉着她走向那女老板。

从这一刻开始，雾絮觉得这辈子无法离开扁奇了，她彻底被征服了。

这半个月来，扁奇也是在痛苦中，他处在各种不安的揣测中，他在多封信反复问雾絮，但得不到反响，他似乎处于懵懂之中或梦游中，他紧张地收拾了行李，就匆匆赶向车站，周围所有的疑问和牵挂都如同家乡的蓝天白云，他视而不见。

快餐店的女老板名叫程敏，她是长沙近郊农村的会计，和老公一起开了这家餐馆，这餐馆斜对着雾絮家小区门口，四天前，扁奇吃完饭然后就坐在那里，静静地望着窗外，当然不时地还翻看一下手里的书，半天过去了，扁奇还是这样的状态，于是就引起程敏的注意了，她就过去询问，扁奇说等朋友，在南方人的耳朵里，东北口音如同电视中那声色俱威相貌堂堂大义凛然正义化身的播音员的声音，这马上就博得了程敏的好感，加上扁奇的眼镜和手里的高等数学书，这整个组合立即博得了程敏的喜欢甚至某种崇拜，于是还给他泡了杯茶端了碟蚕豆，很快一天过去了，扁奇三餐就在这里解决，当然屎尿就去后厨边上的厕所，本来是不对外的，但对于扁奇一切优先，第二天一早，扁奇又来了，于是聊天就进一步深入，程敏知道扁奇是在等女朋友，那女朋友跟他闹别扭了，扁奇知道她家就在这小区里，但扁奇又不想让她家人知道，就希望用这种守株待兔的傻笨办法，程敏仔细问清楚后，又额外生出一种敬意，她私下对着炒菜的老公说，你看这大学生多优秀呀，真是不同一般，不用那些奇巧的办法，而是采用浪漫的粗笨的模式，考验自己考验命运，这是大智慧呀，唉，咱们这一辈子呀，只能看看了。在程敏的想象中，扁奇的女朋友一定很漂亮很优秀，她不自觉地在心中寻找和扁奇相匹配的模型，那来往的食客中不时有漂亮女孩闪现，于是她将其中的模糊印象套入，当然这全是头脑的自动操作，无须费心费力。

其实小区周围餐馆很多，雾絮从来没注意过这家小快餐馆，当然也就从来没在这里吃过饭，当扁奇拉着她走向这家餐馆时，看着门口站着这位笑哈哈的中年妇女，她也就礼貌地回笑着。

程敏还是暗自吃惊，一位高个子女孩，非常漂亮，袅袅然跟着扁奇走了过来，大方地笑着，程敏意识到这女孩已经远超自己在想象中给扁奇安排的女孩形象，一种不公平不协调的感觉渗入理智，像门缝冒入的浓烟，很快就占领了理智，也就在这瞬间，扁奇注意到程敏的笑容非常勉强，这多少有点降低扁奇的欢乐，但礼貌上，扁奇还是介绍了一下，雾絮也跟着说谢谢了。

程敏本来准备一堆话要告诉雾絮，夸赞扁奇是多么执着和优秀，但此时只是说："姑娘，真咯好嘞。"在脑海里却浮现出一个场景：这个女孩一定不是那种聪颖的人，她的脑子里也许是蒙了一层薄雾，她无法透过薄雾看到真实的自己和别人，这样的万里挑一竟然没有找到万里挑一的男孩，唉，真是不公平。

一旦站到了一起，三人似乎并无什么特别的目的，这样也就无法建立起共同的话题，也就没有相应的热情去继续对话，于是也就致谢告别，全是表面的礼貌。

清洁工人和饭店老板不同深度地知道了扁奇和雾絮的故事，而这故事与扁奇雾絮所知道的又不同，即便是扁奇和雾絮，二人站在不同的角度，理解的故事也是不一样，大家都是部分地获知了故事的真相，这世界其实就这样，真相是有很多层次很多角度的，那么由各自所谓真相而推导出的结论也就不免千差万别。

往下的几天，雾絮的爸妈发现自己的女儿早出晚归，笑容和红晕铺满整个脸庞，像在夏天一样，激情似火。

人始终在创造一种自己适应的环境，这样的结果是人的本能在消退，人开始越来越不适应大自然。

春天到了，俊成还是感受到这所谓公平竞争带来的麻烦，无论如何，这充满了变数，甚至因为竞选的规则和细节都会影响结果，自己似乎陷入听天由命的境地，这是个什么时代呀，就在自己上学的时代，一切都可以指定，唉，不过，深想一下，那时的自己是处在被指定的位置，自己的命运是被操纵的。

就目前看来，俊成其实还没想好支持谁，他只是想要这主动权，毕竟这是自己的天地，所以肯定要做什么，难道我的决定对于学生而言不是最好的吗？我不能不拥有投票权，我甚至应该超出他们的权利，我应当为学生选出最适合的主席。所以，在细节的安排上，一定要找到自己权利发挥的机会。

汉坤还是有些高兴，不管怎样，自己还是有了竞选资格，他感觉自己并没有被抛弃，似乎自己还是有希望，这世界跟自己前些日子判断的有些出入，可能是俊成书记说的是真的，的确需要民主投票，他开始变得高兴了，拨开乌云的阳光似乎更耀眼。

他想，自己要拉票，大量地拉。经过仔细盘算，他发现其实在这方面他有绝对的优势，学校里的老乡会，单单是从本地区出来的校友就有近四百人，再刨除那些大三大四的师兄们，基本上就将近两百人了，再加上同班同学，有三十多人，自己再杂七杂八地拉一些人，又能有十几人，这样统算一下应当能凑足二百三四十人。而那几个对手呢，都是湖北省外学生，通常没有这么多老乡，毫无疑问，自己的支持人数应当能遥遥领先，要保险起见，再找找那些心灰意冷吊儿郎当的师兄们，再争取凑足十多人，这样一来，二百六十张票绝对没问题，相比较那几个对手，他们也无非是这种算盘，数字差距这么大，他们还能怎样。经过这一番计算，汉坤心里有了底，也就放松很多，看样这主席位子还在我的手里，即便这样，他做事情很细致，不敢丝毫马虎，仍然按部就班地盘算、规划、活动着，同时也在暗自观察打探着那些对手们的举动。

同样的算盘也在空豪心里拨动着，他只能将老乡推广到广东全省出来的师兄弟们，广东全省的生源人数大致是两百人，不算大三大四的师兄姐们，大概有一百人，加上同班同学三十人，再算上自己日常交际，大概有十几人，这样统算下来，也只有一百五十人，空豪想着汉坤的数字，虽然没有精确的数字，这家伙绝对是最大的，数字至少翻自己一倍。空豪还是决定找淮湃商量，似乎这种竞选模式有问题，若真是完全靠选票，自己的胜算很小。

扁奇已经想放弃了，看着那强大对手们，算着自己可怜的数字，他想全省在本校的学生也不过五十人，扣除大三大四的，也只有二十多人，当然可以不扣除，大三大四学生对学生会毫无兴趣，他们似乎望穿秋水看破红尘了，但毕竟同省的人少，大家是会更亲一些更团结一些，一定会支持一下，加上同班同学三十人，再加上自己平时交往，哪怕能说上话的只有十多人，所有满打满算也不过有一百人，这种情况下，是个必输的格局，无论是怎么偶然，那空豪和汉坤还有那俩其他地方的对手都会在数量上远超自己，他已经绝望了，怎么办？不办了。

胜负已经决定了，扁奇有一种被安排被注定的绝望，就像这世界的每个人都要死一样，人生就是这样吗？有一种说法是都是安排好了，当我吃包子而不是吃馒头，当我下床后，先迈左脚而不是右脚，都是安排好了，还有我的表情、我的言语，都安排好了，甚至，当我这样想、那样喜欢、别样追求，统统都是天注定。这就是所谓的决定论。

扁奇在夜深人静的时候已经绝望了，但在阳光灿烂的早晨，却又重新启动自己，又重新充满希望，倔强的人有时也是思维不太连贯的人或者是记忆力太差的人，扁奇似乎就是这样，一定要有个办法，扁奇苦苦思索着，扁奇如此地不服气，他一定要成为一个自由论者，这是存在主义的理论。

14. 这，就是奋斗

对于扁奇而言，他记得在六岁的时候知道了死亡这个东西，为此他哭泣，持续了几天，巨大的悲哀还笼罩在他的心头，最后不是他想开了就是他适应了，反正他不再悲伤，当然他也远远地绕开这个话题，扔在心里某个角落碰也不碰。后来他的目的，被老师和爸妈和同伴灌输或熏陶为英雄人物，再后来就具体为幸福生活和主流人物，再往后就具体成上大学，进一步分解目标，就是学习成绩，一直到现在，又变成个人幸福，学生会主席，爱情。

扁奇觉得这一切很不公平，既然是竞选，那就应该让个人尽情发挥，要有竞争主张，要能够在学校的各个公共场所发表自己的意见，要将自己的特点和优势全面在全校同学中展示，而目前这么多限制，个人找自己的老乡队伍，这算什么公平？

扁奇似乎已经看到自己的结局了，他无力改变，他不想傻乎乎地走进那几十几百甚至上千个寝室，见到每个人都求他们，求他们在某个晚上到达某个地点，然后给自己投票，这可能吗？唉，这是五个人的竞争，自己大概应当是票数最少的一个，也许现在退出是最好的方案。

面对扁奇的叹息，雾絮说自己倒可以拉拢一下老乡们，湖南的老乡们也是人数众多的，但随即眼睛又一暗，“唉，很少跟同乡们接触，几个来自长沙的正经老乡都没认全，何况其他地区的呢，不过倒是同班同学应当能支持一下吧，嗯，是的，应当能有三十多票。”

扁奇听着她的自言自语，觉得“拉拢”这个词用得很有趣，他还是摇了摇头，“数字差距太大呀。”

“那就别太在意了，什么学生会主席呀，就一定能挑选分配单位么，也许毕业时，你们管理专业的好分配呢。”

扁奇望着她的粉嫩的嘴唇，依旧摇着头，他心情不好，他不需要这种找退路的想法，那甜蜜的唇香没有打动他，“其实我们专业好听但不好分配，现在缺乏技术人员，什么时候也不缺管理人员呢，何况我们懂什么呢，不好分配呀。”他在重复。

“也许还会有机会，也许。”雾絮也在重复。

“没有也许。表面自由竞争，其实不公平，对于我这种外省学生而言，若是没有机会表现自己，怎么可能跟他们展开竞争。”

“别想了，晚上请你看电影，看完电影可能你就有办法了。”

这一段时间以来，弦悠和雾絮的关系有些扭曲，女孩之间就是这样，大家相互尊重，锱铢必较，用理性和细节对话，也都很容易沉溺于眼前生活琐碎，也就很精细地发现各种变化，其实雾絮一直比较佩服弦悠的浪漫和超脱，但当她发现弦悠在告诉别人那数理统计的考题而不是自己时，感觉到自己被排斥在外了，于是她理解为弦悠小事情对自己很好，关键处却防范自己，非常虚伪。但对于弦悠而言，她却是另外对世界的愤懑，她总觉得上帝对雾絮更好一些，她聪明，她漂亮，这些都超越了自己，难道自己得到的某种优势还要与她分享吗？这是嫉妒，难道嫉妒不应该吗？这难道不是自己对于世界不公平的一种反抗吗？

后来她发现雾絮和扁奇走到了一起，弦悠才多少得到些安慰，觉得那扁奇还是配不上雾絮的，雾絮有些亏了，这说明人生漫长，优势就一定是胜利吗？看样未必。这样一想，弦悠的心又悄悄地转向，她似乎又开始同情雾絮，她又开始慢慢地对雾絮主动示好了。

沿冬，学习部部长，来自北京，本来北京学生入校分就很低，而在北京学生中，他的成绩也是偏低的，但他竟然是学习部的部长，他自己都认为有点搞笑。这其实是因为大一时，有个老乡做学生会的副主席，这位副主席不知为何感觉和沿冬合得来，喜欢跟他一起聊天说地，其实人与人之间的接触是很有趣的，有些人之间很容易结成朋友关系，而有些人恰恰相反，很容易变得敌对，这一切似乎是无缘无故，当然心理学给予很多解释，幼儿经历呀面孔记忆呀安全感呀补偿心理呀动机心理呀，等等。这位副主席欣赏沿冬，于是就直接推荐他做学习部的副部长，沿冬是个比较认真的人，头脑不是很活络，但倒是一直积极上进，连忙摆手说不，我的学习成绩太丢人。

那副主席同乡笑着说："吃啥补啥；做啥赚啥，也许这样一来，你的成绩会大有长进，另外，学生会就这样，谁比谁强呀，你就听我的吧。"这样一说，沿冬不好推托，就心怀侥幸半信半疑地上任了。

沿冬平时慢悠悠的神态，也不怎么爱说话，脸很白净，长得也算帅气，整体呈现一副清高的神态，有点像《黔之驴》里描述的虎对驴那样的感觉，他倒让周围的人有些吃不准，甚至在周围同学心目中多少有些神秘感，他跟各位老师都相处很好，并且很积极地在老师面前表现，这样一来，倒是工作招招式式有模有样，一年后毫无异议地升任学习部部长。

这次学生会主席竞选，他其实没有奢望，后来是自己部里的几个学生和班里同学，甚至班主任都劝他可以试一下，就如同稳重慢慢被加热慢慢启动最后就越转越快，不自觉地变成冒失了，周围这些人只管建议不管做事，俊成书记跟他谈话后，他有些傻眼，根本没想到这么复杂，他根本没有思路，到哪里去搞票，那几个对手出手不凡、气势汹汹、坚韧不拔，怎么可能是他们的对手？他倒有些后悔了，暗自叫苦。无奈之下，他又想起那位同乡副主席了，现在那同乡正是大四阶段，处于毕业前夕。

萧然，宣传部副部长，来自广西，她到学校还不到一年，只是大一的新生，她做事积极主动，长相秀气，虽然个子不高，但她聪明、机灵、顽强，当学生会宣布可以自由报名时，她出乎众人意料，呼啸而出，高调竞选，其实她有自己的算盘，她很明白，以她的身份和现状，肯定不会当选，她毕竟是新生，她只是借此机会来积攒人气，积累经验，有句古话：取法乎上，得乎其中，取法乎中，得乎其下。她对于这句话理解得很到位，她有更长远的打算，她追求的是做下任主席。

可能这个世界能吸引无数人抛头颅洒热血的原因就是这个世界的复杂和变化多端，在个别人精神病式的夸张下，那虚无的未来被演绎得无比壮丽和神圣，引得无数人像飞蛾扑火一样淋漓鲜血。

当所有人都认为注定时，无论是用理性还是用经验还是用本能都得出同一个结论时，世界的诡异就出现了，当然这一定在遥远处或从遮掩处看是诡异，而从微观处看，则是再正常普通不过的变化了。

广东的空豪找到了淮湃，他将自己的想法摊开了，然后等淮湃的分析，“如果像这样正常竞争的话，你肯定不是那湖北佬的对手，其他那几个竞选的家伙也一样，根本不是他的对手，根本不是一个级别的，他们的同乡太多了，估计数字至少是你们的几倍呀。”

“是的，的确。你觉得上次俊成到底是在做什么呀，那他让你推荐是什么意思呀？”

“那俊成像精神病似的，他就是个变色龙，这段日子跟我又板起脸了，他天天大谈特谈公平民主，我也搞不清他到底在想什么。”

“那还能否再去找朱书记呢？”

这句话似乎刺痛了淮湃，他马上联想到朱书记那深藏的浑浊眼神了，他有点不寒而栗，他马上摇着头，“我不想再找了，我现在太忙了。要找你自己找吧。”说完后，他的脑子里又浮现出朱书记冷漠的面孔，他似乎从中学会了什么，因为空豪突然间发现淮湃的表情是那么冷漠，完全和以前不一样，空豪不知道，淮湃此时的表情，是从朱书记那里学来的，空豪感觉很恶劣，像冷水泼身，他闪亮的眼睛也随同慢慢变暗。

离竞选日只有一周了，扁奇毫无动作，似乎他已经为了逃避烦恼，脑袋自动选择忘记了。就在中午，他端着饭盆站在报刊栏前看着报纸，无意中看到贿选这个词，联想到雾絮那“拉拢”的用词，突然有种顿悟，他马上想出了办法，他兴奋极了，哈哈大笑起来，饭盆差点掉到地上，周边的人马上退后，呆呆地望着他，等待着他精神病的表演。

“我是学生会外联部部长，叫扁奇。”

“嗯？有什么事吗？”当红钢城电影院柯经理一手拿着简易名片，一只手还拿着毛笔，透过眼镜望着这两个蠢头蠢脑的学生时，好奇地问着。

“是这样，我们学生会准备举办校园现代舞比赛，想寻求一些赞助。”

“哦，你们学校活动很多，我们也赞助很多次了，再说我们现在影院也承包了，效益一般，没有那么多的经费呀，这次算了吧。”

这柯经理猛地烦了，想打发他俩抓紧走。

扁奇外表看起来很朴实，有时他也是有意为之，他似乎让自己眼睛再发直一些，语速再慢一些，这更符合诚实和可怜的形象，对于柯经理的回答，扁奇早有准备，所以他继续流畅地说下去：

“柯经理，我理解您的说法，我们学生会也知道你们这么多年提供了大量帮助，也非常感谢。这次呢，我想是这样，你们只需要提供一些票就行，不用像以前那样提供钱款了，不知道这样是否可以。”

他的表现是不紧不慢的语速与平和淡定的表情，这些传染给了柯经理，也就稍稍减缓他的急躁了。

柯经理以前做美工，现在自己承包了电影院，这家电影院靠近这所大学，平常呢，无论电影好坏绝大部分的观众都是来源于这帮离家在外无趣无聊的大学生们，换句话说，自己的电影院消费主力就来自于这所大学，不过呢，这类消费都是个人花费，所以学生会的作用是可有可无，搭理他们算是和气善良，不搭理他们呢也是正当防卫。但若只是票，其实还真无所谓，所以，这一刹那的功利比较呢，柯经理没有立即应答，稍稍卡住的思维，一副犹豫的样子。

有时候谈判就这样，犹豫，往往也就是思想斗争没有结果的表现，这也就需要增加砝码，扁奇和雾絮很着急，但不能表现出来，相反，还要表现出自信和沉稳的态度，虽然在心里也发现，这已经距离成交不远了。

扁奇先是表现出一种为难的神情，然后又一副决绝的样子，“要么这样，你们影院以后可以到我们学校贴海报。”

“真的吗？”这位柯经理瞪大了眼睛，有点难以置信地望着扁奇。

“哦，当然，不过只是我们学生会的宣传栏。”扁奇平淡地说。

“那是什么位置，不行。”柯经理一副失望的神情。

“其实那位置也不错，人流也很大呀。”雾絮在旁边补充着。

“其实您应当知道，我们学校周边几家影院都想到校园里贴海报，但学校都不允许，这次我算是开了个小口子，算是我们学生会的一点小能量，希望您能理解我们的难处，这已经不错了，您要是再犹豫，估计学生会肯定安排我去其他电影院谈了。”

最后这句话还是有点威胁的含意，柯经理想表现愤怒，但看着这俩无辜神情的孩子，他转念一想真是没必要。

没想到这小男女还很难对付，柯经理其实不在乎那海报的效果，但若是其他影院将海报贴进校园，那还真是有些讨厌了，他暗自叹了口气，口气软了下来，“那你们需要多少张票？”

“五百张吧。”扁奇抑制住兴奋，感觉是咬着牙说出来。

“啊，这么多，我们影院一共也只能容纳一千多个座位，这样吧，只能给你们三百张，并且是不同时间的，可能还是不同的电影，这要根据我们不同的卖票情况。”

扁奇和雾絮心里乐开了花，但表面上依旧保持正常的小心翼翼的微笑。他俩事先盘算好了，一定要有这样的表现，这样会让那柯经理觉得这事情谈得很漂亮，这样他就会有自我满足的心理，从而顺利地将细节安排圆满。

“另外，票不能卖呀，你们要保证呀。”柯经理在他俩临走时又附加了条件。

“这个您尽管放心。”

在走了很远后，这对年轻的男女抱了起来，太兴奋了。过了一会，雾絮还是有些不踏实，“在学生会宣传栏贴广告，这能行吗？”

"放心吧，我有数，开始几个月先让他们贴吧，估计我还能说了算，时间长了就不管了。"

"那他要继续贴怎么办？"

"找到我，我就推到学校身上，就几百张电影票的事，估计他也不会过分闹，如果过分闹，那就再说。"

"三百张票够吗？"

"我算过，应当足够，看看情况，不行再跟他斗一下。"扁奇两眼放光。

雾絮还是有不踏实的地方，"你说票是用来赞助现代舞大赛，那大赛怎么办？"

"大赛还有一个月呢，到时候会有办法的，不用担心。"扁奇很自信地说。

雾絮从小到大想法直接做事认真，扁奇的一切对于她还是很新奇，看着他如此招法从容，雾絮不由自主地慢慢滑入一种学生或弱势的位置，她的依赖和佩服同时生长。

这位年轻人其实迈开了危险的一步，他表面上发现了社会的空隙或缺陷，他自以为抓住了什么，他不知道，这空隙或缺陷既有快乐和成功，但更多的则是陷阱。在他没有等到警示的时候，在他觉得发现人间规律的时候，在他自鸣得意的时候，危险也在成长也在积聚。所以有句话是：人，不能成功太早。

具体而言，扁奇不知道，这事若在真实范围内，可能平庸也可能出类拔萃，但若在真实范围外，虽然可以满足一时要求，但这毕竟是欺骗，甚至在某种角度上某种程度上会滑进诈骗犯罪的窟窿。关键的是，扁奇对于真实范围的尺度把握还远远不够，他还对社会一无所知。

值得安慰的是，这件事最后顺利过关。在开始的几天，柯经理还派人或自己去学校贴海报，后来他发现，这不远不近的距离和每天这样工作还真需要个专人去做，这还真麻烦，慢慢地也就不去贴了，再后来，影院的效益一直还不错，也不用过分锦上添花，慢慢地他自己都忘记有这个在学校里贴海报的优势或权利了。

15. 每个人的奋斗

春天花会开，新绿会代替旧绿，但太阳还是那个太阳，有句话说得很准确但也很伤感：在学校里，树会变老的，宿舍楼会变老的，书本会变老的，教授会变老的，只有学生是永远年轻的。但除了学生之外的一切都很明白，学生们只是过客，而他们自己才是主人。

汉坤做事真是很认真，他这一个月以来，每个晚上都要去拜访老乡，从整体上看，他的老乡们是他的工具，利用这个工具，他能摘取那个梦想的主席，但当他直面每个老乡时，却又把这对面的每个鲜活的人当做目的，要成为他们每个人的工具对象，他要成为他们喜欢的人，支持的人，他们的朋友。所以，至少在表面上，他要成为他们观念的赞同者，哪怕这些观念之间互为矛盾，但他至少要忍受，接着，他就要推销自己，让眼前的人支持他，帮助他，这似乎是一种情感或观念的交易。

所以每天他都是在做这项工作，口干舌燥，笑容满面，慢慢地他也在变化中，他有时在赞同别人的时候，自己的观念也在轻微地变化，他慢慢地对于是非对错的分辨越来越模糊了，他似乎成为自己老乡共同的发泄口，他像蓄水池一样，盛满了他们的各种观念，他也越来越世俗化，也越来越会取悦人心，自己的欲望也就越来越少了，或者说越来越集中了，隐藏得越来越深了。当然从效率而言，他还找了几个贴心的人帮助他联络，一切进展顺利，自己县城的老乡很容易说通，外面县市的老乡就要沟通得深入一些，自己要多付出一些。

太阳爬升的时候，会在努力钻出云层时尽情地释放着，远处的天空泛出粉红色，算是表明这外面的世界也是有轻微的变化，也会有轻微的浪漫。

空豪直接去拜访朱书记了，他有一种冒失和冲动，他没有想到的是，从某种角度而言，这种冒失或冲动却是隐含一种理论支撑，那就是人，毕竟都是血肉动物，任何人近距离接触，都会引起感情变化，感情变化，就一定会引致理智变化。

他竟然打听到了朱书记家的地址，于是在竞选前一周的夜晚直接走向朱书记的家里，他带了家乡的特产。

当朱书记面对敲开自己家门的陌生学生时，他有些吃惊有些不安，这是一种正常反应，因为他没有遇到过。

空豪羞涩地笑着，是一种心虚的笑献媚的笑，甚至带有一种哆嗦，他用粤语自我介绍着，这倒不是有意的，在这种手足无措的场合里，最好的做法就是使用自己最擅长最熟练的带有本能或原始式的表情和语言和动作，朱书记还是让他坐了下来，空豪放下礼物，继续那番述说，在三言两语中，朱书记就听明白了，自然也就安心了，随即也就泛起一阵阵反感的心潮，他不想把话题继续深入展开了，只想让这脸红哆嗦的小家伙快些滚蛋。

“嗯，好吧，我明白你的想法了，你先回去吧，我明天问一下吧。”

空豪显然不满足于这么简单的一句答复，既然费了那么多周折才查到地址，又鼓足了这么大的勇气见到了书记，何况自己还从家乡带了礼物，一定要得到一些满意的肯定的答案。

于是他又开始絮絮叨叨自己合理性了，“我其实想在这个位置上更好地为学生服务，我自认为能力很强，我一定不会辜负您的希望的。”

朱书记开始笑眯眯地望着他，听着这刚成人的、刚脱出动物本能的孩子式的虚伪话语，太恶心了，他不想让这眼前一心钻营的家伙破坏自己的夜晚，何况这是在自己的家里，他又想到这家伙既然可以这么勤奋执着，那就不能太得罪他，更不能让他靠得太近了。

“好的，我明白你的想法了，我和俊成书记会考虑一下的，你先回去休息吧，毕竟学习最重要，是不是呀？”

听到这种委婉的逐客令和似是而非的答复，脸红哆嗦的空豪似乎觉得有些机会出现，算是得到满意答复了，他只能站了起来，故意遗忘那放在黑色沙发上的礼物，嘴角抖动着告辞。

朱书记却上前一步，抓起那礼物递到他的手里，“这个别忘了。”

“这是送给您的，这是我从家乡带来的。”

“不用，谢谢了，年轻人，不要学这个坏毛病呀。”

朱书记言语很坚决态度很严肃，空豪无奈中只有接了过来，转身走向门打开门慢腾腾地离开。

他走后，朱书记对着自己的老伴，也就是那位副教授，摇晃着头：

“一个小小的学生会主席，也有这么多人争来抢去，各种花样，真是时代变了。”

随即又莫名其妙地说：“我觉得这些所谓的老乡、同学，甚至这些孩子们，并不比那些陌生人更值得信任。”似乎又像自言自语的样子。

副教授望着他，“那谁值得信任？”

朱书记想了想，“跟自己利益相同的人。”

校园家属区的晚上总是静悄悄，叶子花草摇摇摆摆，灯光亮亮灭灭，无人关注。

夜半时分，欲望像汹涌的河水，灌溉着每一个沉睡的灵魂。

空豪要请老乡们聚会，他从同乡会那里要来名单后就逐个通知，他要举办一次茶话会，在这次聚会里，毫无疑问大家都在说着粤语，空豪慷慨激昂，他要将自己的合理性改装成大家的必要性，将自己的欲望修改成大家的义务，他主要围绕这三方面展开讲演：我们广东人很优秀，我在为广东人争光，我们广东人要帮助广东人，这几个论点分散在几个小故事和一些论述中，很快，这些老乡们不是被这个细节说服就是被那个说法打动，于是几个激进的新生热血澎湃，要求出钱出力。

欲望的出现，如同在黑夜中的荒郊野地里点燃了一团篝火。

那原副主席名叫钟山，他听完沿冬前前后后描述后就连声叹气：

唉，看样没啥出路了，没想到这一次选举规模这么大，也不知道那傻成怎么想的，学校难道真是想给学生权利吗？另外看这要求，似乎又不像，但不管怎么说，这种规则下，你根本没希望，那帮湖北佬，这是他们的地盘呀，怎么可能斗过他们，像我这样能混到副主席，也是很多阴差阳错促成的，我建议你呀，别累了。另外，学生会主席对于咱们这些从北京来的学生没啥特别用处，对于分配到好单位的想法基本属于空想，那些好单位其实都是戴着帽来的，是指定具体人的，是关系，即便是学生会主席也是肯定拿不到，当然，对于通常的用人单位，对于农村学生是有作用的，但完全不适合咱们北京的学生。所以，轻松过日子吧，对付完四年吧，总是要回北京，到北京后再说吧，现在做什么也没用，怎么努力也没用。

沿冬在回寝室的路上满脑子都是“没用”这个词，他舒了一口气，他轻松了，他找到了一个战胜困难的办法，那就是别人帮助他找到了看待困难的新高度和新角度，在这新高度和新角度中，目的发生变化，困难已经不再是困难，困难本来不存在，战胜困难只能得到没用的东西，只是个虚无的东西，只是针对某种病症的药，如果自己没有这种病，那困难就是垃圾。这样一来，他就将自己的忧虑自己的困惑自己的不足全部可以抛开，这都是注定的，沿冬就这样想，其实自己在这种注定中很舒服。

女人和男人总是有个吸引、接近然后疏远、沉默再次接近、相爱的过程，世间很多的爱情都是如此流程，当这几步走完后，女人通常异常稳定，但学斌和弦悠似乎在这个历程中反复多次。当学斌走进她的寝室，他看到那书那磁带那录音机那箱包那枕头，他有种兴奋，觉得这些大堆东西都会跟着她进入到自己的世界里了，尤其是她，整个的她，都属于自己了，想到这他有种兴奋，随即，又为自己这可笑的心思生出惭愧。也许是从小到大自己一直生活在困苦和节约的氛围里，学斌对物品的感受和喜爱超过了对自身的喜欢，现在他虽然年长几岁还是教师，但他对世界的认识，其实依然只是周围、传言、电影中的经验，人生如同列车，他只是坐在车厢里，跟车厢里的人打交道，当他所乘坐的列车是穿行在荒漠中，那么他对世界认识也就是荒漠，他不知道，有的列车是永远穿行在花草缤纷的山野中，有的列车是奔驰在大江大川间，他不知道在这不同的境遇中，每个人的感受都是不同的，每个人的享受也是不同的。

“我发现咱们学校的男女生比例大致是七比一，这样一来，每个女孩被注目的强度是社会女孩的七倍，”阮仕荣在寝室里大声宣布他的研究成果，“你们知道，这意味着什么吗？”

可能只是这一瞬间，寝室里那一堆各种姿势拿着烟吞云吐雾的家伙们不可思议地达成心理的一致，共同在心里骂道：这无聊的东西。但随即，大家还是安静下来，全部饶有兴趣的样子，等这古怪家伙的新理论。

“这意味咱们学校的女生很难搞到手。”阮仕荣得意扬扬的神情，“会比社会上的女孩要多花七倍的努力，所以从经济学的角度上说，搞本校女生是费力不划算的事情。”他面向大家，虽然眼里没看着扁奇，但扁奇感觉他最后那句话明明是对着他而来。

扁奇非常反感阮仕荣的用词，一个是“搞”，另一个就是“费力不划算”，自己的美好纯净爱情，在他的嘴里演变成一种动物行为或者是花花公子类的词汇，这是一种侮辱，至于“费力不划算”，又将爱情矮化成做事的效率原则，这又是一种贬低。他想反唇相讥，但一位叫晓峰的同学却将这句话引申：

“有道理呀，那个丑女现在都有男朋友了。”

扁奇随即一想，自己还需要这帮家伙帮助投票呢，也许是阮仕荣嫉妒心太强了，原谅他吧。这样一来心思反转，也就对着阮仕荣一副憨笑样，眼光甚至流露出对他说法的钦佩，这样的友善阮仕荣当然会感觉到，他得意之余，也开始对扁奇稍有好感，若上帝看到了，他会发现：这就是交易，你对我示好，我就还给你一点宽容。

寝室里特指的那个丑女名叫登苹，大概这对于全校来讲，这是唯一的能达成共识的地方。人的观念很奇特，对于身体有残缺的人，大都充满同情，而对于那形象特别丑的女孩，则是充满嫌弃，登苹的左右脸不对称，登苹的爸妈也很难看，结果是她也很难看，本来丑或者难看或者美丽没有标准或定义，这本是大自然呈现的某种形状，一种独特的形状，但人类将其赋予意义赋予价值，就演变成好坏高低的差别，美丑就这样出现了，没办法，人类其实是自作自受，你嫌弃他物的时候，也会换取他物对你的嫌弃。

登苹知道自己很难看，也就很坦然，她其实智力一般，但周围世界安静地面对她，她也同样安静地面对这个世界，结果是她的注意力异常集中，导致她的学习很优秀，她为人和善，大概也是自卑或者自我保护的一种表现，这样一来，她的人缘也很好，加上她引人同情，三者相加，世界对她就没有搅扰，她就一直安静平淡地生活着。大学同学中有个男孩不知为何喜欢她，她犹豫了一段时间，在这时间里，那男孩在各种冲突中也是反复盘算自我反思，在这自我折磨的过程中积累了也增强了很多情感，后来的发展是无法挣脱逃离，慢慢地男孩从那丑中发现了她的独特性和细节中的美好，再往后，二人坚定地走到了一起。

所以，在这世界面前，你永远不知道幸福和公平到底是怎么平衡的。

暖暖的阳光透过窗户洒向学生、书本、课桌、地面，跟随阳光的是那悬浮的微粒，那是一种自由漂浮吗？在这春光里，所有的东西都在暖暖中改变着，每个人都深陷在自己眼中的世界里。

就在竞选前一天的下午，扁奇才拿到那三百张票，拿票的时候，那个售票的中年妇女显然有些不情愿的样子，那个下午天也是有点热，家里有点不顺心，那女人表现得烦躁，于是就以工作的名义发泄出来，叨叨咕咕，“你们学校总是这事那事的，这么大的学校还到我们这种小影院搜刮。”

扁奇一看她这种态度，说了声：“请稍等。”就跑了出去，他到影院门口买了两支雪糕，然后跑回去殷勤地递给了她。

看着那冒着凉气的雪糕，那女人倒是有些不好意思，她先是说不用，随后又说谢谢，心思马上翻转，这种翻转其实是没有很过心的。人就是这样，喜欢和厌倦有时候只是一瞬间的感觉，如同那狗一般，你踢它一下，它肯定怒目相向，你再给它面包，它又会马上摇头摆尾，它不会追问这现象背后的道理。当然人要缓慢一些，曲折一些，含蓄一些。

这位中年妇女名叫顾竟梅，就在二十多年前，她是很漂亮的女人，很有气质，她的表面干净利索，只是自己起居房间凌乱，但她很有主见，在很多人眼里是有些清高的人，她不爱慕虚荣，不追求华贵，当时有位高干子弟追她，她心里嫌弃人家不帅，置之不理，后来遇到了文工团的一位唱歌的，这小伙很帅，双方一见钟情，帅男靓女两人非常般配，爱情深沉甜蜜，于是携手走入婚姻。这二十多年日子流淌过来，原来唱歌的现在还在唱，她当年卖票，现在也依旧卖票，她以前有点特立独行的架势，但现在被生活浸染得跟普通人一样，同样在为这眼前的利害得失斤斤计较情绪波动。

就是在那个下午，扁奇拿到票后骑着自行车赶向学校，那自行车用“咣咣当当”的响声向周围宣示自己的存在，轱辘先后碾过那马路那土路甚至草坪甚至鸟屎，他先给雾絮送了十张票，刚睡醒的雾絮看着他那满头大汗，不由得心疼不已，她说我可以再多拿些票可以再多拉些人，扁奇连说不用，我不要你去求别人，我只要你跟着我享福。话音刚落，两人的眼圈都泛红了，扁奇也被自己这句话感动了，他不再多说，开始在宿舍楼群间不时停顿和穿梭。

按照扁奇的计划，一共五十个老乡，每个老乡要给五张票左右，也就意味着每位老乡要发展四位投票人，在这小半个下午和晚饭期间还有晚上甚至第二天，扁奇要见到这五十多个老乡，他拿着名单挨个找，因为前几天都见面说了，所以这次也只是单纯送票，没想到这票很受欢迎，有几个老乡一下子各拿走十张，并满口保证拿票的人一定会投票的。虽然没找齐这五十个老乡，但晚上七点多，二百六十多张票已经送出去了，想想还有同班同学，扁奇赶回自己的宿舍。

16. 相信规则的人一定是失败者

人生就这样，表面上你是生活在这个世界上，其实你只是生活在你的周围，而这个周围只是世界上无数个角落之一，这个角落好似身上的汗毛孔，这个汗毛孔就是你所生活的城市，你只是在汗毛孔中生活，你自以为了解这个世界，其实你了解的只是这个汗毛孔，甚至若你是个马虎的人或是个被某种思想束缚的人，面对这个汗毛孔，你也并不知晓那前后上下左右。

毫无例外的是，这就是扁奇的周围，他寝室的另外五个人，也是有尊严有嫉妒也有追求的人，当扁奇递给他们电影票的时候，他们得知他们需要去投票后，对扁奇的嫉妒和对电影票的喜欢和需要团结的思想同时涌现，每个人都面对选择，是被收买还是保持尊严是继续嫉妒还是积极拥护，这一切都在各自脑海里翻腾着，因此寝室里出现尴尬的宁静，没想到周围几个寝室的同学直接嚷叫着呼啸而来，票！票！票！他们顾忌更少，似乎越远的距离越陌生的人，这种混乱的想法就越少。有时候就这样，最亲近的人就是你最接近的人，但往往，最接近你的人也是最仇视你的人，而这一切，都是时间问题。

时间是什么，是能够将朋友变成仇敌、能将敌人变成朋友的过程，并且还是你自己演变成你曾经唾弃的坏蛋的过程或是你成为自己所倾慕的伟人的过程。

扁奇并没有感觉到周围床铺的他们的真心快乐，都是礼貌和嫉妒和他们自身的不安，他不表明态度，他只是笑脸相对，只是嘱咐这些拿票的同学，明天晚上，拜托各位，晚上七点去西四楼的阶梯大教室投一票，一定要来呀，一定别忘记带学生证呀。

其实这个世界就是你来了一趟，然后又离开了，就这样简单，你若试图留下什么，只是个虚幻，无论你做什么，无论你怎么做，你什么也留不下来。千古流芳只是个传说，那是因为人类文明不够久远。

这种发电影票的事情还是传到了那些竞选者的耳朵里，汉坤、空豪、沿冬、萧然都知道了，萧然甚至还拿到了一张票，当然她绝对不会去为扁奇投票，她只是带着某种沾沾自喜的心理去观察，她想，我不去捣乱就已经是支持了，另外她还想，免费电影，真不错，不能错过。聪明人就是这样，物质刺激总是能激发自己，而自己又不受困扰，她能始终站在物质丰富和精神丰富的前列。

汉坤和几个同乡也就是所谓的竞选团队凑到一起商议明天的冲刺，当有几个同乡说到扁奇在发放电影票又说到电影票如何受欢迎时，本来那扁奇不在他关注之列，这一来，汉坤似乎产生了幻觉，觉得大批人马已经拥向电影院然后又要拥向投票箱，这是某种过去的记忆再现和想象，他马上感觉到压力，他没有更好的应对办法，也就只能转化成愤怒，他马上决定去找俊成书记了。

校园的夜里有各种节奏的步伐，舒缓的悠闲的敏捷的踟蹰的病态的颤抖的，每一种节奏都是一种故事一种情感，这一切都是毫无意义地出现，然后毫无意义地消失，突然间，就在这其中迸发出一种激扬的节奏，一种蛮横的步伐，如同鸟儿在宁静的深林乱窜。

是汉坤，他在奔跑，他找到了散步中的俊成，“我有急事跟您汇报。”

俊成看着他急匆匆的神态，听着他那急切的声音，直接的心理反应是：什么屁事？难道你的紧急就一定要扰乱我的悠闲吗？

俊成面无表情地听着汉坤激烈地诉说，最后汉坤涨红着脸，“这是非常严重的贿选，他这么做败坏了校园的风气，玷污了校园的神圣，应当取消扁奇的资格。”

俊成听明白后也就陷入事情本身的思考中，暗暗地吃惊，没想到这孩子竟然可以这么做，这事说大了，的确是贿选，说小了，若淡化一下嘛就是拉拢，算可以理解接受，主要是我怎么办，若事情张扬起来，那朱书记那里，他会怎么想，真是难测他的心理，或许他会认为我搞的竞选问题太多，我的工作细度不够，进一步推论为我的能力不足，这会引致麻烦，最好还是压下来，到此为止。他眼神黯淡下来，反复盘算着，看着面前焦急冒火、汗水滴答的汉坤，他想，还是要把眼前的这个家伙安抚下来，别让他惹麻烦。

他平静下来，“明晚就开始选举了，你准备得怎么样了？”

汉坤一副大义凛然的激动突然被打断，于是又跳到脑子另外的兴奋灶上，“哦，我大部分时间都是在寻求老乡帮助，目前都谈得很好。”

“嗯，那就好，要有信心，不要被眼前的东西遮住眼睛，你说的情况，我们有关部门一定会商量的，一定会查的，要相信组织。”

汉坤问：“那他用这种手段做事，会拉拢很多人的。”

“要相信群众，要相信组织。我们会处理的。”

汉坤似乎明白了俊成书记的意思。他其实只是明白了俊成语言的表面意思，他并不明白俊成的话和俊成的想法是有很多不同的，汉坤理解的“会处理”和俊成的“会处理”是不同的，汉坤是按照自己所说的取消资格的结果或者相近的结果，但俊成则是从可轻微至不处理到严重至取消资格的广泛范围内，俊成当然知道自己的言语的引导作用，但这话本身是有多种含意的，因为听者的智力不同，听者就会有不同的理解，至于理解到什么信息，那是听者的事情，和说者没关系。当时俊成的想法就是你先离开，我慢慢再想，至于往下怎么做，肯定是相机而动。政客一定是投机者，一定要有更多的选择无数的退路，俊成很明白。

这就是领导说话的标准，永远将自己立于不被动之处。

夜晚的校园慢慢陷入城市的低沉的喧嚣中，近万名学生就在这里喘息着。

学斌老师还有一个优点，他很爱笑，并且他笑起来显得很单纯干净，笑起来很有感染力，这在大学里，对于那些崇拜知识的人，及至对于数理恐惧的人而言，他们会对学斌本身有种佩服，因此这种笑能让观者展开巨大的想象力，甚至强大到能够让对方改变主意，心生感激，按照学斌老师的意念走。

学斌在湖北大学有位高中女同学，叫喻夷平，当年他俩是同桌，喻夷平的数学不是很好，但她还是在理科班，而学斌的数学是异常出色，那时喻夷平经常问学斌问题，学斌呢对她有些暗恋，因此格外用心去讲，喻夷平心底还是喜欢另外一个外表出色男孩，喻夷平感觉到学斌的暗恋后，只是故作不知，毕竟她还需要他的帮助，这种需要或默许也是某种程度助长了学斌的爱恋，学斌因为个矮有点自卑，他压抑着自己，一直没有表达。后来喻夷平和那外表出色的男孩都考到武汉，而学斌考到合肥，这种单相思才如云团般慢慢消散。学斌听说喻夷平和那男孩好了起来，但就在去年那外表出色的男孩出国留学了，喻夷平和他的关系也就终了。学斌分到了武汉，而喻夷平留校，很不巧的是，在喻夷平开始回转心意朝向学斌时，学斌此时却已经心属弦悠。

这天午睡后，喻夷平乘 76 路公交车来找学斌，她长得很素雅，一点点漂亮，也许是做老师的缘故，她有一种静雅的气质和从容，总是一种平淡的神情，车厢里的人并不少，座位已满，喻夷平手拉着立杠，随着车的颠簸摇晃着，脸上的平淡并不变化，如果对于同性人对于那些没有性所吸引的人来说，这是一种普通，一种雷同于街边野草的晃动。但就在车厢的另一端，一个高中生，呆呆地凝视着她，在那个男孩的欲望里，还没有加入女人体态、胸部、屁股的诱惑，他只是被喻夷平的脸庞所吸引，沉浸在喻夷平的安静气息中，在这里，他似乎发现自己的舒畅，那是艺术体验状态，他有种想结识的冲动，但是他怯懦，也许他是对的，即便走过去也无法相识，因为这是各种骚扰和侵犯故事传去传来的世界，无人在这个世界上可以任性，喻夷平一定会远远地躲开他，她要保护自己，于是他眼睁睁地看着喻夷平随车摇摆着，直到她转身下车，他再也没见过她，但将她深藏记忆里。

这位高中生后来的爱人，就是以喻夷平为模型的女人。

喻夷平敲开了学斌的房门，那是教师公寓，两人一间，如同学生宿舍般，区别是居住人数的差别。学斌望着她，二人相对而笑。

二人在校园里转悠时，学斌还是很不踏实，他很担心会遇到弦悠，学斌有一刻想拒绝喻夷平，但他又不知道这话怎么表达，学斌提议去江边走走吧。

其实二人已经有六年没见面了，喻夷平对他的感受已经从浪漫转向实用了，她已经被那个出国的男友伤害了，她还在伤后的复原阶段，高中时代的好感或安全感及学斌目前的工作和温暖微笑，这林林总总的积累已经足以让她心生依赖和生长爱情了。学斌也是头脑翻腾，他也在比较鉴别着，他知道她的恋爱和结束，他知道她和自己都在武汉的高校，户口房子之类现实问题让婚姻变得很简单，幸福似乎很简单很容易上身，但不知道她是否还是处女之身，他不知道为何自己这么极端地在意这事，难道因为自己还是处男吗？比较而言，弦悠正是情窦初开，一定还是处女之身，当然她还面对毕业户口工作等麻烦，但这些不利因素累计起来似乎还是无法抵御喻夷平的非处女之身的担忧，这个话是无法问出口，尤其是面对自己的同学，自己当年的单相思。这些顾虑无法与人探讨，他只是在默默想着，这些因素在心里慢慢成长着，随着感觉的变化也在翻腾着。

春天的江水也在不断翻腾着，一波波地拍打着江堤，二人各怀心事，说着应景的话，笑容都是挂在彼此的脸上。

有的人一辈子似乎都处于被驱赶被劝说的过程，在这种过程中，这类人很被动但很舒心，而有的人却是相反，所有的事情都需要自己努力争取，自己适应外界，自己改变自己。

竞选的当天上午，俊成还是把扁奇叫进了自己的办公室，

“现在有人反映你用电影票贿选。这是怎么回事？”

“啊，怎么这样说，这怎么是行贿，太搞笑了，这不是行贿，我只是要感谢一下那些支持我的人，我就是想表达一下自己的感激之

情。这怎么能是行贿？”

扁奇很委屈的神情，有时话语的重复也是有力量的。

“需要这样感谢吗？这样会对其他同学不公平，你应当靠自己踏实的作风、诚实的品质，用自己的影响力去竞选，而不是靠那些乱七八糟的东西。”

“可这只是小小的电影票呀。我听说空豪四处派送礼物，听说汉坤给自己的老乡各种承诺，听说沿冬和萧然也都在送纪念品。”扁奇的反应很快，甚至能面不改色地说谎。

道德是什么，是始终保持正直善良诚实，按照某种哲学家的说法，那是一种义务。而在扁奇眼里，道德是相对的，是要在结果上有利于大多数人的，或者明确地说，在看不清的时候，是要有利于自己的。

俊成听他这么说，心猛地一沉，“你听谁说的？他们都是这么做的吗？”

“我也是听老乡这么说，您也知道，很多老乡同学朋友之间相互重叠，这事根本瞒不住。”

对于空豪和汉坤，扁奇的确大致听说了一些他们的做法，但对于沿冬和萧然，他其实是蒙着说的，他想，既然这竞选的五人中有三个人都这样做了，那这么合乎常理的事情，那另外两人也应该如此，这属于经验推论，如同已经看到几十列车厢都是绿色的，那就应当推论那下一趟列车的车厢也是绿色的，聪明人不都是如此判断吗？逻辑学上属于归纳法。

他蒙着说，其实就是他编造的，扁奇心里很清楚，这是他归纳推理的，所以这不是说谎，他只是夸大一些然后真假相掺罢了，更重要的是这种说法是无法查证的。

俊成有些不相信，他真想去调查一下，但一想到晚上就要投票了，一切都来不及了，另外，即便是调查，这些事情也不是说查就能查出来的，是需要时间的。他的思路很直接，发现无法查证时，就开始寻找其他简易手段，他冷冷地盯着扁奇，扁奇的表现却是一种坦然，甚至是某种真诚老实的神态，他有点相信了，所以怎么也没想到这扁奇其实在编造谎言，很多年轻人，已经能够很好地控制自己的表情，对世间的道德良心等准则毫不在意，将这些视作工具，甚至改造成自己合手的工具，用来约束别人牵制别人的工具。

难道这几个候选人都这么做？他有些半信半疑了，由于事情的进程紧迫，他不得不选择相信了，他变得非常愤怒，他似乎觉得这真是有些麻烦了，他开始按照这个现状继续往后推测，他不能马虎，绝对不能惹事上身，没事找事，还是将事情淡化压下来吧。

他想看样这民主真是问题，一旦权利下放，各种各样的挑战就会层出不穷。

任何人都知道，这世界的状态只有一种呈现，对于所显现的事物的描述，往往取决于描述者的角度和高度和深度。若角度单一，就会有某种偏差，若高度不够，就不能全面，若深度不够，就太模糊。何况人为夸大，更何况谎言，让这世界更添复杂。

学校每天午饭后都有个或约定或俗成休憩的习惯，这种习惯几十年如一日地持续着，准时在两点半钟，喇叭里传出吹号声，目的是要求所有的梦就此终结，号声结束后就代之以各种欢快的歌曲，这时的宿舍楼开始释放各种嘈杂，门口开始拥出学生，这一切都是一种秩序，一种无序中的秩序。

就在那一刻，诡异的是，在这群体的梦外面有三个心绪不宁的人：汉坤想着扁奇，扁奇想着空豪，空豪想着汉坤，这相互之间不知觉地编织成三角图案，这个图案在无边无际的精神世界里光彩熠熠，现实中的人类看不到。

汉坤本以为空豪才是自己比较在意的对手，没想到扁奇的电影票敲打着汉坤的信心，汉坤不再自信了。扁奇现在也知道那空豪买了很多笔记本，上面一堆自我吹捧和感谢话之外，还有那竞选时间地点等提示，现在他觉得在礼物的角度上，空豪是他最大的压力了。对于空豪，他还是认为，其实汉坤毕竟有庞大的老乡队伍，他才是最大的对手。

时间慢慢在逼近，他们越来越紧张。

俊成其实也不在乎，似乎一切都在控制中，他早已有想法，也就有对策，其实本来可以只有三人候选，但他推出了五人候选，他要改变操作细节，他要操纵结果，不能再任这些孩子瞎折腾玩把戏了。

就在下午四点左右，那竞选人之一沿冬小心翼翼地敲着俊成办公室的门，俊成看着眼前这位故作镇静的家伙，心里“咯噔”一下：这家伙又准备给我添什么麻烦？

“我想跟您说一下，嗯，晚上，我不想发表竞选演讲了。”

“为什么？”

“我觉得自己的能力不够，准备不充分，不想再竞选了，不想浪费大家的时间了。”

“你怎么可以这样？你既然报名了，就不能轻易退出，你这样做就太儿戏了，也太对不住这严肃的学生会大事，你应该知道，当时报名的很多，也是因为你很优秀，我们才让你做了竞选人。”

“请您原谅了，我真不行，实在没有办法了。”俊成从沿冬怯懦的眼光中看清了一种倔强。

当沿冬从俊成的办公室里走出时候，他长舒了一口气，其实这没有想象中的困难，他知道自己错了，错在没有早些来推辞，他一直有压力，所以就一直拖，一直拖到无法再拖为止，沿冬想，以后自己做事情一定不能这样了，遇到困难应当面对，嘁里咔嚓，快刀斩乱麻，像个男人一样。

后来沿冬分配回到北京，到人事厅报到，然后就被分配到一家大型国企，他根本没有过去就直接去外企应聘了，在外企里也是按部就班的工作，他不用费心费力，几年后移民美国，在美国，他还是维持着习惯，生活对于他来说似乎就是行进中的列车，过眼的一定就是云烟，既然是云烟也就无须寄托情感，在周围人眼里似乎他很无情，他只是没感觉，他认为每个人不都是这样生活吗？何必这么虚伪？他当年生活在北京这大都市里，周围都是人，都是陌生人，所以这些人也类似于花草一般，见惯了，也就无须动情。

17. 每个空间都有主人

俊成很讨厌沿冬的做法，这些大学生们所谓有知识有文化，其实跟幼儿一样自私和自恋和任性，总是要搞出点意外来标明自己的独特，这沿冬就是这样，脑子里只有自己的算盘，说来就来说走就走，毫不顾忌周围的情境毫不善待各种因素。俊成也赌气，不求他，让他走，滚得越远越好。俊成的愤怒来自于自己计划的被破坏，其实本来三人竞选最好了，但因为俊成是需要另外两个人来拖延竞选时间的，俊成希望这五人发表竞选演讲后，然后投票，这些流程走完后，他需要磨蹭到晚上十点以后，这样一来就无法点票了，就可以让办公室的人抱着票箱回团委了，他就可以在选票上做文章了。沿冬的退出至少减少半小时了，很可能还多，因为投票的人也相应减少了，甚至会到一个小时。这个变化让俊成有些烦恼，注意力转移到这个细节上，俊成紧皱眉头，这是思想变化后引起情绪变化，情绪变化就会收紧脸部肌肉，目前的科技水平还无法告知我们，眉头肌肉的变化对于是思想的动作有多少辅助作用。

教学楼管理处的大爷按照计划要在晚上七点钟打开阶梯教室的大门，然后在十一点钟再锁上，至于这期间教室里做什么，他毫不在意，好职工的标准就是像机器人一样，执行指令，准点开，准点关。这位大爷，其实他只有四十岁，之所以叫大爷，大概是工作内容决定的，学生们都习惯对不同的职业有特定称呼，管食堂的人喊师傅，管保安们叫大哥，管超市的人喊小姐，管图书馆的叫老师，有时候很难分辨是尊敬还是藐视。

这位管理员叫右籽，他的左腿因为小儿麻痹后遗症导致肌肉萎缩，平时走路什么的都很不方便，几乎就是弯腰一直拽着那条腿在走路的样子，他从小就这样了，他也自认和别人不一样了，他已经完全认命了，自卑已经压垮了他，但他还年轻，还有激情在流动，正像破旧的大楼里的某个角落里还残存着红色的火星，那星星点点并不发出青烟或光芒，若在某种潮湿中或水滴中，慢慢地会完全灭绝。右籽就这样，他的激情和意志早在幼儿阶段就未曾爆发过，在小学中学阶段更是未曾成长，他就如同那另外世界的动物，他完全认同这世界的不公平，他认同自己的命运，甚至赞成自己的境遇，在他身体性欲涌动时，他的眼睛并不是瞧向那肢体齐全的女同学，而是那街头乞讨女或各种残疾女，他能从她们那里找到美丽和激情。他的爸妈都是普通校工，看着残疾的儿子一天天长大，一天天地沉默不语，他们不会引导，也不知道如何安慰，更不知道他的变化，他俩只是朴实地给他更多照顾，因为学校一直在扩建中，所以请求后勤领导们帮助一下照顾一下，每个相关领导在力所能及在不伤害自己利益的基础上，同情心占据并主导了思想，也就安排右籽做了管理员，每天的工作就是几栋教学楼几十间重要的教室的开门和关门，再往后，爸妈竟然帮他从农村找了个手脚齐全的姑娘，原来农村是个比自己身处的残疾世界还要悲惨的世界，他找到了稍许自信，那激情和意志的星星之火得以残存甚至开始有些旺盛，右籽觉得慢慢离开自己的世界，回归到这个每天抚摸的世界。到如今，那农村老婆给自己生了个儿子，当然是手脚齐全的淘气家伙，右籽慢慢发现自己在慢慢接近周围那些正常人了，逐渐进入这个世界了。

团委来电话说那间阶梯教室要晚一点开门，延迟到七点半，右籽用武汉普通话说：好的好的。下午已经打开过一次了，用了一个小时，右籽看到他们挂了一些标语，黑板上写了一些字，他都看到了，但他不去识别，他知道，即便识别了，他也不想领会意思。文字里的含义是另外一个世界的东西，和他无关，和他有关的只是那开和关的时间以及开和关的对象。他似乎很早就将世界划分清楚了，他还是习惯处在自己的世界，他的那个世界另有色彩和幸福。

等他晚上七点二十五分到达那阶梯教室的走廊时，他已经走不过去无法靠近大门了，全是人，全是各种激情的孩子们，男男女女，他们簇拥在那里说笑、打闹甚至还有谩骂，右籽以前经历过这样的事，但这一次显然要严重很多，无人在意他，也就无人让路，于是他无奈中只能抬高嗓音，像练声一样，于是慢慢很多人斜着身子让他挤过去，各种埋怨增多，各种谩骂增多，他听出来了，这帮孩子们认为他迟到了，认为他浪费了大家时间，认为他需要惩罚，他没有申辩，那声音太嘈杂了，是来自于四面八方，如同音响设计所采用的专业术语：环绕。谩骂环绕，在昏暗中，在嘈杂中，在孩子们中，他每行进一步，都会遭到各种角度的挤、碰、撞、绊，他想，这只是片刻之事，偶然倒霉，像洗澡一样，头沉入水中，马上又抬起，无所谓，一分钟的事。

就在他“哗啦”一下开锁后，门一松，马上被推开，那一刻，欢呼声一起，但也就是在那一瞬间，他感觉到屁股上被狠狠踹了一脚，若不是周围挤满了人，他会顺势摔倒，他愤怒地回头望去，一个壮实的学生挑衅地望着他，笑着，还在骂着。右籽吃惊地望着，有点不知所措有点惧怕更多的还是愤怒，人流相互推挤着，很快那学生也随着进入，混进这众多的学生中，而只有右籽，他被挤到边上，他静静地站着，望着那学生的背影，他心底坚持的那个火苗，在飘摇中，似乎马上就要熄灭了。他没想到，就是这个图景这个笑容，让他永记难忘，甚至在他临死前的脑海还在浮现。

按照某位哲学家的观点，人就是目的，人有意志，人有激情，人有理智，不容挑战不容利用。如同那火炉，如同那煤气灶，煤气释放足够了，在某刹那就会“砰”的一声炸开这个空间。

没有任何人知道包括右籽本人，这是种什么样的生理心理物理机制，不可思议的是，他爆发了，他的心炸了，他似乎从自己的世界里跳了出来，从幼儿小学中学青春婚姻这些固定中跳了出来，他迅即不自觉地建立了一个新世界，一个只有公平两个字的世界，这是个没有上帝没有血肉没有过程的世界，存在的只有公平两个字，右籽静呆呆地望着周围，这个只是存有空间的世界，这个毫无意义的有物和无物的存在的空间。他转身离去，一瘸一拐，但快捷有力。

这位学生是扁奇的老乡，也就意味着，他也是东北人，他的名字是常陆，你不得不承认，相比较而言，东北人，从统计数字上看，有相当比例的人是喜欢打架的，这是种社会现象，虽然都是人，南方人，就更平静一些，有人将此归结为气候或地理原因，也有人归结为经济原因或者文化原因，但这属于统计数字，虽然具体到个人，还是有不同的，东北人也是有人文雅有人懦弱有人自卑有人神经兮兮的。但常陆，他则属于那统计数字内的相当比例的人，他将自己的愤怒直接发泄，就像说话一样，很直接很莽撞，他有时自诩为直率真诚勇敢甚至正直，当然没人说他任性，他还是有些分寸的，他的这些品质没有滥用，也就意味着他也是根据时间地点对象原因来决定如何发泄情绪，他很聪明，也就意味着他没有经历过惩罚。就是这个晚上在人群中，他感觉自己格外充满力量，可以肆无忌惮地发挥自己，他不是个体一人，不用被个体的利害关系所束缚，不用被社会道德所压制，他觉得自己是人群中的一分子，是一种代表，他可以放肆，可以不用个人理性，他想法直接，这个瘸子，浪费大家时间，欠揍，不要觉得我们学生软弱可欺，我就是要为同学出头，他似乎满满正义，他很自信，常陆踢了过去，他看到的是右籽怯懦恐惧和愤怒的眼光，要不是人流的拥挤，他还会再补上一脚，这瘸子，妈的，一看就不是什么好东西，就欠揍。

所以就这样，人，没有经历惩罚或没有经受过磨难，不是什么好事情。

什么是尊重，那是你对任何人，你要有某种敬意：他会有爆发，他有意志，他有毅力，他有潜力，他有情绪，他有贪婪。你要微笑，要认真，要把他当做像自己一样欲望满怀像自己一样需要体贴的人，而不是使用的工具，他不是可以任你支配的玩物。

阶梯教室呈扇面式布局，中间是大讲台，扇面上是四大块听众席，这个大教室几乎可以容纳近一千人，人不断地进入，大概有了三百人，这四个竞选人站在听众席的最前方，招呼着各自的支持者，大家都搜寻着熟悉的人和自己支持的竞选人，然后靠拢依次坐下，就这样拖拉到八点左右，来人已经寂寥稀少。

每个人都浓缩着过去的记忆和情感和行为模式，在这个夕阳刚刚离去夜幕刚刚笼罩的晚上，就在阶梯教室里，每个人都被周围的人影响着，也反过来影响着周围人，大家处于一种兴奋中，一种和其他所有枯燥夜晚不同的期待中。

汉坤望着自己的支持者，似乎有一百多人，他非常失望，远远不够自己的预计。但望向那对手们，扁奇周围也大概只有五十多人，空豪那里似乎有六十人左右，至于萧然，大概只有三十多人，汉坤还是长舒了一口气：应该是赢了。他很高兴。

讲台上摆了几张桌子正对着大家，团委书记、副书记和现任学生会主席淮湃面无表情地面对大家，淮湃开始主持，听众席的声音逐渐低落下来，但并不能完全消失，大家都怀着不同的心态坐着、看着、说着。俊成看着听众席上的人群，汉坤的人数明显占先，而其他几人明显落后，他有些失望，这么悬殊的人数就意味着大家都对胜负有了计算和结论，也就意味自己无法按照自己想法安排了，他觉得被汉坤捆住了手脚。

扁奇看到汉坤朝着自己方向的张望，也看到了汉坤那似乎宣示胜利的微笑，他躲开那眼光，只是小声跟雾絮抱怨着：那些老乡们呢，怎么还没来，不来了吗？

按照会议的流程，先是团委书记俊成将这空间和时间和事件和意义进行搭建，当然全是政治语言，接着是淮湃将事件细节进行分拆和规范，然后是各竞选人开始演讲，每人限时十分钟，这一切就是构建一种文化空间，这种空间将每个人都包裹进来，让每个人扮演角色参与游戏实现目的，每个人都是这空间的一部分，是规则内的固定的组成成分。若有人心思散乱，例如望向那女孩子起伏不停的胸脯，倒还是一种自在，因为他的思维突破了周围空间的喧嚣，和氛围的目的不同，这是与众不同，虽然他不幸地被自己的本能主导着。

这四个候选家伙模仿着政治家的神态，说着那报纸上随处可见的政治套话，夹杂少量带有个人色彩的见识，这一切构成了政治人物标准的模型，这种模型是表演给上面的领导看的，让他们知道这循规蹈矩的传承和发扬，他们已经成功蜕化成没有自我特征的接班人了。他们不是对着听众席上的学生们，这些学生是被友情被利益牵引而来，而不是自己能够争取的对象，这些学生是被利用的工具，这些学生不是按照自己理性的选择而来，而是带着立场来的。

右籽往家赶，他要拿菜刀。

事件像树叶一般漂浮在时间的河流上，在静静地缓缓地顺序靠近再顺序离开。

投票接近九点钟才开始，会场上发放选票，也就在这时，学生不断地拥进，大家不得不开始排队领取选票了，然后再排队将选票投到一个红红的大盒子里，会场上一片嘈杂，各种打招呼的声音，借笔的声音，各种抱怨，各种笑声。

面对这种场景，俊成、汉坤、空豪、扁奇等几人都全神贯注地望着，在这些陆续拥进的学生里，有他们认识的，也有不认识的，这是意料之外的，在意料之中，他们还是主人，但在这意料之外的状态下，他们也只是被牵动的木偶。汉坤开始有些不安，但细想想应该还是觉得能够领先，另外汉坤想那扁奇还在装模作样道貌岸然，扁奇还不知道这贿选其实就是作弊，学校应该不会放过他的，他应当没戏了，蹦跶不了多久了。这一刻汉坤还偷偷地瞟了一眼俊成，汉坤这个动作很隐秘，他的头没动，只是眼睛转动。

团委的女干事和学生会的几人检查着投票者身份，张罗着秩序。

十点半了，人数才减少，但也就在此时，学校的熄灯号声响起，再等半小时，学校要求关灯睡觉了。很显然，已经没有时间再清点票了，于是团委女干事要求大家抓紧投票，并宣布说因为时间所限，票无法清点，但会保存在团委，明天由团委清点，然后再予以公布。

一切似乎都是那么天衣无缝合情合理，每个人都没有多想，想也没用，因为上级是不能用来怀疑的，而是用来服从的。俊成已经意识到最后大量的学生到来，应该将刚才的有序搅乱了，事情的进程似乎又回到了自己控制范围内了。他很高兴。

从阶梯教室出来有两条路可以走，其中的一条是通向宿舍楼，这一条路是树荫密布的格栅状的长廊，格栅由钢筋水泥砌成，然后由低矮的长条台子连接，白天是很多学生喜欢滞留的地方，夜晚情侣们在此搞些花前月下的浪漫，这里灯光比较昏暗，常陆投票比较早，投完票就走了，大概那时是九点四十分左右，这是后来常陆反复回忆的结果。当时他和另外一个同学走在那条长廊上，二人说笑着，竞选现场中很多细节都值得品味，因为这些细节经过品味后会有某种发现，某种发现会呈现某种乐趣，会验证某种东西或散发出某种光芒。突然，常陆觉得脑子被狠狠击打了一下，剧痛袭来，他不由自主地“嗷”地大叫一声，等到他意识恢复的时候，是个阳光灿烂的白天，面对他的是白墙和窗外摇摇摆摆的绿树，景色令人活力十足。

那个晚上，右籽坐在细长的台子上，他是直着身子坐着，那是个黑暗的地方，没有人可以看到的地方，更不用说看到自己的面目，并且这个直着身子的姿势是不同于往常走路时候的身体弯曲，自己身边人都知道，他其实是可以呈现一种端坐的姿势，但几乎没有人正眼看过他，也就很少人能想象出他的端庄。他望向的地方，大概有十米左右，是在灯光下，如同探照灯般可以清楚地看清过来的学生，菜刀就在他的手里，他颤抖着，想象着那复仇的一击。

当看到常陆的那一刹那，随着常陆走近再走离，他还是克服了犹豫，他跳了起来，从后面用刀背砍倒了他，然后蹦跳进入树丛中，急速跑离。就在这一气呵成的动作里，他很惊讶自己的敏捷和左腿的力量，那条左腿丝毫没有影响自己，反而在证明左腿的强大，他很紧张但也很坚决，他没有回头看，一直跑到教学楼附近，然后藏好菜刀，步入校园路上，他的左腿还是原样，他只能以平常样子走向管理室。

在十点五十分，他准时到达阶梯教室，窃喜和紧张交替拉扯着他的心，阶梯教室里只剩下三两个人在那里，眼前一切和往常的一切都非常吻合，周围还是依旧。再过几分钟后，他“啪嗒”一声锁上了门。

扁奇回到寝室已经很晚了，当他知道常陆被人砍伤后，他赶到了医院，十多个老乡还有常陆的同学都聚集在急诊室外，唧唧喳喳着，那跟常陆在一起的老乡反复在描述着当时的情境和过程，回答着各种问题，在无数次的重复和自我辩解中，那老乡所见到或记忆中的图景发生了扭曲，他不自觉地把自己看书看电视的感受以及对黑暗的经验都糅合进去，他所谓的真实很多是一种思想加工后的真实，甚至有一点自我吹捧的，当问到你为何没追过去时，他的回答是那人只是砍了一下就被吓跑了，动作太快，直接蹿入树丛跑掉，他当时要查看常陆的伤情，等他站起后，那家伙已经无影无踪，这种说法他一直在坚持，直至他年老衰竭记忆消亡那一刻，他相信自己的记忆，但这真是大脑加工后的记忆。若存在上帝，它看到的真实是，他被吓呆了，他只是呆呆地看着，根本不敢去追，那坏蛋是手持凶器，窜行在黑暗中。有时就是这样，真相是很难得到的，你可以相信自己的眼睛，但有时候经过嘴的描述后就不是眼见的事实了。大家得不到真相，只是围绕着真相说着各种可能性。班主任来了，再往后，大家慢慢散去。

我们看到的事实，其实只是大脑想让我们看到的东西。

18. 每个人都有自己的空间

从二十一点到第二天五点算是一个完整的黑夜，蚊子，那数不清的家伙，密布在各寝室里，它们被阻挡在蚊帐之外，发出各种样的吼叫，就在它们眼前，这一条条血肉之躯，这刺鼻的汗香，这诱惑的食物，就摆放在那里，但它们却无孔而入，黑夜将一切都看清楚了，在黑夜的眼里，蚊子和人类都一样，都在为欲望而奋斗着。但可恶的人类，却能用灯光将黑夜驱赶。

昨晚，在临散会之前，淮湃告诉俊成，有个学生在长廊那里被人砍了一刀，俊成“哦”了一声，随即问道：“没事吧？”

“还不知道，已经送到校医院了。”

“哦，那你们学生会应该去看望一下。”

俊成很平静，这类事每周都会发生，太频繁了，年轻的孩子总是热血沸腾，无法无天，他们需要被管制起来，只有这样，他们才能成长为社会需要的人，俊成就是这样想的。

本来是一个连锁的事件，但空间和时间将这连锁事件完整切割，像剥开的橘子，一半咬在嘴里一半扔进了垃圾筒。

俊成整个晚上睡得很好，他很放松，因为底牌在自己的手里，他知道怎么做了，如同一场游戏，工作经常如此。

俊成一早就赶到自己的办公室，他喊过来那个女干事，指着那个红色的大纸箱，面无表情地说：“就在我的办公室，你先清点一下吧，结果告诉我，要保密，我需要跟上面汇报一下。”

那个干事就开始清点起来，她很聪明，将选票按照支持的人分成了四摞，时间不长，结果就出来了。

那位同学开始认真回忆，当时我俩并排走，有个黑影好像是从从后面冲过来，他很高大，有个明晃晃的东西砍了过来，接着就是常陆“嗷”的一声惨叫倒下，而那人跳入树丛跑了，手里还拿着刀，我当时马上去查看常陆。

后面也有学生，根据他的描述，那人好像坐在长条台子上，然后突然跃起，有个东西一闪，然后就听到前面一声惨叫，那人就跳到树丛里跑了，窸窸窣窣的声音一直持续到很远，那个人很矮小，灯太暗了，都被树叶遮住了，还是没看清。

保卫处的人根据现场两人的矛盾描述，不得结果，于是说等那常陆清醒后吧。

世界就是这样，人类被动选择被动发展，慢慢人类繁衍起来，自创社会，自创道德和规范和礼仪和风俗，甚至造出物质的存在概念，搞出了这个人工的世界。

那个女干事将结果写在纸条上，然后交给了俊成，俊成拿过来一看：汉坤二百三十七票；扁奇二百三十一票；空豪二百一十票；萧然四十七票，他看了一眼女干事，“这个要保密，我要跟上面汇报。”

“嗯，知道了。”

女干事名字是海兢，她是两年前留校的学生，她能留校原因很简单，她是教工子弟。海兢是个安静的女孩，她的道德标准是符合周围世界的，毫不独特，在工作中，她只是做具体的事，在事情一系列的环节中，她只是做其中一环，她只按照工作规定和要求将这一环完成，至于这事情的整体是否合规是否符合人类道德，她毫不关心，她知道自己的有限，她认为自己应该服从领导，她在具体这一环中不掺杂任何个人情绪，她不发表意见不表达情绪，她守口如瓶。

保卫处负责调查常陆事件的人是卫国，正如其名，他曾是军人，现在复员被分到这所高校。医生的诊断出来了，伤口宽长不深，说明是钝器所击，校园里近万名学生，打架斗殴几乎两三天都会发生，很多都自行解决了，但像这样恶劣的袭击还是很少见的，值得庆幸的是学生没有性命之忧。

卫国看着常陆显露着惊惧的眼神，情绪非常低落，他不确定是谁干的，对于很多他经历的事情，他认为都已经结束了，坏人得到报应，然后坏人就改邪归正了，这都是按照各种故事里的正常描述进行的，这都是他的那些壮志凌云的事。他不愿意对卫国描述，卫国毫无笑容的样子，让常陆似乎感觉自己就是犯人，常陆非常恼火但又不敢发泄，常陆还是将自己的怀疑指向三人，其中一人就是那个开门的老头，也就是右籽，尽管常陆将自己描述得如何正气一身义冲云天，卫国还是听出来了，这北方野孩子的动手能力过于强大。在卫国离开的路上，他就有种幸灾乐祸，唉，你释放多少暴力就会得到多少暴力，这句话是很有道理的，真是活该，这就是报应，反正人没大事，他有点不想继续查了。

俊成已经来找朱书记几次了，但朱书记很忙，他有上面的领导需要接待，那是他的中心或上帝，他的未来在上面的手里，甚至他的过去也在他们手里，因为他的过去需要他们评价，他们的评价是来自于他们的角度观察，而不是事情本身的体现。这世界角度太多了，可以说是有多少人就有多少角度。

俊成很着急，已经中午了，他还没能见到朱书记，虽然还没有学生过来询问选举结果，但他还是有点心虚，他在团委办公室对大家说，结果还需要上面确认，若有人问，大家就回答今天太忙，票还没有清点，具体结果要等通知。

每个人都有着和世界互动的细节，都在发挥着自己，每个人都在选择着自己的方向，即便那些不选择的，也是一种选择。

雾絮走到哪里，哪里就会有眼光追随，她早已经习惯，也就不在意。那些眼光中，美丽欣赏？性欲激发？羡慕嫉妒？如果有个敏感的测光器，就会发现，雾絮自身在眼光的照耀叠加后，一定会发出格外的光彩。

雾絮在给爸妈的信里，透露了扁奇的名字，她说他很有趣味，他是个非常不同的人，她喜欢他，非常非常。当雾絮将信慢慢塞进信筒那一刻，她突然非常想见扁奇，那个长着一双灵动眼睛的家伙，他在干什么呢？

有的时候，你不得不相信心灵感应的存在，就在雾絮转身那一霎，就在马路对面，扁奇就站在那里，看着她。那是个阳光明媚的春天，那是个鸟语花香的下午，二人互望着，笑着，在人车交汇的道路两边。

雾絮挽着扁奇的胳膊走向江边，“不知道是什么结果？”

“唉，不想了，一地的烦恼。”

“是呀，当不当那主席也没那么重要，还不如找我妈妈的同学，分配也许更有作用。”

“嗯，不过，后来会场上陆续走进很多人，有很多老乡，还有很多不认识的，也许是他们的老乡。结果真是难测，失败的可能性很大。”

“别操心了，这已经很好了。”

“嗯，是的。听天由命吧。”

右籽开始害怕了，不知道那学生怎么样了，这种担心的动机是自我保护，若那学生死了，那肯定会大量地追查，也许会查到自己，若被识破，他就会被判死刑，若这样，自己就完蛋了，自己的老婆孩子怎么办？他很害怕。他非常后悔自己的冲动，他脑子里对每个细节反复回忆，试图找到纰漏并予以弥补，他甚至在想象被问讯时应有的表情和回答。

卫国在保卫处已经三十多年了，他多少也历经了一些案子，涉及学生的轻微刑事案件，大都是保卫处自行处理了。他去校后勤部门，然后找到教学楼物管处，查知了那天开门的是右籽，在别人的指点中，远远看着右籽拖着左腿地走近，卫国以前对他就有印象。

跟他简单说明了来意后，右籽表现的是一副憨厚老实的神情，就在问答中，卫国心底无中生有地涌出一种怜悯感觉，但右籽问了一句：

“那孩子怎么样了？”

这是种局内利害关系人的关心，卫国马上感觉他就是那黑影人，卫国完全被自己的怜悯所左右了，他似乎沉浸在右籽的状态中，他不知道这怜悯从哪里而来，他似乎没有被人教过怜悯，当兵那几年也只是吃苦受累，工作三十多年也是活在某种均衡中，各种尊严的包裹中，怜悯似乎从来没有发生，无论是对于别人还是别人对于自己。他甚至没有杀过鸡，没有打过人，虽然他长得高大。这种怜悯是天生的吗？那惩治坏人的想法呢？是后天学习而来吗？当他面对这弱小的右籽，他隐约感觉自己处于矛盾中。按照右籽的回答，卫国在印有学校字体的信笺上做了详细的笔录，然后让右籽签了字。

卫国临走时，眼睛直勾勾地盯着他，“如果是你干的，你知道后果吗？可以是开除，也可以拘留，甚至可以判刑。若学生被砍死了，那就直接枪毙。”

右籽脸红地辩解，“当然不是我了。”

脸红也正常，卫国盯着他的表情，要知道，被人怀疑的情境里，各种生理反应也正常，卫国在心里帮着右籽解释。

夏天慢慢临近，这是无数个夏天之一，三千年前，这里还是荒草丛生的野地，从微小不见的细菌到高大威猛的虎狼，那是一条长长的食物链，一条漫长的生命线。

就在下午午休后，俊成看到朱书记进了办公室，他马上跟着进去，小心地说要汇报一下学生会的竞选情况，随即递上一张纸，朱书记抬了一下眼皮，“这是什么？”

“几个候选人的得票情况。”

朱书记以意外的神情瞟了他一眼，“哦，这类事你自己定就行了。年轻人，你自己做主吧。”

俊成看着朱书记带笑的嘴角，告辞出去，没想到在拉门的一霎，朱书记似乎想起了什么，“哦，这里面有广东籍的人吗？”

俊成心猛地一紧，他马上转身走回，讨好地笑着，“是的。”

“哦，那广东籍的就不要做主席了。”

看着俊成张开的嘴，朱书记又回到面无表情的冷漠中，

“我可不想跟他们扯上什么关系。”

其实朱书记想表达的是，他不想再受到这些同乡的骚扰，朱书记这样表达是因为他不想跟俊成说那空豪夜访的事，所以就用外延更大的“扯上关系”来表达，但这样一来却造成俊成的误读，他理解为朱书记做事不徇亲不徇关系的高尚品德了，俊成顺从地点着头，带有敬意的神情。

“不过，你要安抚好他们，这些孩子很不成熟呀。”

俊成感激的目光，他的声调里微微颤抖，“您放心，我已经想好怎么做了。”

俊成是被朱书记的精神所鼓舞，他也要像朱书记一样，不能跟他们扯上什么关系，自己更需要回避嫌疑了，这两种心思相互叠加，就完全促成了下面的决定，他要将自己的老乡汉坤舍弃了，若不这样，自己无法说清楚和汉坤的关系，只有这样，才能证明自己的清正，才能跟朱书记保持一致。所谓的上行下效。

朱书记后来就在本校退休，当武汉一所名牌高校需要新校长时，上面的领导还是放弃了他，这是由于他没有更大的关系照应，朱书记在本校声誉很高，声誉这个词其实有点复杂，熟悉他的人觉得他待人温和总是留有余地，不熟悉的人认为他给大家带来了更多福利，至于学校的发展，那属于多年后才能显露的，也自然很难分清辨明。

有一种说法，这个世界其实不是我们人类的，是上帝打扮成我们每个人的模样，自己和自己演戏。

下午，俊成让女干事通知空豪和汉坤分别到自己的办公室来一下，汉坤非常惊讶，按照他的预计，自己的胜率非常高，当俊成告诉他新任主席是扁奇时，他情绪很高涨，表现出一种亢奋：

“不可能，怎么可能是他，他的选票肯定没我的多。另外他严重地贿选，他已经犯规了，您不是说还要严肃处理吗？怎么还能任命他呢？”

俊成很严厉，在他的眼里，自己的话应当就是通知或者命令，按照自己职位自己的年龄及汉坤对自己恭敬，汉坤只有服从和俯首帖耳的样子，而不是公然质疑甚至叫嚣。俊成认为自己的判断及决定是正确的，俊成将正义高高地悬挂心头，他认为自己的话语应当义正词严铿锵有力，即便有第三者在场，此刻也应该认同的。

“你们这些人所谓的竞选，所谓的民主，不就是老乡们之间拉帮结伙么，不要以为我不懂，另外，他那个也算不上什么贿选。你们这些普通学生的选票算什么，难道我们团委的票抵不上你们的票吗，抵不上你们的十票还是一百票还是一千票，嗯？”

汉坤万万没有想到俊成的这番话如此激昂，似乎丝丝入扣，合情在理，他完全卡住了，他那激烈的情绪似乎被四面八方的论述所捅开，他的理智在恢复中。

俊成接着问了一句：“你想过没有，我为何没从咱们省再找一个竞选人？”

又接着问：“你想过没有，学校上面领导对这事有什么指示吗？”

汉坤彻底服帖了，他看着俊成，似乎进入某种孤立无援，他呆呆地看着俊成，他突然有种变态的想法，他希望俊成走过来狠狠地抽打他辱骂他，然后让自己倒在俊成的怀里大哭。

俊成接着说：“我理解你的烦恼，我也在帮你，我已经提议你做学生会副主席了。你要为我争气，不要耍孩子脾气。”

汉坤突然抑制不住了，他竟然笑了，这是他人生中第一次面对困难冲击困难再被困难碾轧，这是将近四个月来自己饱受挫折和压力然后自我消化的过程，这是精神长时间聚焦的结果，当然这是一个妥协方案。在所有这些的突然爆发中，他似乎承受不住了，他需要经受一场虐待，然后体验快乐和放松，很显然，他有轻微的精神异常。

俊成看着他的笑，这种异乎寻常的表现令自己非常吃惊，俊成感觉到汉坤的异常，也就有轻微的恐惧感，但依然按照惯性问道：“你笑什么？”声音中有防御的冰冷。

“哦，没什么，您说得对，我听您的。”

汉坤完全垮掉了，他觉得在俊成面前，自己放弃一切才是最舒心的。

俊成在他走后，慢慢想起自己最后的那句话，“你想过没有，学校的领导对这事有什么指示吗？”他笑了，为自己这句话叫好，因为学校的领导对这事没有指示，但汉坤却会在这个质问句中展开想象的翅膀，这是一种武器，一种虚拟的武器，但很实用。

俊成其实在选择扁奇时稍微有了点踌躇，但对比一下这萧然，俊成还是觉得任命扁奇或许会更少有争议。在这一点上，那北京的沿冬真是成事不足，他若能坚持到最后，他还是有希望的，人呀，有时真是需要不撞南墙不死心需要置之死地而后生的呆傻之气。毕竟，扁奇还有贿选的致命伤。

俊成要继续作战，空豪来了，当他知道结果后，倒是很平静，没想到那扁奇成功了，但想想那汉坤没有成功，自己倒还是很有安慰，俊成面无表情地说："选举是公平的，扁奇的选票最多，没办法，我们要相信民意。"

空豪上嘴唇紧紧咬着下嘴唇，似乎在阻止自己说话，俊成眼光温和，"没办法的，这事情找到谁也没有作用，要尊重学生们的选择呀。"

空豪当然听懂了俊成的暗示，他突然提出，"能否看一下票？"

俊成当即否定，他很果断，"票已经封存，并要销毁，要相信上级组织，你这样说话，非常不负责任，这不是一个要求做学生会主席的人应该有的态度和说法。"

俊成似乎被这句话激怒，他的脸已经涨红了，"你知道做学生会主席的目的吗？"

这时刻，就在窗边，有一只苍蝇在碰撞着玻璃，它很不解，明明是空无一物，为何却不断被阻挡被碰撞，它不甘心不服气，以各种角度各种姿态去冲击，那嗡嗡的声音在屋内散播着。

空豪没有想到俊成的反应如此激烈，他陷入呆傻状态，他可不想得罪俊成，何况这要求也是顺口提出，并没经过大脑，当然这顺口是今天上午的闪念。

"做学生会主席，不是为了满足你们个人的私欲，而是要服从上面的领导，完全服从。你这样质疑上面，就是没有端正自己的位置，从这点看，就是完全不够格的表现。"

空豪只是辩解道自己不是那个意思，但他也无法摆脱这种嫌疑，他只是反复说自己一下子不能接受。

俊成表现出缓和的态度，“嗯，好吧，虽然你没有竞选上，但我们团委还是考虑了你的能力和努力，我提议你做副主席吧，你觉得如何？”

空豪其实也服气了，朱书记家里的那一幕其实对于他形同某种伤痕，他脑海里一直在反复播映那个场景，他总是很烦恼，现在想想这个结局也是满意，再去找朱书记，也没有作用了，他也在安慰自己。他完全被朱书记所震慑了，其实他没有想过，假设某个场景用来测试，在某个月黑风高的恐怖之夜，当有人求救的时候，朱书记和空豪面对这种情境会有不同的反应，空豪会毅然挺出，而朱书记只会悄然溜走，当然这只是假设，但也意味着不是每个人在所有情境中都可以高高在上的。

打发完空豪，俊成彻底长舒了一口气，他觉得自己也在整件事处理上得以成熟和老练，这不仅仅是思想上的灵活，同时也是话术上的精妙，他很兴奋，很为自己自豪，自己在创造新的自己。

萧然小心地推开了团委书记办公室的门，看到身着白短袖衬衣的俊成坐在办公桌的后面，俊成抬起头对着她笑了笑，“来了，坐下吧。”

“嗯，好的，书记。”

“这次选举是扁奇获得成功了，希望你支持他的工作。”

萧然知道自己应该继续笑，所以她继续保持着微笑，“嗯，好，我会尊重同学们的选择，我会全力支持的，您放心。我知道自己还有很多不足，我会继续努力的。”

俊成的眼光散发出欣赏和喜欢的光芒，萧然知道自己的目的达到了。

她在临走关门时才放松下来，突然闻到一股臭味，一定是臭脚丫子的味道，于是就在她临关门转过头来再次向俊成告别时，眼睛发现了，就在办公桌下，一只脚在摇动着，一只鞋在桌腿边上，静静地趴着。

往下就进入常规行为了，那个扁奇，自己都懒得去谈话。不找麻烦的人，就是不在视线内的人，自己还是仔细想想下一步怎么紧跟朱书记吧。

每个人都有信仰的一面，当然那没有信仰的人，准确定义，也是一种信仰“这世界是没有信仰的”，除了信仰之外，然后就是道德，最后就是功利，大体上人是在这三方面的指引下去想和做。在不牵扯功利方面时，每个人就是无欲则刚。在三个方面有冲突时，普通人都会以功利去指导自己，有个词就是：不择手段。

俊成思路非常清晰，他知道自己的主要精力应当是在朱书记那里，相应地，那学生会的一堆事就应当靠扁奇去承担，这样一来，扁奇就显得很重要了，自己毫无疑问地要将扁奇紧紧抓住，如同自己的手一样，要成为自己的工具，这样一想，笑容浮现，他马上安排干事通知扁奇明天过来一下。

19. 伪装才能更好地侵略

还有一个月又要进入考试了，扁奇感觉这几个月以来自己跟不上课程进度了，他的心思透支太多了，而学习精力一直不够，他觉得听不懂了，这几个月来，爱情、竞选这两类事都是痛心彻骨的事情，需要全神贯注，他努力地并吃力地听着，慢慢把漂流在外的神经兴奋移挪到课堂中。

下午的两节课上完，他想在教室里再学一会，也许是爱情上的激动已逐渐平静，雾絮兴冲冲地赶了过来，拍着扁奇的肩膀说："知道吗？你被选上主席啦！"

扁奇从书上抬起头，呆呆地望着雾絮的兴奋，似乎在努力理解着雾絮的语言。

"怎么？傻了吗？"

"啊？真的吗？不会吧？你怎么知道？"

"大家都在说呢。"

雾絮和扁奇抱在了一起，不管那些还在自习中的同学，雾絮表现得比扁奇还兴奋。

扁奇激动起来，猛然觉得自己进入了一个新的层次，那些所有不解不惑，一些陌生一些崇高，全是毫无意义的脚下的东西，自己可以从此不再理会。

他开始不自觉地反思自己，高不可攀的大学，他进来了；高不可攀的美丽，他得到了；高不可攀的主席，他摘取了，其实自己是这么优秀，却那么自卑，那么低估自己，原来自己一直在误解自己，以后所有的一切都改变，未来从此要大不同。

他突然变成代表了，要有高度了，想想全国有几百万大学生，也只有不到一千多所大专院校，学生会主席也就是同样的数量，那么自己也就是这近一千多个主席之一，那么自己的成功就会寂寥如星，他要继续努力，自己的未来一定会发出熠熠光彩在灿烂的星河中。

这一切都是他心里的奔腾，无人知道，也就无人提醒，即便是有上帝，在它的眼里，这一切都是毫无意义，如同海中的浪花，转瞬即逝。

高傲有很多种表现，一种是常见的飞扬跋扈，所有的利益他都要得到，都要占据，还有一种则是格外地谦虚，他将常人所争抢的利益全都弃之不顾，他退出竞争，他退出周围，只是远观，以微笑的神情、谦虚的样子，这后一种是所谓的隐藏或低调，也就更容易获得追捧，扁奇就准备这样了。

自己以后要好好表现，像书本里描述的君子，像传统上推崇的圣人，像某事业讴歌的伟人。

扁奇回到宿舍里，他没有声张，无论如何，经过昨晚的竞选现场，同寝室的人已经感受到了巨大的压力，本来对于他们而言，扁奇只是个无法再普通的人，没想到参加了竞选，让他们感觉到自己的平庸平淡，这远不是通常意义的压力，也不是平常的“投机”概念所能概括解释，当宿舍里几个人在聊天时，当阮仕荣只是解释为“投机成功”的概念时，开始遭到别人的反驳了，“谁都想投机，投机到这个高度，那也是身怀绝技吧。”

很明显，投机理论有某种程度的失效，阮仕荣似乎无力驳回。大家为了安慰各自的不安，他们不自觉地把扁奇定位成一个表面平常实质是先天就具备特殊性的人，这样的解释似乎也就合理了，大家就不至于过于自责，大家的心态也就平衡了。

其实这两天扁奇已经感觉到大家对他有某种程度的小心了，就在这时有外寝室的同学出现了，“恭喜呀，主席同学。”

随后三三两两的同学过来贺喜，同寝室的人也呆住了，这是种压力，这是种氛围，被众人营造的，在场的每个人都感受到压力了，无论你处于羡慕还是嫉妒，于是被挤压着参与祝贺参与欢乐。

扁奇此时却表现得从容和冷静，开始装作那从电影里或小说里或其他某种场合里学到的授勋仪态，“谢谢大家，谢谢大家，都是大家的帮助。”然后开始重复，基本上这句简单的话重复了长达三天之久。

校园里，树多楼多，偶然的眼光一瞥是无法察觉那阴影的边际。

保卫处的卫国按照常陆的指向又问询了另外两个人，当然也做了笔录。当保卫处处长问他是否找到嫌疑人时，他只是摇头，将笔录递给处长，然后吐出一个大大的烟圈。

卫国已经是老职工了，他不在乎自己的将来了，再过两年就退休了，什么有案必破、有错必纠，这话对于他，他就认为是屁话，他倒不是对时势不满，也不是厌烦自己的工作，而是因为自己的工作让他发现一个深刻的道理，那就是这个世界没有好人和坏人之分，这的确很有趣，按照工作定义，他是要抓坏人的，但在实际中，他发现，犯罪都是社会原因造成或促成，即便是一些所谓十恶不赦的犯罪，最后似乎都能追踪到社会、家庭或童年时代的问题，他想不明白，他就凭感觉去判断。

就拿右籽砍常陆这件事而言，右籽因为是残疾人，内心压抑过度，于是释放过度，这是社会歧视的结果。常陆呢，东北人，地方特色的偏好是动手动脚，这是毫无疑问的社会产物，卫国摇着头叹着气。

若是按照社会学进一步分析，他们都是在被社会因素控制着，毫无个人特色，似乎他们可以选择不这样做，表面上看这是自我选择的，但实际上，他们已经被理想、信念甚至记忆、本能所灌满，在具体情境下，这些因素相互冲击相互矛盾，然后就会给人不同的指令，人被注定了这样去做，他们被周围的世界所主导了，人，就是周围文化影响下的动物，其实毫无自由，为此有位哲学家认为，这世界不但上帝死了，其实人也死了。

虽然这些精深的想法是卫国所不能达到的，但可以粗粗感觉到的，有时候感觉的东西真是很准的。

他的感觉是对的，结论是对的，虽然他不知道细节。这事若向上分析，追溯起来完全是由俊成而起，因为俊成想控制学生会主席竞选时间，就临时变更开门时间，再往上追溯，又涉及那北京籍的候选人沿冬，正因为他拖拉的性格，没有将自己的退出早些告知，这造成俊成准备不足，但沿冬的退出，却又是因为北京生源的分配工作政策和他个人的做事特点。事情就是这样有趣，越往前追究，原因就越分散，越微小，最后的追溯或许会延伸到世界是如何开端的，涉及世界开端前的存在，那就只有宗教里的上帝出现了，更可能的是这世界是没有开端的，这又超越了人的理性。到最后可以得出荒谬的结论，要么是上帝打破了常陆的头，要么就是物体自己打破了常陆的头。

这次，卫国不想为做出成绩取悦领导而坚硬心肠，他没必要再为自己的前程添砖加瓦，他不想让这可怜的右籽付出代价。

自从卫国走后，右籽似乎期待着他回来，等着细节的深入调查或宣布他的无辜，他甚至偶尔会想到那个夜只是个梦，那黑影是另外的人，和他无关。但卫国始终没有回来，他也没去打听常陆的伤情结果，他实在不敢去打听，他更不敢打探事件最终结果，他看过一些电影，知道一个词叫引蛇出洞，我公安人员经常采取此办法去抓坏蛋，现在他是坏蛋了，他不能自己露头，这样一来，如同他自己被关在自己观念的黑洞里，他不敢好奇不敢寻找踏实，这是一种痛苦，一种延绵不绝的心理折磨。按照卫国的说法，似乎他已经被发现，但太多天了还没任何人找他，他那侥幸心理也就逐步长大。

事情发生后的三个月内，他还是在侥幸中害怕，在侥幸中紧张，三个月后，他开始确信自己的幸运，然后算是放松和高兴，一年以后，他基本上不在乎了。但就在这近一年的时间里，恐惧侥幸甚至自责这些情绪成长为一个情结，慢慢在心里郁积成一块石头，掉在心里的某个角落。他曾经很接近健全人的世界，看到了健全人的不足或某种心理的残疾，他曾经有了自信。但这件事发生后，这块情结的石头彻底将他压进自己那个残疾的世界，像孙悟空被大山压住一样，他有某种自弃心理，也许是良心进一步发展，他觉得自己是个可恶的人，他有多少倍可怜的程度，就有多少倍可恶的程度，他早已经后悔了，他还后悔为什么没有去自首，为什么让自己心里这样地压力重重。右籽一直在学校重复做着开关的动作，最后他六十岁就死了，突发心脏病，这个突发还是跟那块心底的石头有关联。

右籽无法知道，如果他知道后来的世界会如此变化，那块所谓的石头就会无影无踪，他的所作所为只是社会上那些英雄豪杰们的小把戏，这些所谓的英雄豪杰们会将自己装扮成善良和优秀，甚至高尚和伟大，他们满不在乎他们麻木不仁他们凶残毒辣，他们过着光辉灿烂的生活，并且他们之中也有像他一样表面残疾的人。

即便是对于受害者常陆而言，他其实在这件事上被开启了一个新的窗口。

唉，这真是个不透明的世界，阳光可以照进这个大千世界却无法照进那心灵世界，心灵世界真是需要阳光需要透明。

常陆临出院时医生给出的诊断是轻度脑震荡，先是昏，后来就是睡，虽然十多个小时后才苏醒，但基本没大碍。他在医院住了三个晚上，这两天，陆陆续续很多人来看望他，他穿越自己的头疼，透过自己的眼睛，看着来人的小心和微笑和怜惜，觉得自己换了一个角度看这周围，原来周围是这么安静，节奏是这么缓慢，似乎时间停滞了，很多话他可以不回答或者答非所问，进入别人的语境里也是有乐趣，在跟别人交谈中也可以建立一个语境，如同建立一座大楼，你一句，我一句，围绕着中心，用时间地点人物事件搭建，然后每种描述都是一种创意或创新，然后不断有人参与，就在话语搭建的语境中，他觉得自己环绕在眼前的语境，跟从着别人的视线看着这个话题，他跳出了自己的感受。

他也不时地自问，猜想是谁所为，自打入校近一年，有三个人值得怀疑，虽然直觉中还是指向那个瘸子，但也仅此而已。那个保卫处的名叫卫国的家伙很讨厌，似乎我是凶手，在那天他离开时，卫国竟然说："你以后若还是这样，我建议你去做打手吧，不要再上学了。"

他凶巴巴的表情，那种高高在上的腔调，那种听不太懂的方言，加上这不时的伤口疼痛，这一切都促使常陆的情绪上下翻腾，如同那烧开了水的电热壶，水在其中咕咕噜噜地翻腾，似乎走向临界点了，照以前的风格，常陆急躁起来就想抽人了，但现在不同了，他有某种恐惧了，能考进大学，常陆还是有自己的才智的，当问及怀疑对象时，他不自觉地跟从保卫处卫国的话语看待这事，他似乎也超脱出来，不带情绪不带偏见地搭建那个黑夜的故事。

一周一月三月半年过去了，黑夜的故事像蒸发掉的水汽一般无影无踪，无人提起，除了伤口提示着主人需要的一系列动作，换药，换纱布，愈合，检查，拆纱布，新头发，伤口淹没，再往后，伤口自己也无影踪，表面上看似乎什么也没有发生过。

在所有的日子里，校园的节奏从来就没有变化过，一切依如从前依如此刻。

班主任和常陆都去保卫处找过，保卫处还在那个老地方，门总是开着，门槛总是那被踢被磨的土灰色，里面总是烟雾缭绕，电话总是响很久才有人接，常陆想起一个比方：这是个跟坏人打交道的地方，所以这扇门和这帮打交道的人也就不再完整了。他自己想着，却用巴结的笑开始询问，在卫国回答的时候，常陆总是看到对方眼睛中眼白的地方，其实他那天穿的衣服也是白衬衫，天也是有些灰白。

不管怎样，常陆以后还真是没再动手打过人，但每次夜行的时候，他总是胆战心惊，这属于条件反射了。另外，他发现自己开始在意别人的表情了，从别人的表情就能大体发现别人的想法，当你满足了别人的想法也就意味着别人会大体满足你的想法。

20. 爱或不爱，其实是种误解

第二天，扁奇来到了俊成办公室，俊成始终不喜欢扁奇，第一面就是这种感觉，没有什么缘由，大概是某个电视或电影或生活中某个不喜欢人物与他相似所造成吧，不记得了，反正他自己找不到所以然，无论是感性还是理性。扁奇一副诚恳老实的神态他不信任，其实俊成认为自己的直觉是对的，这家伙竟然把校花搞到手，肯定就不是他表情所暗示的那样，俊成从学生时代走出不久，他深知这帮孩子的凶恶，他们只是没有机会，若让他们抓到机会，不择手段就是对他们的准确描述。

“你已经知道自己是新一届主席了吧，恭喜你。”

“谢谢领导信任，都是同学的信任。”

“咱们之间不用客气了，往下的日子是要一起度过，一起配合，更好地为学生们服务。”

“是的，我一定好好配合。”

俊成觉得应当让扁奇感激自己，要将他变成自己的人，那就一定要让他知道这是自己给他的东西，需要他回报，“你知道你是怎么当上的吗？”

扁奇眼睛直直地望着他，想着这简单问题的复杂之处。

“这事我只跟你一人说，你要保密，知道吗？”

“我明白。”

“我们团委根据学生的投票情况，另行又进行内部讨论，最后，我经过这些天对你的考察选定了你。”

扁奇看着对方慢慢收起笑容后留下严肃，他马上回之以郑重的神态，“哦，谢谢团委的信任，谢谢您的信任。”

“所以，你不能辜负了我的信任。”

扁奇上下唇紧闭了一下，点着头，“好，您放心，一定不辜负您的信任。”

俊成嘴角上翘，他开始笑了，这个笑不是心意满足后顺带的笑，而是他要表达出让扁奇放松的动作，如同家长一般，严厉之后就无须遮掩爱意。恩威并施，这是一种权术，俊成还在试验阶段。他就是传达一种信息：你的成功，不是源自学生民主投票的结果，而是源自我的提拔，所以你要对我负责。

至于扁奇，他似乎明白了这一切的发生，他有一种感觉，自从那晚这么多人把票扔进那红色的方盒子后，一切就与这么多人没有关系了，如同那剧场，无论多么宏大辉煌，它永远是道具，真正的喜怒哀乐都是那几个主角在鼓捣。

俊成在跟扁奇对话时一直有种隐隐的不安，他觉得好像漏了个什么事，但始终没想起来。

经过聚集在会议室的一帮人郑重其事地参与后，扁奇算是正式被确认为学生会主席，这几天，他对自己有了新的认识，这来自于自我的比较和想象，来自于周围人的表面上的夸奖，来自于雾絮的娇嗔，来自于俊成的庄重。他想，自己应当不辜负这眼前的一切，应当做出自己的特色，进一步表现自己。他本来可以自主地支配自己，但现在就要在一些观念和眼光的环绕下做人做事，有时可以这么看，他像一只老鼠，从一个广阔无垠的原野中跑进了一个四壁森严的牢房里，当然这牢房是有吃有喝有尊严，无风无雨无寂寞。

汉坤慢慢在自我垮掉中恢复，这段时间以来，他一直陷于那个和俊成谈话的失态中，他开始懊悔和自责，他现在还无法顾及那落选的分析和总结，他反复自问为何这样地失态，随着时间的流淌，他慢慢不再纠缠，这个痛苦的记忆就被每日不断涌现的琐事细节所缠绕。

空豪还是原封不动地将俊成的话叙述给刚卸任的学生会主席淮湃了，即便是原封不动一字不差，但这类描述在淮湃头脑中还是形成了另外一种画面，这是一种淮湃根据个人经验形成的独特画面，这一定不同于空豪脑中的画面，其实空豪脑中的画面也不是完全吻合实际发生的画面，更不符合那俊成脑中的画面。聪明的淮湃跳出所有的细节和色彩，只是面对冷冰冰的结果：扁奇当选。

“扁奇应该没什么关系，他能当选的确太奇怪。”

“难道真是票数所致？不应该呀。”

“真是想不通。”

“但不管怎么说，不是俊成老乡汉坤，这事似乎又不是关系问题，看不懂看不清呀，不过，让你做副主席也不错。”

“嗯，是的，我知道。”

“唉，这世界就这样，不是有多么神秘，而是因为我们太闭塞。”淮湃似乎是自言自语。

票究竟是什么情况？如同当年的高考答题，到底是怎么评卷的？这种疑问，还有点类似夜晚飘在空中的月亮，它用不同的形状萦绕在你的心头，至于它的背面，永远不会让人看到。

湖北大学的喻夷平这些日子一直在等着学斌的回访，两个学校之间不是很远，相隔只有四站，76 路公交车二十分钟就可到达，但学斌始终没有音讯，喻夷平细细地回想着那会面、交谈、散步、告辞的细节，学斌总是表现出淡淡的微笑，如同那早餐中加多了水的米酒蛋花汤，小酸小甜小香，喻夷平知道这应该不是爱情的味道，直觉告诉她，这学斌还是有人了，否则还不至于如此害羞或消极。想到这个深度，喻夷平就有点烦。

喻夷平觉得这样的费心一定会让自己增多皱纹的，于是就将学斌的形象置于脑中角落，还是想想别的吧。转念却又跑到当年的男友身上，喻夷平觉得自己还是做对了，就在那漫长的五年爱恋中，在五年的依赖中，在最激情的时候，自己还是守住了底线，没有把自己完整地呈献给他，多亏没有！他怎么能就这样狠心分手，反过来又一想，也许正是因为自己的保留，没有紧紧地拴住他。

但这个处女细节，学斌并不知道，他也问不出口，作为喻夷平，她也不知道学斌被这个细节阻挡了。

整个上午都在哗哗地下雨，洗刷着整个世界，这是个周六，学生们舒心地在被窝中大睡着。

扁奇一大早就去学生会了，他有一间小办公室，在那里自习额外安静，这是学生会主席的一个小权利，雾絮今天也过来了，两人在办公室里说话举止都是压低声音、小心翼翼，一个坐在办公桌后，一个坐在办公桌前，都是硬木椅子，两人的脚偶尔碰一下，偶尔相互搭在一起，偶尔还有意地踢打几下，你看看我、我看看你，像对着的两面镜子，望不尽的你和我。

办公桌有些破旧了，浅黄色的桌面上斑驳陆离，深深浅浅地刻了一些字，雾絮很有兴趣，这些历任的学生会主席们会在桌上刻上什么话呢？细细辨认，大都是名言警句，唉，名言警句看多了，似乎毫无辨认感，用句老词形容就是心灵早已坚固如铁，视而不见，但在办公桌左上角，也就是雾絮坐的办公桌位置右下角，雾絮看着轻轻笑了起来，“太有趣了。你知道写的什么吗？”

“什么？”

“酒都是有度数的，爱情有度数吗？”

“应该有，一年的爱情和一个月的爱情肯定不一样。”

“那咱俩是多少度？”

“终度。”

“啊，中度？哼，我就知道你不诚心。”雾絮的脸马上阴沉下来。

“丫头，终度还不满意呀，终了一生的程度还不够呀。”扁奇笑着看着她。

雾絮的嘴爆出笑声，“又戏弄我。哼?!”

“不够，就是不够，下辈子你干吗去？哼！”雾絮接着说，转身在包里摸出一袋子糖。

两人你一言我一语地构建着爱情，在各自心里为对方开疆辟地。

雾絮对扁奇有种崇拜，扁奇就如同那万花筒一般，摇一下或转一下就有新的色彩花样，这样就非常吸引她，比较起来，她觉得自己是个无聊的人，生活的一切都是固定重复的，自己只是身在其中配合着遵守着，而扁奇似乎一直是在创造着，改变着，他身上似乎有无穷无尽的变化，这种变化似乎也在推动着自己。

扁奇爱着雾絮的美貌和聪明，她的美丽极大地让自己获得类似艺术的体验，她的出众又让自己增添了荣誉感，她在面对数学物理时会微微眯着眼睛，一副冷静专注神情，从容不迫地应对着那些题目，扁奇对此很是服气。他们彼此都有对方缺乏的东西。

雾絮认真地问："其实我真没想到你的票数能第一。"

"是的，真的很难说，我不确定。按照俊成的说法，我是被他选定的。"

"被他选定？为啥？他若选也是任命自己的老乡汉坤呀。"

"是的，我们之间毫无交情。很奇怪，我一直想不通。"

"啊，真是神秘。"

"他还说这些天对我的考察，也不知道考察到了什么，唉。"

"你别费脑子了，这世界很怪异的。"

"嗯，你知道吗？其实我们这个世界是鬼操纵的，脚下的每一寸土地都密布死尸，我们是活在坟墓上，脚下是坟墓，校园是坟墓，这世界是个墓园。"

"呸，别吓我。"

巧合的是，灯光此时忽闪了几下．雾絮急急地绕过桌子扑到扁奇怀里，扁奇似乎也吓了一跳，难道真相是如此吗？不管怎样，两人的舌头缠绕到了一起。

此刻是上午十一点半，食堂要开饭了，很多学生的懒觉已经无法抵御肚肠的号叫，他们纷纷爬起，就在这无数开关的"啪嗒"声中，变压器再也忍受不了了，自动调整起来，于是灯光闪闪。

人的思想的形成有些类似于开车行路，幼时如同在旷野中，思维发散，胡思乱想无所不在，慢慢地从旷野中进入公路，再从公路进入高速路，在这过程中人的思想越来越集中，效率越来越高，同时也是进入轨道中，一种单行道，思想完全被脚下的路所困住，慢慢被脚下的路所主宰，有时所谓的独立思考，可能只是洗脑的结果。

弦悠晚上做了一个梦，她和学斌走在马路上，一条黑色的大狗总是在跟随他们，后来竟然扑到学斌面前，不断地舔他，弦悠记得梦中的自己很害怕，学斌却说那狗喜欢他所以才舔他。弦悠醒来后，不知道这意味什么，她只是想，这几天没见学斌了，今天一定要见到他。

中午时候，弦悠敲打着学斌的房门，却始终无人应答，在她犹豫着在原地等候还是出去寻找或是回寝室时，学斌出现在阴暗楼道的一边，他穿着白色短袖衬衫晃晃荡荡走了过来，见到弦悠后，他温情地笑着，弦悠突然生出一种想扑到他怀里的冲动。

弦悠也笑着跟随他进了宿舍，在学斌转过身子面对弦悠时，弦悠却开始前后上下打量，若他是个枕头，她一定要拍拍打打，捏捏捶捶。学斌眼睛骨骨碌碌地跟随她转动着，

“你找什么呀？”

“我看你是否被咬了？”

“被咬了？被什么咬了？什么意思？”

“哼，当然是被狗咬了！”

“为什么这么说？”

“因为我在梦里看到了。”

“嗯？梦里，还梦里看到？其实就是做梦吧。”

“是的，我做梦一向很准，所以是看到，而不是梦到，哼，你肯定有事了。”

“拜托，姐姐，我天天在学校，大门不出二门不迈，很乖的。”

“别拉近乎，别嬉皮笑脸，哼。”她一副娇嗔的可爱。

就在那一刹那，聪明的学斌突然想到，那湖北大学的同学喻夷平就是属狗呀！一股莫名的惊悚，从头到脚全身掠过，他觉得自己心在颤抖，他莫名地害怕了，马上转移话题，“你来多久了？”

21. 每个人都是你

雾絮的爸妈在雾絮的信里发现了异常，女儿竟然这样对他们表述自己的爱，她和那男孩的交往似乎更加稳定了，无论如何，应当去学校看看。雾絮的妈妈说这是她应该去的时候，爸爸的眼神从镜片后闪过一丝戏谑，“你是该去看看了，还有你那老同学，成功的副校长。”

“嗯？我就知道你会这么说。”二人笑着拌了几句嘴。

雾絮的妈妈住到了学校宾馆，她送雾絮报到时住过一次，熟悉那里。

那是栋三层小楼，浓密的爬山虎几乎已经完全遮盖楼体，在阳光灿烂的时候，如同美妙仙境一般，但在细雨湿冷的阴天，却显恐怖气氛，这截然不同的反差其实也是在提醒，事物的呈现不能用感觉去把握，事物就是事物本身，感觉就是头脑加工后的产物，进一步推论：人是无法认识事物的本质，这是经验主义的怀疑论。

当雾絮看到妈妈站在寝室门口时．一刹那间，她似乎有种时空倒错的感觉，似乎这不是学校，而是在暑假时节或者高中时代。

“啊，妈，你怎么来了？”雾絮近乎惊叫，她欣喜若狂。

“你怎么不事先告诉我呀？”

雾絮跑前跑后地为妈妈张罗着。

“吓一跳吧，哼，你也有这种感觉了！”

“哈哈，我太高兴了，妈妈。”

“你也吓了我和你爸爸一跳，你知道吗？”

“哈哈哈哈。”

雾絮知道妈妈的意思，她笑了，撒娇地。

周围的室友看着她俩的样子也跟着笑，随后就纷纷出去，将这欢乐空间留给母女俩去营造。

妈妈的五官开始收缩，雾絮知道妈妈生气了并准备长篇大论了。从小到大，妈妈是毫无疑问的家庭政治的制定者和实施人，所有的大事小情全是妈妈一言堂，爸爸只是配合和遵从，雾絮呢，也就自然有种暗暗的抵触反应，按照某位心理学家的说法，女孩有种恋父嫌母的现象，雾絮也不例外，何况妈妈一直很严厉。当然不能就此认为妈妈严厉是原因，即便妈妈不严厉，雾絮还是会更喜欢爸爸。

“你交的男朋友真的那么优秀吗？”

“当然啦，他现在是学生会主席呢。”

“大学时代，尝试一下就行，不要太用情了，将来路太长了。”

“我要嫁给他。”

“哼，我就知道你会这样，所以我和你爸爸很担心，我要过来看看，你让那个男孩过来跟我见个面。”

雾絮思忖了一下，撒娇地笑着：“好吧，不过，你别吓着他呀。”

“他是什么？泥娃娃吗？还怕被吓着吗？”

当天晚上十点多，雾絮就站在学七舍的楼下朝着扁奇房间的方向高喊扁奇的名字，天已经很黑了，大门口还是人来人往，房间的灯光和各种喧哗散落出来，砸向路面上或草木中或楼体上或无垠的宇宙，在喊第四声的时候，扁奇应了一声，然后匆匆跑下。

“你怎么不披件外衣？小心着凉。”

“嗯，没关系。有事吗？这么晚。”

“我妈来了，她要见你。”

扁奇怔了一下：“啊？有点可怕。”

雾絮笑着，“是的，我妈会吃了你。”

周围人来人往，不断有人看向他们，当然更多是看向雾絮，在看着她的时候，有人体验着自己，有人忘记了自己。

“我跟你说过，我妈很重要，不过呢，毕竟有我。哈哈。”

“她要不同意，你怎么办？”

“你就想想见她怎么说怎么表现吧。至于我，放心吧。”

最后说的那三个字，扁奇感觉她发出的声音很柔软，如同雪片飘入口中，这种声音落到心上，是流淌不尽的甜美，是可以融化硬石的汁液。扁奇的这种感觉一直在意识中保存着记忆着，即便在他后来的某一刻，也可以感觉自己在融化中，那种眷恋那种甜蜜像射线一般无限延伸。

俊成突然知道了自己的不安，他发现了扁奇的谎话，他想起来了，就在竞选的那天，扁奇说北京的沿冬也贿选了，很明显那沿冬其实根本没有准备竞选，沿冬根本不会这样去做。自己那些天被一堆心思搅乱了，竟然忘掉这个重要的细节，否则一定不会让他去做主席。他一直以为自己在操控一切，竟然发现自己被骗了，看着扁奇的小心翼翼，他觉得这都是假象，他现在毫无办法，他摇了摇头，叹了几口气。

俊成有个理论，这个理论是有一定逻辑结构的。在他左右上下的周围，是一个社会网络，在这个网络中，自己的发展甚至前途是掌握在朱书记手里，这是社会政治结构，毋庸置疑，那朱书记负责大事，所作所为一定就是集体权利最大化，他是决策中心，政策中心，所以经过朱书记的深思熟虑后，那一定是最优决策，如果学校是个机体，那么朱书记就是学校这个机体的最重要的类似头脑的东西，而他俊成只是整体中的一环是身体中的可有可无的一部分，是火车上的一节车厢，朱书记就是车头，车头的目的应该就是车厢的目的，就是他俊成所做一切的目的，那他俊成就应当围绕着目的奉献自己，进一步明确，那就是朱书记的所有的事情应当是自己关注的地方。

朱书记的事情可以分解为工作部分和生活部分，工作部分，毫无疑问，那朱书记是全力以赴，不容插手的，只有生活部分，尤其是朱书记注意不到的各类琐事，那就是他的关注点，只有这样，他才能更好地服务朱书记，才能更有助于学校的发展，当然更有助于自己的发展。

这样一来，俊成很有激情很用心地为朱书记跑前跑后，他不像那些书呆子或某些嫉妒的人或愚昧的人那样纠结，他并不认为溜须拍马是个贬义词，这是一种工作，这是一个朱书记事业的辅助，这是敬业的表现。

俊成心里在说，不要嘲笑我，你们有能力那就先将这现实和现实理论否定吧，哼，傻瓜们。

阳光透过窗户洒下光明和温暖，在灰尘和各种微生物间穿行，制造出巨大的光柱，光柱中的颗粒们飘飘荡荡。

躺在床上的阮仕荣望着对面上铺的空荡荡，那是扁奇的位置，他觉得看透了，他认为自己是对的，虽然每天他的很多时间是在床上度过，其实在他伸手可及的地方是书，他看这类教科书有时如同看小说一般，他能流畅地看下去，当然他也不时地停下，默默地在心里估算或推演着，然后就每一章节后面的问题对前面的理论进行匹配和验证，当然在寝室空荡无人的时候，他也会爬起拿笔演算或推导一下。阮仕荣看明白了，虽然课堂上那些老师们不仅仅讲课本，还教附加的内容，但大部分管理科目介于文科和理科之间，根本不需这样郑重其事地大讲特讲，何况有的老师水平一般。有的课程简单得如同高中课本，有的课程却是和数学的高深处结合，也无比艰涩，对于后者，他还是需要爬起来去上课的。阮仕荣真的很有数。

阮仕荣一直觉得看透了扁奇，对于扁奇那种自豪兴奋的压抑神情，那种谦恭做作，他其实读懂了，他真不屑。自己不屑他的水平不屑他的成功，但当周围几乎所有人对扁奇的态度达成一致时，都是一种尊敬和佩服的神情时，自己这种逆势而为的确是种压力，自己变得跟大家不一样了，似乎这是大家在向他的认识施加压力发出挑战，他有点承受不住了，这些东西在强扭着自己的大脑，像掰腕一样，周围的人都在掰着自己，他觉得自己垮下来了，被占领了，自己的清醒认识被踩到脚下，在这种境况下，他似乎觉得自己是跟周围的舆论做斗争了，是用个人的认知对付众人的偏见了，却不是对付扁奇了，对于扁奇的看法只是工具了，自己的对象发生了变化，阮仕荣有点恐慌，无论如何，跟从众人跟从舆论，才是最踏实最可靠的感觉。

难道是自己错了，这种感觉让他极为不舒服，自打高中时代，他一直很自信，觉得这世界就是这样，所有的成功都是有限的，所有的一切都是平衡的，当你有成功，就一定会伴随其他方面的失败或不幸，扁奇得到了美女，得到了学生会主席，扁奇仍旧风生水起仍然浩浩荡荡，阮仕荣开始怀疑自己的理论，甚至怀疑自己这么多年的散漫了。

他不知道自己怎么办了，他迷茫了。在那个春夏之交的上午，阮仕荣赤裸着上身，躺在铺着草席的床上，两眼空洞无光。

那是个缓慢的上午，地球一直就是缓慢地在太阳下转动，天空在光耀下反射的只是一种浅蓝，神秘和浪漫像阴天的月亮，时隐时现。

雾絮的妈妈见到了扁奇，在他走进宾馆房间前，她不自觉地想着扁奇的形象，她在头脑中勾画着他的容貌和气质，当然都是以那电影电视或生活中某个喜欢的孩子，甚至雾絮的同学形象，她通过雾絮零碎的几次描述就觉得他应该是什么模样，虽然她已经四十五岁，身体的欲望如同风中的火烛忽明忽灭，在道德和习惯的巨大管束下，那个搅扰自己的身体本能已分裂成各种激情的碎片，她已经不再幻想了。

雾絮的妈妈名叫春梅，就在二十多年前，如同自己的女儿，她也是漂亮异常，她毕业于湖南师范大学，武汉这所高校的副院长是她的同学，那时的副校长或明或暗地追求过她，但她始终没有接受。就在昨晚，副校长宴请了她，饭后又将她送到了雾絮的宿舍楼下，一切依然是彬彬有礼，一切依然是热情不减。但那男女间动物般的吸引力早已灰飞烟灭，虽然从来没有任何企求，但面对这一样的夜空、一样的月亮，却不一样的脸上皱纹，春梅感慨着人生，感慨着岁月，眼睁睁地看着曾经拥有的或曾经控制的东西像溪水哗哗流淌般逝去，自己只能默不作声只能摇头叹息。假如有上帝，假如上帝发给她一个从小到现在都没有见过的人间顶尖帅男，假如世间所有的耳目都被捂住，假如不会有任何恶果，甚至没有任何道德压力，那她，会怎么办？她的身体欲望还能重装吗，还能上阵吗？没有人知道，她也不知道，因为这个情境无法实现。

见到扁奇的那一刻，她就深深地失望，这是一个外表多么普通的男孩，这是一个当年自己看不上的男孩，怎么自己这么优秀的女儿就深陷其中？非常难以思议。

她突然觉得没什么话可说，她觉得眼前的男孩只是个过客，对于过客还有什么可说的呢，当然礼貌上她还是说了些什么，然后就是听扁奇说话，听着这个男孩在发挥着表演着。

这似乎是一场比赛，是春梅自己的比赛，她的一种心思本来已经完全否定扁奇了，但随着对话的持续，随着扁奇的神情气质的变化，她似乎也在变化着，另外一种支持扁奇的心思也在成长，她看着扁奇，却在解读着自己的人生，若是她选择了那位副校长，或许他就是副校长夫人，她突然觉得自己或许当年也是不成熟的，甚至，现在也是不成熟的。

直到最后扁奇告辞而去，春梅的两种心思还在相互交织着，还在陷于纠结之中，雾絮送扁奇去了，随着十分钟二十分钟的流淌，春梅发现这两种心思已经达成了结果，她定睛一看，结果是，否定。

雾絮送走扁奇后回来了，她轻轻地关上了门，讨好地笑着，她早已经看出来妈妈的不满意了，春梅面无表情地看着自己的女儿，似乎从雾絮的一系列动作中看到了她的婴儿、幼年、童年、少年、青年各阶段的成长，以及伴随其中的各种情绪的丰富和变化，将这所有东西累加成现实，她突然有种怪异的念头，她可以对待女儿像对待蜡烛般吹灭再重燃吗？雾絮依然笑着坐在妈妈的旁边，歪着头看妈妈，一缕头发因为重力吸引，垂了下来，几根发丝抖动不止。

“你知道你是怎么长大的吗？”

“妈妈，你想说什么？”

“你是在你爷爷和姥爷两个家族的注视下在最优越的平台上长大

成人的，这是如同我们给你搭建了一个乐园甚至一个天堂。”

“嗯。”

“你知道他是怎么长大的吗？”

“他是从森林中、旷野中走出来的，他是在风吹雨打寒冷饥饿中残存下来的，他只是个泥孩子。”

“没这么夸张吧。”

“你若和他结合，等于摧毁了我们所有人所有一切的努力，也等于摧毁了我和你爸爸所有的梦想。”

“啊，妈妈，怎么这么说呀，别吓我，好吗？”

“另外，他与你并不匹配。无论是家庭还是外表还是智力，他只是会说，很会说，这样的男孩是靠不住的。”

“妈妈，他跟别人不一样呀，他很出色，他也很成功呀，他是我们学校的学生会主席呀。”

“我和你的爸爸都希望你大学毕业后回长沙，然后进入我和你爸爸的单位，在那里，你再寻找你的幸福。”

“那我也可以和他一起回长沙呀。”

“你不知道社会，孩子，我和你爸爸是无法将他分配进入长沙的。”

“妈妈，我不想这样。”

窗外的日光和室内的灯光将她们二人紧紧包裹，她和她之间所搭建的话题将她和她慢慢隔开，像两个剪影。

扁奇突然想起小时候的一个片段，那是个夕阳慢慢沉入地平线的时刻，他站在高处，壮丽的天空和辽阔的大地在余晖的照耀下慢慢融合，自己和周围的色彩都被金色所覆盖，金色包裹了一切，那一刻的他似乎被这巨大的自然景观所震惊，雄心被激发，那时的他又在想象太阳赶去的地方，那一定是繁华浪漫激情的世界中心，而不是自己这个寂寞枯燥的城镇，他属于那个中心世界。

现在他慢慢觉得，那个世界中心似乎并不存在，所有的地方都如同家乡一样，太阳来了还会走，以同样的步伐和节奏。只有自己才是世界的中心，现在脚下的这座城市和周围的困难或胜利或者烦恼或幸福都是要由自己去感受去选择去开拓去战胜。

其实，当他知道雾絮的妈妈要见自己之前，扁奇就有种虚弱感，他觉得自己除去学生会主席这个名头之外，就再无肉眼可见的优秀了，所有的特长或能力或智力都需要去解说去表达去渲染了。面对雾絮的妈妈，自己亲爱的人的缔造者甚至控制者，他有些不知所措。

在回寝室的路上，他发觉雾絮妈妈对自己失望，看出了她的不满意，有一刻，他又变得非常激愤，一种伟大杰出不被人欣赏的愤怒爆发出来，随之他就展开想象，想象自己在阳光照射下抛开眼前的一切，自己不被爱情拘束，面向这个世界去披荆斩棘，自己去证明自己，让他们这些庸俗的人去佩服去后悔，他要从头再来。

他边走边想，路过运动场，就在这一刻，朝着扁奇的方向有个球飞了过来，慢慢地减速，扁奇迎了过去，大脚踢回，就在这踢球的动作中，扁奇的思路中断，他看向路人，他们都是面无表情地相互穿梭。

讲物流学的尹柳营教授是个有信仰的人，他信仰这个世界上有正义和道德的存在，这种正义和道德就像标准答案一样隐藏在生活背后，他就是要捍卫这种信仰，他自认是个好人，他更要做个好人。他很成功，四十岁就已经是正教授了，他在行业内已经有了一些名气，在管理学院也得到相当多的尊敬。他给三个专业的学生讲课，有九十多个学生，在教学上他非常认真，这表现在对待教学上，也表现在对待试卷上。

期末考试中，扁奇考了五十九分，当他看到自己的分数时，就额外烦恼，这门物流学，部分是数理问题，部分是理论问题。这一分在很多地方能够找到补上，当利害关系掉落到自己身上的时候，扁奇就会认为，这世界不是黑白分明的，而是相互混杂的，这就意味着五十九分与六十分其实是一样的，若有差别，那就是良心问题，进一步说，这尹教授简直就是难为我，良心有问题。作为尹教授，他的思维很精细，在这张试卷里，他将一百分埋伏在问题中，每个考察点都有相应的分数，他很清楚每一分所对应的理解程度，所以他面对的是试卷，而不是试卷后面的人，进一步而言，他坚持的是试卷的标准化或客观化，如同机械化操作，他不做主观判断，他认为这才是公正。

晚上六点二十四分，扁奇敲开了尹教授的家门，那是高教楼的四层，南北走向的楼，尹教授的家在北端。那套房是二居室，朝向东边的两个卧室可以望见太阳升起，朝向西边的客厅和厨房可以看见长江和夕阳。这是个可以看到太阳起始和归宿的角度。

尹教授将他引入后，他的老婆正坐在厨房的小板凳上刮土豆，在扁奇和尹教授的对话声中，她一下一下地刮着，皮稀稀落落地掉入那垃圾筒中，她似乎在听着，因为她偶尔根据话语的深情而抬头望一下，她又似乎在想着什么事，她大部分时间还是低着头望着手中的土豆，因为土豆本身可以充作食物，所以它的命运就已经被注定了。人呢，人因为有自我意识的能力，就被注定是宇宙的精神吗？这当然是某位哲学大师的理论。

这次拜访的结果是扁奇失败了，他其实准备得很充分，他有几个自认尹教授一定赞同的五十九分的辩解理由，也有提高到六十分的支撑理由，还有自己独特性的其他方面。但尹教授很坚决，他将扁奇所有的理由一边用微笑一边用理论一一化解，他似乎并不信任扁奇，他根本没有进入扁奇所描述的情境里，所有扁奇说的话只是自己在抒情，扁奇毫无办法，他机敏地发现，这位尹教授已经将扁奇视为锻炼自己坚忍思想的工具了，尹教授的顽强就是要克服扁奇的顽强，扁奇只能低垂着头叹着气悲情地告辞。

扁奇想或许是大事成功、小事要倒霉吧，最近的确表现在一些可有可无的琐事上，例如早上起床从上铺下来时过于匆忙，撕扯了衬衫，晚上进出寝室时，与别人撞个满怀，别人毫无反应，自己却是疼痛不已。既然这样，那就接受吧。

喻夷平总是一种温情的从容，即便是在课堂上需要愤怒的时刻，她的表现在很多男孩的眼里仍会被解读为母性的温暖和严厉，这样一来，她成为很多男学生的暗恋对象，这其中就有一位名叫历晖的武汉学生，历晖的妈妈在政府做科长，爸爸在企业里是个工程师，这样的搭配在现实人群的眼里，那就是明显的强妈弱爸结构，当然实情也是如此。

历晖第一次见到喻夷平老师时，觉得自己就爱上了她，随着每堂课的时间流动，喻夷平的特点慢慢铺开后，历晖觉得完全被迷住了，在信息工程课上，就在喻夷平老师转身在黑板上写字的时候，历晖就大胆地望向她，裤子总是要将她那屁股包裹得饱满圆滚，每次望去，他都有种心惊肉跳的冲动，喻夷平对此却是毫无感觉。

历晖长得很高大，他特别喜欢小个子女生，肉欲强烈、精致和尤物这三个词给他提供了丰富的想象力。他每次见到喻夷平都是手足无措的感觉，大学课堂就这样，大三年级了，专业课的老师更是形同机器，在准确的地点准确的时间，呱呱地准确播放着，这是一种规模化生产，没有任何特殊定做，喻夷平每次面对这三十多人时，她毫无表情她自言自语，即便是面对一人，她也是如此，她努力不掺杂个人特征和情绪。

但就是这种从容，在历晖的心里诞生出一种屈服一种神秘一种依赖直至一种肉欲，这是一种错觉一种误解，美好就是从此长大，爱情就是从此出发。

对于汉坤和空豪这两位副主席，按照职务说明，他俩有相应的分工和职责和权利，下一步的工作是各部长的换任，这工作比较简单，主要来自于自我推荐，现在的学生比较主动，因此所有部都有几人报名竞争，他俩发现，虽然表面上看他俩应当参与意见参与决策，但最后的决定权完全在俊成和扁奇手里，俊成也不怎么笑，每次扁奇在他面前像向日葵在阴天的姿态一样，垂着头，似笑非笑着跑前跑后。

如同那小学生用的方格本，副主席们只能看着，没有权利越格越线，甚至写什么字，似乎也由各部长决定了，他们大概只是传达，就是上传下达，这就是副主席的事，据说社会要如同一个大机器，每个人只能起到螺丝钉的作用，他俩明白了，他俩其实还是螺丝钉，区别是这螺丝钉的位置接近机器中枢，他俩真是不甘心。

22. 你是每个人

在繁华熙攘的江汉路街口，扁奇被美丽的雾絮揽着手臂，自豪和快乐在全身心弥漫，在温暖的春光里，扁奇觉得一切都是过客，都是他俩的背景，这个世界不是他们的，是他和雾絮的，深一点说，所有一切都是满足他幸福的工具。

对于学校学生会而言，他的时间就是为学生会工作的时间，尽管这是周末，但他要去位于汉口的医科大学商讨学生联谊问题，因此在大部分时间里他就可以和心爱的女孩漫步街头，当然少部分时间是去那大学游逛，他不需跟别人汇报，俊成不会过问，那有损彼此身价，有碍于彼此配合。扁奇需要费用，需要报销，所以需要搞个名义遮人耳目。

扁奇是个混蛋吗？他其实跟每个人一样，都怀有那不由自主的欲望，那欲望如同无形无状的水，随意流淌，一切完全取决于容器的形状，学生会主席这个岗位就如同很多官场内岗位一样，完全像下水道一样，黑黢黢深埋地下，只要畅通就无法过问无法质疑，哪怕恶臭。

他不是混蛋，他有他的理解，他是利用规则，个人欲望在规则的空间里尽情发挥，他还自认公正清廉，这不是他思维混乱或假惺惺，而是他容忍，容忍小范围内的犯规，他还是那个理论：难道我为学生们服务，我个人就不能适当补偿自己吗？若说不能，那不是迂腐就是别有用心。扁奇想得很清楚，所以他正义满满。

他要和周围不一样，跟周围的普通人不一样，而要和那些官员一样，要模仿那些做官的，当然主要来自于俊成，扁奇不再随便说笑了，因为他代表学生会，会影响学生会声誉的，他手脚动作放缓，一定要有稳重踏实的外表特征，他开始严肃了，这自然和学生会主席的职位配套。

就在303寝室，一直感到恶心的阮仕荣有时观察着他，就在自己对面上铺的家伙，每天醒来后还流着口水的家伙，每天抱着镜子左梳三下右梳四下的家伙，每晚回来最晚并且脱鞋就散发臭味的家伙，这个名叫扁奇的家伙似乎在树立那种书本里描述的伟大形象，一个不食人间烟火的大人物，他在无时无刻地侵犯着自己的独立，似乎在证明自己的无能和懒惰，阮仕荣感觉越是顽固地坚持自己，自己就会更加注重扁奇的一举一动，也就更加厌倦扁奇。寝室同学基本都不怎么跟扁奇闲聊，虽然共处一室，因为扁奇和他们保持着固定的距离，遇到各种事，扁奇只是从众，他不发表个人见解，这样一来，他似乎给自己套上了神秘的东西，加上他在学生会的成功，反而获得尊重。

阮仕荣知道大家都不同意他的看法，他有时也怀疑自己是否在嫉妒，他当然也无法分辨。不过，有时在其他地方，例如在外校面前，他倒是有时把自己的室友是学生会主席的事情说出来，当然一定是某种自豪，他其实也矛盾。随着时间的拉长，扁奇在无动于衷的固定动作中却起了作用，阮仕荣也不自觉地怀疑自己的作为了，于是他的作息也发生了改变。

寝室每天都需要有人值日打扫卫生，每周二是扁奇值日，本来是在周五，扁奇说是每周五学生会工作太多，因此跟陕西的贾世川替换了，在贾世川的眼里，扁奇还是很神奇的，中等的个子，突出的五官，算是一点帅气，戴着个眼镜，两个眼珠似有目的般转来转去，话也不见得多，竟然坐上了学生会主席的位置，这种过人之处还真是没有看出来，也许自己是凡夫俗子吧，反正自己没见过什么做官的，但跟自己见过的村长村书记或学校校长那些人不一样，至少在能说会说方面。贾世川这种冷静的见解也跟其他外寝室同学沟通过，同学之间就这样，高中时代大都已经养成了相互请教问题的习惯，有些时候尽管自己也没有全部明白，但源自自尊心或好胜心的需要，也要假装明白并试图讲解，于是那外寝室同学也就按照这个问题出现的方向和平时的感觉和某种经验解释为高手都是不外露的，贾世川似乎觉得这种答案正是自己需要的，既然是自己需要的，那也就是准确的，于是贾世川和那同学也就算是将这个问题给出了答案，他将眼前的扁奇神秘化，这样一来的结果是敬佩多于嫉妒，所以当扁奇说想跟他换一下值日时间后，贾世川没有犹豫。

但即便是周二，这扁奇也是经常忘记，开始几次，大家还算谅解，毕竟每个人都自认有宽阔的胸怀，但时间长了，也如同那高中课文中的《黔之驴》里面的驴子一般，大家也似乎看透了他的属性了，于是那怨言话语就有些冲击力了，扁奇也就不得不调整自己，适应这个小氛围。

他还有个问题，也是同寝室人难以容忍的，那就是他每晚回来都是在临近熄灯前，当他洗涮时，寝室同学们都已上床，当他洗涮结束后，往往卡着熄灯的时间，甚至熄灯后，在他进门的时候，寝室门往往已关上，短衣短裤或内衣内裤的扁奇就常常忘记携带钥匙，他不得不央求寝室里同学开门，天暖还好，遇到天凉被窝暖时，303 寝室的其他几人就不愿起身了，就开始指望别人去开门了，这就需要时间了，需要耐心了，扁奇知道是自己的过错，又不好意思指点某人开门，于是就面门道歉求情，这时仍旧无人开门，于是他就敲门，耐着心敲门，又不好意思撞击，毕竟要顾及其他寝室，为了又不能让屋内的家伙们伴随敲门的节奏而安然入睡，他就敲成丧事鼓点，然后不断重复，“咚，咚，咚，咚，咚，咚，咚咚咚，咚咚咚，咚咚，咚咚。”最后直到有人忍不住笑了或烦了，骂着起来给他开门为止。每当这个时候，扁奇也有一种快乐，那就是事情的解决有很多方式，有粗暴直接的，但也有幽默精巧的。

每个人心中都有一种节奏感，如同那水管的水，龙头放大点，水就会哗哗啦啦快速涌出，放小点，水就会滴答滴答，像钟表发出的秒针声音，在这不同的节奏中，心灵享受着不同的拉紧和松弛，就会释放不同的观念。但这节奏是谁在控制呢？有时是自己，有时是周围。

弦悠和学斌就是有不同的节奏感的两个人，相比而言，学斌就比较迅疾，弦悠则比较和缓，具体做事上，学斌比较务实，弦悠偏重浪漫。假期临近，学斌就小心提议去弦悠家拜访，弦悠随口就应承下来，当几天后学斌商讨买票事宜时，弦悠就稍有犹豫，倒不是对学斌或自己的爸妈有何特别想法，只是觉得自己一向散漫自在，爱情一直飘在心里，现在突然变成各种步骤需要按部就班，好像自己被放置到某种轨道上了，这种变化对于她有些难以适应，但一时间又找不到拒绝的理由，于是就继续应付，对于学斌而言，自己要与弦悠有个眉目，湖北大学的喻夷平毕竟是个机会，要抓紧做个了断，学斌感觉出弦悠的勉强，但当他仔细追问时，弦悠似乎又说不出什么理由，弦悠跟着他走在校园的路上，往来人很多，受此影响，弦悠也不得不加快步伐，弦悠也有些心乱。就在当天夜晚，学斌用力地亲吻她，似乎是一股让弦悠就范的报复情绪，夏天就这样来临了。

雾絮有家里的钥匙，当她打开门后，那个熟悉的味道、空间、色彩都从感觉系统分门别类地涌入脑中，自己心里涌现暖暖的舒心，旅途的劳累迅速被一种心里的欢乐所替代，她拉进箱子，关上房门，换上拖鞋，走入自己的卧室，面对着熟悉的一切，仿佛重返过去的时光，这里不仅仅展现空间，还在展现着时间，将过去所有的片段压缩在今天的此时此刻，于是她的头脑中浮现着快乐的记忆，按照经验的自动推断，明天不也是如此吗。雾絮稍稍地洗了一下自己，随后看了看厨房的柜子和冰箱，迅速找回了过去的记忆，略一思忖，先是洗米淘米，插上电饭锅做上米饭，然后拉开冰箱门，拿出菜和肉和鱼放到水槽边上，雾絮打开水龙头细细地洗着，她也在细细地感受着菜、肉、鱼的纹路和颜色和软硬，如同徜徉在那逻辑演绎的推理中，她在体验着一种和谐完美，然后按照自己的设想，创作出另外一种和谐完美。她知道一会儿爸妈就回来了，他们一定很辛苦，她要让他们品尝自己创造的味道、色彩和形态，要让他们高兴。

菜、肉、鱼、水、菜刀、设想、期待、快乐等这些东西汇聚一起，呈现出一种场景，这是一个系统，一种不容分拆无法分拆的结构，这不仅仅是人和物的组合，也是思想和物质的融合过程，这个过程会生出更多的情绪和精神和记忆和美好。

暑假到了，扁奇记得那句话，“衣锦不还乡，如同锦衣夜行。”多么恰当的比喻，如果自己不让周围、邻居、朋友，尤其是那高中同学知道自己是武汉那所高校的学生会主席，那自己不就是在黑夜中穿着锦绣么？所以要传扬出去，要为过去的平凡长舒一口怨气，要将旧时的自己重新定义重新解释，要用现实的成功证明过去的优秀。

在拥挤的列车上，扁奇忍受着，他心里是欢快的，面对那周围冷漠疲惫的陌生人，他在为自己的特别而得意。其实他不知道，就在列车的前面，是欢笑的卧铺，而在第一节车厢，更是用白色窗帘隔绝外界的闲适的软卧，那里会将这过往景观转化成各种艺术体验。他更不知道，就在头顶上的万米高空，飞机正翱翔着，那里面的人如同坐在鸟的翅膀上，是将大自然看成绿野仙踪，扁奇不知道，人与这个世界的关系有很多种，其中有一种是像他这样被世界折磨并反复碾轧，还有一种是坐在世界的边上悠闲自在静静欣赏。若他知道这个世界还有这样的优秀和成功，那他一定会用那牙齿咬破故作深沉的双唇。

面对自己的家乡，是完全的身临其境，却是超脱在外的感受，相对而言，扁奇对于家乡人也是，彼此都是异物，若彼此干涉过度，就如同那眼中钉肉中刺的说法，就一定要经历被排斥或者被溶解被吸收的过程。其实即便就是家乡人自身，也是被工作进行了区隔，每个人都是在面对着和别人不同的周围，也就在体验着不同别人的感觉。扁奇和那几个同学相互探视，浅尝辄止般进入彼此的生活，享受那过去的记忆，讲述各自学校的体验，这些其实多少类似于寻欢作乐的过程。

家乡毕竟是小城市，楼房低矮，房屋稀疏，两条南北主路和三十多条东西纵街将这城镇如同骨架般支起，居住、买卖、娱乐、厂房就填充其中，人类就在这中间如同蚂蚁般进进出出快快慢慢。扁奇和几个男女同学闲走在铁轨上，在设想着自己与众不同的生活，更准确地说和家乡人完全不同的生活，他们要创造自己的人生。他们不知道，就在他们的眼前他们的脚下所有的生物，其实跟人类都是一样的，都在不同程度地受着本能的操纵，或许只有人类，部分地被摆布着。

在人类文化长河中，很多人都只是在复述，却误以为是自己的思想。

扁奇肯定是在有意中将自己的爱情和主席身份用不以为然的口吻表达出去，这对于这几位从小陪伴长大的同学还是有相当大的震动，本来是相互平等正常认知的记忆，似乎突然被加了重量，让每个人都在扭曲自己的印象。这种感觉是一种压力和挫折，就在他描述完的几分钟内，大家都无人搭话，整个氛围陷入了沉默，这是在走向毕业学校的路上，远望就能看到那小时候爬过的山，现在还是在绿色包裹之下，扁奇叙说时候的兴奋就慢慢被这沉默溶解，他的兴奋非但没有被放大，反而受到某种压抑，进入某种憋屈的状态，人，就这样，有时是被挤入到某种境界中。

雾絮把照片寄给了扁奇，里面还有她和爸妈在天安门前的合影，照片画面里，爸爸妈妈雾絮三人都在笑着，他们占据画面的中心部分，后面是天安门，占据一小部分，合影周围还有几人被拍进来，他们以各种姿态展现着，这也是其中一部分，还有天空一部分，广场的地面一部分，这些所有的部分组成了画面，其实这只是那一刻的角度画面，那一刻跳走后，所有的一切就会速度不一地变化。雾絮告诉他，爸妈说要让她再见见世面，要让她知道这个世界是多么大，雾絮没有告诉他的是爸妈对于他俩的关系在不断地施压。

其实就在那天下午妈妈春梅离开武汉回到长沙家里时，那是个傍晚，打开门后看到爸爸的两只鞋被胡乱丢弃，其中一只竟然还是鞋底朝上，一个石子镶嵌在鞋纹中，那个石子反射着光芒似乎在凸显着自己的顽强，而那黑黑的鞋底或许很受憋屈是黯淡无光。

妈妈春梅按照自己的经验知道是两种不同质料的东西紧紧地拥抱在一起，那一定是源于某种巧合，她似乎感到了石子和鞋彼此的压力。厨房里油烟缭绕，抽油烟机嗡嗡作响，爸爸还在厨房里忙碌着，春梅非常恼火，她感觉身体突发一种激情，一定要释放出来，她不清楚这种激情来自于哪里，她只是被动地被这种激情操作着，这种激情化作意识中的合理性，用合理的逻辑或原因表现出来。心理学理论有的认为这种激情是源自于那性的不满足，有的认为是春梅自身的被社会压抑的自由意志，还有的理论认为是春梅潜意识里对生命的无奈。

春梅第一句话就是喊叫："告诉你多少遍了，鞋不要这样乱扔。"

爸爸从油烟中走了出来，只是赔着笑，"回来啦，辛苦了辛苦了。"

春梅也不搭话，只是阴沉着脸将包放到沙发上，换上拖鞋，当然也顺手将爸爸的鞋头尾摆放齐整。

"情况如何？"

看着春梅紧闭的嘴，爸爸于是返回厨房继续忙碌，很快二人又都坐到了桌前，春梅絮叨着将事情描述了一番。

"我觉得还可以呀。"爸爸看着她。

"可以个鬼咧。"

"为何不可以？"

"平淡平庸平常，形象一般，个子一般，这所大学一般，学生水平一般，家庭一般，唉。"

"我倒觉得可以呀，形象个子不必太在意，女儿喜欢就可以，既然能做学生会主席，水平应该不一般吧。至于他的家庭，何必太在意，不拖累咱们就行呀。"

"我知道这就是你教育的结果，你女儿多优秀呀，形象外表这么出众，学习也非常出色，找个名牌大学的，有所成就的，应该毫无问题，你这当爸的，毫无上进心，我当年真是瞎了眼。"春梅又开始近乎吼叫的愤怒，这司空见惯的抱怨对于爸爸而言他已经不再做任何情绪抗拒了，所以爸爸也并不在意了，也就跳开这个语境继续话题。

"名牌大学？有所成就？"

"你不要废话了，这个问题咱俩必须一致，必须让雾絮中断与那东北小子的关系。"

在这个春夏之交的傍晚，太阳还在散发光辉，家里还是明亮一片，夫妻二人在这房间里，用着各自知道的故事与自己的体验，来预估女儿的未来，去干预女儿的选择，似乎只有这样才能找到未来的完美。

23. 他们的爱情

湖北大学的喻夷平很是失望，她去过学斌的学校一次，又打过一次电话给他，一切表面上都很美好，但就是没有学斌的主动，喻夷平不能再主动了，这个暑假喻夷平也不想回家乡，于是就在学校里住着。

历晖的信息工程课考了满分，而他其他科目的考试成绩大都围绕在六七十分上，在同学眼里这完全不可思议，当有同学问这是咋回事时，历晖用笑和骂回答："妈了个巴子，只允许你们过年吃饺子吗，我吃不行吗？妈了个巴子。"有同学当然就敏锐地分析到这小子肯定在迷恋那喻夷平老师，在示爱呢。

历晖的家在汉口，放假后的第一天，他一大早就骑车到武汉关码头然后坐轮渡到徐家棚码头，再骑车赶到湖北大学的教师公寓门口的小圆石台，在树荫下，拿出书，装作看书，其实所有的注意力都通过眼角望向那楼道。

失望和无聊慢慢生成了郁闷的氛围，喻夷平就在这里孤寂着，时间似乎停滞，有时感觉自己就像那窗外深入大地的柏树一般，毫无生气。早上，她拿着饭盆走向教工食堂，刚走出门没多少步，就有人喊喻老师，她回头一看，一位面熟的学生快步走来，那学生高高大大，很帅气，她马上想了起来，这是大三的学生，经常问自己问题，成绩非常好，他叫历晖，她印象很深，就在她教的这六个班里，有几个男孩看她的眼光很不一样，其中就有这个历晖，她能感觉到历晖在试图接近她。

她稍有戒心，微微一笑，“嗯？你有事吗？”

喻夷平注意到历晖的脸一直在红着，嘴唇有些抖动，“我妈妈说有个夜校需要开信息工程课，我推荐您了，不知道您是否愿意？”

“哦，是这样，学校在什么位置呢？什么时间呢？”喻夷平放松了下来。

“学校在汉口。”

“这么远呀？”喻夷平感觉历晖一直很紧张的样子，嘴唇似乎一直在抖动中，喻夷平似乎受到传染，也有些陷入了紧张中。

“那，那我问问我妈妈，看在武昌是否也有。”

“也有？也有什么？有夜校吗？你妈妈是干什么的，什么都知道？”

喻夷平感觉有点可笑，看这历晖的回答有点怪异，逻辑似有混乱，本来是为了夜校开课需要，怎么现在变成喻夷平的需要了？

“哦，我妈在市政府。”

喻夷平发现历晖有点镇定了，就在这刹那间的对话中，喻夷平也进入到这个词的含义中，历晖提出的市政府概念对于刚走向社会的喻夷平也是有相当的陌生感，她也搞不清这市政府会有什么样的信息广度和深度，喻夷平的眼光有些呆滞，她陷入市政府、汉口不方便、武昌方便、夜校、轮渡、公交车这些画面中，她对于历晖的表情已经不再关注了。

“那我回家再问问妈妈吧，再见。”说完，历晖转头就走，喻夷平看着他动作的敏捷和话语的仓促，禁不住惊异中带笑，

“你这么着急干吗？不过，谢谢了。”

喻夷平看到历晖在十多步外转过头来放松地笑着，大汗淋漓，像水洗一般，“我喜欢这么做，再见。”

喻夷平定定地望着他快步离去，她看出来了，这孩子在追求自己。

历晖在回去的路上一直在脑海中反复回想着自己的话语和表现，他似乎看到了自己紧张的脸和汗水，他觉得像另外一人站在自己的身

边，仔细地观察自己，他开始不断责骂、反省自己的表现和话语，但有一点庆幸的是，他用话语建立的事情没有被戳穿，因为这件事是假的，他的妈妈是在市政府的土地局，在市政府，各局各部门如同中药铺的小抽屉，是相互封闭功能各异的，他的妈妈不会知道教育局的事，当然他也不知道妈妈部门的事情。

当然这个细节历晖也不清楚，但他清楚的是，这个谎言可以制造出和喻夷平相互接触的机会，他要继续这个谎言，继续接触的机会，直到彼此熟悉到可以手拉手为止。

那太阳还在肆无忌惮地照射着，浑浊的长江水浩浩荡荡，一切一如往常，所有人都在呆呆地望着江水，听凭着轮渡的摇摆。

在爸爸妈妈的压力下，在周围功利判断的劝说下，雾絮的坚定被推来摇去，但自打那酥胸被扁奇亲吻后，或自己也迷恋扁奇的嘴唇甜蜜后，这一切都改变了，她觉得自己和扁奇已经融合了，她的幸福和快乐已经如同那高耸云霄的摩天大楼，都已经建设完成了，现在所有的风吹雨打只是考验，只会让这座高楼更显巍峨和壮丽。

在北京的旅游中，爸妈用各种或委婉或直接或深刻或肤浅的说法来引导着雾絮，雾絮用微笑和撒娇来应付着他们，妈妈私下对着爸爸长叹道："这丫头，在敷衍咱们，真是毫无办法了。"

爸爸倒还坦然："她有她的运气，也许她是对的，也许一切不会那么悲观。"

面对着眼前的世界，春梅也一样迷茫，她也就在妥协之中。

在故宫在长城在十三陵在人流不息的都市里，雾絮似乎看到了人生的短暂，原来这一代代英雄或名人或普通人就这样终了和毫无意义，她似乎更加思念扁奇了，他这些天在干什么呢？他每天在干什么？他此时在干什么呢？这些问题萦绕在自己的头脑，掀起一阵阵如同潮水般的欢乐和思念，她想，他俩的未来其实就是彼此相伴，无论做什么，她要永远和他紧紧地依偎在一起。不能否认的是，这类欢乐其实和毒瘾有相似之处，就像黑天和白天一样难舍难分，虽然是不同的亮度，其实都是同一片天空。

雾絮不知道的是她的爸爸和妈妈当年的爱情，她的爸爸名叫建民，一个很多人都用的名字，这样的名字其实也意味着建民的爸妈也就是雾絮的爷爷奶奶的文化水平一般，也意味着建民出生于一个普通社会阶层的家庭，春梅的名字也是，意味这夫妻俩都是出产于相似文化水准的家庭。幼儿园小学初中高中大学及至参加工作，这洋洋洒洒的二十多年彼此都有很多异性玩伴或同学，建民和春梅像两个星系，都有各自的运动轨迹和一堆星球相互环绕，各得其乐。自打两人都分配到同一所职工大学后，如同这两个星系近距离接触，接触有很多结果，相互保持距离是一种，互相融合也是一种。建民这个星系里，建民有自己的女朋友，但女朋友被分配到外地，而春梅这个星系呢，她的男友也是在外地，这样一来，两人都在搞异地恋，都在不约而同地用思念和腿脚各自方向地忙碌着，但短时间都没有结果。直到有一天，就是在长沙这个大网里，他们各自的长辈们结识了，海誓山盟被时间和空间慢慢瓦解，两人就被各自的恒星简单直接地牵引到一起，那些他们各自对于爱情的独特感受被分解，然后逐步容纳了对方，这些变化真是相近于两个星系的融合，老的爱情像家具一样被搬进新的爱情里面，新的爱情慢慢得以建立，激情丝毫不减。每天太阳升太阳落，每年四季交替冷暖过渡，两人生活工作都在一起，所有的信息都共同分享，习惯战胜了无聊，爱情枝繁叶茂。

这正是雾絮爸妈所担心的，建民和春梅在某一刹那同时想到了自己当年的异地爱情，在炎热的夏天里，知了在叫着，那曾经被埋葬的爱情如同蚯蚓在泥土里钻入钻出。

武汉的大雨也是如同武汉人的火暴脾气，一整天都是狂泻不止，市区的很多路段被水淹没，没有被淹没的地面上还在蒸腾着热气，闷热紧紧地抱着每个人。

傍晚时分雨已停下，喻夷平端着饭盆走向食堂，还是昨天走到的那个位置，她听到了自己的名字，在她回头间，历晖走到了面前，这个大男孩手里拿着收起的伞，高高大大的体态与小心翼翼的神态相映成趣，喻夷平笑了。

“我问妈妈了，她说这几天再问问武昌这里是否有。”

“哦。”

“那再见。”历晖一副似乎要马上逃离的动作。

喻夷平很惊讶地看着他，“嗯？怎么就这一句话？就是为了说一句话吗？”

“嗯，是的。”历晖的嘴又开始变得哆嗦了。

喻夷平笑了起来，“你吃饭了吗？”

历晖和喻夷平一起吃了晚饭，武汉的晚上更是热，历晖一直在汗水浸泡中，无论是走在去食堂的路上，还是在食堂的饭桌上，还是在校园的小路上，两人保持着距离，喻夷平闻到的是一种生机勃勃的男性的汗香，历晖看到的是优雅知识女人的性感。这是暑假期间，往来的人很少，在寂寥的校园中，那些熟视无睹的东西开始显露特别了，包括那条延伸的校园小路，原来是非常短小。

24. 在一个虚无的世界里自创价值

武昌到杭州的火车，有特快有直快还有慢车，学斌站在武昌火车站售票大厅望着显示屏，尽管高校学生返家高峰期已过，但大厅里还是人头攒动熙熙攘攘，根据各方向的窗口分类，学斌排到了相应的队伍。就在一个小时后的窗口边，他出现了，在那里买了两张慢车普通座席票，只是多了三个小时嘛，钱就省了很多，相当于一天的工资，用自己的一天交换火车上的三个小时，很有趣的交易，他默默念叨着。

就在五天后的清晨，学斌和弦悠先是乘76路公交车到汉阳门，再转43路到武昌火车站，清晨总是给人一个特别的视野，在特别的视野下，有一种特别的心情，马路似乎也刚刚苏醒，车还不多，乘客也不多，公交车速度很快，虽然转了一次车，但衔接还是很快，这种顺利或流畅的感觉让两人相视而笑，两人各自望着窗外，感受着城市清醒时的气氛。但进入火车站，一切发生变化，人很多，车站管理员在喊着，那种莫名焦急的情绪在相互传染和加强，蜂拥而入和倾巢而出都是非常贴切的比喻，两人就在簇拥中在磕碰中冲出检票口再紧张地挤入绿皮车厢，在脏旧的座椅上，弦悠还是抱怨出来了，“你买的这是什么票呀，这么多的人，这么烂的车。”

这种情形对于学斌并不陌生，他也只能随波逐流，他没有更多的技巧或能力在这种混乱中找到舒服，若他是个高大威猛的汉子，可能会将两个箱子连同弦悠都高高抱起或扛起，两条粗猛的大腿和浑圆的腰腹将拥挤的人群挤开撞开；或者，若他是八面玲珑的社交人士，他可能在这些管理人员中迅速找到朋友，从而得到稍许的方便；或者，若他是江湖老到的社会混子，他就会从这混乱中及时发现空当，及时躲避混乱。

但学斌就是位老师，在他熟悉的周围之外，他就是弱不禁风的，他跟这宏大车站内的普通人是毫无二致的。弦悠很失望，她这几次往返都是坐特快列车，相应的人流和装束给了每个人相应的距离和从容，这当然也应该是车站提供的氛围。但这次，这种慢车，她和他被抛入到这种紧促拘束的环境中，似有被丢弃的感觉，而这个环境又是学斌引致的，学斌引入了一个自己毫无还手之力的被支配的环境，这完全暴露了自己的虚弱，将自己和芸芸众生混成一体，这种虚弱深深刺痛了弦悠。

就在那车站的检票人眼里，这些每天在她眼皮下流动的每一人，他们都是一样，他们毫无价值，这些人对于她而言，没有情绪没有记忆没有形状，只有那张纸片，才存在意义，票，在她的手里，凭她的手感，重量、硬度、印刷的颗粒度，这些信号全部汇集一起，她予以综合判断，然后决定放行或不放行，她不断地重复："票，抓紧，别挤……"这些看似矛盾又合理的话语。

就在刚参加工作的十年前，她还被教育或培训成笑脸相迎热情服务，但在十年间，这个岗位需要的是速度和时间，笑脸和问候只是浪费对方的时间，影响自己的工作效率。在这十年的每一天，她在慢慢变化，她对待这些人慢慢就演变成如同在车间里面对产品做的一道工序，有了票就意味合格，就意味放行，放行后就进入下一道别人的工序。反过来，在旅客的眼里，她面无表情，只是一种机器的操作，见票就给予开放，她在这些旅客的眼里也变成了机器。她和旅客间彼此都视为死气沉沉的器物。

假如这世界有很少的人，那车站对每个人的照应和关怀一定会不再讲求速度和效率，那检票员或许会将过往的旅客当做具体有感情有故事的每个人。反过来，这些旅客也会在检票员缓慢的动作和体贴的话语下深感温暖。

弦悠在拥挤的车厢中闷闷不乐，学斌偶尔偷看着她，慢慢也被这种情绪所包围，他有一刻也不堪忍受了，于是也生出一分恼怒，但他没有发作。

东门也是正门，校长曾经说过："因为我们的教学楼宏大巍峨，所以我们的校门就应该低矮普通，这是一种表现艺术。"距离校门的百米处，就是那教学楼，五层的教学楼的楼基是大理石，岁月和风雨都在腐蚀着它，那种颜色在不为人知地变化着。

扁奇开始进入三年级了，他看着眼前的新生涌入，回想着两月前送走的老生们，又跳回到自身，再等两年，自己就是那些离别的老生了，想到这里一股忧伤袭来，突然，他似乎感觉周围万物都在注视着自己，无端的恐惧从头到脚掠过，如同被浇了一桶冰水，他不由自主地缩紧了身体。

有人拍打了他一下，他又吓了一跳，他的周身感觉马上唤醒，感觉将他的注意力转移，如同一间房屋，突然门窗大开，亮光完全占据每个角落，他望向那人，是宣传部的部长萧然，"主席同学，要开会了，你不去吗？"她正龇着牙笑着。

"哦，好，这就走。"

会议室的会议桌是新换的，那是个长形的桌子，桌面是由几块木板粘结而成，木板出自东北深山老林的大树，桌子腿的木头来自于南方的大树，就在武汉汉口家具工厂，这些木头被钉子和油漆和工具加工处理后变成了油光锃亮的长桌，最后被搬进学生会的大房间，当这间大房子被命名为会议室后，这个长桌才变成真正意义的会议桌，当一些学生环绕办公桌正襟危坐时，就被过往的人称作开会。当扁奇装模作样地讲话，整副场景就变成学生会主席在学生会会议室跟学生会的干部们在研究工作，他们已经不是个人了，他们是学生的领导，他们被赋予了重要的意义，他们就不断地体现出学生会干部这个符号的意义，这不是一种自觉自愿自动的行为，这是外界强加的文化，即便这是一帮人在闲聊。

整个会议室坐了二十二个人，扁奇在会议桌的一端，他背靠着墙，就在会议桌的左右以至另一端，松散地围坐着各种表情的人，对于这张桌子、这些面孔、这墙壁这窗户他都熟悉，他懂得这些东西的组合或召集，他不应该怀有任何神秘感，当这一切堆积在一起时，他还是有一点兴奋和紧张，这是油然而生的东西，这是自以为整体的东西，部分本来相加成为整体，在扁奇心里，每个部分他都毫不在意，但这种整体却让自己心理变化，毫无疑问这整体是大于部分之和的。

此时正商议某个具体活动，汉坤和淮湃不甘心副主席存在于被规定的工作范围内，更不能接受在这范围内自己被注定的角色，于是他俩不约而同地想针对扁奇提出异议，要彰显他们的能力和自由，要证明扁奇的平庸，副主席也是决策者之一，少数服从多数的决策原则是学生会的条例，这是他俩的权利。这时扁奇的眼睛发亮，脸上一副兴奋的神色，嘴上下开合着，激情话语被源源不断地制造出来。汉坤望向他，那是个逆光的角度，他看到扁奇处在不同光线下的双颊，那是阴阳脸，他还注意到扁奇嘴角的白沫，那是一种恶心，汉坤觉得无法忍受眼前这个伪君子，这个作假的家伙，这个邪恶的东西。

扁奇的意识本来是在缓缓地流动着，他的嘴按照自己的意识顺畅地发挥着，会议室里的人的意识也是在各自流淌着，按照会前的期望，大家都是处在自己原有的节奏和安宁中，但就在某个话题的停顿中，汉坤突然说了一句："我不同意。"

这个时刻，扁奇的意识突然被止住，如同流淌的小溪突然被一块石头挡住，其他人的期望突然被改变，所有的眼睛都望向汉坤，会场陷入寂静中，动作都凝固了，但就在窗外，那绿叶轻轻拍打着玻璃，不时地将阳光反射进来。

汉坤和扁奇对视了一下，很快扁奇将眼睛移走，他不想进一步展开争端，而汉坤继续看着他，不无挑衅地翘起了一个嘴角，这个嘴部动作源自汉坤的小学班主任，每当她不屑的时候，她一定会在嘴上流露出来，汉坤不自觉地接受并学会了，其实在汉坤的班中，很多同学也学会这样表达自己的轻蔑。汉坤发现周围人在看着他，于是他开始阐述自己的道理。

在他说话的过程中，空豪不时地点着头，做出一种赞同的姿态，在汉坤结束发言后，竟然跟了一句，“很有道理。”

他俩只是利用规则，在被注定的副主席位置上实现突破，不甘心被捆绑被注定，这其实是一种寻找自由。

某些时候，话语的内容其实只是道具，而话语的实质则是心里的情绪，当爱一人时，所有的语言都是在美化对方美化道理，当厌恶某人时，所有的语言也就会另有一番论述，道理有时就如同空气，既是朋友呼吸，也是敌人呼吸。

扁奇在他讲完后，面无表情地说道：“那就投票决定吧。”然后望向他俩。

汉坤和空豪对视着，似乎想商讨一下，就在这停顿中，扁奇继续说道：“好，那咱们现在就举手表决。”

“同意我的主张的，请举手。”

就在扁奇的眼光下，大家彼此望着，再望一下空豪和汉坤，最后看着扁奇投射过来的严峻目光，几乎大部分人都举起了手。

“那同意汉坤主张的，请举手。”

空豪毫无疑问地举了起来，马上他跟随汉坤的眼光望向大家，其实很多人都想再举一次，因为汉坤和空豪的眼光也是很严峻，但扁奇同时也在注视着，主张本身的对错已不重要，支持谁或反对谁是最重要的了，多数人意识到，在这种“两害相权取其轻，两利相权取其重”的理智原则上，几乎每个人都不得不做出选择，几乎没有人可以按照事情的是非曲直去自由判断，几乎每个人都被绑架了，都失去了自由。当然还是有几个学生干部选择了汉坤，这几人中有人被主张所描绘的现象所迷醉，认为汉坤的主张更有道理，当然也就忘记帮派问题，也有人根本就没有帮派意识，也就没有准确理解扁奇眼光冷峻的含意。

不用计算，胜负非常明显，汉坤觉得大失脸面，他异常激动，“这是什么投票？小孩游戏吗？怎么能这样举手？”

扁奇实在不想跟汉坤发生冲突，毕竟这么多人在看着，争吵起来，自己毫无尊严，但反过来说，毕竟这么多人看着，若保持沉默，自己的尊严也是完全丧失。这两种判断在他的脑中闪现，做或不做，似乎结果一样，都是尊严受损，他在纠结中。在本能中还是有种力量，这是一种哲学上称作非理性主义的东西，有的心理学家认为是性的力量。

这种力量还是起作用了，尤其是翘起嘴角所意味的轻蔑，就是这个细微的动作，扁奇被完全点燃了，扁奇瞪向他，“你还要什么？”

每个人的日常生活大都是在平静中度过，很少有人会有吵架的经验，在争吵中，无论是说话还是举止，都处于一种情绪亢奋的阶段，理智基本被丢弃一边，平时所积累的或习惯的语言、动作似乎都毫无用场。按照某位心理学家的理论，扁奇这句话其实是想说你想要怎样投票？但他却在激动中说出你还要什么，这个语误其实正是扁奇潜意识所想说的：你已经是副主席了，还想再争主席的位置吗？

汉坤也听懂了，“我要公平。”毫无疑问，这也是汉坤潜意识所说的。

在公平正义的概念上争吵，二人似乎开始在人类所建立的道德中拔刀挥剑，但很快，转入具体主张的争夺中。主张这个东西，如同会议室里的长会议桌桌面，不同的人在不同的角度看到了不同的木纹，即便是同一人在同一个角度，在不同的光线下或距离中也会看到不同的花纹，得到不同的感受，所以他俩的争论如同瞎子摸象后的争论，众人中有人似乎已经厌倦平凡无聊的每时每刻，也就不免兴致盎然地把眼前热闹视作感觉盛筵，也有人非常不习惯打破日常节奏和宁静，自然就想让激烈的二人恢复平静。人人都带着自己的需要去判断，根据自己的判断去旁观或阻止。

声音开始增高，语速开始加快，双方开始同时发声，现场的很多人都开始心跳加速，紧张在弥漫。

若理智在主导，那么双方都会意识到在这紧张中已经选择不多以及出现后果恶劣的情况，第一种是一方停嘴然后离开，后果是似乎离开方尊严失去更多，第二种是一方谩骂然后扭打，那么双方不仅仅失去尊严，后果难以预测。

但毕竟都年轻，毕竟要证明自己，毕竟想战胜别人，所以双方站着比比画画言语激烈，没有人选择第一种，随着激情的碰撞，慢慢走向第二种，因为二人站得很近，就在这手指相互接触的瞬间，也就是在气氛马上进入高潮那一刻，宣传部部长萧然站了起来。

萧然生长在广西南宁的富裕家庭里，从小到大都接受着家庭所带来的超越普通生活的各种优越，这个优越也只提供了一种发展方向，做一个周围都羡慕的人。她就很努力，学习也靠近优秀，社会的贫困面或个别人的悲惨命运，这些对于她只是耳闻或远观，如同看那动画片中的奇妙境遇。她很现实，眼前的周围才是世界，遥远的报纸电视上的世界，那是宇宙，和她毫无关系，进一步说，道德正义人性公平这类虚无缥缈的概念，是看不见摸不到的东西，是毫无意义的、是很愚蠢的，她是不予理睬的，她只关注眼前的纪律、规定或者潜规则或者爸爸妈妈老师同学的说法，就是这些东西浑然一体地将她眼前世界包装完美，这才是真正可靠实用的东西，她在这其中活得很滋润很自在很享受。其实这个想法有点契合实证主义。

当一个意外破坏这一切时，她进行了简单判断，秩序的破坏是不能接受的，学生会主席和学生会副主席不能再这样了；学生会主席是高于学生会副主席的，她应该支持学生会主席；自己需要学生会主席帮助成为下一届主席，她应该帮助学生会主席；得罪眼前的学生会副主席不利于自己成为下一届主席，那就不能得罪学生会副主席。在这些逻辑判断后，她决定要发声了，她站了起来，“你们别吵了，还是继续开会吧。”

秩序的维护和环境的保护有时是不同范围的东西，但却是同样的心理，可以说是一种善。既然有人出了头，周围有人也开始跟着发话了，女声：“别吵了。”

男声：“算了吧。”

然后更多的声音参与进来。

这个时刻，凳子、椅子之间以及与地面与桌子之间磕碰的声音吱吱啪啪地响着，所有的声音各自从房屋缝隙或者门窗传播出去，自寻出路，在校园中可有可无地荡漾着。

按照某位心理学家的说法，两个非理性主导下的人好似两个牵线木偶，被莫名的力量支配着，面向着难以预测的结果，而就在这一刻，旁观的力量给予了干扰，包括桌椅都给予了转移注意力的噪声，在情绪中的扁奇和汉坤似乎被拖了出来，如同两个溺水的人被拖到岸边，难以预测的结果没有发生，二人重新回到原有的轨道上。

最后结果就是主持会议的扁奇愤怒地宣布会议暂时中止，大家无声地慢慢散去，回到各自的周围后，怀着不同的兴奋，传播着自己的观察和评论。

绿叶还在拍打着窗户，就是那片叶子，里面的细胞紧紧地抱在一起，对于它们，每次摔打其实都是一场考验，也只有紧紧地拥抱，利用细胞膜的柔软，才可以抗拒那玻璃细微处的尖利，风还在吹着，对于人而言这是一种温柔，对于细胞却是一种残忍。阳光还在晒着，细胞们努力地呼吸着，利用这喘息动作，它们有了力量，但这灼灼的阳光却对人类是一种伤害。

世界有时就是这样的，你是我的敌人，你却是他的恩人。

会议一结束，扁奇就直接去找俊成。

汉坤记得很清楚，那天风很大，各种粗细的树都在不同幅度地摇摆，入秋不久，很多叶子还能紧紧地抓住树枝，但个别连接不牢或衰败的叶子已经贴在地上或飘在空中，当有人告诉他俊成书记找他的时候，汉坤轻微地哆嗦了，这是意料中的事情，是意料中自己处于下风，他之所以没有先去俊成那里说明事件始末，因为他知道这一切发生的无谓，很多事情就是这样，表面和实质以及起因和后果都是一个理性的人需要考察的，但表面和后果才是一个人最实用的，这是现实社会或平庸世界最让人崩溃的地方，残酷和无情。

25. 人没有本性

当汉坤有些哆嗦地敲着团委书记办公室的门时，他已经准备好了一些理论和一些顽强。

令他惊讶的是，俊成似乎心情不错，因为他正笑眯眯地看着自己。俊成第一句竟然问道：“最近学习怎么样？”

汉坤绷紧的心略略放松，“还行吧，从来没有挂过科。”

“嗯，咱们中学出来的都应该这样。”

“是的。”这句话真是很贴心，汉坤有点感激地望着他。

“告诉我，那天在会上为什么和扁奇争吵？”俊成仍旧在微笑。

“我们发现那扁奇的办法不对就提出不同的意见，没想到他就跟我吵起来了。”汉坤的心还是抖动了一下，他用了“我们”这个词作为主语。

“你不应该跟扁奇吵，尤其是当着那么多人的面。”俊成听出来了，他根本不予理睬，他还是用单数人称。

“我只是跟他探讨工作，我毕竟也有权利提出不同意见。”

“不，你不应该这样做。”

“这难道不是我的权利吗？即便是普通学生也是有权发表自己不同的意见的。”

“你的权利？谁授给你的权利？”

“当然是我的天然的权利了，不是别人授予的。”

“我要告诉你的是，你没有天然权利，你的权利是被授予的，是来自于上面，或者准确地说，你的权利其中一部分还是学生会主席授予给你的。你只有在这规则下做事，你不能挑战规则。”俊成的表情很严肃。

“你的意思是我没有个人权利吗？”

“在这方面，我肯定地告诉你，你没有个人权利，你只能服从。”

“为什么？”

“因为只有集体权利，没有个人权利。”

“集体权利？那不也是个人权利的集合吗？”

“不是。个人没有权利，所以无从集合。”

“那怎么体现集体权利？”

“领导去体现。你不能再深究了，还是那句话，这就是规则，这就是现实，你没有选择，你只能服从。”俊成的眼光黯淡无光，汉坤感觉心里打了个寒战。他后来想，我的天然权利呢？哪里去了？

校园楼房掩映在树和花中，处处鸟语花香，往来男女悠然，读书声若隐若现，这一切是一种浪漫美丽。但在汉阳门，面对着长江大桥和棕红夺目的黄鹤楼和远处龟山电视塔，在蔚蓝的天空下，那是一种崇高壮丽。若此时有人问那手拉手走在一起的雾絮和扁奇时，他们会说这两种都喜欢，但若认真比较，雾絮会说两者各有特点也就不分彼此，扁奇会肯定地说当然是喜欢那崇高壮丽了。

雾絮和扁奇已经相识两年了，半年的追求，半年后拉起了手，半年后拥抱，二人没有进一步深入。如同那谜底还没有被揭开，二人过着自己的生活，雾絮还是原样，走到哪里都是那么引人注目，她习惯了，也就对此无视和漠然，倒是一种从容和洒脱。但对于扁奇，当他在各种场合里以学生会主席的身份露面时，也在各种场合里变得引人注目，这对于刚入校的一些一年级小女生们更是如此，她们倒不全是被什么爱或性这类非理性的东西所主导，而是被那理性或者教育下的“榜样或优秀”所吸引，她们想获得某种帮助，这包括各种资讯、各种积极力量的获取、各种兴趣。扁奇也就不时地得到一些搭讪，在这种新奇的现象下，扁奇根据各女孩的仪态或娇声，不自觉会产生各种各样的联想，他如同进入了一个新的境界，不自觉地迷醉。

这样一来，扁奇的注意力会分散，雾絮却是依旧在全神贯注，他和她之间有时就不免处于一些误解和随性的互动状态中，于是二人相互生气，然后就会有时连续三天不见面，但一年多的感情积累，爱情已经成长成一根尖利无比的竹刺，他或她若在三天后还不见面，那时的这根刺一定会将彼此扎得鲜血淋漓彻夜难眠，就这样如同弹簧一般，两人感情不断地松紧变换，重复多次后，那竹刺就更加坚韧，甚至锻造成钢针了，爱情已经这样了，谁也无法摆脱。

于是就相互妥协，相互容忍，最后就相互接受，再往后，甚至自己也不自觉成为其中一分子了，雾絮和扁奇都为对方放弃了原来自己的一部分，二人越来越相像了，像同一人。

在这漫长过程中，那爱情钢针一定会慢慢软化直至完全熔解，这当然是一种几十年后发展的轨迹，这是可以预测的，因为万千大众都是如此。但不可预测的是，他和她一直在这生活的天空中飘着，被各种风吹和硬物主导着，即便是钢针般的爱情，所有的事物都在变化着，也是在改变着，永远不知道什么时刻或什么速度会融化爱情，这其实是一种无奈，甚至是一种恐怖。

扁奇在亲吻雾絮时，他觉得已经完全将她的嘴唇放入自己的口中，然后用舌头缠绕住她的舌头，慢慢吸吮其中的甜蜜和湿润，雾絮感觉自己的嘴是完全被扁奇的嘴唇和舌头所占领，像被剖开的尸体，完全任其蹂躏。

弦悠没有想到爸爸妈妈这么喜欢学斌，爸妈都没有上过大学，因此对所围绕大学的一切都充满了兴趣和想象甚至崇拜，换个视角，大学这个词给他们提供了无限的想象空间，在这种空间中，他们可以把自己快乐愿望加入并摆放，这又额外生出另一种兴奋。对于大学老师的学斌，他们自然就是怀有相当多的神秘感，当学斌走入家门后，他们觉得像风一样吹裹进来一种文化、一种高度，甚至一种超越，这是整体的转换，似乎这样一来，自家也是书香门第了，如同那零散的山楂，当一根棍将它们穿插到一起，就有了坚硬的脊骨。

学斌住在离弦悠家不远的小旅社里，那个小旅馆其实就在弦悠从小到大去幼儿园去小学去中学的路边上，可以说这旅馆是看着弦悠长大的，这是见证物。但对于弦悠，这二十年从来没有注意过这个小旅馆的存在，她从没有想过这个小楼的功能，她将这周边无数的楼都混为一体，若被问起，她根本想不起来这是个旅社，有时或许会问旅社是干什么的，所谓的熟视无睹大概就是这个意思。若不是学斌，弦悠这一生中都不会知道这家小旅馆的存在，弦悠和小旅馆的关系如同人的脚腕和肩一样，各行其是，但都是系统里的东西，互不可缺。当然要再加上一堆东西，这样就会构成家乡的概念。

弦悠在火车上的时候就暗下决心要跟学斌分手，但要等到回校后，既然已经来了，那就先敷衍到他走了为止吧，到时候再以爸妈的名义分手。没想到爸妈明显地表现出欢快甚至无比的积极，弦悠有些不知所措，就在学斌回小旅馆的当天晚上，弦悠其实是带着烦恼入睡的，第二天早上妈妈还问学斌是怎么吃早饭时，并且还伴随着热情和关切的眼神，也就是那一刹那，弦悠突然又某种动摇，她似乎觉得自己当时的烦恼有些无厘头，有些过分，太不懂事理，随即一想，又觉得学斌其实很不错的，自己也就这样，还要得到什么呀，她观念彻底翻转了。有时事情就是这么可笑，是与非之间原来就是事物的两面，其实就是一刹那的错觉。饭桌上放着盘子、碗和筷子，盘子里放着食物，只有细细地看，才能发现盘子边缘磨损过的痕迹，进一步看，才能看清那痕迹的形状，再进一步看，才能看清那形状的独特。

其实就在这个暑假，历晖拉到了喻夷平的手，那是他和她的第五次暑假见面，第一次和第二次都是围绕着夜校的事情，第三次见面时历晖请喻夷平去逛一下汉口，那个他长大的地方，江汉关、中山大道、江汉路、民生乐园，那独特的西式建筑，那从褴褛到摩登的各级人物，那繁多花样的店面和细分的商品，那各种精致又独特的风味小吃，都在那天丰富展现，历晖甚至带她去他幼儿园小学中学的门口看了一下。那是个独特的一天，喻夷平永生难忘，本来历晖是孤零零的一人，但在这炫目多彩的都市里，喻夷平被催生了汹涌澎湃的艺术感和文化感，她甚至不由自主地觉得，历晖这汉口长大的孩子也身披这种艺术感和文化感，历晖已经不是孤零零一人了，他已经被喻夷平的大脑包装起来了，喻夷平看到的他，应该是她的头脑想让她看到的东西。

喻夷平偷看他的时候，突然觉得他和别人都是那么不同，心理学认为这是一种投射现象。她已经心有所动。

在第四次见面时，喻夷平请历晖去东湖划船，二人已经不再提那夜校的事情，似乎都忘记了，喻夷平跟历晖走在一起，暗暗地感觉还是很般配的，历晖高高大大，武汉话软硬有度，对付摊贩、售票员、公园工作人员等都异常自如，这让喻夷平在各种场合非常有安全感，甚至产生美感。

待到第五次时，历晖请喻夷平看电影，就在这一次时，双方已经是说说笑笑了，相互有点依恋，拉手已经顺理成章了，但毕竟是一次关系的突破，也许还是天太热了，就在那一刻，历晖的汗如同溪流般汩汩而出，那男孩的精壮气息随之散发，喻夷平心里有种难以自控的兴奋，她非常喜欢这股味道，其实这一刻，历晖可以亲吻喻夷平了，但他实在是太不自信了，他太害羞了，他只是紧紧地拉住她的手，喻夷平则是有些渴望他的亲吻，但她也不便说出或做出，于是将这种欲望用理智紧紧捆住，这个结果是爱情被挤压得更加饱满，像气球被吹得鼓鼓胀胀一样。那天的电影，其实两人都没看懂，历晖和喻夷平的手指都异常地敏感，他的手和她的手在交换着彼此的温度，影片就那样播放着，周围的人在聚精会神地望着光闪的银幕，灯光是在关闭中，桌椅下漆黑一片，无论什么颜色或形状的鞋，都是隐而不显的，两人的四只脚四只鞋都在原地不动。

一转眼扁奇已经做主席十个月了，现在的他已经完全平静下来，当然是在主席的位置上或者说在一种高度和自豪下平静下来。他发现自己其实一直很自由，根本没有什么牢笼约束自己，甚至反过来，这个舞台是个更加宽阔的原野，让自己更加自在，普通学生可以做的事，他也可以，他以前想象的什么先锋表率作用、道德优秀先进，这些似乎毫无用处，他根本不用这样做，做了也是无用，甚至是愚蠢。他的自由其实在增加，因为他只需要对书记俊成负责，也只有俊成才能真正主宰自己的主席命运，那些学生会的部长们或副主席们，他们只是摆设，只是自己的工具。扁奇有时想，那俊成一定比自己更自由，他的那些上级们呢？也许到最后，他们是真正的自由，扁奇其实不懂自由，他认为可以满足所有的个人欲望就是自由，其实那些个人欲望，例如吃的玩的这些欲望的满足恰恰不是自由，而是受到生理功能的主使，这不是自由，这是被操纵，被自然欲望的操纵。按照某位哲学家所说，自由其实是自律，是控制自己的自然欲望。

在主席这个位置上，在周围的称呼中，在各种活动的焦点中，在自己独有的办公室里，扁奇已经从心底接受并凝固住这种光彩。但是，还有两个月，自己就要卸任了。扁奇二十一岁了，在他成长的这么多年中，他已经有过几次告别了，幼儿园告别，小学告别，初中告别，高中告别，家乡告别，这些告别对于他，都是快乐和期望和放松，但这一次，他开始知道伤感了，他有点不舍，望着时间不紧不慢地流逝，他毫无办法。他不知道，就在未来的某一天，巨大的告别甚至是永别，那远不是伤感这个词可以支撑的。

我们看到全是又高又远又大的东西，我们也习惯了。经常看到宽大的树叶，看着叶片细密的纹路，假设自己走在其中，像微生物一般，其实时间是很细碎的，能否将自己无限缩小，是否可以在时间中走着或爬着，如同蚕吃桑叶一般，扁奇自问着，他似乎看着时间缓缓地被吞吃，卸任缓缓地接近学生会主席的自己。

下任的竞选很简单，俊成说还是恢复到当年的学生会内部自己投票吧，他的理由非常充分，学生会的干部们本来就是学生的代表，既然能够代表，那本来就是优秀的，从代表中择优，那就是优中选优，就是最优结果，这是最有效率的办法，另外，其他高校也是如此，我们不能学国外那一套民主，那是假的虚伪的。扁奇想说点什么，但想想说什么也没有什么作用，他只有点头称是。语言其实是权利的工具，权利指向哪里，语言就会围绕其中，自造合理性合法性。

扁奇没有说出的话，是被俊成无意中压制住了，俊成的那番话，其实也不是他独创的，这是他学习和继承来的，这是一种中心思想，强调一种整体最大利益化的体系，而扁奇的说法似乎是边缘说法，似乎要破坏这种整体，破坏这种中心，换个角度说，俊成代表了固定的学校，而扁奇却代表即将离校的学生。

新一届学生会主席是俊成的老乡，他是学生会学习部部长，俊成觉得没必要含蓄了，自己要做主了。朱书记很喜欢俊成，很多场合都带着他，对于这类俊成管理的事情，朱书记根本不放在眼里，他的世界很大，俊成的世界只是他的世界的一个角落。萧然成为学生会副主席，俊成跟她谈话以后，她毫无选择，不得不满意，当然时间一长，就变成自觉自愿的满意了。

俊成在团委书记的位置上没停留很久，他三年后就被提拔到某系做副书记，然后又被提拔到校级领导，他所居住的房子也是由那厨房在走廊的教工楼转为两居室讲师楼，又调整到可以有单独书房的教授楼，这个时候，他的老婆也被调整到校图书馆，孩子也在这几种环境的升级中茁壮成长。俊成最后被任命为另外一所高校的校长，他那时已经深知这社会的庞大，他完全明白了当年朱书记的作为，在朱书记的棋局中，他只是那其中的一颗棋子，现在在自己的棋局中，那对他点头哈腰的家伙，也只是自己的一颗棋子。

26. 都是不同的，误解却是相同的

又是一个暑假，暑假过后正式进入四年级了，也就是最后一年了。蚕吃桑叶的画面经常在扁奇的脑中变异为蚕在吞吃时间，这一刻那时间就异化为像校园那么大的桑叶，蚕就不紧不慢地吞噬着，虽然慢，但校园无时无刻不在缩小中。

扁奇有时想着在大学生活中自己到底学到了什么？通常而言，大学里的生活，八小时睡眠，八小时的学习，两个小时的吃饭及为吃饭所做的准备和吃饭后所付出的代价，例如拉屎放屁等，其他的时间就是大量地分散在闲扯、行走、发呆、玩闹等之中，如同渗进每一个缝隙的血水。这如同一种笼子，不是空间的笼子，而是思想或精力的笼子，这个笼子已经注定那学生的精力总量，也就决定了这些学生的自信程度，也注定了这些学生的发展能力。换句话说，这种教育总量也就决定了每个人的大致发展前景。

理论到了一定阶段，到社会里就被各种随机事件或偶然事件主宰了，就需要人的经验去把握领悟了。这些多少有点类似于哲学中那理性主义和经验主义的说法。所以扁奇的学习担忧，其实还是一种面对社会的不自信和恐惧。

那是个傍晚，扁奇和雾絮坐在江边，看着夕阳，看着远处的汉口，看着江水闪烁着夕阳的金光，看着一波波的水浪，二人紧紧地相拥，不知为何却感觉恐怖一波波地袭来，紧紧地包围着他们，像被一群狼围绕，于是二人几乎同时站起，拉着手向学校跑去，夕阳的七彩光芒紧紧地贴着他们的后背，温暖着他们肌肤的却是源源不断的黑色。

有人不喜欢说“不”这个字，非但不说这个字，还不表现出来拒绝的态度，似乎一直默许别人深入，殊不知这不作为其实也是一种作为，那就是默许，直到有一天，拒绝就属于过分了，因为随着默许的持续，相应的责任和义务也出现了。弦悠就这样对待学斌，在爱情中像海里的鲨鱼不时地游出潜入，有时觉得很爱，有时又觉得很陌生，自己也不清楚为什么。自打见了她的爸妈后，学斌更加踏实地一步步地深入，全身心地爱着她，有一天似乎下了很大的决心，学斌告诉她说，当年的同学，现在的湖北大学做老师女同学曾经找过他，应该是想跟他谈恋爱，弦悠当时的感受是有点烦，直觉是学斌在跟她耍花样，变相抬高自己。但无论怎样，几天过后，还是被这句话触动，对学斌又暗自审视了一番，她对他的关注慢慢在提高。人似乎只有被刺激后才能有所改变，一味地求全讨好一味地有话好好说，这都不会达到目的，弦悠毫不例外地有轻微地受虐倾向。

那个周二的下午，弦悠午睡醒来后，发现宿舍里只有自己，外面的雨在哗哗地下着，她走到窗前，望着那雨中的花草，回想那太阳照耀下的花草，这是两幅差异很大的画面，她呆呆地看着想着，有时候就是雨遮蔽了花草对太阳的感受，或者太阳遮蔽了花草对雨的感受，雨和太阳在不同的时候，给予花草不同的感受，原来这感受是来自于外界的刺激，她回头看着寝室，每个人的书桌都被锁住，每个人的箱子被锁住，里面放着各自的东西，每个人都是那么独立，防范着别人，换个说法，每个人都是孤独自私的。想到这，弦悠心情有些灰暗，像舞台慢慢垂下的幕。

猛然间，门被推开，雾絮进来了，她望着站着的弦悠似乎吓了一跳，“干吗呢，你？”

“你是不是觉得，人这一辈子真是很无聊。”弦悠转过身来，面无表情。

“怎么？跟学斌吵架了吗？”

“唉，没有，毕业后就是嫁人生孩子然后老去吗？”

“当然是呀，这不很好吗？慢慢老去，有始有终。”雾絮的心情不错，她在用毛巾擦拭着脸。弦悠此刻在想，这雾絮其实就像花草一样，在雨天就会忘记在阳光下的感受。

“你怎么没去上课？”

“不想去。”弦悠在揉着眼睛，手心朝外。

“为啥？大姨妈来了吧。”

“是来了，但不是这个，就是心烦。唉。”

“我觉得你还是浪漫小说看多了，思想过于丰富了，有点不食人间烟火了。来，给你根香蕉吃，据说，香蕉可以改变心情，让人兴奋起来。”雾絮边说边用钥匙打开桌子侧面的锁。

“谢谢了，你今晚怎么安排，去见你家阿扁吗？”弦悠的手心朝上，接过香蕉，注意力也随之转移，似乎忧郁的心情开始好转。

“还不是跟以前一样，去图书馆，他现在开始实习了。”

弦悠的手心和香蕉靠在一起：“哦。”

灰暗的天空下，哗哗的雨声中，有人借此悠闲，有人借此忧郁，手心则是一直在手的中央。

扁奇实习是在武汉的一家大国企，他们班被分插在各分厂的企管科、人事科、团委等，扁奇被分配到分厂的团委，团委的办公室是在大礼堂舞台的右侧房间内，另外一侧的房间堆放着杂物。团委只有两人，一个书记和一个干事，那个书记是五年前从北京科技大学分配来的，他戴副眼镜，白白净净，梳个背头，一副寡言干练模样，他是湖北鄂州人，那个干事是武汉人，武汉艺术职业学校毕业的，她是个圆脸，眉目异常秀丽，二人都穿着工装，所有的内涵和修养或者独特都被遮盖，工作和纪律装载着他俩，他俩只能服从，不能任性。他俩都很严肃地坐在自己的桌前，一个是看报纸，一个是用笔在写着什么，相互间暂无对话。

当人事科科长将扁奇介绍给他俩时，那书记微笑着站起跟扁奇打招呼，扁奇更是讨好地笑和表现年轻人应有的拘谨，其实书记更多的是对人事科科长笑，因为当人事科科长走后，书记就收敛了笑并且有点不耐烦的神态，书记姓王，王书记食指伸出，对着角落里的桌子点着：

“你就坐那里吧。”

那个干事看到了王书记的表情，她对着扁奇点了一下头算是打了招呼，干事的名字是郝璐。

时间不长，王书记抓起安全帽走了出去。郝璐抬起头对着扁奇笑了一下，“你是哪里人呀？”二人就这样聊了起来。

秋天的厂区里，弥漫着一股酸酸的味道，各种建筑高低不一形状各异，各种尖锐的粗重的声音相互混杂相互共鸣，这形成了一种包围，人就在这包围中进进出出。

扁奇每天早上从学校坐电车去厂区，晚上从厂区坐电车回学校，这一来一回，景色是清晨从这一边到那一边，傍晚再从那一边到这一边，白天的时光就在那个厂区里也就是老师所说的社会做着杂事，晚上就在学校里继续着往日的生活和夜梦。

团委的工作都是大同小异，在无数思想和说法体现的文件外，能看得见的日常表现就是板报了，如同那很多玄妙的神仙说法，是靠着各种人造的神迹来表现的。板报，建立起小群体的文化，据说这是文化阵地，要有主流的思想去占据，而不是由那些非主流的文化所统治，主流思想是什么呢？是权利主导的话语，这是一种哲学思想，当然也有反对意见。不过团委的确想通过这类形式指导人教育人，这样据说有利于生产建设。

这已经是实习的第三周了，也就是说扁奇和郝璐从认识到熟悉已经十多天了，郝璐比他大三岁，正因为年轻，他俩很快就熟悉很快就说笑自如了。扁奇对武汉人还是有兴趣，虽然在这里三年多了，但跟当地人接触很少，即便是武汉人，其实也是在细分中，汉口人？武昌人？汉阳人？郊区的？三代本地人还是后期迁徙？职业高低生活贫富，这诸如此类一大堆都存在不同的差异，以及根据不同的目的引致的优越感。作为扁奇，他连湖北口音的差异都分辨不出，更无法顾及其他，武汉姑娘这个名词就已经给他带来很多好奇了，郝璐的心思则是另外不同，她直觉上就喜欢扁奇，直觉这个词其实很费解，心理学有很多理论借用这个词，可以说是感觉后的知觉，也可以说是潜意识浮现的意识，还可以说是人的特异灵感。现实中，可以解释为，郝璐从扁奇的五官及说话或行动上本能地产生一种喜欢，还可以解释为，郝璐因为扁奇的某些特征表现，让她唤起了过去的某种美好记忆，从而让她喜欢，还可以解释为，郝璐有超越的，所谓第六感，她认定他是个影响自己未来的人。

郝璐带着他开始写板报，扁奇看着她先是在白纸上排版，用笔画出几个豆腐块，按照文章长度和内容编排，那个瞬间，扁奇似乎看到了家乡，家乡就是那样，那一块是政府机关片区，一块是商业片区，一块是工厂区，一块是家属区，一块是学校区，当然区域间有隔线，那可以视作公路，有的区域间有花朵衬托，这可以视作绿树和花坛，扁奇马上联想到其实自己的家乡也是被设计的，当时那位设计者是否也是如同郝璐同样的认真和同样的情绪呢，扁奇看着郝璐伏在桌面上低着头，制服的松紧处偶尔会展现她的身姿，她不时地抬起头看向那大大的黑板。郝璐猛地回头，看着扁奇呆呆地望着自己，那眼神似有深情，她的心猛地激荡，羞涩地笑嗔：“怎么了，偷看人家干吗？”

扁奇也是吓一跳，心思猛然跳出家乡的场景，“哦，哦，没事。”

但这种娇嗔的模样还是深入到扁奇脑海里，像扔到平静湖面的一颗石子。

喻夷平和历晖彻底好上了，自从那个手拉手开始，然后抚摸，然后亲吻，然后广泛抚摸，然后广泛亲吻，再然后，就是喻夷平坚持的底线了，这个底线一直在坚守着，既然头次爱情已经守住底线了，那么这次爱情就稍微容易守住了。喻夷平从历晖身上体验着高高大大帅气阳刚的感觉，外在美已经足够她去欣赏去兴奋了，历晖从喻夷平那里感受到聪明端庄气质了，他当然也完全品尝了她那饱满圆滚的屁股。随着时间的拉长，也就是历晖毕业后一年，二人结婚了，喻夷平比历晖大三岁，完全符合历晖爸妈的心愿，喻夷平对于历晖始终占有主动权，历晖也的确需要一个成熟的女人训斥，这样他更开心地玩，在某种束缚中去玩耍，而这种束缚是家里的婆娘设定的，也就意味着有安全感。小时有父母管，大了有婆娘管，工作有纪律管，街上有规则管，看不见的有道德管，这一切很安心。喻夷平始终在大学里教书，大学就如同港湾，这里风平浪静，她也就安然度日。历晖开始被分配到远郊的区政府里，几年后被调回汉口的街道办事处，再往后又进入区政府，这期间他瞒着喻夷平陆续跟几个女人上过床，有时是工作需要，有时也想体验一下年龄小的女人的床上感觉。他俩有一个男孩，男孩慢慢长大，他俩慢慢苍老，那男孩学习不好，大学也考不上，但很安分听话，一直打工。

傍晚的时候，一幢幢建筑掩映在绿树间，灰色更加浓重，那整齐划一的一个个窗口和楼口显示出人工世界的完美，这一切如同自然世界的万物一样，都是要有进口出口的。

校园的傍晚还有球赛，那是各学院之间的比赛，球场就在教工食堂的边上，当太阳略微偏西时，也就是下午四点多时，比赛开始了，球场外三五成群地围站了一些人，这包括球队各自的啦啦队，等到五点半时，比赛已经进入下半场了，那时也正是教工食堂开饭的时间，因此也就有一些年轻的老师端着饭盆站在球场边观望着，这时刻太阳变得膨胀变得羞红，西边的云彩慢慢开始绚烂，就在这分秒间，有那么一刻，除了球员奔跑的声音和球的弹跳声音和饭盆勺子的叮当声和咀嚼的声音外，就再无另外的声音，这是深秋的一瞬间，这是声音和色彩的表演。

更多时刻，是那围观人各种喊叫，因为是太投入了，那各种经过修炼后的普通话被丢弃了，很多人的家乡话冒了出来，这些人恢复到了原初状态，像那刚启动的电脑。

学斌也端着饭盆看着，他一副悠闲的神态，并不为场上的精彩所动容，他将自己置于胜败甚至精彩之外，这眼前的一切只是满足眼睛的观赏需要，没有任何空隙可以进入心灵，他细嚼慢咽，不时地望向那围观的人，看着他们的激动，这个视角也是一种精彩。在人的参与下，每个角落都可以充满意义，所有细节都可以富含艺术。

弦悠有时也到教工食堂吃饭，毕竟这里的饭菜要比学生食堂好很多，这是通过学斌得到的便利，学斌给了她一些饭票，弦悠坚持给他钱时，学斌是坚决不要，当坚持碰到坚决时，有时前者会向后者投降。弦悠就在走向教工食堂的路上，也就自然看到了球场上的激烈，她的目光追随着球的走向，球场争抢激烈，两个球员奔跑着冲撞一起，然后收不住身体又撞向那吊儿郎当的将四周作为观察对象的学斌，他自然随同一起摔倒，那饭盆高高扬起，勺子和米饭和菜都高高飞起，像冲天的花炮，还像散开的花朵，周围人一片惊呼，大家先是纷纷退后，然后又马上靠近，将学斌扶起，那俩球员顾不及照看，又奔回球场。弦悠完整地看到了这一切，看到了学斌，她毫不迟疑地奔跑过去。

学斌站了起来，虽然没有受伤，但是眼前盆、饭、菜、勺、汤狼藉一片，周围人的关怀和抑制的笑，以及那个冲撞瞬间的片段鲜活地呈现在所有人的短时记忆里。让他崩溃的是他发现弦悠也进入这个画面中，一种巨大的羞愧也冒了出来，浑身像烧滚的水沸腾着，情绪高涨，他非常尴尬，不知道怎么发泄，不知道怎么逃避。

女人对男人的爱，有的时候来自于崇拜，有的时候却来自于怜惜，就在这瞬间，弦悠完全被怜惜所覆盖，她有泪流的感觉。

27. 有欲望才有误解

傍晚是光明和黑暗的衔接处，每到这个区间，校园的广播就开始说说唱唱，临近结束的时候通常播放的是钢琴曲，这个时刻，像溪流一样从容安静的音乐飘在空中，淡淡地抚摸着每个人的情感，也就在那个时刻，惆怅和青色的傍晚相互溶解再慢慢散播，每个人都在浸泡中。

每个傍晚，无聊感都会折磨阮仕荣，自打三年级以来，就在五点至六点间，阮仕荣感觉周围是空荡的，一股莫名的惆怅折磨着他，身体似乎飘在虚空中，但心却是沉甸甸的。尤其是在钢琴曲的平缓中，他会产生莫名其妙的伤感，每到这个时刻他就急切盼望着毕业。

实习期间，无事可做像瘟疫一样在学生间相互传染着，阮仕荣和晓峰在寝室里，一个是斜靠在床上，一个趴在桌上，都算是一个舒服的姿态。晓峰是另外一班的，他住在另外的寝室，也许是相隔一定的距离才能有友谊吧。其实也不难理解，友谊需要相当的一致性，也就是相互的认同，这就意味着双方的接触不能太细微，否则就容易发现差异，差异就会有误解，误解就不会发生友谊。

阮仕荣有时就用没完没了的诉说来倒逼头脑运转起来，这样意识才能顺畅地流动，那种空虚的感觉才能无可奈何地放他而去。

“你知道怎么追女孩吗？假如你在图书馆遇到，那一定要坐到她的边上，然后找她借个东西，当她要离去时，就说能否再用一会儿，晚一点再还给她，这样就有理由知道她是哪个系哪个年级和住在哪个寝室了，等到去她的寝室送还东西时，再顺手将自己的某个东西落下，然后就有机会回来找取，这样一来二去地反复，双方就熟悉了。”

晓峰笑着说：“你的理论很多呀，就是自己还光棍一条。”

“一直没有合适的，也就无法下口。”

“要生吞活剥吗？哈哈，不过来找你的女孩很多呀，我看其中有很出色的呀。”

“大概吧，但我不喜欢。”

“不过，这次回武汉是坐船来的，在船上认识了一个武汉水利交通学校的女孩，她帮了我一下，感觉那女孩不错，还是这种专科学校美女众多呀。”

“那明天去拜访一下呗，当然我可以陪同一下，哈哈。”

“哈哈，你急什么？别忘了，咱们每天都是实习，根本没有时间。”

“假如没有日出日落，没有寒暑交替，假如大自然不呈现这些规律，那么人还会有固定的作息吗？换句话说，如果人不保持这种固定的作息，人就无法生活了吗？社会一定不可以，但我们可以，我们年轻，我们自由。我们每天都在这严密的时间下被规定，去适应，去遵守，我们的生命是被规定好了吗？真是够了，我们就不能自主吗？”

晓峰热情澎湃的样子接近于演戏了，他站了起来，站立的动作是小腿要稍稍向后挺，于是就推动了凳子，凳子和水泥地间相互摩擦发出“吱吱”的声音，就在细微处，地面和凳子脚的底部都有了轻微的划痕。

“你就是个精神病。”阮仕荣揉着眼睛，说话的时候散落了一些唾液星。

第二天下午，二人就上了76路公交车，晓峰走到售票员面前，掏兜拿钱买票，再看向阮仕荣，他也在笑容中。就在六站后，他俩在三层楼这个站点下来，这是个有趣的地名，据说这个地方在百年前有栋三层高的楼，那是当年豪华的楼堂馆所，这是约定俗成的地方特征命名，就如同我们称呼某人大个子或大胖子之类，都属于真实描述，当然还会称呼某人瘸子瞎子，虽然是真实描述，但为了尊重起见，还是不这样突出特征，说出真相，有时会被理解成一种侮辱。

地名，是一种历史记忆，在历史的长河里，所有的东西都变了，树木、房屋、街道、人，但这种历史名称算是一种共同点，若有天堂和地狱，会让不同代的人都有简易清楚的名词对应画面，这样易于相互沟通，如同那姓氏。

那天其实同班同学还都在工厂实习呢，学生通过自己的眼睛在看着自己的周围，只是捕捉那最有价值的信号，从而相机而动，像匍匐在荒草中的野狼。

晓峰和阮仕荣在街口简单打听了一下，很快就找到了水校，这是简称。也许看到他俩年轻吧，虽然他俩是外校生，但形象上没有什么差别，因此进门的时候，并无阻拦。那是个暖暖的下午，也是个令人昏昏欲睡的下午，太阳被厚厚的云层阻挡着，校园很简单，大概五六栋楼的样子，在正前方有一片空地，摆放的是篮球架和足球门，这就是运动场或者操场的基本配置。

阮仕荣敲响了寝室的房门，一个女声从里面传出，“谁咯？”

“李艳霞在吗？”

阮仕荣的朋友名字是李艳霞，很普通的对答，标准的社会语言，阮仕荣的眼睛似乎也是参与在问询中，在阴暗的走廊中熠熠发光。

“哦，她在上课。”

阮仕荣和晓峰相互看了一眼，相互问询着怎么办。

“那我们可以进去等她一会儿吗？”

晓峰发现阮仕荣此时说完话后，嘴还在半张着，喉结突出不动。

沉寂片刻，“嗯，那好，请稍等。”

窸窸窣窣的声音传出，过会儿门开了，“那你们请进吧。”

门开着，正对着的窗户，日光通过门照着那女孩，从阮仕荣和晓峰的角度看，那女孩的身体周边发光。瞬间，晓峰所有注意力被对方吸收了，他完全沉没于对方的形象中，这女孩高高瘦瘦，五官清丽，脖子细长，她竟然还在脖子上围了一条蓝色丝巾，这就是晓峰喜欢的形象，在这种形象中，晓峰的激情和思想突然敞开，如同那野马站在无垠的草原上。

晓峰似乎已经失去了感觉，他随同进去，坐下，呆呆地听着阮仕荣和那女孩的对话。

“你怎么没去上课？”

“哦，我今天不太舒服。”

“你叫什么名字，哪里人呢？”

“我叫辛青，江苏太仓人，你们知道太仓吗？”

晓峰看着阮仕荣摇着头，于是他觉得自己的头也随之摆动，这个地名对于晓峰还真是第一次听说，这两个字能组合在一起，对于晓峰也是不可思议的，他的直觉是日本的某个地方，随之又觉得这辛青和海外似乎有某种联系，这种错觉又加深了晓峰对辛青的神秘感，这是一种包装一种渲染，但这是旁观者给对象的包装，哲学上称之为解释学，认为这是欣赏者霸权。

晓峰开始笑了，他开始欢畅地表演起来。

就在咣咣当当的公交车上，这是在回去的路上，晓峰暗自惊叹着，辛青的美丽是种江南女子的典雅，这是他从书里看到的，书里有很多对于江南女子的细节描述，她似乎就是这种描述的原型。从外形上看，她不输给那扁奇的雾絮，这个发现让晓峰有些兴奋。

有的时候，时间就如同停滞一般，每人都知道这是不可能的，如同每个日出走向日落，每个日落走向黑暗，每个黑暗也终究会出现曙光。无论你是否在计量时间，但白和黑的转换已经是表明时间的移动。若把这白和黑只是作为一个循环，把白和黑的变化作为一种状态呢，如同心理学中的似动现象，表面上是在运动，实际上只是静态画面的转换，这黑白的交替在快速的循环下会呈现单一的灰色，会制造出凝固不动的视觉，其实回忆遥远的过去就相当于这种似动现象，那欢笑和悲伤都在模糊记忆中相互融合，经过回忆就会呈现单一的色彩和情感。

板报的下面几个方块都是扁奇完成的，其中的一块还是竖排的

粉笔字，郝璐歪着头看着那竖排字的左右顺序，

“这是否搞错了？好像应该是由右向左排吧。”

扁奇有些大大咧咧，“无所谓吧，其实都是可以的，这个时代了，何必被这些拘束。”

其实无知往往有自由的一方面。郝璐还是摇了摇头，并没有说什么。周围的场景虽然是固定如一，声音也是依然忽强忽弱，味道仍旧混杂，但每个人的感觉都是在变化中，像泉水一般源源不断哗哗不停。

那天办公室里又只剩下他俩，办公室的天花板很高，整个空间就像一个竖立的火柴盒，而他俩就像其中的两个蚂蚁，郝璐问扁奇：“你有女朋友了吗？”

“嗯，我有了。”

“她一定很漂亮吧。”郝璐不知道为何自己这样猜测。

“你怎么知道？”

扁奇根据她的话，思维自动浮现出雾絮的形象，随之引出自己的微笑，这是一种自豪，郝璐还是准确地识别了。

“是你的同学吗？”

“不是，是另外一个系的。”

“哦。”

郝璐去过这所学校，她去的几次都是阳光明媚的时候，于是她的脑海里浮现出在阳光下的学校中的男女学生，这是她印象的场景，这些学生分布在各个系里，像是处在花园中不同的花蕾中，一切是那么美好，这是她小时候在童话中想象的小白兔生活场景，她不自觉将两种场景合二为一。

“你呢，有男朋友了吧？”

“曾经有过，分手有一年了。”郝璐的脑海里又跳转到过去的某个片段中。

两个人就这样，按照对方的描述，根据自己的所见所闻建立场景，只有在这种场景中，才能理解鲜活，才能达到对故事本身的深入感悟。

“我那时候的失恋真是痛苦，我晚上几乎睡不着，每天很早就起床，感觉他一直在我眼前，然后我就跑步，拼命地跑，大口地喘气，像是要把身上的思念化作废气而排放，我反复斥责自己，命令自己忘掉过去，要从那种感觉中逃离，要将他的一切抛开，那真是艰难的时光，啊，不堪忍受，现在终于算是摆脱了。”

就在郝璐描述时，高大的窗子外，浓密的树叶在摆动着，阳光不失时机地穿过缝隙照耀到墙壁上，那墙壁上挂着很多红色的奖旗和奖状，新旧不一，阴阳不定。

扁奇的五官配合着郝璐的描述而不断地紧缩或舒展起来，然后形成或拉直一道道长短粗细不一的竖纹，他在郝璐的描述中想象着那个过去痛苦的她，其实一年前的郝璐和现在的郝璐形象上有略微的差别，除了岁月的风霜徜徉之外，其实还有战胜痛苦或摆脱痛苦后的改变，就如同那曾被虫子穿梭而过的西红柿，虽然已经复原如初，但鲜红甜蜜不同以往，这个无人知道。

扁奇不知她为什么跟自己说得如此深入细致，他有些不安，他发现不由自主地跟随她进入到这种情绪的沉重中，他不敢问询这恋情的因果，他偶尔的闪念是这样端庄秀丽的女孩怎么也会失恋，他不知道怎么安慰她，他在踟蹰考虑的时候，眼光却是落在郝璐的眼睛上，这引致郝璐轻微地怀疑，造成了郝璐也离开了口述中的情境，郝璐的圆脸略略地浮出了红晕，郝璐在仔细回看他，二人各自读到了对方不同的亲切。

几乎每个人都会有偶尔的反抗偶尔的不配合偶尔的特异偶尔的意外，从而似乎标明着自己的自由。

阮仕荣问晓峰：“你觉得扁奇这人怎么样？”

“目前看来很成功，出人头地，还搞了个漂亮的女朋友。”晓峰说话很直接。

“说实话，我不喜欢他。我觉得大家都不会喜欢他。”

“为什么这么说？”

“你不觉得他很做作吗？”

“你看出他在做作吗？”

“就是感觉吧，他的一举一动一言一行，总是在模仿中，一种拙劣的初始阶段的模仿，不过，也许做官就需要这样吧。”

“那也算官，太可笑了。”

“但不得不承认，他做作的效果很好，有了位置还有了美女。”

“你怎么觉得别人也不喜欢他呢？”

“也是感觉吧，又不可能去搞问卷调查，何况多少人算是大家呀，反正你肯定不喜欢扁奇。”

“是的，我不喜欢他，每个人都在混世界，谁知道以后走到社会上会如何。”

“你知道吗？听说那扁奇为竞选花了很多钱，加上老乡人少心齐，四处为他拉拢人买通人，所以当选。”

“这家伙真是很有办法，东北人胆大呀。”

这个“听说”消息源自于那汉坤，不过他的原话是：扁奇花钱搞竞选，那些多余的细节和情感的描述都是消息在传播途中被加工所致，每个人把从自己的耳朵里流入的信息都加工成自己可以理解或接受的信息，然后通过嘴巴再传输出去，这种信息要经过自己先天拥有的范畴加工，这是一位哲学家的观念，哲学家认为，人对世界的认识有自身先天的能力因素，外界的事物符合这些因素后，人才能认识到外界事物，人对事物的认识不完全是被动接收的。

做作，用存在主义的说法，就是为实现某种可能性的努力表现。积极地说是在努力地发展中，消极地说就是在努力地掩盖中。做作一定比不做作更适合人类。

很多话题到了一定的程度似乎就进入了死胡同，二人瞬时陷入了沉默，晓峰转了话题，“水校的那个辛青真的很漂亮。”

“哈哈，相中了吧。”

“唉，就是不知道她对我印象如何。”

“漂亮到一定程度也是珍稀动物，她一定胃口很高，一定自我保护很多，估计你没戏。”

晓峰的心猛地一沉，随即又反弹，这也属于一种自我心理保护吧。

“唉，很多事情不去做怎么知道呀，你给我泼冷水，有点不够意思。”

“哈哈，我帮你问问吧。”

本来只是阴沉的天空偶尔的雨滴，突然间，暴雨狂泻，雨砸在水泥地上，又溅起水花，水花又跌落在水泥地上，又溅起更小的水花，整个水泥路上，无数的水花开放着，声音宏大，水泥地越发显得坚硬，也似乎在炫耀自己的不可侵犯不可战胜。

厂团委统一组织看电影，就在红钢城的影院，看国家伟大民族优秀的电影，据说是主流的，还正义的，扁奇其实很喜欢这里面的人物，他们是那么果断坚强和正义，这样的故事情节会提供给自己很多安全感和温暖。但他还是有轻微的怀疑，他拿不准自己若在这电影里是否可以成为这主角，他没有那么威武高大，他也没有那么多崇高品质，他只能是群众了，如果他是群众，他是否可以支持那主角呢，是否会嫉妒那主角呢，从而反对他呢，就像自己管理系的班中，大家总是相互反对，谁会买谁的账呢？反过来一想，唉，这些电影大概就相当于童话故事吧，成年人的童话，应该都不是真的。

郝璐就坐在他的边上，除了雾絮外，其实这还是他第一次和其他女孩一起在电影院并排挨着，她晚上穿得很漂亮，将她的体态完美呈现，开始扁奇差点没有认出她来，她身上还散发着香气，扁奇有时感觉自己在偷偷地嗅着，他不断地告诫自己把注意力转移到电影中，郝璐很镇定，她很严肃，但这只是表面，她挨着他，觉得自己的肌肤有种被唤起的抚摸感觉，还是不由自主地想到了当年和男友一起在电影院中相依相偎，那时他俩拉着手，不时地亲吻，她口里似乎分泌出那甜蜜的唾液，自己似乎沉浸在身体的欲望中，就在那一瞬多么渴望有人抚摸她拥抱她亲吻她，无论是谁。很快，她似乎苏醒起来，马上强迫自己转移注意力到电影中，这一刻她发觉自己浑身发热，感觉下面有点湿润。于是她用余光扫射着周围，她看到了扁奇的手紧紧地缩在两腿间，她知道扁奇在拘谨中，她喜欢这种男孩的拘谨，在他身上，她似乎看到了自己的强大，感受到自己强大下的乐趣。但她也在想，要控制住自己，毕竟这周围都是同事，扁奇只是个学生，他还有自己的轨迹，和自己轨迹完全不同。

所有的喜怒哀乐都按照预先安排的节奏进入了结尾，电影结束了，灯光亮起，扁奇和郝璐只是相对一笑，并无对话，这似有某种默契，若用所谓的第六感去体察，就会发现有某种缥缈的东西在相互间流动和交换。二人站起，随同人流慢慢地挪动着，就在门口的时候，很多人站住了，雨还是很大。

扁奇还要坐电车回学校，他有点犹豫是马上冲进雨幕中还是静观雨幕稀疏。

“要么去我家拿个雨衣吧，我家就在边上。”

这是一种突发事件，这是偶然的兴致偶然的念头所致，她没有想太多，但随后她知道这样说会发生某种可能性，这种可能性是她毫无准备的或者是本能需要的。可能性是一种拥抱，或一种亲吻，或一种抚摸，或者甚至一种床第之欢，她开始浑身都在哆嗦。

“嗯，好吧。”

扁奇在犹豫，他还没有时间去想那些可能性，但只是闻到她的体味，看着她的美丽，他有一点依依不舍，他似乎在回答的那一刻是处在懵懂中。

二人各自打着伞前后脚走入雨夜，在周围人的眼里，像走入黑幕中，两人倏忽间就被黑暗吞吃。

28. 规则是自找的

有时候，你可以这样看世界，爬到学校的教学楼最高层俯视校园，或者就躺在草地上看着眼前的那一棵小草，或者透过酒瓶底子去看校园小路，或者在午夜里坐在小树林的石凳上看着周围的黑暗，一定要长久地凝望，没有目的地凝望，只盯住一个点去凝望，你会发现这是个你可以理解的世界，是一个你无须珍爱也无须恐惧的世界。

如同看一幅油画创作，开始的时候，是画出轮廓和框架和氛围，然后慢慢涂抹颜色，再增添细节，再辅以情绪，最后得以完成。学斌和弦悠的爱情非常相似这种关系，学斌似乎就是某位画师，他一直在制造氛围，在建构关系，在辅以特点，而弦悠，就在那里被动地旁观着或被摆布着，不做选择不做出击，慢慢就完全被细节被情绪被感染所牵引，直至跟从学斌一起成为画中的一员，一个无法逃出的角色。

学斌已经知道湖北大学的喻夷平有了爱人，这让他有点失望，也有点恐慌。他是通过高中同学得知，还知道那男朋友是喻夷平的学生，在这点上，学斌只是暗暗地想，是跟自己一样了，但不同的是，我是男人，找个女学生，算是正常，而你作为女人找个男学生，这有点不耻下问、慌不择路、病急乱投医了。不管怎样，二人自打那次见面后，就再也没有通话，更谈不上见面了，他俩的关系显得有点残酷，要么是夫妻，要么路人都不是，可以就此被定义为这就是市侩，完全的利益驱动。但这也就是现实生活逻辑：男女间除了爱情外就是毫无关系，若有，就是危险关系。

学斌曾经在某个瞬间感觉从来没有进入过弦悠的情感中，他一直被她关在头脑之外。

但现在他感觉弦悠的爱情在升温了，她开始主动地照顾他关怀他了，有男同事告诉他，应该把弦悠解决了，这不仅仅是生理需要，还是婚姻需要，你不能做弦悠大学爱情的陪练，不能再当老师了，而是要做实践者先行者了，这是社会的智慧，来自于很多经验和教训的总结。学斌完全明白，他完全顺从这种说法，于是他开始筹备了，随之就是考虑她的毕业问题了。

当你从某种角度阐述时，他偏从另外角度批驳，你不能就此认为他学识广或思路新，他只是不懂，不懂尊重别人。那为什么要尊重别人呢？是为了安全或为了获取利益吗？不是这样的，这不能用社会功利主义来判断。人，其实就是目的，不能把人当做手段，这是某位哲学家的主张。通俗而言，你不能利用别人，这包括不能为了什么集体利益就要牺牲个人利益。

另外，很重要的是，人是不固定的，人是没有本质的，你不能用你的观点和印象给别人定义，你若说某人就是什么什么样，其实你是在固定对方，是用语言将对方捆绑起来，你限制了对方的发展。

晓峰的确有这个缺点，他在情绪不好时，他就会这样评说别人，有些是毫无道理，这个毛病源自小时候不被看重，有点轻微的自卑，所以为了突出自己或显示自己，就会这样，结果就是不尊重别人。等上大学后，自信心慢慢建立后，在情绪好的时候，又陷入另一个极端，那就是不假思索地附和别人，这样又有些不尊重自己。这种尺度的拿捏他不是很到位，所以有时候就显得为人处世很幼稚很笨拙。

太阳暖暖地照着，校园的草地似乎也在迎合着也在释放出一点温暖，课间时间，很多学生在草地上以各种姿势享受这冬天的暖意。

阮仕荣神秘地告诉晓峰，那个叫辛青的女孩似乎对他有兴趣。

“你怎么知道？”

“昨天李艳霞跟我说的。”

边上几个女生嘀嘀咕咕地走过，她们都不漂亮，其中一个皮肤黝黑的女孩看了他俩一眼，表情并无变化，晓峰看到了，按照他的经验，这女孩对他有兴趣。

“她怎么说的？”晓峰真是很开心。

“就是这样说的呀。”阮仕荣笑着，在晓峰的眼里，这个笑容总是有些神秘，和他正经的话语不相匹配。

“那你笑什么？”

“你看不到你的表情，你不也在压抑着兴奋吗？你的嘴型已经发生变化了，是在笑，你的眼睛却是一种焦虑，这不很搞笑吗？”

“你不会在逗我吧？晚上请你吃个小炒，你要说实话。”

天那么蓝，白云高高地零星地飘浮着，他俩站在草地上笑着。

雨夜，有一种绝对化的倾向，亮处和暗处之间是没有过渡的，亮处就是很亮，暗处就是很暗。

扁奇在跟随她的路上，他在后悔，因为他隐约想到了这些可能性，他觉得自己不应该跟着她走，但已经答应了，已经这样走在雨夜里了。

听着她在雨中不时地小声关照着自己并且偶尔回头露出那不清晰的微笑，他想他不该这样乱想，更多的可能性就是到她那里穿上雨衣，然后道声感谢然后道声晚安然后道声再见。

她轻巧熟练地带着路，扁奇跟着走着，沿途都是楼房，各窗户散乱地发着不同角度不同亮度的光，除了哗哗的雨声，似乎所有的一切都陷入黑夜里，很快走进一栋楼里，他看着她收起了伞也跟着收伞，楼道还是昏暗，他继续跟着她走，直到她停下来，打开了一扇门，按开了开关，灯照亮了周围，周围也就得以显现，她看着他笑，他就回以笑。

“先坐会儿吧，我去换一下衣服。”

“嗯。”

扁奇的所有感官都在和周围的特征交流着，理智也被某种激情把持着，所有的机能各司其职并不汇聚，他只是被动接收着。他把伞放到了门边，伞还是倒了下来，一小片水摊在地上，就在水边上，那小小的周围，闷热稍稍缓解。

郝璐走在雨夜时就已经想明白了，她要亲吻这个害羞的男孩，也要让这个害羞的男孩亲吻自己，全世界都在黑夜中，无人知道这一切。

她在卧室里将所有的衣服褪下，然后换上睡衣。她觉得自己在电影院里某种程度上弄脏了弄味了裹紧的内衣。

扁奇看到了站在卧室门口笑着的郝璐，她穿着睡衣，她的圆脸，她的脖颈，她的半裸的胸，她的腿，还有隐约间暴露的部位，她的白，她的妩媚，她的笑容，都盛开在灯光下，她的眼睛熠熠发光，那一刻，他觉得自己在咽着口水。

“我漂亮吗？”

“嗯。”他缓缓地回答。

“只是个嗯吗？”

郝璐走到他身边，轻柔地拉起他的手放到自己的脸上。手将那涨红的脸的温度传到了扁奇的心里，他的心怦怦地跳着，他觉得自己的身体也在变化中，但突然间，扁奇的耳朵听到了自己的嘴说：“不！”

“不不，”扁奇的手从她的手里抽出，“对不起，我要走了。”

扁奇的眼睛看到了郝璐瞪大了眼睛，一双楚楚动人的眼睛，一双焦急不安的美丽眼睛，那是应该被长久亲吻的眼睛，扁奇知道这是惊异的神情。

“这么黑的天，没有人知道，只有你和我。”

“不，不，对不起，我要回去了。”

扁奇迅速转过身，跑了出去，跑进那无尽的黑夜。

直到扁奇躺在宿舍里自己的床上时还在想着那一刻，想着自己的选择，一种隐隐的自豪感像雾一样包裹着自己，他在为自己自豪，这是一种全新的胜利，他知道，他主宰了自己的身体，为了自己的信仰。

这不是抽象的虚无缥缈的信仰，这是具体的信仰，这是“扁奇和雾絮的爱情”，这是在心里已经成长为定海神针般的爱情，这是自己应该一生去捍卫的爱情，这种爱情不能接受身体的背叛，这种爱情或者这种信仰已经化为责任和义务，这是理性对自己的规定或固定，这就意味着无论是否别人知道，那也要坚守的，这意味着郝璐所说的“没有人知道”这句话是毫无意义的。

扁奇不知道，爱情在一些人的眼里，只是头脑的爱情，不包括身体，明确地说，很多人认为，可以身体出轨，不影响自己和别人的爱情的。

扁奇不知道，所有的概念在社会上都发生轻微的变形，思想就像蜘蛛，要根据悬挂物的高低长短进行不同的编织，这是实用主义。所以，若他不能适时准确理解，这些东西都会注定让他历经困苦，就要为此付出代价。

扁奇突然很想雾絮，他觉得自己被这件事抽去了力量，他需要见到雾絮，他要亲吻她。

第二天扁奇怀着忐忑的心情去上班，他看到身着工装的郝璐在写着板报，原来的那段竖排字，她已经擦去了，开始从右向左一列列地写着，看到扁奇的到来，她只是笑笑，扁奇也回以笑笑。

扁奇看到就在自己办公桌的一角，放着昨晚落在她家的雨伞。雨伞已经干了，昨晚郝璐一定是帮他把伞撑了起来。

就是昨晚，郝璐看到扁奇通红着脸跑出，门还开着，她木然地走了过去，轻轻地推门，门“咔哒”一声自动锁上，她转头间看到那收起的伞在地面躺着，她俯下身子将伞捡起缓缓地撑开，小心地放下，然后走向卧室，就在卧室门口关上客厅的灯，走进卧室后，又轻轻地关上身后的门，她爬上床，又关上卧室的灯，黑暗猛地将所有包围起来，郝璐摸索到毛巾被，将自己裹紧，然后蜷缩着身体，像在母亲身体里的胎儿，她木然地瞪着眼睛，看着这黑暗。外面的雨已经停了，周围一片寂静。在黑暗中，郝璐什么也看不到，眼睛开着和闭着已无区别，她只有面向自己，观察自己，用心去体验自己的心，意识缓缓地流动着，没有内容没有情绪，慢慢地，她睡着了，一夜无梦。

当二人在办公室时，扁奇看着她，想说什么，郝璐只是把食指放在嘴前，这是什么都不要说的意思，这也是暂停的意思。毕竟什么都没发生，毕竟发生什么也不为人知，扁奇没想到这种暂停成为永远，那件事就永远搁置在那里了。对于郝璐而言，要么是发生，要么什么都不是，道歉同情这类隔靴搔痒的态度是多余动作。扁奇似乎接触到了男女关系实用的一面：对女人最好的方式，就是上了她。

王书记是个观察细致智力超群的人，他在上班的时候，就注意到扁奇的雨伞先于扁奇的到来，他看到了那晚这个实习生和郝璐坐在一起看电影，他还发现当他从外面进来时，实习生和郝璐间无对话，他后来还注意到了实习生和郝璐间的关系跟以往有很多不同，这些细节慢慢汇聚着，在他脑海里自动生成着，最后形成了一个故事，这个故事的特别有些类似于孩童在深夜里尿床的图案，象形的图案，带有预言性质的图案。王书记什么也没说，这就是情商超群的表现。

郝璐很明白，她没做错什么，她只是在正确的时间里遇到了错误的人，是那个人的错误，算上前男友，这是她第二次的遭遇，她的被动和她的主动都不是她的错误，她不会因为他的传统甚至愚昧去修正自己的感觉和道德观，她是正确的。郝璐似乎真正地淡定起来，她的气质格外地出众，因此很多男人视她为女神，追求她的人很多，她只是把自己紧紧地捆扎在工装里，每天按部就班地上班下班，终于有一天她遇到了正确的人，但那人却是在错误的时间里出现的，

第二天傍晚扁奇就站在女生楼下冲着雾絮的寝室喊她的名字，当喊完第一声后，就有个头露了出来，“别喊了，雾絮去约会了。”

还没等扁奇心里有所反应时，雾絮的头也露出来了，“马上下来。”

然后就听到一系列细碎的笑骂声。

不大工夫，身穿牛仔裤的雾絮走了过来，瘦瘦高高的雾絮温暖地笑着，扁奇有一种兴奋也有一种不安，兴奋是这全部的她都是自己的，不安是能否长久拥有。

雾絮看着他，甜甜地笑着，歪着头，“想我了吧。”

周围人来人往，不时地有人在喊着名字，也不时地有人在楼上对答着，青春的气息四处洋溢。

“我跟你说个事，你要保持脸上的平静，不要表现什么。”

扁奇一边严肃地说一边四处张望观察周围，雾絮收敛了笑容稍稍地紧张起来，随即也跟着周围张望一下，然后惊奇地看着扁奇。

“靠近我，我在你耳边说。”

雾絮靠近他，脸上愈发严肃，没有表情。

扁奇不露声色地说道：“告诉你个严肃的事情。”

“什么事？抓紧说。”

“你是个坏蛋。”

“哈哈哈，”雾絮反应过来了，“你才是个坏蛋呢。”

“来，让大姐赏你块糖，蹦一个。”

雾絮举着糖块，扁奇举起双手，伸出舌头，蹦了起来。周围人看着欢乐的二人，也跟着咧着嘴。

二人开怀地笑着，然后手拉着手走向校门，走向江边，还是那条老路，那条永生难忘的夕阳西照的老路。

“知道吗，我们也要实习了，去广州或者就在本地。”雾絮轻松地说。

“哦，我希望你就在本地，不要去广州。”扁奇突然有一种不安，

“不，我希望去广州，我还没去过呢，我想。”雾絮一副娇嗔的口气。

“不，我不想让你去，我想你陪着我。”

“咱们以后时间长着呢呀。”

“不，不要去。”扁奇很严肃。

“哈哈，怕我丢了呀。”雾絮还在笑中。

“是的，怕你丢了。”扁奇仍然严肃。

“好吧，听你的，我不去了。”雾絮勉强着，但也跟着认真起来。

“大四了，要分配了，要去找学校做工作了。”扁奇望着那江水，夕阳艳红，水叠叠层层面向他俩发射着一大片亮光。

雾絮的身体紧紧地贴着扁奇，手臂紧紧地拽紧扁奇的手臂，不知为何，一种不安再次袭来，二人就这样在江边看着走着承受着，雾

絮和扁奇都在暗暗地想着：这是怎么了，难道有什么预示吗？但二人谁都没有将这种不安说出来。

就在二人回去的路上，不知为何那天过往的车开得都很快，不知都在追赶着什么。二人小心地躲避着，灰尘一直在飘扬中，二人也就不是那么自如地对话了。

就在临睡前，寝室里还在卧谈中，大家在争论各省的差异和优劣呢，扁奇还在想着昨晚的事，那件事太突然太刺激了，他散乱地想着，似乎对于女人有了新的认识了，原来女人也是这么可以出人意料，也是可以这样积极主动，联想到雾絮，她会像自己这般捍卫爱情吗？在各种情况下都会这样捍卫爱情吗？他似乎不太确定，他觉得自己在某一时间中也是失控了，就像他对自己一样不是完全保证，他更不相信别人了，他一定不会让雾絮去遭遇那各种可能性。

29. 你创造原因，别人创造结果

在那个温暖的傍晚，空气中弥漫着慵懒的气息，76 路公交车也是在慢吞吞中，这条线路是红钢城通往中华门，换个描述是工业中心通往文化中心的线路，有趣的是，当你真到达所谓中心后，你会发现里面没有中心，这就类似于面对大千世界去寻找现象外的本质，其实没有本质，当然这是某位哲学家观点。

晓峰坐在 76 路车上，车上人很多，大家的眼睛各自寻找落眼点，但耳朵却是在共同分享着同样的噪声，捕捉着不同的信号。

“三层楼。”

售票员用武汉话喊出，这种迅疾的腔调像是某种单音节的声音，但晓峰捕捉到了，他下了车走向水电学校，心在咚咚地击打着自己。

当辛青和他在街上时散步，晓峰一直有种不真实感，感觉一直在懵懂中，他上楼、敲门、微笑、邀请、等待、下楼、对话，这一堆动作似乎是在自行控制自行运转，就像那周身的新陈代谢，无须意识的关照。她这次是用一条粉色的纱巾缠绕脖颈，苗条的身材和白皙的肌肤和粉红的面庞就在看不见摸不到的空气中穿行着，不知不觉中在街道上形成一道流动的风景，很多人以各自的角度欣赏着，那种猛然间的欣赏有时是没有目的的。晓峰注意到周围的静谧了，辛青也注意到周围的静谧，他和她都生出一种莫名的温暖和自豪，

辛青的声音很柔情，“我下周就实习了，是去上海。”这对于北方

的晓峰，这种江南腔调像一颗颗爱情的子弹，射向他的理智。

“上海就在你家乡边上吧，我还没去过上海呢。”

就在夕阳下，这男女感觉被这世界娇宠着，晓峰眼睁睁地看着自己的幸福在全身弥漫，像那红霞慢慢铺满天空。

整个鄂中地区的天空都大片地掉着雪花，那雪花落地有的就直接化为水珠，但落到植物上楼体上的还是保持着雪状，密布的雪花纷纷扬扬，慢慢地整个校园都被覆盖了一层厚厚的白雪，这是个和平常完全不一样的景致，这个世界被重新包装重新显现。

学斌已经跟电子系的书记谈好了，书记同意把那留校的指标给弦悠，在不伤及具体所知的利益前提下，学校的领导们大都有个体贴，那就是尽量照顾这些年轻的老师吧，照顾这些一盏盏如同烛火般的爱情，让他们在一起吧，尽量成全他们吧。

大四的学生们都知道这是最后一学期了，半年后就要离开这里了。在扁奇的感觉里，无论那蚕是多么缓慢地咀嚼，似乎整个西院也已经被吞吃了，就剩下东院了，开始进入倒计时阶段了，每个人都进入一种缠绵的情绪中。

管理系仍然是不容易分配，加上学校又非名牌，接收的单位少，首先是武汉的指标少，并且大批湖北生源的学生是首选，为了公平，学校都要根据学习成绩来排定先后次序，自己有学生会主席的经历可以优先，但尚需要私下论证。雾絮绝对不可以，她是湖南生源，她又来自长沙，当然可以回到长沙，她若挤占武汉的名额，她们系里也是万万不可接受的。扁奇还试图问管理系书记长沙的名额，书记叹口气说湖南省的学生很多，别说你进长沙，就连湖南省你也进不去，我还发愁怎么去安排你们班的那些湖南籍学生呢。

就在上个学期末，扁奇回老家的省城哈尔滨，在严寒中等到了出差刚回的人事厅的分管处长，他坚决地告诉他，你不是哈尔滨生源，你留不到哈尔滨。那天雪很大风也很狂，街道上是无法驻留的，刚踩下的脚印马上就被风或雪或别人的足迹所破坏，真是没有什么可以留恋的了，他感觉似乎从校园四年的梦中醒来。后来他记不起那天是否有风了，他是将家乡的记忆和哈尔滨的记忆混淆了，他记得那天的雪花真是很大，像纸片一般飘飘扬扬，似乎雪都是在无奈中下坠，城市毫无色彩，所有的东西都是模糊不清。

扁奇觉得也许是自己的力度不够，他提着家乡的特产找到团委书记俊成，希望能够获取帮助。俊成想这扁奇还算不错，做主席那一年也是忠心耿耿尽心尽力，他忘记扁奇的谎话了，于是他满口答应，他还是愿意帮忙的，他不图什么，这属于一种善良。他打了几个电话，就明白其中的难度了，这个不是他这个高度可以解决的，不是善良就可以支撑自己坚持不懈地求人的，他很快放弃努力，几天后他对扁奇说，今年分配很不乐观，各系都为这事发愁，当然还有一些选择，一些老少边穷地区可以，你俩都可以接收，你俩若真是难舍难分，那就去那里吧，那里更需要人才，让你们的青春和爱情在那里绽放吧，这也有很多先例的。说完这番话，俊成的脑海里浮现出一幅画面，在画面的中间，那是个粗糙的花朵，周围是野草包围着，仔细看去，野草其实也是主角，因为花朵也在衬托着野草。

就在这些结果的推动下，扁奇不得不承认自己所有的努力都是浪费，甚至是愚蠢的，他进入了困境，所有的道理都是那么彬彬有礼合乎逻辑并且貌似透明地展现，你若无视或愤怒，那就是愚蠢或是不懂事理就是强人所难了，他就这样告诫自己。

他的聪明和投机在这貌似透明整齐的现实下毫无用处，眼前根本没有突破的空隙。就在他跟雾絮描述这困境时，雾絮的眼泪扑扑簌簌地流出，扁奇的眼泪也下来了，一个没有未来的爱情，一个堆积如山的情感经历，一个成长为像钢针般坚韧锐利的爱情，在强大的现实面前，似乎形如槁木吹弹可破，二人紧紧地拥抱。雾絮擦拭着眼泪，要么咱们就去那个老少边穷吧，那里也有阳光和花草，反正咱俩要在一起。

曾经在扁奇小有风光地做学生会主席的时候，雾絮就说过，要么我也去考研究生吧，我觉得稍稍努力就能考上，这样分配的时候，咱们的选择面更广，扁奇当时直接就否定了，他的理由是分配还是一年以后的事情呢，自己应该可以搞定，另外你还需要额外辛苦，还是算了吧。其实扁奇最大的障碍还是觉得这么漂亮的女朋友的前程应该都在自己的眼界内，本来学历相当就已经有危机感，若是研究生女朋友，那自己完全被她覆盖了，她的未来完全超出他的视线了，那将来自己的生活会受到影响，他于是就这样搪塞了，虽然这两个理由都比较牵强，雾絮当时并没有深想。

目前的困难挡住他俩，雾絮还是有暗暗地埋怨，她觉得扁奇在这件事上有过错，她当时真应该考研，若她考上了，扁奇就可以一人努力留到武汉了。

扁奇凝视着雪花，试图穿越叠叠层层的遮挡，但无法做到，他有些心散，他就是这种人，不会特别集中注意力，他从来没有想过什么可以跟自己的事业相提并论，但现在他突然发现，爱情是可以超越的，可以超越事业这个理想东西的，尤其是雾絮的决心，这连同她的眼泪和自己的眼泪，这些都在涤荡着他的心底，他没有准备，他不由得反思自己的理想了，这个小时候胡乱堆积的乱七八糟的想法，从来没有被清理过，但没想到现在相互凝结成为可以伤害自己的刺刀了。

老少边穷，意味着什么，意味着完全低于自己从小到大经历的生活，意味着理想完全如烟似灰。他去过很穷的农村，那个土坯墙，那个油黑的灶台，那个一年四季单一劳作，那个闭塞封闭的地方，那个四面透风的拉屎撒尿的所谓厕所的地方，那个人和人之间对基本需要更算计更计较道德更加低下的地方，那个流汗又困苦的地方，他不寒而栗。

晓峰这两个月一直处于开心中，如同那漂浮在汪洋大海中无依无靠的小船，突然有了方向有了使命感，如同发动机开始轰鸣起来，他整个人都处于澎湃中，每天精神饱满积极热情地投入到各种细节中，他的气质发生了变化，整个人如同被刷了一层清漆，有种亮闪闪的感觉。

他这个傍晚又坐上了76路，辛青实习回来了，天开始由落雪变成落雨，晓峰站在楼下，看着辛青脖子上缠绕青色的纱巾，这是一种多么的素雅清丽，晓峰暗自赞叹，他多么想就在此刻，跨越所有的陌生和羞怯去轻轻地亲吻那鲜红的唇。

她淡淡地笑着，两人撑着各自的伞说说笑笑走向校门，再穿过校门。当上一句话没有下一句话衔接时，意味着上一个段落的结束，意味着过去话语凭空消失了，辛青淡淡地起了一个新的段落。

“我其实去年有过一个男朋友。”

“哦。”

“他去年刚毕业。”

“嗯。”

“他就住在上海，我这次实习去他家了。”

“哦。”

辛青站住了，她一只雨靴抬起，用鞋尖慢慢地点着小水坑里的水，水面呈现一种黏滞的状态。

晓峰停了下来，跟从着注视着这个细微的场面，辛青看的是水滴落后水沟的变化，晓峰看的是鞋尖的水珠是怎么滴落的。

“好玩吗？”

“好玩。”

两人陷入静默，然后又继续走着继续聊着。

“你看我的脸，一边大一边小。”

“没有呀。”

“其实觉睡多了就会这样，因为我睡觉时总是用一边脸。”

“哈哈，你可以替换着睡姿呀。”

“我不会这样的，不过一会儿就一般大小了。”

雨似乎没有停歇的样子，二人转头走回校门。

“其实你是挺不错的。”辛青突然说道。

她接着说：“我要回去了。”上排牙齿在轻轻咬着鲜红的下唇，白嫩的脸上显露出一种坚强。

“那咱们下次什么时候见面？”

“再见吧。”她说完转过头，噼噼啪啪地跳着跑着在坑洼处还有平地间，一路向校门。

晓峰站在那里，呆呆地望着，那纱巾扬起的身姿和绚丽的爱情在被雨夜一点点地吞咽，自己像被这个世界慢慢地推开。

夜空竟然又飘起了雪花，慢慢地飞扬着，晓峰站在76路的站牌下，站牌上写着“三层楼”，这三个字是红色的，但在路灯下却显现黑色，晓峰并不在意，他仰着头伸着舌头，用舌头作为工具盛接着飘落的雪花，然后闭嘴品味着，努力地想吮出冰清玉洁般雪花的味道。

雾絮的爸爸建民和妈妈春梅很明白，关键的时候到了，以前可以看做雾絮是过家家、玩游戏、学习爱情，现在则是正式起步了，这直接涉及两种描述：前程似锦或是潦倒一生，人一辈子就这么关键几大步，走对了，一生就对了，走错了，一生就格外动荡。雾絮一直是个很听话的孩子，他们觉得在最关键的时候，她应该会听从他们的，她和她那小男朋友也该如大部分的大学爱情一般走到尽头了，爱情结束了，游戏结束了，灯亮了，散场了，各回各家了，他俩会好合好散的，所以做父母的不用催促不用强压，保持温和的态度要好于强行的制止，何况，建民和春梅也没遭遇过被强行的事情。寒假期间，他们感觉自己的傻丫头在分配问题上支支吾吾，似乎已经不是那坚如磐石的自信了，他俩相视一笑，开始准备在关键时候搞个快刀斩乱麻的战术，他俩已经联系好自己所在的学校，接收函已经准备好了，就等着自己的傻丫头投降呢，他俩信心满满地张开口袋，等着痛苦的女儿像塑料瓶般从高处落下，然后他俩再相视一笑，收口捆扎。但开学一个月了，还没任何投降迹象，他俩突然想到，别是这傻丫头跟他俩搞木已成舟的战术吧，这疑心一起，马上彻夜难眠，第二天一早，建民和春梅就赶向火车站杀奔武汉。

“武汉的确冷，太大了，没有长沙舒服，也没有我们长沙人血性，反正是不好。”东一句西一句的话，也不知道这建民和春梅从这密布的眼前细节中怎么得出这样的结论。他们不知道，他们只是在重复这语境下的话，这语境是来自于某些流行的说法，是某种经验的结论，它并不精确，甚至不准确，但他们在这周围的文化的教唆中，更多时候已经缺乏辨别力，并不知道已经被成功洗脑。

傍晚见到雾絮时，那见面的惊喜并没有持续很久，于是三人直奔主题，“分配的事怎么样了？”

“很好呀。”

建民和春梅马上疑惑地对视一下。“怎么个好法？”

“我和阿扁准备去老少边穷地区，反正要在一起。”

雾絮不知道跟谁在赌气，这是一种埋怨，可以分解为：直接的埋怨是扁奇，然后是自己，然后是社会，然后是家人。

“什么？”春梅觉得自己腿一软，差点坐地上。

这就发生在女生宿舍楼前，那个位置是扁奇在几个月前学狗样的地方，那是雾絮最幸福最开心的时刻，现在又变成妈妈气恼的地方，那时候地上还有黄叶铺满地的温暖，而现在只是冷风徘徊。

“你知道什么是老少边穷吗？”

雾絮看着眼泪盘桓在眼里的妈妈，她傻呆呆地看着，她也想哭。

“你知道什么是古代生活吗？那是一百年以前的生活呀，我的傻孩子。你要回到过去吗？”

“但我们要在一起。”

“那个穷小子，若没有本事，凭什么娶我们的女儿？”春梅很愤怒。

“不是，妈妈我要跟他一辈子，你不能这样说，我是自己的，不是你们的。”雾絮很坚决，她的心里其实没有这么坚决，但她却用坚决的口气表达出来，她似乎要通过话语来加强自己的信心，这是她的不自觉。

春梅和建民从来见过雾絮这样顶嘴，这种语词这种态度完全将二人震惊，他俩有种绝望的感觉，他俩有些茫然了，他俩不会去强迫女儿，从小到大，也从来没有强迫她做过什么，这倒不是尊重，而是春梅和建民根本不是可以强迫别人的人，包括自己的女儿，他们一直在学校里教书，如同一直活在千年古刹里，里面所有的物品和变化都似乎被固定被注定，都在他们的预计中，就在这漫长的生命中他们的风格、话语、行为也已经固定。

雾絮也意识到了自己这句话的残酷，她的眼泪慢慢流了出来形成两行，太阳冷冷地照着，三人的影子慢慢地拉长变形。

这时候是晚饭时间，学生们川流不息，这里面有一年级嬉笑打闹的新生，有二年级摇头晃脑的学生，有三年级麻木无聊的老生，有四年级放任随意的学生，每个人都活在各自的情绪中。

爸爸建民看着母女俩，他叹了口气，“咱们别站在这里了，先去招待所住下吧。”

学校的副校长名叫隋国家，当天晚上，他还是第一次见建民。

雾絮跟着爸妈来到隋国家的家里。既然踏入家门，免不得要带些礼物，这些礼物全是爸妈从长沙带来的特产，隋国家接过礼物时并不客气，在副校长眼里，同学之间，有礼物和没有礼物都无须在意，他的老婆跟隋国家一样都是副教授，老婆也很热情，老公的女同学全家来求自己的老公办事，这说明了自己老公的成功，甚至也间接地证明自己的成功，在这种好心情下，也就不自觉地表现出相匹配的热情和礼貌。

在三言两语间他就明白了，做行政这么多年，每年都是一堆招生或分配问题，各种各样的关系、亲戚、朋友提出各种各样的要求，他就根据自己的感觉应付，没办法，人就是活在这社会关系中，而他就在这利益点上，或者是社会关系的中心点上，那就意味他要承担这一切，他像我们臆造的上帝般，去判断去取舍去安排去过滤，他非常喜欢这种角色，人，被别人需要，这是富含意义和价值的，这让自己处在一种自我实现的感觉中。这当然是某位心理学家的理论了。

雾絮在中间插了一句话，说那扁奇做过校学生会主席，这或许在分配上有相应的优势。隋副校长只是笑了笑，他说现在分配已经很难，很多接收单位其实只是需要填空，他们并不需要优秀的，他们需要的是完成填空任务。隋副校长没说的是，计划经济的国有单位已经陷入困境了，他们需要的是外部的自由，而不是内部的完善，他们不需要人才，他们需要政策。他没说这些，因为他知道不是很多人能明白这句话的含意的，他不能多说，否则他会被不理解的人认为是有错误思想的，一个副校长是不能有错误思想的，也就是说他不能有错误思想的自由。

隋国家毕竟是副校长，各学院主管分配的书记并不完全买账，因为他们除了面对书记校长这类绝对的顶头上司外，也是面对自己的一堆关系网，对于这些副校长们他们不是完全在意，他们也是根据事情的轻重进行选择，也就是说他们也要进行过滤。

隋国家马上脑中浮现管理学院和电工学院的书记形象，对于这件事的难度情况他马上有了基本判断。他说我问问看吧，估计老少边穷倒不至于，但也不要太乐观。既然这么说了，这三口之家感谢之词不绝于耳，礼貌和态度不知道做到什么样子才能表达最真挚的感谢。

三人在回去的路上都是一种轻松的心情，月亮冷冷地望着他们，它其实把他们视为会走动的植物。

就在第二天，副校长很快就回话了，北京上海肯定不行了，当然若是书记出面，这个绝对的结论就不会出现。长沙、武汉也不行，因为两个系的书记不想为此承担系里学生的压力，这是一种风险，何况两个书记也有自己的盘算，打乱了他们的盘算是无法接受的。如同排列组合，也类似于打麻将的配对，最后协商的结果是雾絮可以去济南的一家专科学校教书，扁奇可以去济南的电子工业局报到，当然他一定会被分配到某个企业里的。

这样的变化一定是其他学生被挤下或让路的结果，这个只有两个系书记知道，但时间长了，他们也会忘记。当然副校长也满足了其中一位书记的要求，那就是帮书记的外甥的职称提一级，副校长分管教研，这方面他说了算，另外那个书记没提要求，但副校长知道这是暂时的，就先欠着。

30. 别人创造结果，你承担后果

三天后，晓峰坚持不住了，他有些不确定更有些不甘心，他又去水校找辛青，那是傍晚六点多，巧合的是，辛青正抱着书走出宿舍，那藏青色的纱巾一边缠绕着脖颈，另一边就在书前，她看到晓峰后，没有惊喜没有笑容，只有冷冷的眼光。

“你到底怎么了？”

“不要来了，你走吧。”她只有这一句话。

“为什么？”

辛青并不作答，她快步走向那灯影幢幢的大楼，那大楼矗立在几万年前就有人烟的地块上。

晓峰继续问着，声音追逐着辛青：

“为什么？”

没有回答，这声音飞向远处，穿过疑问的陌生人，穿过宁静的校园，自行慢慢消亡，晓峰就那样无奈地看着她远去，看着她融入大楼里，感受那已经注定的冬天冰冷。

几天后，阮仕荣问晓峰：“你和那女孩怎么样了？”

“散了，唉，刚开始就结束了。”

“怎么回事？”

“估计她跟前男友又续上了。”

“真不幸，那就算了吧。”

“天涯何处无芳草。”

“枝上柳绵吹又少。”

两人像对暗号般嘻嘻哈哈，就在那一刻，晓峰似乎从经历跳出来旁观自己的境遇。

“看样心情不错呀，准备怎么办？”

“我准备给她写一个月的信，天天写。”

“哈哈，真牛。”阮仕荣伸出大拇指。

爱情有时候是这样，形象一点，就是辛青关闭了面对晓峰的大门，而晓峰一定要将这大门打开，按照自己的观念改变别人的观念，这是一种强迫别人，也是一种自我折磨。晓峰开始写信了，应该承认，前三封还是爱情唆使的，第四封就是毅力的支撑了，第五封就有理性和目的的成分了，第六封就比较现实了，等到第七封时，又恢复到爱情的力量，开始稍显重复啰唆，待准备第八封时，他牙痛，整个晚上都没睡好，想法完全被打断了，意识被灌入新的内容，第八封就没再继续，这样他就没有顽固到底，还保持了适当的灵活性，没有得到她但经历了锻炼改变了自己，看样爱情和牙痛一样未必全是坏事。

这几天辛青一直接收着信，看到信封就知道这是晓峰写的，她每收到一封，就扔掉一封，直到第七封时，她似乎难以自控，有点想拆开看看了，这是心情转换的开始，但她犹豫到最后还是扔到食堂的垃圾筒里，那封信跟着混杂的饭渣一起沤烂，那蓝色的字迹随同纸一起腥臭，晓峰的激情就这样消失在垃圾中成为垃圾的一部分。辛青觉得自己开始动摇了，似乎坚持不住了，自己的立场似乎有了新的解释，但第八封始终没有到来，随着时间流逝，辛青有些后悔对那七封信的简单粗暴。

她每天临睡前都要摘下那美丽的纱巾，她看着镜中的脖子，那长条的疤痕仍旧是苍白，像飞流的瀑布，那是她小时候打翻滚烫的热水所致，从脖颈一直流到乳房，随身成长，清新如初，直到如今。

在这个世界上，一些美丽和崇高都是发端于“为了遮盖不堪入目的丑恶”，所以要对美丽和崇高保持谨慎。

辛青最后还是被分配回家乡，她和上海的那个男孩被相隔几百公里的田野和蓝天阻挡了，生活无法进入彼此的细节，爱情就从淡化走到终止了。辛青后来经过整容手术将那疤痕完全去除，如同小学作业本中的错字被擦掉。

这个巨大的失恋和牙痛造就了晓峰，他的人生被悄悄改变了，像被拨动的表针，他的人生被干扰了一下，这是某位算命大师的说法。他对美丽有一种执着有一种标尺，他有一种绝对美丽的观念，他一直很有激情地奋斗，后来的他用同学的说法是：这小子走了狗屎运。他下海，娶到了漂亮的老婆，发了财，移民到了加拿大。

“去济南？”

当扁奇听到雾絮告诉他这个结果时，他惊奇中带有喜悦，没想到还能进省城，他不知道这里面的曲折和代价。他知道的是雾絮妈妈的同学是副校长，这种事情对于副校长就一定是轻而易举，既然别人是轻而易举，那自己就不需要额外反省和感激。同时，他发现原来这根本的变化是和自己无关的，自己所有的努力和心思原来都是幼稚，他在高兴中又陷入一种无力的自卑，这暗合中学时代的“模具”理论。

扁奇见自己未来的岳父岳母时还是有点紧张，他也自认为不般配那雾絮，他也知道春梅对他不是很满意，再有就是毕竟把雾絮带离一个熟悉的城市，并带到一个陌生的城市，这是一种抢夺。

建民是第一次见扁奇，他虽然年龄近五十，又是做教师工作，年轻人他并不陌生，但这是自己的未来女婿，这种位置还是第一次，他心里有些不安，但不管怎样，当他见到扁奇时，他的失望像鞭炮猛地炸开，很平俗的男孩呀，随着谈话的继续和对形象的长时间适应，如同鞭炮的烟火散去，他又慢慢地接受扁奇了，觉得这孩子还是有点不同。

扁奇尽量装作老成的神态，尽量瞪着信心满满的双眼，但涨红一直铺满脸庞直至耳朵，让他的稚嫩躲无所躲。不管怎样，扁奇的进取心、扁奇的毅力、扁奇的灵活、扁奇的聪明甚至扁奇的转来转去的眼珠，这一切都在扁奇浑身涌动着散发着，显得扁奇很是独特。

很有趣的是，表面上这次春梅对扁奇的态度却是转好，她也在降低标准，去接受这现状，然后适应现状。

其实对于济南，她虽然没有去过，但毕竟是省城，第一感觉就是一定不会差，另外山东这个地方的人口碑都不错，孩子去那里，那就应该不错。她若知道将来发生的一切，她一定会拼死阻拦。

在一个地方住久了会有厌倦感，长沙也不例外。她想孩子去济南了，将来那里也是自己半个家，退休了也可以去那里住住玩玩，孩子毕竟大了，让她飞吧。这些大框架问题想清楚了，她就额外平和，这样对待扁奇就有所放松，看着扁奇清澈的眼睛和满怀的热情，她其实是在努力说服自己。人，就是这样，有些所谓绝对的观念，经过其他观念的干扰，就会自我妥协，在老少边穷和长沙之间的妥协就是济南。

这次会面扁奇的感觉很好，未来的岳父岳母接受了自己，济南接受了自己，未来敞开了，自己在成功中。他忘记了，就在几天前他无比虚弱，在现实中扁奇像只盲目挖洞的老鼠幼稚、可怜、无助、自大，但直到现在他仍旧不自知，他更不认可。

扁奇睁大着眼睛，“您们放心吧，我保证，这辈子一定要让雾絮幸福，一定的，您们放心。”他是真诚的，无论是他还是其他三人都确切无疑地坚信这一点。雾絮眼中含笑看着扁奇，建民平静地看着扁奇，春梅平静地看着扁奇。但有一点，他们都应该知道，雾絮的将来，不是他能保证的，就如同那浩荡的江水，不是你能靠真诚就可以改变的，雾絮是这个大自然的产物，任何人都是无法做主的，甚至包括她自己。

在回长沙的路上，建民问春梅，“咱们的孩子就这样放手了吗？”

“还能怎么办？”

“我看你的表情，似乎已经接受那孩子了。”

“没有，永远不会的。只是没有办法。”春梅若有所思。

“我也是，我觉得这孩子其实只是表面光亮，但内心虚弱。”

未来，无人能够看清楚，二人的心沉甸甸地，只能祈求上天保佑，宁肯相信上天存在，希望他们一生的谨慎和勤勉可以给自己的孩子也带来好运。

那武昌到长沙的火车是南北方向，上午出发的时候，太阳在车厢的东侧，下午到达的时候，太阳已经偏向西侧了，广袤的荆楚大地，一路望不穿的山水，看不透的春色。

已经进入四月份了，每天的日子都是在倒计时，无论是如何地寡淡、静默和提防，就在这时候，大家都开始有种情怀了，伤感淡淡地扩散着，如同清晨的雾气，慢慢地将所有器物润湿，所有的大四学生就这样被浸泡着，所有的记忆都被重新梳理被重新释义，所有熟视无睹的琐碎开始有了意义，扁奇和寝室的同学的关系也在发生变化，三两天就会一起聚餐喝酒，一起怀念或者展望，无聊的光阴突然变得有了意义，每天的时间似乎在加快，大家在酒精的刺激下，似乎找到了人生真正的幸福。

雾絮和扁奇都知道，这是最后一次走向江边了，那是个东西方向的街道，太阳在下沉中，阳光穿过云层射出光芒，云层衍射出不同深度层次的红色，红色进而覆盖眼前的世界，街道一直延伸着，每个人都被拉长了身影，面对这些，雾絮有一种终了的感觉，她莫名地伤感，眼泪流了下来。他俩约好了，扁奇先去报到，然后等雾絮过来。

每年都是这样，每到七月份学生离校时，就在武昌火车站，都要有大批的毕业生离开，用官方语言，是满怀豪情壮志浩浩荡荡奔赴到祖国的各条战线上，换种角度，也是大量的回忆、不舍、哭泣、祝福在以各种方式轰鸣着，就在站台上，那压抑的哭声低沉地回响着，那簌簌的眼泪无力地击打着坚硬的站台，那各自压抑的情感，那相互唤起的情感，都会在那分秒的告别中失控，随即爆发出来。这爆发出来的是人类的感性、人类的尊严、人类的奇迹，这是个体行为，但也是人类共通的神圣。这个场景和这炎热的气候汇集一起，将武汉将这座大都市烘托得绚烂多彩，在这一刻，所有人（不是所有）都将此塑造成心灵的天堂，跟随着梦跟随着未来跟随着死亡，永生难忘，生死相伴。

这所有人，一定要除了那车站工作人员，他们每年这个时期都在面对这场面，这场面曾经给过他们感动，那也是在他们第一次看到的时候，第二次看到的时候，但等到第三次到十几次甚至几十次以后，作为旁观者，他们不再有任何情绪，他们只有认知，那就是这些哭泣的人会影响车辆的正常启动，会带来某种安全隐患，这会给他们带来一些工作难度工作压力工作风险。

于是他们开始产生逆反情绪，他们在抱怨在驱赶在制止：

“要开车了，别再抱了，抓紧上车。”

无人理睬。

“别哭了，几年后就忘了。哈哈。”

这时有人回应了，“去你妈的，滚！”

这是个有趣的世界，有时候，你的眼泪只是他人的笑话，他人的笑话却是别人的愤懑。但，你，他人，别人却都保有这个世界共有的理性。

阮仕荣被分配回到家乡，家里人已经将事情安排妥当，在他高中毕业的时候家人就准备将他弄进政府机关，那时若进去就只是个办事员，等到他大学毕业后，当然无论是什么样的大学或什么样的专业，他仍然是进入机关，开始的也只是办事员，但此办事员非彼办事员，俩学历不同，提拔的速度一定不同，但令人啼笑皆非的是，阮仕荣竟然几十年如一日地做着小科员，这与大环境有关系，那就是在他分配之前的那几年，市里的干部提拔是年轻化，几乎所有的科长处长局长市长什么的都很年轻，这样等到阮仕荣到来后，周围所有的配备都是和自己相差不大的年轻人，后来更有趣的是，市长书记什么的也不再升迁了，整套人事班子的调整停顿了，这就像突然断掉履带的拖拉机，时间在继续，轮盘在空转，每个器件都在变老，就是不再前行。阮仕荣本来被扁奇刺激过或者激励过，但经过这几十年的原地踏步，那所有的才智和热情甚至记忆都被耗损干净，他又悟出来了：大学是白上了，当年跟扁奇的较劲也是白折腾了，那么多年一直在弯路上浪费着自己，一直是在无意义地活着。

正如所愿，弦悠留校做了老师，其实学斌一直在找机会将弦悠完全占领，似乎这样一来，弦悠就被锁住了。机会倒是一直都在，只是弦悠很真诚，她一直说，我还没准备好。学斌看着她的眼睛，突然理解她信任她了，自己觉得有些过分甚至将自己定义为有些卑鄙，他也就不再勉强，在后来的日子，也许对说法进一步深入，过分或卑鄙这两个对于事件的定性说辞已经被适应后，就被分解成怀疑，他觉得弦悠应该也有所付出，另外自己已经是爱她并将爱情推向婚姻了，弦悠应该有所作为应该有所回报了，这是一种对称，是符合公平甚至正义的。当然这都是学斌一人的思想斗争。很快，就在某个天亮前，他俩咬合在一起，他俩都是第一次，心里的快乐大于身体的快乐。令学斌纠结的是弦悠这个第一次并没有出血，按照书里对处女的检验标准，学斌很是怀疑并有所暗示，但弦悠声色俱厉信誓旦旦，学斌不敢再说什么。

有了第一次以后，弦悠真正地爱上了学斌，有时候就这样，做爱会催化爱情。就在毕业后的第二年，他们就有了宝宝，开始的日子是忙碌的，每天的日程被孩子所固定，每天的琐碎也是围绕着孩子，二人不免吵吵闹闹，爱情渐渐地分解变化，象那掉落在庙堂阴沟里的水果慢慢腐烂。弦悠的心思也就在其中晃晃荡荡，像片在水上漂浮的树叶，虽然不会沉没，但总是被打湿被摇晃. 她觉得这不是她所追求的生活，虽然心里明白，无论是嫁给谁她也是要这样在无聊和琐碎和重复中度过所有的时刻，就在某天，她发现学斌有出轨的嫌疑，她非常愤怒，学斌只能无数个解释，他信誓旦旦，但他没有声色俱厉，虽然没再有另外事情发生，或者弦悠没再发现，她还是失望了，她失望在于她完全看透了这个世界。有一天，她得知自己大学时代最亲密的同学死了，她突然生出自杀的念头，很快她又无奈地否定，自杀？自杀意味着还是在寻找什么或躲避什么，这还是有意义或有目的做法，但这世界毫无方向毫无目的，即便是自杀，其实也是毫无意义，这就是个毫无意义的世界、毫无意义的人生、毫无意义的人类。

31. 包装撕开

到济南时，是个凌晨，懵懂的扁奇和几个校友拿着或提着或扛着各式的包裹和箱子站在火车站的站前广场，望着朦朦胧胧的街道和楼房，努力地在陌生中找出熟悉的场景，从而获取某种安全感甚至自信。

扁奇站在电子局大院门口时，太阳很耀眼，四处都是大亮了，所有的一切似乎都是在慢慢加热中，他感觉一整晚火车上的辛苦在消解中。看到那大门边上的小门打开了，他于是走了过去自我介绍一番，看门老头面无表情，只是让他等到八点以后再说，于是扁奇就在周围小吃摊吃着早点，然后坐在小凳上闲看着。

他懵懂地感受着这一切的陌生和新鲜，服饰不同，口音不同，早餐不同，看着人的来来往往，他不时地望向那大铁门。

这所有的不同，在同样的刺激下，会有不同的结果吗？例如在狼扑过来那一刹那，武汉女人或济南女人会怎么表现呢？武汉男人或济南男人呢？武汉少年或济南少年呢？若把狼换成金钱，在一万元钱的面前，他们会怎么表现呢？

其实扁奇在小凳子上小桌子边久坐不起的时候，那小吃店老板就已经不耐烦了，他看着这大包大箱的北方口音的眼镜男在呆头傻脑地东张西望，他就瞪起了眼，“怎么，你吃个早饭，我还要赔个座位吗？”

就在那一瞬，扁奇觉得对方是那么小气，那老板觉得这是个不懂事的东西。

扁奇看老板很敦实，眼神很轻蔑，他不知怎么应付，只有站了起来，走向电子局门口，那个小门再次打开，于是他走了进去，值班的老头就说道："不是告诉你了吗？八点以后才开门。"

"嗯，我知道，我想把东西放在这里，太沉了。"

"不行，丢了谁负责？"

"没关系，我不需要你负责呀。"扁奇微笑着。

"那也不行，出去出去。"

老头直接赶人，扁奇无奈，就走了出去，远远地站在墙角处。每年都有近百名学生来报到，值班老头毫不新鲜，他是电子局总务科科长的亲戚，若在年轻时，他会帮助人的，现在这么大年龄了，经历太多被人欺侮的事情了，既然现在算是有点优势了，那就把这些被欺侮的感受传递出去吧。何况，值班室里的确不能放东西，这是规定。

即便是站在外墙边，那环卫工人也是将他赶去赶来，最后扁奇站到了墙角边，他看着眼前陌生的一切，墙角边是个死角，在这里他获得某种安全感，在太阳升起的上午，本来是炎热升腾的时候，扁奇却认作这是济南的冷酷。

扁奇在几个月后，有一次受到触发回忆到这个细节，他发现就在那个早晨，那种仓皇的感觉就将自己的思路安上了正确的轨迹，那就是要为钱而奋斗。若有钱，他就应该：一路坐卧铺到济南，然后住进酒店，然后在准确的时间悠闲并快乐地抵达电子局，这一件被别人被自己轻蔑的事情就不会发生。所以，这世界的感受，是钱在主持着，什么文化什么学历什么思想什么地方特色，这些东西，全是狗屎。但没有钱，那就忍受吧，那所有的一切都是正常的。

八点多，干部处就有人了，门是开着的，扁奇站到门口看到屋内有个比自己大三至五岁的年轻人在擦拭着，他放下自己的箱包，笑着走向前说："您好。"

那年轻人直起身子看着他，也露出笑容，"来报到的吗？"

"是的。"

"你叫什么名字？"那人边问边放下抹布，走到办公桌前拉开抽屉拿出一张纸。扁奇此时心里有些温暖，这是他到济南后收到的第一个笑容，这笑容给了他一种安慰一种信心甚至一种良好的心境。

“我的名字是扁奇。”

“哦，你被分配到合资企业了，”那年轻人手指着那张打印纸的中部，“济南福华复印机有限公司。”他念着。

“哦，太谢谢了。”

“不用跟我客气，你现在可以去报到了。”

“我还是帮您先打扫一下办公室吧，不着急。”

“不用了，就这点活，我一会就做完了。”

“我还是帮您吧，我现在是大闲人，哈哈。”说着，扁奇在门口拿起了扫帚。其实这些细节，当时在学校时班主任曾经嘱咐过，你们这些要毕业的学生们，到单位后要积极主动做些杂务，争取一个好印象。洒水扫地擦桌子椅子柜子打开水，在实习时候扁奇都经历过，济南的办公室里面也是这些细节。

办公室不大，很快就忙完了，“请问您怎么称呼？”

“我是高奕。”

“您是科长吗？”扁奇其实也看出来他不是，但这样说会让对方高兴，这跟主动打扫卫生是一样的取悦行为。

“哦，哈哈，我当然不是了，不瞒你了，我其实是刚从下面企业借调过来的。”

“啊，真好，干部处是个好部门呀。”

“嗯，是不错。”

“能分配到机关里那真是很好，不知道我们这届有分进来的吗？”

“有，当然有，你是本科吗？”

“是的。”

“什么专业？”

“管理。”

“哈哈，管理？准备管理谁？”这话对于扁奇已经不新奇了，已经有很多次被人这样戏说了。

“其实干部处就有分配进来的名额，那人还是个专科生。”高奕以神秘的神态低声地说道。扁奇首先觉得这人跟自己说得这么亲近，有点意外，同时又对这名额竟然被专科生攫取的现象深感不平，他暗自叹气。

所谓不平的事，其实背后一定有一些因果关系，那位专科生，其实是物资局副局长的侄子，即便这高奕，他是历城区某街道办事处主任的亲戚。而扁奇只是滴落到这的异物，是偶然的，是有某种可笑的荒谬。

“您觉得这家企业怎么样？”

“嗯，还好吧，收入很高呀。”高奕其实有些勉强，他知道如果除去收入，实在没什么好的，这些合资企业应国家的要求而生，谁知道国家需要他们多久，也许几年以后就把他们扔掉了，就像儿童扔掉那不喜欢的玩具了，国家似乎有时候像那儿童，总是在不同的时间有不同的兴趣，这类企业肯定不如那些大国企，将一个人从生到死的所有都负责了。

高奕真是很热情的人，他直接拨打济南福华公司的办公室电话，通知他们派车过来接人。接电话的人是主任，她叫姜竹青，她本来是无线电厂的办公室副主任，成立合资公司后，就被派到这里担任办公室主任，姜竹青很意外，她本来想说这新毕业的学生都是自己到公司报到，怎么这位就需要去局里接呢，但经验告诉她，特殊现象必有特殊原因，毕竟接一下是小事情，犯不着多言多语，反而让干部处的人反感。

姜竹青脑子很清晰，司机出发后，她想了想，又给干部处的一位科长打了电话，亲切问候之后，就问这新分配过来的扁奇是什么背景，需要什么特殊安排吗，为什么干部处有人打电话让去接一下呢。那科长说那我问问吧。

那是个进口的皮卡车，车缓缓进院，扁奇和司机对话，放箱包，坐进车，车出院，这一系列连续的动作都在值班老头的眼里，他看惯了这些学生们是带着箱包来然后带着箱包走的画面，对于这次的车接，他有点拿不准了，他开始琢磨早晨对扁奇的态度是否有点过分。于是，他朝车子挥挥手以示友好以示告别，那一刻车子刚好出门，那挥动的手和满面笑容没人注意。

扁奇小心地问着司机关于公司的问题，多远呀多大呀多少人呀，司机用济南腔的普通话对答着，马路上人车很多，扁奇新奇地透过他认为的高档车望着街道，这将成为自己家园的城市，这是一种专车的视野，他突然觉得自己现在的起点不低了，早晨的挫折感慢慢在被覆盖着。

就在扁奇进入福华公司前，科长的电话也过来了，他只是说没什么特殊，至于那电话，是干部处的同志看这孩子千里迢迢赶到济南，所以不忍，就安排你们接一下了。姜竹青当然要赞美领导想得周到然后自我批评工作粗糙，客套几句后挂了电话。科长心里想，狗屁新毕业的孩子，就不知道天高地厚，还让我们的人安排下面的单位车接，太没数了。

科长还委婉地批评了一下高奕，“还是尽量不要麻烦企业嘛，他们做经营是很繁忙的。”

高奕只能低头连声说错了，以后不这样了。科长本来想告诉他，干部处的工作要循规蹈矩，不能自由发挥，后来一想，这高奕目前只是借调过来帮忙，自己指点似无必要，科长嘴巴一转就变成那你去忙吧，天很热，多喝点水呀。

呈现在姜竹青面前的是一个戴着眼镜、头发抹着咖喱水的男孩，他穿着蓝色 T 恤衫，中等身材，形象还算是帅气。这男孩讨好地笑着，一副谦恭的神态，也许阅人太多，姜主任不会被表面所迷惑，搞人事工作的人似乎更明白那句老话：知人知面不知心。她淡淡地一笑说声辛苦了，心里却想：从武汉过来，这些毕业的学生哪个都不近呀，还让干部处安排公司的车子接，你很了得呀。她并不在意扁奇怎么回应和什么神态，她似笑非笑，“你被分配到销售部了。”

32. 裸露

福华公司是设在一个巨大的厂房内，用高高的隔断划分出办公区和生产区，福华复印机有限公司是济南的无线电厂和台湾一家公司的合资企业，生产模式简单得可笑，本质上就是拧螺丝，那就是从台湾进口复印机的各部件，然后在这个公司内用附带的各种螺丝连接固定。至于应用软件，就是将繁体字改成简体字，但直到破产那天，也没改换成功。就是这样的合资生产模式，却要用复杂的理论去支撑或去掩盖或去夸张，这就是社会的一角。即便是这些东西，也是扁奇花一段时间后才慢慢领悟到位。

扁奇没注意，其实去办公室的通道会路过销售部的区域，这是个比较大的区域，摆放了十多张桌子，坐着七八个人，他们以各种姿势各种表情呈现着忙碌或悠闲或无聊。就在这个区域最靠里处，有一个办公桌稍大，并摆放着各种颜色的纸或文件，还有电话、传真这些设备。

姜竹青带着扁奇走向销售部那个大办公桌，桌后的人显然也看见他俩了，就站起来问候，周边的几个人头也扭向他们。

“这是牛部长，你的领导。”

“牛部长，这是你的新手下，扁奇。”扁奇的脑中有种怪异的感觉，部长？这么大的称号，他似乎有点失重的感觉。

牛部长很高大，很壮实，只是眼睛细小，在说话间牛部长的眼睛转动有点迟缓，似乎刚从一个重要的思考中艰难爬出。就在他笑着握着扁奇的手时，扁奇感觉对方的手很厚实很用力。

“欢迎，欢迎，扁奇。”

姜竹青笑着走开，原本散坐的几人也陆续站起来走过来问候着扁奇，这个周围是笑容和问候，扁奇进入了一种忙乱中。

不大会儿，司机走了过来，他说主任安排扁奇先去宿舍去认认路，顺便一起把车上的箱包带去。

车很快驶离市区马上又进入一个名叫窑头的村庄，其实市区和这个村庄间只是一条马路之隔，但一边是新的楼房，一边是旧的平房。

穿行在小巷中，这个进口的皮卡车在其中一个门口停下了，司机带他走入一个四合院，就在四合院正房的阴凉处，坐着一个老人，这还是扁奇不经意间发现的，她一身油黑的衣服，几处补丁，衣服上还零碎地挂着枯黄的草，一副愁苦的面孔，扁奇对她笑笑，她没有反应，更没有话语。

司机打开其中一间房门，里面有十个铁架床，竟然都是上下铺，高高的房顶，房梁裸露，几个灯泡被拴着的电线高高挂起，扁奇有些惊呆了，巨大的失望在全身弥漫，司机指画着并没有进来，“现在这里只住了四人，你是第五个，可以挑一下床了，都是你们这些新毕业的大学生。”扁奇似乎觉得他的笑里含有一种嘲弄，扁奇非常沮丧，他发现自己已被暗暗地编上号码了。

司机名字是邹伟，他高中毕业，他考不进重点高中更考不进大学，但这都不影响他的快乐，他的父母是无线电厂的职工，作为照顾他被分到同一个局里的合资企业，他看着这些大学生也分配进入到合资企业中，分布在销售部或技术部或生产部，而自己是身处办公室，这一下似乎把学生时代的低劣拉平了，他似乎找到了公平，似乎可以将自己的过去重新建立重新评价，当看到这些所谓优秀的同龄人住在这种条件下，根据他心情的变化，他时而是感到不平，时而又给予嘲笑。

扁奇非常失望，虽然当年自己的家并不富有，但家里有天花板，灯泡有灯罩，地面是水泥地，至于在大学里就更不用说，但这里却是如此简陋。就在这巨大失望中，一种对周围的嫌弃油然而生，他厌恶这一切，就在这一刻，扁奇暗下决心，一定要离开这里，他甚至迁怒于济南，一定要离开济南。

他甚至没有注意到司机邹伟什么时候离开的，他不知道自己是否说谢谢了，他感觉非常困，这是他的习惯，每当巨大的烦恼环绕他的时候，他就一定是困意难支，他马上将箱包打开，将物件铺展开来，随即倒头便睡。

他醒的时候，天还在亮着，他平躺着，看着头顶上的粗壮的房梁，突然弄明白了一个常识，原来人上吊就是靠这横梁呀，他记得有个成语是悬梁自尽，他总是不明白，那个梁是怎么悬呀，他无法想象，自己从来就是住在天花板下的屋子内，现在他一下子明白了。

看着周围的简陋，他觉得自己需要的是忍耐，他目前应该努力适应，他实在看不到还有什么选择方案，他自以为的自由现在又发生了变化，他现在又无法自主选择了，在学生时代，他要跟每个人一样去接受教育完成任务，现在毕业了，他又进入被动防守中，又在别人的安排下、布置中了，社会难道就是这样？

雾絮还在等着自己的电话呢，他陷入深深的不安中，同时有一种虚弱感弥漫，他觉得自己似乎无法支撑这爱情了，他觉得非常对不起雾絮，他有种愧疚。

想到雾絮，他马上爬起，走出这所谓的宿舍，太阳已经转到那一边了，阴影换到另外一侧。他看到那个老太还在坐着，像在守护着阴影，她面无表情，当他跟她打招呼时，她并无回答，只是直勾勾地望着他，眼睛毫无光彩，只是随着他的走到而转动，他有点惊悚感觉，于是快步走出四合院，他要找到电话，他要给雾絮报个平安。沿着土路的巷子向那高楼耸立的市区方向走去，就在百米处，他找到了电话，拨通了在长沙家里的雾絮。

雾絮那一刻正在家里吃雪糕呢，天真是很热，空调在嗡嗡地吹着，她在看着电视剧，当然眼睛还偶尔瞄向电话，再过一会儿，她就要准备做晚饭了。

扁奇听到她的柔声细气后，有一种泪流的感觉，他强压住自己的情绪，眼睛看向那不远处的高山，那是个平地突兀而起的高山，郁郁葱葱，就在阳光下释放着色彩，这色彩刺激着扁奇的眼睛，他的眼睛随之眯起，这是非条件反射，若他此时想起了在武汉江边和雾絮亲吻的感受，这就属于条件反射了，他被这周围的刺激转移了注意力化解了情绪，甜蜜的说笑开始了，扁奇告诉她那家公司是中外合资企业，感觉现代化和时尚感，很不错，这几天抽空再去她的学校看看，然后等他了解情况后再汇报，雾絮对汇报这个词很受用，这是一种尊重需要的满足，如同饥饿的满足，作为回报，她更加娇嗔了。

在雾絮的心里，自己是扁奇的人，所有的风吹雨打都会由他承担和解决，似乎自己被放置到某种天堂内，以后的生活就是爱情和细节，就是全然的顺畅，是可以一眼望穿的秩序。

我是你的，这种从属的感觉，是将自己放弃，是一种逃避自我，自己变成对方的对象或仆人，对方变成自己的目的或主人。当然若强化这种想法变成一种极端，就会被某位心理学家认作施虐和受虐的心理倾向。

就在这个四合院内，没有任何植物，他们房间在西北角，就在靠近他们房间的地方有个水龙头，厕所在西南角，四合院的大门在东南角，进口和出口都解决了，当把这四合院当做一个有机体时，可以认为，这些租客是四合院的血液，住在北面的正房是这个四合院的主人，主人是四合院的灵魂，他在主持着这个机体。

扁奇见到同房间的另外四人时，天已经黑了，他发现原来大家都是一样经历，来自不同城市的大学，甚至其中有名牌大学，若有区别，那就是扁奇是外省人，而他们都是本省人，扁奇有女朋友了，他们还没有。在这里在这时，大家有相同的学历，有相同的经历，有相同的对条件不满的抱怨，有相同的要改变现状的斗志，大家在一起有亲切感有认同感，于是聊了起来，像回到大学时代。

当然他们想成为那济南人，像那市区里千家万户一样，这跟扁奇不一样，他想离开，不知道为什么在扁奇的印象里，那首歌词被他改换成：我想要离开，我想要存在，我不想过得实实在在，他有时会不自觉地唱出来。

福华公司成立不满一年，中方派驻进来的大都是无线电厂几名干部，员工大都是无线电厂的家属，当时的普遍共识是这不是什么很正规的公司，所以很多人并不愿意进来。台湾方派来总经理，然后总经理又带来几个亲戚，因为时间短，某种意义上可以定义为乌合之众，每个人都带着原有的习惯和道德，人和规则之间、人和人之间、人和物之间都还在摸索碰撞阶段。即便是乌合之众也有共同点的，就拿租房这事来说，就体现很清楚，那就是省钱，要大学生进来，但要低成本运作，他们根本不在意，尊重其实也是投入的一个方式，那公司几辆进口车只是包装外面，但真正需要是内部的完美，如同某人吃糠咽菜却穿着富丽堂皇，那最后的结果一定是外强中干。福华的开始或许就已经注定结束了。

扁奇打听到地址后，就准备去看看了，雾絮的那所学校在济南的东北方向，自己所在的位置是东南方向，这意味扁奇要一路向北，济南市区有点像个长方形，是东西长南北短，扁奇借了个自行车就去了，他要看看那学校，先基本了解一些情况，这样更方便雾絮报到，于是他一路打听过去，然后围绕着学校里外看了看，想从外面判断内部，如同想从外表判断内心。

雾絮报到是一个多月以后的事情了，八月底了，暑假结束了，这就是当老师的优势，她每年都将有寒暑假，累计近三个月。

雾絮走道从不斜视，她的表情总是温和，淡淡的神情，她漂亮，但从来不给别人非分之想。一定要态度直接，不能给人错觉，这大概是从小到大自己的习惯，或者说是经历过很多搭讪后的经验，她一路上是从长沙坐卧铺到济南的。

她还是受弦悠一些影响了，她也有些浪漫了。在家里，她已经把济南的名胜风景地域文化特点反复查阅，她甚至把游逛的日程都排好了，也把要去的学校研究一番，她在头脑中用想象将济南梳妆打扮起来，这样一来，她有些情怀了。

扁奇和她也写信也通电话，文字和口语是可以创造不同感受的，思想通过这不同的工具会产生不同的情感，甚至会由不同的工具产生不同的深度广度，思想不是现成地存放在脑海里的，它更像一种流动的意识，这是某位心理学家的理论。文字会挖掘出自己的爱的理性及非理性成分，然后发扬光大，口语会在情感上给予冲击，这种交互作用在一个月的时间内将爱情涂抹得熠熠生辉。但是，两个月呢？两年呢？二十年呢？五十年呢？若时间久长两人不见，这种思想就一定会乏味、发臭直至凭空消失吗？

雾絮看到扁奇站在出站口，他黑了，衣服还是那熟悉的颜色和款式，她看着他笑着迎了过来，并紧紧抱着自己，她觉得他还是那么害羞，在这种公众场合没有亲吻自己。扁奇拉过箱子接过包牵着她的手一起走出站口，穿行在人群车子间，像一叶逆水行进的小船，当雾絮想打车的时候，扁奇还是拦住了，“到前面打车吧，街口上打车不宰客，这跟全国的火车站都是一样的。”

八月底的天还在热，街面上的人不是很多，他俩坐在黄色的面包车上，在咣咣当当的颠簸中，两人紧紧地靠着，街景的丰富和车厢内的单一都在雾絮的眼里轮换上演，这些都是陌生的，除了扁奇的眼神，还是那么一如既往地明亮和深情和精灵。

科技职业大学在市区内，扁奇和雾絮走进人事科的时候，校长正好站在那里说话，扁奇发现那校长的形象非常特别，他长了一双鹰眼，总在不断地快速滚动着，他似乎不爱笑，但说起话来具有一定的冲击性，那种居高临下的话语感觉是无处不在。

扁奇还是注意到了，校长和人事科的科长见到雾絮时都是一种压抑中的惊讶，雾絮笑着自我介绍然后介绍扁奇说这是我的男朋友，校长和科长连说欢迎。校长还接着说：“嗯，好一个湘妹子，还自带家属。”

就在他和她单独在一起的时候，扁奇说道：“从你们这个校长的眼睛中可以发现，这是多么高深的人物呀，这应该是人精吧，是可以做国家领导的呀。”

学校的宿舍还是类似于大学的教师宿舍，甚至还要大一些，雾絮是和另一位老师共居一室，扁奇还是暗自感叹这条件的优越，他同时也有一点窃喜，因为雾絮的参与让他也觉得自己是其中一部分了。反过来他又愤怒于福华公司的穷酸。

扁奇每天去公司的路是一公里的徒步然后再坐一站路的公交车，也就是一公里的城乡结合带和大概一公里的街区，宿舍距离公司大概两公里。

很多地方都在拆迁中，这一路上胡乱地堆放着很多废弃或者刚被拆卸的砖头，路上人来人往，即便是人，各种打扮差异很大，体现各种身份各种生活状态和各种困惑各种期待，所有这些东西都在重新配置重新启动，这是种无序的状态，甚至是混乱状态，但就每一样东西而言，却是井然有序，例如这块砖头或那个新富，都是在自己的内部结合紧密，没有空隙。这是一种冷漠的微观秩序还是一种变革的宏观混沌，需要扁奇去学习去适应去习惯。

在销售部，扁奇是做推销，但对外称呼却是地区经理，公司将全国划为十几个区域市场，这其实是按照销售部现有人数而做的划分，扁奇负责的是河南区域。他这一个多月来也就是在公司学些围绕产品的相关知识，这些知识深入可细致到结构原理器件功能，远观则可达至管理规定公司架构甚至业界情况。这些东西组合一起，就是一个目的：销售额，这个大目的完成后，就有个人收入的体现，从这个框架看，这种设计是最有效率的方式，从心理学上看，人是被刺激被引诱被开发，若从哲学角度上看，人是在规则中被客体化主体化。

33. 每个人的包装

销售部的牛部长名字是牛元辉，他是地道的济南人，每天笑嘻嘻，眼睛非常有特点，他的眼神变化丰富，总是可以将自己的情绪和心思泄露无遗。他笑起来时，眼睛几乎藏得只剩下一条细线，当他焦虑时，眼光收敛呆滞不动，当他愤怒时，眼睛就光芒外射，当他怀疑什么时，眼睛就开始乱窜，当他说谎时，眼睛就会躲到右边眼眶。他不是个聪颖的人，但他是个性情中人。他的爸妈都是无线电厂员工，普通工人家庭。

牛元辉从小就学习不好，他家住在南卷门巷的一个四合院里，他所有对世界的认识是在周围的嘈杂中完成，也就是周围所有成年人的功利理性里懂事，所有的东西都有明确的规则和说法，是不用怀疑的也是不容怀疑的。

每天他都在别人的眼里玩着，他没有任何可以隐藏自己的地方，时间一长，他也就习惯这样了，也习惯把别人的眼光视作无物，四合院的中间空地是几户人家共用的，但也是有一定的默契，靠近门窗的空间也是属于各自的区域，牛元辉也自然在多次爸妈的呵斥下辨明了自己可以放肆的空间，当然也对自己和别人的利益有了明晰的界定。

若拿扁奇做比较，扁奇的家是在条状的房子中间的一户，每家都有木栅栏区隔，出了门就是土路然后是马路，跑出几百米就能到达广袤的田野，他就如同野兽般，有了无尽的空间，就有无尽的放肆。

当时在南卷门幼儿园，牛元辉被另外一个叫军军的男孩推倒，他马上就哭了，老师过来扶起了他，并告诉军军好孩子不能推人，又告诉牛元辉好孩子要坚强不要哭，当爸妈知道这事时，他们就告诉他要哭着告诉老师不能白受欺负要还手要打回去，牛元辉从小就有一种还手或不还手、哭或者不哭的混乱。

对比扁奇小时候，他在小城镇里，就在和牛元辉同样年龄的时候，他不去幼儿园，他和几个伙伴奔跑在没有边际的田野里，相互间好好坏坏打打闹闹是没有第三者干预的，更没有教导，好孩子，这个词的准确含义他们不是很清楚，他打得过时就打，打不过时就哭，无论什么状态，都是要面对这广袤的原野和蔚蓝的天空，都要发会儿呆或者抒会儿情，然后或许会发现这所有的大自然也在看着自己，过一会儿，就是另外心情，全凭自我调整。

牛元辉在趵突泉小学时，他也努力听课，但总是听不进去，听不太懂，时间一长就不愿关注那课堂内容了，他无法从学习中找到表扬找到开心，于是他就无意中寻找另外的开心，出了巷口就是繁华的街口，那里有好吃好玩好看的花样，他就跑出去在花样中忘记自己。

而扁奇，学习一直算是中上等，就容易被学习和表扬和竞争所吸引，这样他就有一定的安分有一定的野心有一定的努力。

牛元辉的最终学历是在市第二中学完成，他每天都有大量的陌生人在眼前围绕，他很少会被同情或感动所左右，只是对熟悉的人才有道德约束。他像很多城市孩子一样，总是怀疑，担心上当受骗，就这样一路长大，一切都是在城市的眼光下，清晰且规矩。

牛元辉其实是个很听话的孩子，这当然是有前提的，那就是他习惯于这样，但若以此定义，他就会逆反，例如：若老师说，你一直很听话，这一次也要听话，这样的说法，会让牛元辉意识到自己是处于被奴役或被藐视的感觉，那这一次的结果一定是逆反。所以准确的说法是牛元辉习惯于听话，而不是习惯于顺从，他听那些权威人的话，而不是对于事情本身予以判断。

牛元辉在儿童时代被提出的目标是做个乖孩子，在学校阶段被提出的目标是要学习好，等到参加工作后被提出的目标是要争取做个干部，由于他被周围紧紧包裹，行为被围观，说话被评判，所以他的思想也跑不远，也就意味他完全符合这四合院的标准，但他无法达到四合院钦佩的目标。

这就是他，他有些高大有些仗义，没想到这两个特点促成他找了个山东大学毕业的本科生做老婆，那个女孩学俄语毕业，被分配到省旅游局，也许因为形象一般，也许因为不是济南人，也许因为发生的事情，也许因为对济南人少许的好奇感，也许因为爱情，也许因为感情积累，反正她高兴地嫁了他，他高兴地娶了她。

那件事情说起来他和她还是可以用缘分这个词，缘分这个词是对无法感知的事物本质的相互联系的一种描述，可以和上帝这个词并驾齐驱，也可以和鬼这个词一样地存在于想象中。

那是个午间时光，后来是老婆的她因为个发卡问题与山大路的一个摊贩发生争吵，他后来的老婆非常能说，将道理说得透彻和坚定，摊贩最后只能坚持到：退钱是门儿也没有，他将自己的底线摆明然后将自己的拳头攥紧。

知了肆意地叫着，巨大的梧桐树遮蔽着天空，牛元辉未来的老婆想升级话语但又无法升格为骂，于是张望四周抬高声音寻求帮助，希望唤起周围人的注意，希望借助周围人的力量，她成功了，缘分出场了，无线电厂就在附近，牛元辉和工友就在此刻闲逛，他用一口济南骂声出场，仗义这个词将他完满包装，像大风吹鼓的帆，每个旁观者都看到了高大威猛和气势汹汹的牛元辉，也看到了做出利害判断后投降的摊贩，事情迅速平息，未来的老婆心满意足，牛元辉认识了她。

这个摊贩名叫毛东，山东菏泽人，他从小到大是被选择中，他没有主动选择的机会，他出生的时候家中已经有两个哥哥了，村里家家都很穷，东西少但都是人多，周围的人只有嘲笑，没有帮助，因为大家都在追求物品，都将别人视为掠夺者，每个人都不如那工具或食物，饿就饿哭就哭甚至死就死，和自己有什么关系呢？毛东就在这里长大，每天勉强温饱，没有任何食物选择，初中他就退学了，继续务农吗？那几亩地根本养不活几个人，没有选择，只有自己出去谋生，他一路逃票扒车要饭或走或跑，反正是到了济南，他在天桥下睡过一段时间，那是夏天时候，去车站扛大包，去街边店做服务员，就在被欺负中被唾弃下活着，稍有好转的时候，他去洛口市场批发各种百货在山大路摆摊，人，对于他而讲，都是我应该利用的东西，我不这样，我怎么吃饱。当那女大学生跟他讲道理时，他不知道怎么应对这个世界的逻辑，女大学生买的发卡他若退了，那洛口市场能给我退么？怎么女大学生有委屈可以用法律这个词，我所经历的一切法律就不管吗？我从小到大的所有不公平怎么去跟这个世界对话？你讲的那些平等公平正义，那我的平等我的公平我的正义在哪里？公平正义不一样吗？这一切，反正我不懂。当那个济南流氓出现时，我怎么办，我打不过他，我真想将那摆摊垫布下面的刀拔出来，捅了这个混蛋，但我还是犹豫了，因为妈妈在我离家时哭着对自己说，孩子，妈妈对不起你，你要照顾好自己呀。毛东望着眼前的威武雄壮，他仍旧陷入看似有选择实际上是毫无选择的境地，他投降了，他安慰自己，算了吧，这个认输了，还有下一个呢，人多着呢。当他们走后，毛东只能恶狠狠地盯着他们的背影，然后慢慢转向这所有人。

他后来回家乡找了个老婆，那时他有了点钱，在家乡县城开了个五金店，吃穿问题倒也解决了，但身体不好，他在济南见了世面，知道这不是个公平的世界，他一辈子几乎都是被动适应被动选择，毫无自由，他只有抱怨，一定是前世造孽了，这算是给自己的苦难找了个说法。

牛元辉的风格很像四合院的邻居叔叔，那叔叔有股敢作敢当的架势，这和那叔叔的体魄有些关系，他经常用这体魄吓人，当然他在年轻时候也把握不准过，还为此被派出所拘过，这样就学会了怎么把握局面了，在城市内，若在陌生环境中，可以动手，打完就跑，不用讲道理，但不能打过度了，重伤以上就会被追查了。牛元辉从小就佩服那个叔叔，总是那么威武，他其实胆子不大，但不影响他假装仗义，若是需要打群架之类的他一定会事先躲开，这算是一种技巧或心计，这次面对摊贩英雄救美，多亏摊贩自虑在先，否则若拿出刀子，牛元辉就一定会如鼠般窜逃，这桩婚姻大概也就被搅了，某种程度上，摊贩是他们的红娘。

牛元辉经常去未来的老婆那里各种玩耍，他厌倦学习，但他崇拜学习好的人，如果这女人成了自己的女人，不也就是自己掌握了学习了吗？这也是另一种完成学校目标的方式。

然后未来的老婆也找牛元辉玩耍，毕业后，未来的老婆分到了省旅游局，就在经十路上，山大路和经十路有交叉，牛元辉和未来的老婆很快跳入婚姻，像两个跳水的运动员，一起喊一二三，然后跳入水中。

缘分的理论以此作为证据说：这是多么有缘分呀，山东大学有万名学生，济南是几百万人，她和他从结识到婚姻的概率是非常低的，可以低到：一辆卡车被完全拆卸，零件厢体车架满地摆放，突然一阵大风吹来，卡车组装完成，这两个概率是一样的。实证论者认为：其实就是两个狗男女从相识到结婚罢了，思维顺序问题，你若从结果推断开始，那一定是缘分理论，这是未来决定现在的变形说法。但若就是从开始到结果的过程来看，就是两人偶然碰撞罢了，反正男人需要个女人，女人需要个男人罢了，一个萝卜一个坑。

扁奇几乎每天都来往于公司、科技职业大学和那四合院的宿舍之间，他买了个自行车，还是个赛车，在他骑车的时候，身子向前倾，身体几乎放平，撅着屁股，他穿着牛仔衣牛仔裤，自我感觉是青春跳动，他和雾絮每天一起晚饭，然后拉着手在街道散步，

“每天也许只有这个时候，我才能看到天空的蔚蓝，才能感受生活幸福。”

蔚蓝和幸福，似乎将武汉的过去延伸到济南的现在了，雾絮看他的时候眼睛总是发亮，但扁奇的眼睛在回望时却不是同样的光亮，两人相互依偎着微笑着，雾絮有一刹那感觉莫名的阴影在贴近自己的心，她不由得皱了一下眉，两个眉毛靠近了一下又分开。

人对人的依赖往往是来自于内心需要和外界促成，内心需要可

以分解为生理需求、感情需求和理智需求，对于雾絮而言，这些可以合成为爱情，外界促成也很显然，就在这几百万人的都市中，雾絮眼力所及都是陌生的，陌生的往往意味着对安全的关注或渴望，这种安全感是完全寄托在扁奇身上。爱情和安全的这两大主题就完全控制了她，她觉得自己更加依赖他，但在理智上，雾絮其实有一种不踏实的意识，这种意识像雾一样，轻轻地摩擦着心房，淡淡地浸润着激情，若她进行自我心理分析，她可能将此归结为自己从学校进入社会的角色转换的原因，她会不承认这是由于在学校中扁奇对她考研的阻挡，扁奇在分配时的无力，扁奇的学生会主席设想的落空，扁奇在济南的辛苦，这些都一定会扭曲雾絮对他当年的期望，改变雾絮的一些观念。这些原因就摆放在那里，在理智的角落，其实可以随时证明或推论出什么道理，但雾絮不愿正视，或者说雾絮觉得正视也毫无作用，她的这种意识就这样挂在心中，如同一盏昏黄的灯泡混在一堆明亮的灯泡中。

事已至此，责任感和爱情占据了整个心理，何况，未来是不断在变化的。

和雾絮一起分到科技职业大学的大学生共有七人，报到一个月了，大家每天都是帮助学校做些杂事，办公室、图书馆甚至后勤都有一些各种各样的活需要去做，和雾絮一个寝室的女老师曾经不屑地说，学校有时莫名其妙地省钱，这些事完全可以花钱雇人做，却让咱们新老师来干，真是欺负新人。

学校虽然是个整体概念，似乎是反映群体意志，但其实真正运作时，很多事情都是体现校长的个人意志。他按照自己的生活经历来处理事务，因为他曾经艰苦过曾经无所不干，他现在还做家务活他洗碗扫地他修门换灯，这样他也就自然觉得许多事应该由自己人做，他于是将校内的活尽量交由老师们做，尤其是新老师们，但他对此的所有说法和决定都是以学校的名义，有点类似那双簧的表演节目，表演的和操纵的不是一个人，学校在表演，他在操纵。雾絮从那女老师那里还知道，学校会分房子的，因为最近学校可能要搞开发了。房子这个话题，扁奇和雾絮探讨过，扁奇说，看着我的努力吧，争取五年内我就发大财，咱们要买房子，咱们一定会幸福的，扁奇说这话时，雾絮看清楚了，他在看着她的眼睛，他的眼睛发亮，他的态度真挚，她一直迷恋这种神态，因为那时扁奇说要竞选学生会主席时候他就是这样的眼神，扁奇对爸爸妈妈说要让自己幸福时，他也是这样的眼神，她相信他，他一定会成功的。扁奇忘记了，他在几天前还暗自发誓要离开这济南，他称之为满目疮痍的地方，当然也许不矛盾，因为买了房子也可以离开济南，但他从来没对雾絮说想离开济南。

扁奇的宿舍里连续地进了三人，现在这里已经是八个人了。除了扁奇外，那七人都在生产部和技术部，大家都觉得这房子太简陋太破烂，每到天亮后，就如同麻雀般全部飞走，然后天黑前再陆续返回，具体的无非是会友、游逛、约会，反正是没有人愿意面对这破烂和安静，这些会提醒每个人现在是处在人生低谷期，会让人体验悲惨，这绝对不是上大学的理想归宿，他们在宿舍里也聊着，其实很多人都羡慕扁奇，他们觉得他在销售部可以赚到很多钱，可以见到很多世面，他们也羡慕扁奇有了女朋友，当然就在不久以后，他们也会陆续有女朋友。这八人其实在那时面对着陌生的济南面对着算计的公司面对着简陋的宿舍，是种相依为命的感觉，所以大家相处还是很好。但同时，每个人都在捕捉着各种机会，按照“成家立业”这样的词汇去理解去追求，然后去抉择自己的行动。

牛元辉后来在无线电厂混上了车间副主任，当组建合资企业福华时候，他就被派过来了，那些正职们都不愿意去，副职们就推托不开了。他当时一想，工资提几级，职务再提一级，也算不错，未来还不知道怎么样呢。牛元辉的奖金来自于销售部的销量，所以，每个人的成绩对他的收入有直接的体现，他不在意长久，他只在意本月、现在、此时，因为几个月后就看不清了，这是他在四合院学会的务实精神。

扁奇一转眼来公司两个月了，牛元辉觉得看明白了，这刚毕业的大学生还是什么都不懂，见人倒是有礼貌，但一副拘谨样，似乎也善于表达，说起来一套接着一套，但这里是需要销售的，明确地说需要进款，无论你如何做如何说，进款是硬道理，其他全是“演道”，“演道”这个词是句济南土语，雷同于东北话的“装”或普通话里的“表演”，这个词本身是一种对现象的怀疑，这是城里人特有的精明，词汇的出现往往是一种文化的现象一种心理精细的量度，可以认为这是舆论规范一个特殊人的手段，要将一个人的特别异常庸俗化贬低化，这也可以说是透过现象看到本质的一种词汇。但通常说来，透过现象看到的本质未必精确，先不说本质是否存在，至少本质不能被看到。

扁奇懂什么呀，那次拆卸机器时，竟然不知道螺丝左转是卸，只是傻瓜似的用螺丝刀试探着左右乱拧，唉，看着他忙碌的那一刻，牛元辉甚至想一脚把他踢出去，还是抓紧让他出差遛遛吧，试用一下，若没成绩就让他滚蛋。

扁奇竟然对此毫无感觉，这是他经历二十年教育后开始的地方，这是在社会起步的地方，他不是很确定该怎么表现自己，他一直在小心翼翼地摸索着试探着，按照自己的感觉和周围所有人的态度去决定自己下一步的举动，他不敢有任何个性表露。这是一种聪明这也是一种压抑。

他不知道自己的表现反而在牛部长的眼里是种怯懦是种愚蠢，他不知道他临近了危险。这个危险就是，若第一次出差毫无收获，那么他就会被牛部长踢出销售部，而作为管理专业的他就会面对公司的重新安排，但按照目前公司格局，根本没有安置他的位置，那么他就会被退回到电子局，电子局就有两种方案等着他，一是，他在电子局待岗；更可能的是二，他被退回学校。这次出差会产生如此的后果，可怕的恶果，他并不知道，他只是感觉这位部长一直或明或暗地在催促他出差，让他走出去，牛部长常用焦灼的眼光面对大家说是骡子是马要出去遛遛。

但扁奇一直觉得很迷茫，他不知道怎么做，怎么去寻找客户，这位部长只说卖卖卖款款款，并没有清晰的工作方式方法，他问询过几次，每次似乎都是不同的答案，他有时只能问同事，这些同事年龄大小不一，都是从社会上聘用的，经过放松聊天发现大家还都是有学历的，只是原单位不好不行或解散，经历大都是或多或少的坎坷，因此对于他人他事都不免有某种程度的悲观和提防，何况这类具体事情他们也是在摸索中前行。

其实在同事的眼里，对于扁奇其实基本没有态度，大多数人根本就无视他，大家都在关注自己的利益和兴趣，对于这个和自己无关的人毫无兴致，如同自己眼前的桌子，在意它，就可以将棱棱角角分辨清楚，不在意它，知道这桌子可以存放东西可以支撑身体就可以了。每个人对于眼前都有或深或浅的注意力投入，也都有或积极或无奈的情绪，他们不是无视他，而是无视了一切和他们切身利益无关的东西。

扁奇在临走时告诉雾絮，估计最多十天就能回来，他要去河南跑市场，要去那里推销机器，雾絮只是嘱咐他照顾好自己。就在那天的晚上，是个周末之夜，同寝室的女老师去她的男友那里了，雾絮和扁奇看完电影回来，他俩紧紧地抱着，雾絮并没有觉得这是个完全将自己交给他的夜晚，扁奇其实也没有觉得这是个可以完全占有雾絮的夜晚，他俩都知道有一天会拥有彼此，但不知道是哪一天，这是一种有准备的无准备。就是这个夜晚，夜深了，二人一直紧紧地抱着，就在那张单人床上，就在寂静中，理智像月亮慢慢地退下，激情像潮水一般反复冲击，二人褪去所有，相互拥有。

就在那个深夜，雾絮有种阴影在挪动的感觉，她觉得那个阴影开始慢慢遮掩自己的心，如同月全食的初始。

济南之夜，无数的声音相互交叉汇集着，在市区造成一种巨大的低沉颤抖，莫名的力量在潜伏着在覆盖着在主宰着。

上午的郑州街头，扁奇站着看着，高楼大厦、街道、车、树、人，这些所有眼前的都是器物，他要将这些利用起来组合起来，要将这些变成自己的工具，自己幸福的或事业的工具，不要去想这些东西是否在看着自己，不要在它们面前害羞，我不是它们的对象，我是它们的主人。但，怎么做，怎么使用，扁奇毫无思路，他以此鼓励自己，但又暗骂自大狂妄。就在那栋庄严豪华有军人站岗的大楼前，他羡慕那些进出的人，他突然想起了高中时代，那是个自己无论如何努力也无法获取前几名的时代，那是个自己只能服气只能仰望的时代，联想到此时，他突然感觉到，这个社会其实也是如此，也许是个自己无论如何努力也无法进入那个豪华庄严中，就像鸡无论如何努力也无法飞翔一样。心思突然又跳到大学时代，那个学生会主席只是个幻影，是个毫无意义的曾经，现在幻影灭了，他看清了周围，似乎回到了起点。

要努力，要看这个世界是否一切注定，是否还有奇迹。他暗自咬牙咒骂自己的感觉，这些不能化作幻影，即便是幻影也不能灭，学生会主席、雾絮、文凭都还在，我一定要继续奇迹，五年要发财，要有住房，这是自己向雾絮描述的图景，我一定要实现。

那天早晨他从旅馆的床上醒来，洗涮排泄后就走出去找个小吃店吃早饭，他要去那个计算机市场，要去一些大的企事业机关去推销，所以他的头发要抹上啫喱水，要让头发闪亮，他的皮鞋要黑得发亮，他的衣服要端庄，领带上要戴有领带夹，这样会更整齐更严肃更威武，他要洒点香水，这样他既能遮盖身上混杂着散发着的香皂味道和体味和饭菜味，也可以牵引那接触者，从而给予某种错觉，然后他看着镜子中的肉身，他努力地笑着，数着那露出的牙齿数量和感受着肌肉的拉伸，这些都撑起这个肉身，这个肉身一定是包着骨头的。他的心还是太充实了，他没有空当去深想，这个肉身是不可靠的，若死亡，几天后就一定会腐烂会发出恶臭，只有骨头会留存，几百年后，骨头也会混同土渣，上面一定会爬满虫蚁的。

计算机市场里人头攒动，他拿着广告页，面带微笑地挨家去推销，所有的商家们都众口一词：可以代销，但不可以付款，现在复印机市场主要是进口品牌，你们这合资的台湾品牌毫无名气。

款款款，无论怎么说，这是重心，其他全是废话。第一天毫无收获。其实在公司的时候，扁奇知道自己的产品不好卖，但没想到会是这样地艰难。

第二天，他站到大机关门口，推销？根本无路可进，打电话，要么根本无人理睬，要么总机就将你阻拦。稍小的机关，扁奇说声去办公室，看着戴着眼镜穿戴闪亮的青年，那门卫基本放行，但进去后，不是没人理睬就是态度冷淡甚至是不耐烦地驱赶，他非但毫无收获，甚至自尊心被一次次地划伤。

扁奇很喜欢音乐，他戴着耳机，每到晚上，自己安静地面对周围，他都会打开播放机，那些音乐有激狂的迪斯科曲，也有钢琴曲或交响乐，也有流行歌曲，只有那时，他才觉得另外一个世界的存在，只有这样，他才雄心新生，如充电后的感觉或被打足气后的感觉。

34. 危险

几天下来，他就基本明白了，这设备根本不容易卖，市面上热销的都是纯进口品牌，自己公司的品牌无人知晓，很多商家以各种态度发表着意见，而这不是扁奇能做主的，他在这堆负面的信息中感觉自己要被淹没了，他不知是否自己的销售技巧需要提升还是这种品牌确有问题，反正他觉得自己或许可以回去了，应该再学习再讨教更多的办法，尽管如此，他依旧坚持着，就这样一周过去了，他每天都是在拒绝中度过，都是在失望中感受，若没有睡梦的歇息，若没有音乐的鼓动，他真不知道怎么继续坚持，那天他给雾絮也给爸妈打电话了，他们都一如既往，所以他的答复也是正常发展，但心一直是在忧虑中颠簸。

白天他跟牛部长通话了，牛部长似乎验证了自己的正确，他说要么你回来吧，别浪费钱了，他回答得很简单很粗暴很不耐烦，那满口的济南话不时地和口头语结合着，扁奇本来想说一下那些人的说法，但牛部长根本没有给他说话的机会。

“好吧，那我明天回去吧。”扁奇预感实在不好，他想到面对他时，一定要面对那憋红的脸，那肆无忌惮的口水，但自己还是要告诉他这个市场的说法，另外自己要讨教相应的技巧。他告诉自己要忍耐要坚持，其实这也是他想暗示牛部长的。

就在傍晚，曹士斌将电话打到酒店，他的声音很小，很神秘的感觉，曹士斌的电话彻底改变了他的命运，扁奇后来一直心存感激。

“知道吗？扁奇，你不能回来。”

“为什么？”扁奇的心猛地一沉。

“下午的时候，那牛元辉跟办公室的姜竹青说，他不想要你了，他说这新毕业的大学生啥也干不了，就是吃干饭的。那姜竹青说现在人满了，你不要他我怎么安排，牛元辉说那是你的事别问我，姜竹青说要退回的话，那我只能把他退到电子局了。”

“啊？哦。”扁奇吃惊中努力保持镇定，那种羞辱和恐惧在全身蔓延，他浑身哆嗦。

“无论怎么样，要回款，要成功，哥们儿，要为咱们这批人争气呀。”这是曹士斌最后的话。

牛元辉在跟姜竹青对话的时候其实办公室里有很多人，当时也有刚分配进来的大学生，也就是跟扁奇一起住在窑头那个宿舍里的曹士斌。牛元辉刚放下扁奇的电话，尽管他早已估计出扁奇出差的结果，但他还是生气，生气自己为什么明知道这个结果还让他出差还让他浪费差旅费，另外他认为在自己有道理的时候，就应该将这种道理摆在大众的面前，要让周围人都知道这刚毕业的扁奇的无能和自己要求的正当性。其实他的潜意识中还有一种暗暗的快感，就是大学生又能怎样，一个是自己的手下，马上就会因为无能被自己踢开，自己就是那没有学历的裁判官，另外还有一个，那就是自己的老婆，被自己每晚压在身体下面呻吟。大学生算什么，当年自己真真不该为学习不好而自卑，真是他妈的傻，他真的舒了口气，这是郁积在心底长达二十年的闷气。

其实这里面还隐藏一个道理，那就是若像某种理论因为财富问题划为阶级的方法，其实也可以按照学历划分阶级，那就是大学生阶级和非大学生阶级，那么这两个阶级可以进一步被鼓吹为两个阶级之间的不共戴天的结论，所以某些理论，真是无谓地增加了社会混乱。

姜竹青主任听着脸红的牛元辉的抱怨有点不以为然，就这么小的事怎么这样激动，这扁奇不知道怎么得罪他了，再说这进人出人也太简单了，根本不顾及她的工作难度，她怎么办，另外，她还要为此细思量，这扁奇学的是管理，离开销售部还能去哪里，办公室根本不缺人，至于生产部、技术部还有其他部门他更不适合，那就需要跟局干部处打交道，那些老爷们还不知道怎么说呢，必须要有充分的理由呀，当然，这无法适应工作就是个好理由. 实在不行就要夸张些说，但这需要牛元辉去说，让他提出过硬的理由。姜竹青笑了笑：

“就因为卖不出去东西吗？这需要时间吧，怎么可能刚参加工作就会有成绩？”

牛元辉没想到这姜竹青会有这样的说法，他的眼睛圆睁脸更加红涨，反射出厂房内更多的灯管亮光，“他啥也干不了，根本就是没有工作能力，完全地卖嘴，我看他一年也卖不出去，我敢打赌。你知道，咱们这里可是不养闲人的。”

牛元辉若冷静一下，他也知道自己这样说是没有道理的，但他的目的只有一个，让扁奇离开，为了这个目的，他可以伸缩自己的言语。换个时候，若姜竹青换种恭维他的说法，他也许会容忍扁奇，因为按照他的经历特点，他也不具备那种就事论事的理性，但这次他试图辩倒姜竹青，他反而坚定了决心夸张了语言，他就是这样，自己内心的不安却用另外一种目的去发泄。

姜竹青看着他的激动，觉得自己完全没必要跟牛元辉发生争议，毕竟销售部是公司龙头部门，自己只是服务部门，何况这没有工作能力的话或许可以对付局干部处了。姜竹青也需要面子，她随后就适当抱怨一下，然后就转移话题甚至还闲聊几句笑了几次。

在办公室的新大学生是曹士斌，他将这些都看到眼里听到耳朵里了，这些信号汇集起来进入他的经验系统里，在他的理性系统里，自己是刚毕业的大学生，刚毕业的大学生是无助的孩子们，无助的孩子们是需要过程的，是需要学习的，是需要积累的，牛元辉的那些话伤害的其实还包括自己，我们就这样被嫌弃被剔除，这是一种歧视这是一种侮辱这是一种伤害，他产生一种同感一种同情一种义愤一种反抗。他下班后就给扁奇打了电话，晚上，他又将这事件在窑头宿舍里描述，伴着这白色的墙壁和浅黄的灯光，愤懑的情绪在窑头宿舍的年轻人心头弥漫，如同夏末秋初的潮热。

牛元辉随后又召集开会，他觉得这是个杀鸡给猴看的好时机好方法，这是他的强硬他的正确和他个人意志的发挥，这是他的权利他的自由他的才干，那一刻他觉得自己身材伟岸，做事干脆利落果断坚决。销售部只剩四个人在，他觉得也有必要给他们开个会，他要将自己的思想淋漓尽致地发挥。这其中有个名叫巫艳辉的家伙，巫艳辉很严肃地听着，并不住地点头，他的眉毛很粗，他的眼睛很大，他的嘴也很大鼻子也大，这些大的器官个个饱满形美，但不知为何，组合起来在脸上却呈现粗糙的感觉，大概和他脸庞黝黑有关系吧，不过他还是有些帅气。

会议室是个封闭的空间，没有窗户，这只是厂房四楼的一角，厂房外是大院，大院外面的天空阴沉如往常一样，太阳被厚厚的云层遮挡，若从太阳的角度上看，那地球其实也是封闭的空间。

巫艳辉真是个很神奇的家伙，他竟然号称是个硕士，牛元辉在证明自己英明的时候，巫艳辉却在想：这是个傻 ×，那扁奇个傻 ×，这世界是傻 × 组成的。随后又不由自主地想那床上的快活，妈的，就这才不是傻 ×。牛元辉看到巫艳辉赞同的表情还是有些高兴的，他又把话往巫艳辉这里引，似乎想找个人明确支持一下自己。

“小巫，你说，是不是？这学生和学生就不一样，这刚毕业的什么本科完全不行。”巫艳辉其实还沉浸在自己的想法中，他是根据牛元辉的表情来自动调整自己的表情，这样可以不影响自己的思想流动，他猛地被牛元辉点名，他有点儿呆滞，他其实只听懂了问题，那大段的叙述他并没听进去，只言片语从两耳滑进意识中还没有形成思想，他马上清醒过来，他平时说话总这样，总是若有所思的样子，“哦，是的。”

望着牛元辉的不甘心的样子，他突然想起了自己还是研究生呢，马上又补充道：“这学历低其实就是不行。”

巫艳辉这么说的时候毫不心虚，他很坚决地相信自己是真的研究生，还是位真的诗人。他说完就咧开大嘴笑了起来，那齐整的大牙非常亮白。

牛元辉没想到他会这么回答，似乎感觉这姓巫的家伙在说研究生是可以的，其他都不行，这一下子把牛元辉给装进去了。牛元辉翻了翻眼睛，似乎是眼白在找眼仁的动作，转念一想不能纠缠这个话题，于是又开始像表决心似的反复唠叨销售。

原来忍耐和坚持这两种应付时间的方式是不可以被这公司允许的，想到曹士斌的话，那一刻扁奇觉得无法应对这个世界了，于是困倦像巨大的黑暗降落，他无法承受，他睡着了，是深睡，就像坠入心灵的底部，非常香，根本无梦。

扁奇很不想醒，他似乎在梦中可以识别到那种睡眠的香甜，但一种巨大的黑暗将他推出，所有的压力猛然间浮现出来清晰展现，他醒了，意识非常精细，那睡前的忧虑及一系列的因果关系都摆到了眼前，愤怒和委屈和痛恨和无助从心底的各个角落袭来，他处于飘摇中，像黑夜中迷失在森林里的羊羔，昨晚根本没拉窗帘，窗外正是蒙蒙亮，现实在眼前展开，扁奇想若是自己被退回学校，那他就有可能被学校退回原籍，这是有先例的，他以前听说过。这就意味着大学四年的结果是真回到了高考前，他回到了起点，他不寒而栗。当年上学期间，每年的期末考试和最后的高考和上大学后的每学期考试，这每次考试都需要过关，否则他就会留级．他就是在每年恐惧中长大，等到最后毕业，他自以为获得了自由，没想到更大的挑战等着自己，甚至更残酷，残酷到可以将他打回四年前，打回到起点，那所有的激情所有的理想所有的骄傲全部被摧毁，取而代之的将是耻辱和嘲笑和暗无天日的未来。何况自己要面对雾絮及雾絮的家人、学校的那些老师、爸妈和家乡的一切，他觉得要崩溃了。

天还太早了，他戴上耳机，开始听起激狂的音乐，那熟悉的旋律，那强劲的节奏，那一切都似乎具有修补功能，他没有退路，他只有成功，他的不甘心和雄心点燃起来了，只能点燃。

他觉得自己过于软弱，过于书生气，自己的安静自己的脆弱甚至自我安慰自我理解都是弱者的理智，那都是低劣的人的表现，自己应该像一头无畏的野兽，他应该残忍应该咒骂，他应该勇敢应该鲁莽，他应该去冲锋应该去占领去操纵，他应该去做一个不寻常的人，他应该去做一头野兽。他不知道这些思想其实暗合了某位哲学家的超人思想。他觉得自己这么多年其实荒废了，自己是个笨蛋，一个自以为是的笨蛋，他不能这样理解自己了，不能这样理性了，不能允许自己这样找退路了，现在没有选择了，那就只能挑战，要沿着这条路走下去，只有这条路才能有尊严有爱情有成功有事业，他不能回济南，他要在这里成功，像那句古话所说：置之死地而后生。

巫艳辉以前跟扁奇说过几次话，他其实不是头脑锃明瓦亮的人，他对扁奇是无感，就是普通人呗，若不是别人介绍他刚毕业若不是自己的同事，那他就是如同街头瓦片一般毫无用处，巫艳辉很重视包装的力量，他其实就是职专毕业，但他先是找人搞了个大学毕业证，发现有了这个红宝书真是很好找工作，后来又发现再加上一个硕士毕业证，那就可以平蹚世界了，像穿过溪流一般，于是他毫不犹豫就又搞了一个。他做事凭直觉，也经常按照性情决定，或者说是由非理性把持，这样的结果往往是短期获益或眼前得利。

当时办公室姜竹青主任面试他，看到他的学历还有他的形象时觉得不太相符，这人太社会气了，没有书卷气，这是种感觉。但看着两个红本本上的印戳，似乎也正常，看着他坦然地龇着大牙笑着，伴着一口方言普通话和神气活现的大眼睛，姜竹青的疑问没有进一步扩大，她想销售部需要的是卖东西的人，或许这家伙可以做到，又不是需要他搞技术，何必这样苛刻，何况他即便不是研究生，大概学历也不会差到哪里的，于是她就这样算是认可了。至于到了牛部长那里，他看着表格上的巫艳辉，姜竹青主任已经认可了，那就说明基本的条件他就很符合，现在又引进硕士生，自己这一摊应该人马兴旺，当然别太书生气就行，等到他看到了巫艳辉后，他的担心就变了，书生气根本就没有，全是社会习气，像个混子，这是什么研究生呀，现在的研究生怎么是这样子？牛元辉心里嘀咕着。有一天牛元辉问巫艳辉，你是研究生？巫艳辉似乎总是沉浸在自己的思想中，猛然被牛部长拽了出来回答问题，他眼珠左右扫视一遍，他是这样回答的：

“嗯，哦，我还是个诗人呢。要么给你看看我的诗。”

边说边去包里找，那外面看鼓鼓囊囊里面是混乱不堪的包。牛元辉发现跟这家伙无法正常对话或者是正常对话很累，首先是这家伙的语速或者回答的频率和别人不同，他经常磕磕绊绊地说话，不是结巴，而是他有他的语言节奏，看着他的表情，总觉得他要经过大量的思考后才能说出想说的话，这会带着你的思想甚至情绪走到他的表情中，然后就进入他的混乱中，其次就是他说话总是各种回避，就是从来不是直接回答，这包括很多简单问题。

例如，有时一个随口的问题：“吃早饭了吗？”

他翻翻眼皮，会回答说：“嗯，啊，今天早上吗？”

“当然是了，废话，这不就是上午吗？当然是今天了。”

“哦，啊，上午啊，对对，那今天上午干吗？”提问者会马上晕倒。

扁奇沿着二七纪念塔边上由西往东走过，他望着那阳光穿射过来，整座塔光芒万照，他的眼睛无法完全睁开，也就无法看清那座塔的真正模样。他需要去办公机具公司，就在亚细亚大商场的边上，这家公司是很大的办公设备销售公司，若能将这家谈下，那一定会产生稳定的销量，但他已经去过一次了，那家公司对自己的产品根本毫无兴趣，甚至代销都不愿意，他这次又要去，想再试图将公司产品进一步介绍，争取获得感情上的某种亲切。他不能像蜻蜓点水般做事，这是他反思这些日子做事风格的结论。

那家公司经理看到他时第一句就说你不是来过了吗，我不是说过了吗，我们根本不需要，你们的产品卖不出去，他很冷淡，他似乎已经竖了一面墙，那就是他的话，这是无法突破的，无法突破他的理智他的心情和他的威严，扁奇只是笑着，在那经理的眼中，只是一种献媚和讨好，但他实在不需要，他每天见的生人太多了，他说就这样吧，你先出去吧，我还有事，经理的女秘书就站在边上，她很漂亮，其实河南也是盛产漂亮女孩的地方，她看着他，他知道她看着他，她知道下一次他是不受欢迎的人，他知道下一次来一定会被她阻挡了。这种结果这种场景对于扁奇已经不奇怪，他甚至不再为此纠结是否受伤了，因为他发现自尊心早已不见了，他已经不需要自尊心了，让自尊心留给弱者吧。扁奇还是在办公机具公司的大厅内转来转去看来看去，其实还是暗自想办法再做努力，但实在没有，最后想想还是不要再浪费时间了，于是走出，他想那灰溜溜的样子一定别人看自己的结论。

这次是从东向西走过二七纪念塔，在阳光照耀下，扁奇看清楚了，他在想那些烈士们和自己的区别，是否都是在没有选择中。

扁奇每天去各种企业和机关推销，从早到晚不停地进出，又一周过去了，毫无收获。他依旧是头发闪亮，皮鞋闪亮，精神抖擞，但眼睛已经毫无光泽，似乎蒙上了一层薄膜，这其实是思索是失望是保护。他想这郑州毕竟是大都市，各种信息交流人际关系都很超前，换个落后一点的城市也许不一样，要么我再去其他地市看看吧。

巫艳辉喜总是吹嘘自己是个诗人，他喜欢写诗，因为诗这种形式很符合自己的思想特点，尤其是现代诗，没有格式的要求没有词语的限制，可以将自己的混乱表达，甚至粗糙甚至错误地表达，用混乱表达混乱或用拙劣表达混乱，这都是可以被现代社会接受的。他沉浸在里面，他在其中可以放肆一些，可以建立自己的自豪，按照后现代主义的说法，这是应该接受的另类，这也是一种艺术。他可以自赏自吹，但结果也只是自我消化，因为即便是这样写，他也只是步入别人的后尘，这说明这世界上，还有人比他更混乱。

很多人就是这样，自以为创新自以为与众不同，其实呢，他们所知的所做的已经被别人经历过实现过，他们只是无知只是重复，可悲的是，他们还不自知。

35. 运气是天生的也是自造的

销售部牛部长的助理印晖打过两次电话了，她一直没有找到他，旅馆说那扁奇还没有退房，牛部长说你去财务查查，他借了多少钱出差，印晖说我这儿也有记录的，她说他借得不多，也就是只够两周的费用吧，牛部长说那这家伙应该坚持不住了，该回来了。他说这话的同时又是一肚子气，看样扁奇一定要把借款花光才回来，等他报销的时候要跟他说道说道。

印晖第三次打过去的时候，旅馆前台说扁奇已经退房了，牛部长说看样这家伙回来了，但几天过去了，还是没看到他的身影，印晖去问了一下同宿舍的人，回复说他出差在外没回来。

牛部长于是说看样这家伙不知在哪里迷糊了吧，就这样不知觉一个月过去了，销售部都在议论着扁奇是否失踪了，不会出事了吧，牛部长连说了几次都不对，自己也失去信心，也拿不准了，他于是不敢乱说话了，毕竟是个领导，总是说错会影响自己的威信的。他开始琢磨若是这家伙出事了，自己是否有责任，他先是寻找自己法律上的责任，发现自己并没有什么过错，安排员工出差有什么错误，尽管这是新员工，刚毕业，自己无法尽到什么义务，后又反思自己道德上的责任，自己说话和情绪没有促成扁奇的出事吧，自己是否应该多嘱咐多关照，但自己怎么知道这家伙如此弱智呀。从这点上可以看出，那四合院的文化还是有相当善良的，在利益无关的前提下，还是有一种人类共通的善良，当然一定是要撇清责任的，他不会承担任何责任。

三十五天了，雾絮没有看到扁奇了，电话和信这十多天都没有了，最后一次的电话还是十天前，当时他说目前没有进展，需要进一步努力，她觉得他在瞒着自己什么，但也不知道从何问起，只是说你要多保重，我想你，等你回来。听到这句话时，扁奇马上挂了电话，因为他的眼泪“哗”地流了下来，他已经不能说话了，再说就是哭腔了，这个迅速的挂断给雾絮某种错觉，她想或许是电话问题，但扁奇也没打回。慢慢地，她将这归结为扁奇有时候就是心粗，她略略地埋怨了一下很快就忘记了，本来这次痕迹留在了潜意识中，但这些日子她总是调出这个细节，潜意识的东西被她翻了出来就进入意识中了，这是某位心理学家的理论。已经十三天了，他怎么样了，到底怎么回事呀，她担心他，她想他，现在还没正式踏上讲台，每天就是做些杂事，围绕着办公室。这么多年的大学生活，她对扁奇有了某种依赖，面对这陌生的城市，面对这每天生活的安静，她有些害怕有些寂寞有些思念，在这些混杂的情绪下，她不免落泪。

一个多月了，就在早上的销售部，一晚上都在安静的电话，突然铃声响起，脆利的声音将周围的人目光吸引，是来自河南濮阳，对方找扁奇，印晖接的电话，电话里说扁奇来我们这里推销机器了，我们只是确认一下这人身份，印晖轻柔的声音让对方还是多说了几句，对方很快挂断。印晖汇报完，牛元辉马上站起望向边上的地图，找到濮阳的位置，哦，怎么在这里，这家伙还在跑着？他看着地图的姿态很像某位大领导，他叉着腰，身向前躬，洁白的衬衫随之有了皱褶。牛元辉先是很轻松，这小子没发生什么事，那就好，然后又变得异常生气，这小子竟然不听话不回来，擅作主张，还在跑着业务，等他回来，一定踢走他。

电话是来自某个集团公司的办公室主任，他姓任，任主任五十岁了，他升任这个位置有一年了，他毕业于北京大学，那个名牌学校，他已经做了十年的副主任，主任换过二次了，他们先后都被调到其他分公司做老总了，那俩主任都是当年和自己一同分配进来的大学生，他俩的学校都无法跟自己的学校相提并论，而自己却是原地踏步，这种差距是无法衡量的，任主任无法面对也就自我安慰多重解释，但自己逃避并不意味自己的老婆视而不见，她经常责骂他的窝囊和无能。任主任从没觉得自己脑子笨或无能，他只是坚持，年轻的时候他清高，他并不骄傲，他觉得人应该依靠自己的能力发展，用自己的能力去将周围完善，这是一种清醒的认识也是一种坚强，但是，这么多年过去了，他发现这社会风气在变化，整个社会结构慢慢发生扭曲，每个人都倾向于将自己权利的利用到最大化，都不在意周边舆论了。他不太相信这是人性的问题，他觉得是结构的问题，做官如同爬金字塔，每个人的提升不是依靠脚下的力量，而是要依靠上面的提携，上面的权利控制了下面，那就意味着下面要围绕上面去变化，整个社会都是这样，被上面的大权利通过层层叠叠的小权利控制，这就意味着自己以工作为中心以及围绕工作的所有努力都是无用功，就如同那拉磨的驴子围绕着错误的中心。任主任清醒了也就想通了，他要取悦上面，其实就是集团老总，怎么取悦？谁都会溜须拍马，谁都会献媚，现在看来单纯的阿谀奉承是不够的，这次机会反正他不能错过了，他很坚决地从家里的存款拿出一部分，晚上送到老总的家里，老总看到他的诚意了，很快，主任的位置属于他的了。

这已经是去年的事情了，任主任觉得自己这个年龄和这个位置都到了限度，他似乎也就不得不安于现状，也就认命了，就这样吧，这样也不错了，集团效益很好，将来退休各方面也算是有美好的结局了。

集团要配备十多台复印机，计划已经批了，他正准备去北京一趟，去那里看看，也不知道谁走漏消息了，郑州一家公司来电话推销，他们希望可以做成这单生意，这几天就准备过来拜访。

秋老虎还在肆意奔跑着，整个中原大地沉浸在热腾腾中。

任主任办公室的空调一直在呼呼地吐着冷气。一个小伙子，戴着眼镜，汗珠挂在脸上，衬衫已经有点儿皱褶，领带已经不再齐整，鞋上蒙了一层灰，黑瘦的样子，说话似乎不是很自信的样子，似乎还有些哆嗦，点头哈腰地笑着，呈现在眼前。

“您是主任吧？”

“什么事？”

“我听说你们要买复印机？”

“嗯？你怎么知道的？”

这年轻人猛地一顿，似乎马上有了活力，语言节奏略略加快，“我们跑销售的，消息灵通呀。”

任主任觉得这句话有些轻浮，他的脸还在阴沉着，“你是郑州的公司的吗？”

“哦，不是。”

“哦，我们还在研究呢，我们还没定呢，就这样吧，你走吧。”

这小伙子并不动身，反而笑容更加舒展，“我们是厂家供货，很直接，可以看看我们的产品呀。我们是合资品牌，您可以了解一下呀。”他边说边打开包，那是个仿皮包，侧面已经泛出磨损后的灰白，他拿出几张彩页。

也许是悠闲，也许是感觉到这年轻人的口音的不同，也许是被这个厂家直接供货和合资品牌这两个概念所吸引，任主任稍稍地改变了自己的态度。

其实任主任并没有被这种产品介绍所吸引，他根本听不进去。他是在暗暗观察这个男孩，他在看对方那双眼睛，暗暗感觉着，他在想是否可以接受这个人，他在想是否将这品牌纳入考虑范围。任主任很明白，任何一种产品都有其销售的合理性，也自然不会有很大的差别，办公服务是基本服务，下属公司需要的机器并不需要特别功能，这家的设备肯定会做到。看着他兴致勃勃的介绍，任主任打断了他的话，“你是大学毕业吗？”

“哦，是的，您怎么看出来了？”

任主任突然脸色一沉，“这样吧，你把材料放下，我们研究一下吧。”

年轻人试图还要说什么，但任主任很坚决，“我还忙，先这样吧。”

年轻人看着任主任的坚持，于是顺从地笑着，他说您能否留个名片给我，任主任说我没有名片，那您贵姓？我姓任。

其实在关门后的一刹那，扁奇知道自己看到了机会，寻找了很久，幸运终于显露一角，他的心跳加速，浑身发抖，肌肉紧绷，这些组成了激动的感觉，他高兴起来。他的高兴不是因为看到机会，而是机会的认知造成心跳发抖紧绷，这些生理感觉让他体验到了高兴，这是心理学的一个理论：认知在前，情绪在后。

就在走廊里，热浪将他拥抱，他快步走着，他还有几家需要继续拜访，这些家都是通过电话簿上查的，都是一些大企业和小机关。门口是自己租的自行车，那自行车就在一堆车子中间，那车把上系着一个红布条，红布条在风的吹动下不时地张扬着，扁奇望过去，猛然间坠入自己戴红领巾的记忆中，那是个要为事业而奋斗的幸福，那是个优秀学生的骄傲，那是个所有东西都是好玩的童真快乐，那是个儿童节，各年级排着队打着旗敲着鼓吹着号走向田野，在那里聚餐在那里玩藏宝找宝。

任主任当然看得很明白，在大国企旦明争暗斗近三十年，各种各样的人各种各样的事每天都在发生，无论是心理构造主义还是刺激反应主义还是整体主义动机主义人本主义，这些混杂的思想其实都在头脑中有鲜明的例子，他似乎看出来这扁奇在做作的稚嫩，看出来扁奇在挣扎的情绪，看出来扁奇在颤抖的兴奋，他都明白，他也就会同情。善良就是这样的底线，自己如同举起手这样的简单的动作就可以帮助人，那就举起手吧。但若依照这样简单的逻辑，那任主任就不会做主任了，因为走出这个大院后，每天会大量面对困苦无奈的人，他们有更多的理由超过扁奇，他们更需要帮助，这也是任主任知道他是大学生后又突然终止继续聊天的原因。

任主任这个同情和帮助的完整想法很快就在冷风习习的空调下被敲门声所掰断。

购买设备的确进入日程了，任主任面对着郑州的公司和北京的公司和这个济南的公司三个选择会有三种做法。很多事就是瞬间的感觉，或者就是那偶然性，他办公桌的电话响了，他接起来了听出来了，就是那个济南的小伙子，他似乎看到了扁奇的怯懦，任主任很直接就问他自己的关注点，也就在后来的一刻沉吟中，他突然改变了想法。

就在下班前，扁奇给任主任打电话，他说请您吃个饭跟您聊聊，扁奇并不指望这任主任会答应，他只是想增加接触，为明天的拜访再做准备，没想到电话中任主任问他："你说实话，你怎么知道我们要买复印机？"

扁奇来不及思索，他实话实说："这是我推销的说话技巧。"

电话那边沉默了一刻，"你住哪里？"

扁奇每天还是依靠音乐和口号支撑自己，他现在住着很便宜的小旅社，几个人一间，他吃得很简单，他觉得自己是处在被世界丢弃的边缘，既然在边缘，那除了吃和睡之外其他的就不需要了，当然就根本没有心情给雾絮写信或打电话，他的钱也不多了，现在全是自己的钱在支持，这钱里面包括工资也包括大学期间爸妈给的自己省的。

任主任是带着司机来的，他接上扁奇后就直接去了一家豪华的饭店，随后他就让司机离开了。司机和车一样，都是任主任的工具。

就在桌前，任主任还是笑着说："你的技巧还真不错呀。"

"嗯，对不起，我觉得这样会更容易接近客户。"

"你真的不是谁介绍来的吧？"

"不是，我是第一次到河南。"任主任看出来他是在说实话。

"不过，咱们吃饭也不意味我们有兴趣。现在我们还没最后决定购买谁的机器呢。"任主任脸色又恢复到了平淡。

"我们厂家可以给回扣。"扁奇认真地说，这种诱惑对于任主任并不新奇，办公室经常采购各种东西，也会经常遇到这些说法，这似乎变成产品提供方的标准语言了，当然拒绝也是任主任的标准做法，他一直不沾，他很清晰，这个不能沾，他没有在意法律问题，法律问题就是证据问题，只要不为人知就可以了，以前他是困扰在道德方面，他认为这是一种偷盗，像某篇古文所形容的大老鼠行为，但目前的社会，他很明白，所有的东西其实都被偷盗了，例如很多人的基本权利都被上面的权利剥夺了，也就是被偷盗了，这就是个偷盗的社会，你如果不入流不接受不从众，那你就会活在另外的世界，道德就是当世道德，偷窃若是如此流行或普遍，那就不伤及道德了，那就是自己理解的道德不准确了，就意味这个其实是合乎道德的，或者是合乎当世的道德。若这个可以接受，那就意味自己拿回扣是合理的了，这是他今年才悟出来的。既然这个道德突破了，那其他的就是法律问题了，自从动用家中存款后，他开始想这个细节了。

任主任还是在犹豫中，这是他第一次，他毕竟用家里的存款买到了这个官，也就意味他已经行贿了，那作为那个老总，一定是受贿了。现在他和老总的角色其实就是这扁奇和自己的角色，这只是关系和人物的转换。若用生活描述，那就是他先买了某个东西，那老总就是卖了某个东西，现在他想跟老总一样，扁奇要从他那里买个东西，而他要卖某个东西给扁奇。简化一点就等于扁奇将钱经由他的手传递给老总，更通俗一点就是，扁奇将钱放到了这个地方，老总从这个地方把钱拿走，而他，这位办公室主任，其实就是这个地方，很无辜很无奈很无心的地方，不承担道德压力不承担法律责任。任主任想清楚了，他只收他付出的钱。

扁奇毫不犹豫，虽然这也是他的第一次，这时如果有人把一袋毒品递给扁奇，告诉他带到某个地方，他都一定会去做。他已经处于某种边缘，完全地孤独，完全地失去正常的伦理道德，完全地失去法律意识，完全地失去骄傲，甚至完全地失去理性。有时候就这样，拯救他的只有运气，这个运气就是没有人教他如何贩毒，还有就是关键的时候他正常的业务找到了突破看到了成功的曙光。

这世界的残忍有时候就是这样，无知的人在成就英雄或沦落罪犯只是运气使然或者偶然所致。

“每个人都会这样说，你们还有什么特别的吗？”

扁奇不明白他的意思，望着他的眼睛，任主任的眼睛是含混不清的，在灯光下黯然无光，作为一种问题，总是要回答，这是礼貌。扁奇于是“嗯”了一下，他在琢磨任主任的意思，扁奇不知道自己还有什么特别的，这是什么意思？这个问题后来一直在萦绕自己。

任主任似乎也无意纠缠这个细节，他又问:“你真是大学毕业吗？”

“是的。”扁奇的眼睛里有些委屈的倾向。

“怎么做这个了？”

扁奇很实在，他就将自己的状况大致描述了一下，当然他隐瞒了这家公司的可笑和残酷。

任主任似乎被他的经历所感染，“真是没想到，不可思议，好吧，我们这次需要十五台，你要给我们最优价格，明早你来找我签订合同吧，合同外要给我一笔钱，不是很多，但你不能告诉任何人，要发誓一辈子不能告诉任何人。”任主任很干脆。

“好，好，一定做到。我发誓，您放心吧，我不会告诉任何人。”

“哈哈，那你怎么向领导交代这额外的款？”任主任看着他突然问道。

“嗯，”扁奇沉吟了一下，“我会跟领导说这里有中间人介绍，中间人需要的。”

任主任看着扁奇，扁奇那双眼睛似乎穿透郁积已久的苍茫射出光亮，任主任只是微微地点了点头。

“您能否先给我五台的预付款，我们送货上门。这样我回去好交代。您知道，这毕竟是很大的合同。”

“不行，最多是两台预付款。”

“嗯，好吧。”扁奇表现出似乎下了决心的神情，这个神情是建立在两年前他找电影院拉赞助时的装作中，他的装作现在像真的一样了，他太快乐了，心不断撞击这身体，心要跳出来了，他抑制着自己，告诫着自己，绝对不能表露出来，绝对不能。

扁奇成功了，他制造出自己的快乐和自信和幸福，这里面混合着这个世界的所有特点和合理性，里面埋藏了行贿受贿这个违法事实，但事实和证据和后果是如此的分裂，很多事实并没有证据，很多证据未必都会在合适的场合合适的时间呈现，那么就不会有任何法律后果。所以没有后果的东西就如同那前因似乎就没有存在过，所以他可以将此积累成自己的经验。

扁奇想哭，他还记得就是昨晚，嘈杂的周围，就在煤气罐边上吃着晚饭，那轻微的嗞嗞声音，他知道这是接口在轻微地漏气，那一刻，他多么希望爆炸，自己在猛然间被炸得七零八碎，当然也就会将所有的困扰都崩碎，但怎么也没想到，就这二十四个小时后，他的状态完全改变，真是刺激的生活，他成功了，他快乐了，他可以继续自己的爱情自己的尊严自己的骄傲自己的梦想了。

任主任第二天一早在想这事时，似乎还是感觉有些不踏实，于是他拨通了宣传单上印制的厂家电话，他确认了也就放心了。一会儿扁奇就要过来签合同了，然后他就安排预付款，当然，一定是直接进入厂家的电汇。

36. 每个人的天空

扁奇中午给公司打电话时还是有些忐忑不安，他知道这些天一直没有联系，牛部长不知道是什么样的表情和态度，他要先跟那部长助理印晖简单过渡一下，这样将自己的事情描述一下，或许一切有所改观。

听到接电话“喂”的声音时候，扁奇听出来这是牛部长的声音，他感觉心一下子凝固了，“请问印晖在吗？”

“你是扁奇吧。”

扁奇只能硬着头皮承认，人就是这样的习惯，即便是电话，也像面对面一样。

“嗯，哦，是的，您是……哦，是牛部长吧。”

“你小子干吗去了，玩失踪吗？不是让你早点回来吗？怎么回事？不想干了吧？”

“哦，牛部长，我一直在跑业务呢，哦，我已经卖出去了，卖了十五台。”扁奇在辩解，他一定要马上将成功说出去，要将自己的成功压制住那牛部长的源源不断的冲撞式批评。

扁奇明显感觉到了对方停顿了，他似乎看到了牛部长涨红的脸在垮掉，眼神由愤怒转为惊愕。

“嗯？你说什么？”

“今天厂家汇两台的款做预付款，其他的需要送货，麻烦您安排人查一下是否到款。”

“哦。”

扁奇能感觉出牛部长的犹豫和惊讶，牛部长现在处在巨大的心理落差上，他似乎在跌落中，他似乎在无奈地接受这突变，他突然不知道怎么发指示了。在牛部长的四合院文化中，感冒会发烧，怀孕就会生育，不听话就会挨骂，所有的东西都呈现某种规律和某种节奏，一切都是在意料之中。他发现自以为的规律错了，自己跟着错了，他不知道自己怎么会错，这扁奇就是不听话，不按照自己的指令回来，就造成这个情况，让自己进入糊涂的境地。

就在和那山东大学毕业的老婆一起吃晚饭时，他描述着这个事件，老婆轻蔑地说：“这还不简单，要不是你的逼迫，他就不会成功，他肯定是感觉到他自己的命运了，这就是置之死地而后生呀。”

牛部长听这话的时候，眼珠左右快速移动着，“不过，他不知道我会赶他走呀。”

“这还不简单吗？他又不傻，他不回来，说明他肯定听到什么或感觉到什么了。”

牛元辉猛然醒悟了，发现扁奇的成功是自己的正确造成的，他恢复爽朗的样子，哈哈大笑起来，他似乎明确了工作方法，他要坚持自己的想法。

但即便是他有了这种认识，他也并没有坚持长久，因为他的目的还是要发现自己的正确，而不是事情本身的道理，这真是他的故障。这种故障不解决，就一定会在后续的事情上自造障碍。

秋天到了，枯叶在风中相互摩擦拍打，马路上掉落的枝叶在马路上哗哗作响，秋天的声音在流动着。

扁奇似乎很久没有听到这种声音了，他觉得自己被嘈杂的社会淹没了，整个大自然被遮掩了，是自己的欲望，是自己承受的压力，是这社会的现代化，这些东西遮蔽了大自然遮蔽了人的自然性，现在他终于放松了，这些东西又呈现了。

就在进公司之前的下午三点二十九分，扁奇其实还有一些担心，因为牛部长在跟他通话的结尾是“嗯”或“哦”，牛部长并没多说什么，牛部长没有表明态度。

其实牛部长是陷入自己判断错误的郁闷中和心理落差的跌落中，扁奇不清楚这背后的牛部长的纠结，他只是担心自己的命运，因为一个聪明人就会有很多想法，就会对生活有诸多可能性预测，他不会单独地选择一种方案，他会有很多方案去对付这复杂因素或偶然性充盈的世界。因此，进入公司时，他的表情是不安的，他还有些迟疑，那阴霾一样的东西又蒙上了他的双眼。

就在他站到销售部的门口，甚至他走进去后，看到还是原来熟悉的那几个东倒西歪的人在桌前故作忙碌，他还在紧张着。这时印晖看到了他，扁奇发现她顿了一下猛然站起，“啊，扁奇，你回来了。”

这时候大家都被声音惊起，像惊起的鸟群，大家都望向他，大家都站了起来，这时候不知道是谁开的头，应该是牛元辉，牛部长，他站起来了，他拍起巴掌了，随后大家都站起来了，都跟着拍起了巴掌了，牛部长开怀大笑，他拍着巴掌走过来，抓起扁奇的手握了起来，真是无穷力量。

“祝贺你，干得好。”这时大家都纷纷过来跟他握手。

“怎么这么瘦这么黑？”印晖在边上说道。

扁奇的眼光再次穿透自己那白雾状的苍茫散发出光彩，他笑了，这一个多月的重负完全卸下了，像那卡车将垃圾全部倒出，幸福感在全身流淌。

巫艳辉跟别人一样拍着巴掌咧着嘴笑，心里却想：这傻×，赚了笔大钱。

在上午的例会中，姜竹青主任私下告诉牛部长，“我已经跟电子局干部处说好了，让扁奇哪来哪去吧。”

其实姜主任还没跟电子局干部处说，她做事需要百分百确认，上面领导怎可能随便驱使，她当然也知道扁奇做得很出色，她之所以这么说，就是要变相刺激这牛元辉，要看到他的尴尬，哪知道这位牛部长早已改换观念，他一副坦然的神情，哈哈笑着，“你真会开玩笑，他目前是人才，我再用用。不过真是麻烦你了。”

“你太厉害了，用或不用都是你说的算呀。”

空气被他们口腔的活动惊扰着也就震动着，传到两人的耳朵里又化作声音：

“这些人，就是要逼他们，要用皮鞭管理，要么怎么能出成绩？”

姜竹青主任只是撇了撇嘴，并没说什么，但心里却在想，你上次似乎也是在逼我，难道还需要我为你出成绩吗？你是谁呀，太没数了吧。牛元辉部长不自觉中还是犯了错，他得罪了姜竹青。

人若总是在证明自己正确的路上，那他真就会不断犯错误。

还没有下班呢，扁奇就骑车奔向科技职业大学，已经一个多月没见了，就在昨天，扁奇已经电话里告诉雾絮今天就回济南，听得出来雾絮很开心，她说我要给你做饭吃。

天空很蓝，鱼鳞状的云片片铺满天空，云是主角，天空是背景。

扁奇不时地望向前方不时地望着天空，红绿灯不时地阻挡他的车轮，周围的所有都是那么缓慢，他的急迫心情被拽拖着，他太想她了，自己的一切。

就在走廊里，扁奇已经闻到了饭香，嗅觉带来了另一种兴奋。开门的那一霎，扁奇和雾絮似乎都被彼此吓了一跳。

雾絮几乎认不出来他了，又黑又瘦的扁奇，怎么变成这样了，扁奇很吃惊，雾絮脸色苍白，勾着身体双手在捂着肚子，两人同时在问着对方：“你怎么了？”

雾絮苦笑着说：“大姨妈来了，今天是第一天，第一天是最痛了，你先吃饭吧。”

雾絮回到床上趴下，偏着头望着扁奇在吃着鱼吃着菜吃着肉，她努力地笑着，汗水布满脸庞。

“你知道吗？做女人真是痛苦，每次月经麻烦不说，竟然还伴随疼痛，尤其是我，每次都是剧痛，唉，我真想用刀子切开，看看这是什么东西在作怪。”

一个每月都要承受痛苦的女人，她对世界的观感就一定不同于男人，扁奇突然冒出这种想法，他想，男人其实是幸福的物种，承担家庭承受压力接受挑战是分内之事，真不应该抱怨愤怒或自弃。

“据说有了孩子后就会不痛了，要不咱们结婚吧。”

“嗯，好的，明年吧，我争取更自如一些，一定不能让你受苦。”

雾絮忍着痛，深情地望着扁奇，她说你过来抱抱我好吗，我想哭了。

千楼万房都浸在月光里，像一张牛皮纸被千揉万搓后再铺展开来，一切都在苍茫和曲折中。

直到很晚的时候，扁奇才回到那窑头的宿舍，就在院里，只有月亮和那个宿舍房间的灯将周围的轮廓显示出来。进门以后，还有人没睡，曹士斌看着他进来就笑了，他站了起来，“太牛了，你算是为咱们这些毕业生争气了。”

“谢谢你提醒了，真是好悬呀。改天请你吃饭。”

“唉，你是不知道呀，咱们这些毕业生，尤其咱们是外地的，他们根本看不起，住这个破地方，这么点儿工资，又不被当人看，真是看不到出路，还是你们销售部好呀，毕竟有机会可以挣到大钱，我们在技术部和生产部，每天做的那些事根本没什么意义，现在都想找出路，都想走。”

或许只有自己的床才是自己的安心领地，或许更准确的是，只有在被包裹的身体内和密封的头脑里，才是自己舒心踏实的地方，因为，即便是床，也是会受到旁观者眼光的侵入。

就在第四天，销售部已经安排好送货了，牛部长让巫艳辉和扁奇以及司机一行三人去，按照他的说法，这研究生要去湖北省，这是顺路，可以省些费用。另外，牛部长又额外让扁奇带了一台机器，他让扁奇不要着急回来要再跑几天，用他的话是要再接再厉再创辉煌。

扁奇已经要求那些回扣的现金了，不同的是，扁奇将那个数字放大了一倍，他明白这事无人可以知道，牛部长其实也是怀疑，但总体算来，这笔回扣在整个业务额度中还不算多，还可以接受，正如扁奇所想，牛部长无法看到真相，于是他爽快地签了字，但望着那张费用单据，他批评扁奇，说你这个阿拉伯数字填写得太不规范，要注意，要好好写，扁奇一直表现得很顺从，因为这笔款的另外一半就可以是自己的存款了，是自己幸福的启动资金了。

扁奇也从道德上论证这回扣，这样他才能舒心，他想，我不这样还有别的选择吗，道德？道德能让我幸福吗？道德能让牛部长开心吗？但若从法律层面上，他不是很懂，隐约感觉这有罪，转念又一想，道德若是允许，法律就是多余的了。

三个年轻人，一早出发，新车新路，一路欢歌，下午就见到了任主任，这时的任主任很热情了，晚上带着办公室的几个人请他们喝酒。

就在单独两人的时候，扁奇将回扣给了任主任，任主任仍是保持着自己的信仰，他要的钱数和送给那老总的数是一样的。任主任不愧是北大毕业的，他的思路真是清晰，他只是传递者，他只是经手人，只是为老总做事，只是在实现老总的意志，虽然老总并不知道。任主任的一生就是这样，他小时候的志愿是爸妈告诉的要成为社会栋梁之材，他很聪明也很优秀，他考入了北大，他很自豪也很努力，大学分配就进入这家大国企，但一直在办公室，这三十多年中，他不知是否成为社会的栋梁之材，或许是栋梁之材，但从来没有被作为栋梁使用过，因为他知道这几十年办公室的生涯其实就是普通人也可以胜任的平淡时光，也许他实现了爸妈赋予他的理想，但现在发现这个理想如此可笑，自己是一个从来没被使用过的所谓栋梁之材。他有时似乎跳出这世界之外，看着自己的庸庸碌碌，看着日子每天在溜走每天再来临，这就是自己的命运，那种无力感和辛酸感在周身蔓延，他还是明白了，这世界其实就是这般地偶然和滑稽，其实毫无规律毫无上帝，那整体的利益和长远的利益其实都不存在，存在的只有个人利益，存在的只有现实利益。

最大的悲哀是他发现，从小到大从过去的坚持到现在的改变，自己其实一直是被周围的文化所引导所控制，除了现实和周围，自己并不能多知道什么，自己并无选择，自己毫无自由，自己其实早已经死了或者自己从来就没有活过。

后来，就在临退休前，没想到那老总出事了，那老总交代说曾经接过他送的一笔钱，就在那交代的长长的名单下，他的名字只是被提及一次，数额也是不大，因此倒被豁免，这不是检察院开恩，而是集团的所有中高层领导被牵连，无人可以幸免。就是这种背景，这种机制，或者说这种模具，每个人都是被动适应被动活着被动死去。

任主任没有经历过分审查，这样他就不会交代那扁奇当时的主动诱惑和隐秘交易。

巫艳辉喝多的时候就更加肆意，在酒桌上他就作诗，对于集团的办公室几人来说，他们还是见多识广，何况还有北大毕业的任主任呢。巫艳辉的诗充其量就是个顺口溜，另外总是围绕着女人和母亲这两个主题，准确地说，只有女人这一个主题，但大家出于礼貌或是为了助兴，都在叫好，有趣的是，也许他们想在任主任面前表现什么证明什么，办公室几人也开始作诗了，整个酒桌都诗兴大发，口语和书面语都结合起来，如同酒席的残羹冷炙在垃圾筒里发酵，他们都说巫硕士带了个好头，扁奇暗暗在笑：真是无硕士。

其实就在路途中，就在年轻人欢歌的疲惫，就在巫艳辉大吹特吹下，年轻人的争强好胜之心耸起，扁奇就说我不相信你是硕士，要么考考你英文吧，扁奇真是有些小聪明，他知道什么都可以吹，只有英文是最好的水平测量工具，说到英文，这巫艳辉就不敢接茬了，在扁奇的心里，觉得这巫艳辉应该大学都没上过，当然，在对方的信誓旦旦下，扁奇也只能猜测。

巫艳辉回到酒店后，他就坐立不安，他要找个女人，于是他就跑到大堂去寻觅。大堂上还是大理石锃亮，灯光反射着，跟平时一样吸收一部分光反射一部分光。

其实巫艳辉是个很可怜的人。他的真名是巫辉，他生在山东济宁的农村，在他刚出生时，妈妈就跑了，她在这个日出日落的平淡和贫困中绝望了，她不甘心自己的命运，她还漂亮还年轻，这社会太大了，有南方，有开放的城市，有男人，她还有梦想。

往下小巫辉的成长经历似乎可以用一位心理学家的理论去概括

和分析。婴儿的巫辉在一岁之前的口腔期中应该具有的吮吸咀嚼吞咽这些本能的活动中就没有得到满足，他经常挨饿，那被遗弃的爸爸笨拙地对付着两人的每一天，爸爸就经常帮助别人换取对自己孩子的关照，一种隔三岔五式的或一种三天打鱼两天晒网式的，口腔期的不满足造成巫辉的酗酒和贪吃的习惯。按照那位心理学家的说法，一岁到三岁间，幼儿的巫辉进入所谓的肛门期，他在大小便的排泄中获得放松的快乐，因为他缺乏关照，在此期间，他就会自然成长，也就是正常发展，他在成人后性格倒是比较温和。但到三至六岁的性器官期时，他偶尔尝试摸着自己的小鸡鸡并获得某种好奇和稍许的快感，这时候无人看见，无人管教，甚至偶尔在玩耍时还获得了大孩子的鼓励，于是这小巫辉觉得这也是好玩的，从认识上就格外开通和自然，他这时认识到男女差别了，他非常渴望母亲的关怀，他看着女人的乳房，这是一种安全和爱的渴望，他看到但他得不到，当他不时地问到自己的妈妈时，爸爸总是生硬地说你妈妈死了，按照那位心理学家的理论，他更加渴望母亲的同时，也会恨这爸爸的冷漠，他的恋母厌父的情结非常严重。到了七到十三岁的潜伏期时，他开始上学了，他对女人已经生出巨大的神秘感，他总觉得女人是种类似天使般的人物，她们身上有无穷的温暖和安全和爱，而男人都是下贱的。这种认识慢慢扎到了心理，然后成长，如同先天般的顽固和真实。

他之所以能够上学，这还是源自于自己爸爸的勤劳和朴实和信念，爸爸一直勤勤恳恳，他对老婆的恨或爱全都用以折磨自己了，他要惩罚自己，在惩罚自己中，他可以获得心里的舒适，他意识到是自家的贫困逼走了老婆，就在她离家前的一年里，老婆一直抱怨穷，他只是说那有什么办法，大家都这样穷呀，从古到今不都是如此吗，反正还算是能吃饱，能活着就行呀，老婆说你真无能，据说南方很富呀，他说，据说就是传说，传说很多，传说还有上帝呢，我不信，老婆就这样跑了，毫无温情，毫无音讯。被抛下的爸爸思想完全空白了，他慢慢开始想，这么穷都是因为自己出生在这么穷的地方，若是出生在大城市就不会这样了，当然他不知道纽约这个城市，否则他还会想，若是出生在纽约，自己就会更不一样。是呀，都是人，不同的出生地就会有不同的命运，这公平吗？这个问题会让上帝无从回答，上帝也许万能，但并不仁慈。所以人创造上帝这个词有时还不如没有这个词好。

当年爸爸迎娶妈妈时，妈妈其实是觉得他家里有田有地人口少，爸爸又长得人高马大五官端正，嫁过来应该幸福美满，没想到这两年中，平淡贫穷依旧，再往后，这俊俏的农村女人知道了新鲜东西知道了据说，于是为了理想为了摆脱就离家出走。

爸爸不再抱怨，他就是勤恳地操持着家，门外做男人做劳力，门内当妈妈做家务，自己就是这个命，那就接受，所以受苦受累就要接受，就要惩罚自己，就要惩罚这个命。太穷了，村里很多人家都是这样，有时爸爸给别人点粮食，就能换来别人家老公的默许，爸爸就可以上别人的老婆，这不免被小巫辉看到，慢慢地他就接受，他已不再新奇，觉得这只是身体的一种需要而已，只是一种运动。其实还是可以看出，这巫辉是处在自然成长阶段，很茂盛，没有被修剪。

巫辉初中毕业时考上了个中专，也不能说是考上，因为录取的人比报名的人还多，他的学习成绩不好，只是语文尚好，这也谈不上偏科，因为只是稍好，对于那些学霸，这语文成绩就属于差的了。他喜欢背诵，慢慢地就背出了方向，那就是将自己的欲望背进去了，将对女人的渴望背进去了。本来爸爸不想让他上学了，觉得他成绩也不好，再上就是浪费钱了，但据说上个中专学个市场营销可以混进城市，想想这还真是个机会，家里又可以拿出这点儿钱，于是巫辉就在那个中专的市场营销专业继续成长。

在十五岁以后的青春期，巫辉完全进入性幻想中，他的身体生机勃勃，心理成熟，道德不是羁绊，万事俱备，东风也不欠缺，但他并不喜欢同龄女孩，他甚至不觉得这些小女生是女人。最先被他搞的是一个四十多岁的女人，巫辉看到她第一眼就似乎被她的丰满所醉倒，她是这所中专的老师，在这次性交故事中，公平而言她是被动无辜的，巫辉每次看她时都是大眼直直、晃晃无神，问询问题时，那身体总是贴来贴去，女教师已经几次有意拉开距离了，巫辉并不在意，这女人就陷于纠结中，她有一定的不解、一定的好奇、一定的恐慌、一定的躲避、一定的罪恶感。直到那个夏季的傍晚，身体的味道弥漫，诱惑重重，就在学校的办公室里，只有她一人时，他进来了，说需要请教问题，她接过书的时候，巫辉贴在她的身后，直接就摸上了她的大乳房，她试图推开试图挣脱，但在这粗壮和疯狂下，她默然无力，她没有喊叫没有眼泪没有愤怒，不能否认这也是一种鼓励，看着他的高大粗壮，看到他的稚嫩可怜，她放弃了，然后就开始了。

其实这女老师是教语文的，她长得真是很丑，个子很矮，黑黑胖胖，她没有被男人这样盯视过，她总是在可有可无中被男人嫌弃甚至蔑视，而巫辉不同，他是一种痴迷一种朴实一种疯狂，他是一种真实的情感。何况，巫辉的形象是她年轻时代所倾慕但无法企及的，这是她当年的白马王子，能被他搞是她的运气是她的自豪，她很快就这样想。巫辉并不在意什么长相，他不被这骷髅的尺寸比例所迷惑，他不在乎皮肤对光亮的吸收反射，他很直接，像性爱老手一样，就是直接看中了那大乳房和大屁股，在那里，有他最渴求的温暖、安全、爱和兴奋。

语文老师有家庭，她和他就在那小城市里偷偷摸摸地做着苟且之事，她为此租了间房，除了周六日，她每天中午都在那里和巫辉幽会。巫辉像头驴，这是语文老师对他的爱称，她给他钱，他们彼此给予满足，就这样，专科的后两年，他俩可谓相亲相爱。女老师在学校时就可以维护师道尊严，在家里就可以做贤妻良母，当然在出租房内就是娇喘欲女。不可思议的是，这一切竟然瞒过了相关人士。

巫辉始终说爸爸让他去济南，要让他进大城市，要让他在那里安家，就在毕业前，语文老师知道这巫辉需要离开这座小城市了，她喜欢这个驴一样的动物，而不是真正的男女之爱，因为他就是个孩子，包括在性方面，当然他爱钱，这个她也看出来了，或许他太穷了，爱钱就变成正当的了。她其实有个妹妹在济南，并且离异了，她想让这巫辉投奔妹妹，但同时又知道，这投奔早晚会演变成夺爱，这是一种危险，一种令自己煎熬的痛苦，于是她一直不说，她一直在憋着，直到有一天兴奋弥漫，她还是说出了妹妹，她想或许他是可怜的，或许他是单纯的，或许妹妹也是倔强的，或许自己是奉献的，或许自己是宽容的。这堆想法终于破土而出形成无疆之爱，她搭了一座桥。

巫辉有自己的聪明，开始的时候他的理性或聪明只是被本能所引导或主宰，当这些本能稍事满足或平稳后，他就会用他的理性或聪明去应付眼前，他需要吃饭他需要居住他需要钱他需要性，所以他需要她妹妹。

巫辉不是偶尔没钱不是经常没钱而是永远没钱，其实应该强调的是，在他生命中只有一个信仰，那就是爸爸，孝顺是他无限的义务。他将所得的钱都积攒起来都汇给爸爸，那爸爸就将这些钱存入银行，并不花销。这父子俩就这样，活着是为了存钱，为了想象中的未来不测。

37. 强大，让成功躲无可躲藏无可藏

语文老师显然是低估巫辉的能量了，她甚至有些浪漫了，因为，就在巫辉到她妹妹家后的三小时内，他就和她妹妹在一张床上了。巫辉不会被爱情羁绊，爱情，那是什么东西，他不懂，爱如果不做，那就是傻屌，他的思路很简单，人世间除了做爱和钱之外，其他就是浪费或者摆设。

就这样，他和她的妹妹一起同居了长达五年之久，从他十八岁住到了他的二十三岁，她的妹妹那一年是三十二岁，有个三岁的孩子，五年以来，孩子一直叫他叔叔，她的妹妹忍受不了这没完没了的免费的吃喝住，也忍受不了这永远的要钱，更忍受不了这在外人眼里的怪异关系，自己的孩子在长大在懂事也就是在学习人间道德规范的阶段，这是一种无法解释的怪异，另外，就是她忍受不了这驴一般的旺盛。这些东西慢慢在她的心底筑起高墙，把他慢慢推开将他慢慢隔离。

赶他走已经不是一两次了，每次他都会泪流满面，这个当时的男孩现在的男人，这个当时的可怜现在的威武，却在她面前表现一种毫无羞耻的恳求，她于是再三地心软再三地妥协。最后，还是她为他租了房预付了半年的房费，他才算是离开。

无论怎样，巫辉还是一直在努力工作，或者说是一直在努力找工作，因为，他很少在一个单位超过三个月的，然后他就开始找工作，因为他没有羞耻感，没有对人情世故的清醒认识，没有对道德的

相应的遵守，当然要附带说明的是，他不偷不盗不霸道不恶言，所以他打工的公司，大都可以给他工资并且好来好去，他们大都觉得这孩子怪异可怜，他的缺点就是工作没有目标，总是把性情和工作搞得混浊难辨。他于是不断地编造学历，也就不断地可以找到工作，甚至找到好的工作，在五年间，这巫辉还改过几次名字，当然只是口头上的，身份证上名字是刻在户口上，那是政府的，自己不敢去烦扰。就在福华复印机公司他自称巫艳辉，这个名字让他觉得会带给自己更多艳遇。

巫艳辉在酒店大堂里毫无所获，不是没有服务的女人，而是他想找那种不要钱的女人，他开始奔走在街道上，天太黑了，在昏暗的路灯下，他这么随机地找随机地搭讪，把过往女人都吓着了，最后，他只能一人丧气回房，带着口干舌燥。

扁奇在晚上的时候就给雾絮打电话，他问她的身体，她问他的辛苦，扁奇握着电话的时候是在酒店的房间内，他面对的是墙壁、窗帘、电视、家具、司机还有三张床，雾絮是在宿舍的传达室，她可以看到看门大妈、盆、桌子、灯泡、电视。他和她聊着，昨晚两人还眼睛望着眼睛，现在两人只能声音对着声音。

司机邹伟将他俩送到郑州后就回去了，他也年轻，他生在长在济南，他不习惯于在外面的日子，这让他失去安全感进而失去乐趣。扁奇要求单独一个房间，他无法接受这巫艳辉在他的面前就从容地调情准备从容地性交，扁奇很不理解他的举动，二人已经很熟了，并且扁奇认为这家伙没脸没皮，当然就说话放肆，扁奇说你就是个畜生，巫艳辉很同意，但反过来就说扁奇是个傻 ×，还是笑着说的，扁奇也无奈，两人都是说着真实的想法。巫艳辉本来是第二天就去湖北，晚上他就向扁奇借钱，扁奇说你不是出差前就已经从公司借钱了吗？巫艳辉就开始答非所问支支吾吾了，在扁奇坚决的态度下，他就说自己忘记带了落在家里了，其实他拿到钱的当天就将钱存了起来，他只是留了一点儿钱在兜里。他说我又不是不还你，你这么小气干吗，扁奇想明明是你的过错，却要以此推导出我的问题，这是什么逻辑？他突然灵机一动，这样吧，你在郑州帮我搞定一个客户吧，巫艳辉欣然答应。

巫艳辉有种基本的认识或深厚的技能，那就是当年自己就是靠贫穷走世界，当年可以，现在应当更可以了，这世界太富饶了，他就这么想，自己应该像只豹子，走到哪里吃到哪里，他就如同那铅球一类的东西，坚硬无比，可以滚动在最低处最深层，总是可以安身，他又可以像胶水，可以黏住各种女人可以抓住不放，总是可以有着落。有了这两种本领，完全可以天马行空浪迹江湖。

扁奇发现和巫艳辉在一起时真的很丢脸，因为他似乎到处都是争取免费，在搭公交车时，他根本不买票，当售票员在喊他时，他总是伸着脖子努着嘴，从嘴形上做出公司两个字的发音，然后售票员就将他视为同事家属。那时刻的他很平静很严肃，扁奇第一次接触这类事，开始就不免觉得这家伙神奇。但有时候他被拒绝或被盘查时，他支支吾吾故作镇静的神情，又让扁奇觉得跟他一起很羞耻。另外扁奇发现跟他在一起走路是个很讨厌的事情，他会经常走丢，当你觉得肩并肩在跟他边走边聊的时候，突然你会发现只有你一人，在自言自语，你只能停下脚步四处张望，你会发现他就在不远处和某个女人搭话，他笑着递着名片，当你走过去时，你还不得不被他介绍，似乎自己是个道具，还是个具有某种担保作用的道具，这真是让扁奇觉得很尴尬。

就在办公机具公司的经理室门口，那漂亮的女秘书拦住了他们，巫艳辉直接走了过去，他先是“哇”的一声，紧接着就说：“真是大美女呀，人生难得一见呀。”

那女秘书或许对平常的骚扰很有经验去对付，但在正式场合，在自己的公司里，在大庭广众下，面对这样过度的赞美还是很窘迫，她明显表现出不知道怎么对付的尴尬，她明显地迟疑了一下，这时，巫艳辉先是掏名片，然后点头哈腰地小声说：“我是他的领导，这次是来考察他的工作了。”

这个信息很丰富也很怪异，女秘书又开始拿捏自己应有的说法和做法，她的注意力完全被巫艳辉所吸引。女秘书是土生土长的郑州女孩，从小到大都是在所有人正常的理解图景中长大，她没有经历过什么，也不准备去经历什么，她的一生是爸妈设计的、自己服从的，她过得很舒服很自在很欢喜，所以对于巫艳辉这样的人，她还真是不适应，她只是用她的礼貌去对待，但这种礼貌明显不够用了或者不该用了。

扁奇听不清他的话语，当发现那女秘书自顾不暇时，他就去敲经理室的门，随后走了进去。

这经理姓师，这是个早晨，很多事情昨天已经消逝或处理干净，今天的还没发生或还没传递进来，所以他有一种悠闲和高兴，这就意味着同样的事在他不同的心境下会有不同的反应。

“哦？又是你？怎么又来了？”

“我是想跟您汇报一下，我们的产品卖进了大集团。十五台呢。”

“嗯？哪个大集团？”扁奇就这样跟他聊了起来。

扁奇出来的时候是那经理送出来的，他出来后对着还在跟巫艳辉说话的女秘书说，你拿份标准合同，代销合同。

女秘书连忙起身，似乎在摆脱被巫艳辉控制的局面。

有时候不得不承认一些道理，有的所谓的谬论在一定的情况下就会发出真理的光芒。牛元辉的说法或者做法还是有道理的，那就是要鞭打他们，但牛元辉并没有将这种想法贯彻到底，他这种认识只是为了证明自己的正确，而不是对业务的深究，就像拳击场上的乱拳，只管出击进攻。非常显然的是，他对于扁奇，牛元辉已经不再鞭打了，甚至不再施加压力了，牛元辉不再声色俱厉了而是和颜悦色了，扁奇也就不但不再有那种孤注一掷的绝望，他甚至都很少奔波了，他进入业务快乐的体验状态了，他甚至有意地遗忘了就发生在几天前的焦虑，或许这是人的休整人的保养人的重塑。在他搞定办公机具公司后，他就简单地在郑州跑了几家单位，然后就撤退了，就返回济南了。就在几天前，他还自以为成熟老练了，其实只是那自尊被包裹起来了，他一直没有分解它一直没有破坏它，而是完好锁在某个角落，若在空闲或松懈间，他的自尊就会王者归来重临心间。时间太短了，习惯是需要时间改变的，何况心理的变化，何况那从小到大被呵护有致的自尊，这是需要巨大的变故才能触动的东西。

黄昏时候的昆虫，在余晖中飘动并闪烁。整个下午，扁奇和雾絮一直在大明湖，他俩就坐在阁楼的台阶上，静静地望着夕阳最后的灿烂，这个场景这个角度一直在那里，不知道多少代人曾经在这个时刻坐到这里，像他们这样凝望着感受着。天略有凉意，但石阶还是暖热的，他俩拉着手，就在光线渐暗的时候，雾絮觉得自己心上的阴影也在增大。

"我不知道怎么了？觉得心在慢慢地进入阴影中。"

"这是什么感受呀，或许是今天玩累了吧。"

雾絮摇摇头，望着那湖水荡漾时反射的夕阳，她似乎看到血色一抹，巨大恐惧掠过心神。

巫艳辉的道德与众不同，他觉得最高的道德是孝顺，然后就是不偷盗不打骂。扁奇呢，尽管自己试图改变，但他还是原来的那样，最高的道德是善和爱情，然后是不偷盗不打骂，爱钱但也自尊。比较下来，巫艳辉其实是最大的孝顺，无人可比，除此之外他爱钱甚于爱性，爱性甚于爱生命。跑业务对他来讲真是得心应手，他似乎天生就适合这种跟人打交道的工作，若不是性将他身心吊了起来，他或许可以做出一番事业。他没有羞耻感，这样所有的障碍似乎就不存在了，因为他可以随时随地随心所欲地投入到工作本身，他每天小跑般行走在各大机关企业间，他没有怨气没有不公平的概念，所有的大门和所有的拒绝对于他只是考验只是检验自己的能力，他在意的是自己的理由是否足够强大技巧是否全然到位，他激情不止，笑容灿烂，所有的拒绝所有的尴尬所有的辛苦，对于他只是如同街边狂吠的狗，他听而不闻，视而不见，他太强大了，强大到成功都是躲无可躲。

就在到达湖北的两周后，他就在孝感成功地推销出二十台机器，若不是最后合同要求他送货，他会一直住下去，他流连忘返，他四海为家，因为他又找到了女人，这女人的出现不是偶然的是必然的。因为所走所见，只要是他觉得有兴趣的，他一定会去搭讪，搭讪通常是失败的，但这是通常，通常之外会有成功的，虽然比例很低，这点其实跟推销机器有相似之处。搭讪成功之后，就有女人为他提供吃住还有各种疯狂，那句“天当房地当床”的话在他这里似乎还有所欠缺，相比而言女人提供得更多，而应该是“女当房女当床女人还有爱和粮”。当某女人无法忍受这种免费时，就会赶他走，他并不在意，因为就在这之前或在这期间或在这马上，下个女人就在被寻觅或被狩猎中或等待中，总还是有下一个女人心甘情愿地为他做一切，这是个概率，他一定会碰上的，这一定是必然的，巫艳辉已经成熟了，他现在毫不拖泥带水，变得像那首诗所描述的：挥一挥衣袖，不带走一片云彩。他甚至不挥衣袖，因为挥衣袖，还意味某种礼貌某种余地，他自断后路他自创新生，非常洒脱非常豪迈。

有一刻扁奇觉得，那房东老太似乎也是那简陋房屋的一角，她也是一个构成，她就坐在那里，看着自己看着周围的一切，扁奇好奇，所有呈现在她眼中或她心里是种什么样的图景，她会在这些图景下产生什么样的认识，在这些认识中，她会产生什么样的情绪，若她没有情绪，那她在看什么在等什么。

无论扁奇出差在外还是游玩在公园，他经常会想到那简陋和困苦，他紧接着就会在脑海中浮现那老太太的呆滞状态。现在扁奇知道了，这老太太和儿子一家住在这个院子里，她儿子全家对待她如同对待那猪圈里的猪，只是管吃，甚至是吃他们剩下的食物，其余并无交流。她年轻过，或许美丽过，这个房东，她的儿子，是她将他从无心无肺的小动物哺育为一个独立思考的成人，而她，这位被儿子当年所爱戴所依赖的妈妈到今天所嫌弃所鄙视的老妇，这是种巨大的变化，这期间究竟发生了什么？这是什么社会刺激还是什么物理化学反应才能这样呢？

难道仅仅就是因为每天面对贫困的生活，每天面对彼此的熟悉，厌倦自己厌倦别人厌倦一切吗？这个就能解释吗？

我能做些什么吗？若我，同样的局面同样的背景，是否也会如此？这时扁奇想应该给爸妈打个电话了。

扁奇自打上次说了要请客后，就一直不再提及，似乎这事已经消失不见了，但曹士斌记得，那晚上还有几个没睡着的同事也记得，他们都是理工科毕业，讲究严谨，所以他们也毫无疑问地具备这种素质和习惯，他们不免私下议论，倒不是为食欲而探究，却是以此论证扁奇的品质并以此归类。

扁奇当然也记得，但他每天都是来往于科技职业大学和公司和宿舍间，每天还是有些忙碌，另外这请客毕竟要花费，这种花费对于他这种有女朋友的人而言，似乎有些没必要，他就在有意无意中拖拉，扁奇的轻微过错有时在别人眼里是严重的过失，因为这种有无必要就意味着广泛的实用主义，意味着被请客的人是不被需要的人，换句话也意味着扁奇认为这宿舍的几人没用处，其实这也是另外一种看不起或歧视，并且这是来自于同样命运的扁奇。虽然扁奇没有想到这个深度，但他们都很敏感，都会推论到这个深度。

在这花花世界里，那用于洗脚的盆和用于吃饭的盆会有什么区别？用具本身没有区别，区别是人赋予的。匍匐在人行道讨饭的残疾人和颐指气使的女明星有什么区别？从机体的角度上看是没有区别，但在不同的价值体系下，区别显而易见。

本来他有女朋友有高收入就有人羡慕或嫉妒，等到他有过错时，就有人产生义愤，就有人打抱不平了，就有人暗示了，扁奇的灵活性或道德开始显现了，他不纠结不勉强不迟疑，于是他就请客。

人生就这样，有时候一些大步的迈出就是源于这做事的理性或性格，这个请客只是人生中万千毫无意义的事件中的一个，但不能因为他的无意义就将其抛弃，因为这是一种积累这是一种证明这是一个过程。

比较起来，扁奇的酒量还不错，曹士斌已经脸红了，也就只能退出推杯换盏的积极了，大家在酒桌上不同式样地发泄着。

酒精似乎给了他异样的视野，曹士斌看着眼前的一切，眼前的一切让他反思到了自己这个独特的存在，只有自己才最可靠最实在的东西，而眼前的东西或许会随着自己的离开而消失不见，这个世界是由自己和眼前周围组成的，他发现自己在透过眼眶看着周围，周围是敌人是对手是朋友是不管自己死活的环境是黑盒子是不可知的东西。或许扁奇和这些同事们也是和自己一样的独特和独立，或者和自己一样思维，但我不知道我无法确认或者我确认了也没有意义，我依旧是我自己，我和这个世界的关系到底是什么？这个世界告诉我要成为一个有用的人，然后我就会获得幸福。我一直是这么做的，甚至超过了同龄人，但有用的人并不被所用，那这有用就变成虚无了，目前看来幸福越来越遥远，没有幸福所需要的基本条件，没有房没有高收入没有爱情，我仍旧是躯体之内的我，除此之外，毫无任何拥有幸福的东西。我或许应该怀疑那所谓的有用的人的说法，我不得不承认，我是个多余的人，其实这个世界并不需要我，我如果消失了，这个世界其实是无动于衷，我没有退路，但也看不到出路，我和这个世界到底是种什么关系？我需要这个世界，我需要活着我需要被承认我需要被接受我需要幸福，我退不出去了，我需要拼争，但拼争也是要在法律范围内，拼争也没有路，这世界太拥挤了，所有的路都站满了人，都需要亦步亦趋，只能另辟新路，另辟一条法律允许的路。我看着这世界，这世界并不看我，它毫不在意。

曹士斌就这样反复地想着，似乎进入思想的自循环中，又在一种浓烈的情绪中，但是表现出呆滞的平静。他看着他们，所有人似乎都在诉说着，就在这嘈杂的酒桌中，他并不被人关注，无人在观察他。

38. 每个人的寂寞

边上的服务员看着他们，她的眼睛和耳朵只是跟随着热烈的语言，她已经听出来了，这是一群刚参加工作的大学生们，似乎他们还没有着落。但这已足够让她羡慕了，他们有了济南的身份，他们有了耀眼的学历。

就在刚才，老板娘告诉自己，要在点菜单的汇总上多加出二十元钱，老板娘说这些人请客好面子结账时一定不会细看。

女服务员来自于济南周边的平阴县，她初中毕业后就到济南打工了，爸妈告诉她出去赚钱，然后找个男人嫁了，打工期间赚的钱要给家里汇一些，最好找个有济南户口的男人，这样自己就可以不用干农活了，还会有些保障。爸妈其实还想说找个有点残疾的男人也行，但这男人一定要有济南户口。

女服务员觉得这老板娘其实很没出息，对外欺负客人，对内欺负服务员，自己每天干那么多，那么辛苦，这点工资，还总是因为一些小错误被克扣或被延迟。

女服务员将单子按照老板娘的意思改了过来，当她将账单递给扁奇的时候，扁奇看了一眼就掏钱，老板娘说得很对，客人的确好面子，扁奇并没细算，他对于总数是有种预估的，这多出来二十元钱也是包含在预估内的，所以他就相信了。这是个简陋的包间，女服务员面对的是八个男人，他们都是在文化的包装下说着困难中的语言，按照规则在运转着，女服务员没有表情，那八个男人呈现各种表情，墙上没有任何装饰物，只是大白墙，灯光照着，大白墙的粗糙精细无人关注，它只是反射着，亮堂堂的一切。

就在那一瞬间，女服务员说你再仔细加一下吧。哦，不用了。还是加一下吧。扁奇还没醉，但也在一些懵懂中，他望着女服务员似乎有所感觉的样子，他心算了一下，发现多出来二十。

“哦，你们多算二十。”

女服务员只是“哦”的一声算是回答，回到前台将钱递给老板娘时，老板娘数完后就望着女服务员，女服务员说那客人发现了，老板娘斜着眼看了她一下，并无二话。

老板娘是济南人，但她没有正式工作，她高中毕业后也是四处打工，后来和老公一起开了这个饭店，两人也是借了很多钱，还算不错，饭店赚钱了，但这是她的辛苦和精明在每天积累后的结果，她完全陷入这生活的细节中，只有孩子、爸妈、饭店才是她最大的关心和快乐，其他的都是用具或道德要求，她就存在于这个类似于迷宫的局中，她的生命缓缓得以耗散，虽然这也是种忘我的艺术体验。老板娘后来和老公离婚了，再往后，她一直开饭店，一直很辛苦，她总是一个人，总是想方设法赚别人的便宜，于是这世界就对她额外苛刻。

女服务员曾经将这件事跟老乡描述过，她还说若是那老板娘对自己好一点，自己会配合她多收客人钱的。后来，女服务员找了个跟自己一样来济南打工的男孩，她有点倔强，不委屈自己，那就意味着不吃眼前亏，她的老公后来卖汽车配件，赚了钱买了房子生了两个孩子，但后来生意不稳定，一直在穷富间挣扎，像不会游泳的人，不断地喘气也不断地呛水。

扁奇事后脑子就不再浮现这个细节了，即便是各种联想，他也没有再现过这个细节，他似乎是忘记了，这情节其实是被挤入到某位心理学说所谓的潜意识中。他只记得自己请大家喝了场酒，还了个人情。扁奇始终没有告诉雾絮自己在河南的惨状，那是自己记忆都需要小心轻放的地方，那里慢慢形成薄膜，慢慢硬化，一种掩盖了原色的真实，雾絮是他的未来，自己的困苦自己的挣扎永远是自己的，面对雾絮，自己只能提供最好面目，永远是最好的状态体现，这包括现在的宿舍，他从来没有让雾絮踏足过。

在巫艳辉回来之前，他已经将这个号称特大喜讯的消息传播，其实最大的高兴应该就是牛部长和他之间了，因为他俩都是明显的受益者。另外，今年的销售在十月底就已经超额完成了，这意味牛元辉牛部长会获得巨额的奖金，这也意味着中层以上的干部至总经理都觉得这种奖励政策过于宽松过于不合理，这是公司几派的一种共识，若是按照某位思想家的划分，这是不同阶级的共识，不同的阶级还能有共识？换个角度也反证出如鸿沟一般的阶级划分是多么的脆弱和可笑。

这种收入从表面上似乎在暗示：全公司都是在给牛元辉打工。

巫艳辉在公司表现得很亢奋，他像一头即将参加大赛的悍马，仰着脖子，在办公室内走来走去，笑得很爽朗很开怀很大气，各种动作都很是夸张，他觉得自己是真正地崛起了，周围只是观众，周围只能鼓掌，周围必须鼓掌，他开创了新的自己，他给这些销售部的每个人都上了一堂课，他第一次出手就创造辉煌，以后呢，未来呢，自己都觉得不可限量。大概这种兴奋有些散去，或者他觉得这种表现有点重复了，或者他觉得自己应该换种表演形式了，于是他打开湖北女朋友送的新皮包，拿出一本诗集，开始摇头晃脑地小声朗诵起来。

科技职业大学处在市区内，就在十几年前还是农田环绕，但现在则被包围在楼盘和商业和机关中，如同一个无知的人突然陷入一堆麻烦里，在各种需求、欲望的教唆、指导、压力下，科技职业大学不得不梳妆打扮粉墨登场，自己也不清楚是被动催生还是主动生长。

学校开发需要上级的批准，需要各种手续，这繁杂的和琐碎的工作就由办公室承担，办公室就将这些工作细分，其中就有一部分由这些新老师们去办理。

一朵朵的云孤零零地悬浮在空中，它们是一朵朵地存在着，彼此静静地望着，各自在保持着一种形状，守候着，守候着自己的命运：聚集或蒸腾或吹散，也就是不再是那原来的自己。云的上面是耀眼的阳光，云的下面是苍翠的山峦、汹涌的黄河、济南城区和城区内走动的人。

科技职业大学的校长三十年前山东大学毕业，那时的他无视甚至漠视自己的欲望，他要引导要升华自己的欲望，他对亲人和朋友的劝说予以不屑，他认为自己的一生就应该奉献就应该无私，他申请去艰苦的地方要去奉献要去发光发热，要将自己的人生变成为别人甚至为人类服务的人生。他那时候应该是将利他主义作为信仰作为义务，随后就是，几十年如一日地做农村教师，后来也娶了个农村的老婆，当利他主义思想还坚决时，所有的艰苦却是望不到尽头，长久没有回报似乎变成了永远没有回报，尽管他并不期待，但这种利他主义似乎慢慢变成了自虐行为，这是他始料不及的，这是一种思想长时间的自我否定和发展的结果，这种现象的出现不能完全是周围对他的影响，而应该是他的自我思想的变化，这是一种正常的变化，因为人的理智不可能永远被信仰所控制，何况这信仰只是坚守在自己心里和媒体的宣传上，周边没有实例。有人说他投机说他是被逼无奈，慢慢又演变成周边人甚至老婆都开始曲解甚至怀疑他的正常。其实他有些特点，他骄傲甚至严苛，对学生对教学甚至对同事对校长都是如此。十五年就这样过去了，尤其是有了孩子，那孩子在教育中的变化让他醒悟了，他发现孩子一直在教育中表现出个性，这些个性是先天具有的是自然的一部分，甚至那自私自利都属于其中之一，或许不该被那些所谓的整体主义所削砍不该被信仰所引导，他暗暗觉得自己或许错了，当然他只是承认自己部分的错误，他要将这十五年的错误纠正过来，那就是他应该获取成功，要让自己的错误变成自己的优秀，他要重新树立自己，他要在大家面前证明自己，他的眼珠转动极快，像鹰一样的犀利的眼神，其实这只是一种表面，一种和观察者丰富想象无关的表面，这是一种头脑思维时眼睛随同脑部肌肉的现象。

他不再那么孤傲了，他积极地配合，他变得通融，变得和蔼，对照他当年的独立，他现在是积极，很快他就成为镇里的校长了。但又是五年了，他毫无机会进步，因为他毕竟是外来户，文绉绉的形象和条理的思维，这些毕竟给镇领导和县领导带来压力，这些领导们普遍的认识是史震巍是位非常难得优秀的校长，那就应该在这个岗位干一辈子吧。

史震巍毕竟是山东大学毕业，他的同窗好友现在已是副省级干部了，当年分配的时候，那位同窗好友觉得奉献自己最好的地方就是管理中心，他无法进入中央，那是有更大奉献的地方，那就努力进入省政府，他果如所愿地进入省办公厅，后来又担任某位领导的秘书。这位同学完全知道史震巍的经历，这位同学知道他不是投机不是被逼不是精神问题，知道他当时思想发生偏差选择错了。就在六年前史震巍找到这位同学时，史震巍说自己爸妈年岁已大，希望自己可以调回济南，可以一起陪伴最后岁月，于是史震巍很快就被调到科技职业大学任副校长，连升三级，这位同学在调动他然后高职位安排他时，面对那些有关人士他表现得非常激情：

“史震巍这位同志，要文凭有文凭要水平有水平，但他在最艰苦的地方默默奉献了二十四年，谁能做到？我们不提拔这类人还提拔谁？”

就在两年前，史震巍担任科技职业大学校长，这属于副厅级。

史震巍的心慢慢平静了，他真正地找到了位置，他觉得那艰苦的二十四年算是有了个不错的结局，当然若能在退休前做个正厅级干部，那就是完满了。

曾经疯长的芳草，到了冬天就显出一派安静的抽象的黄暖的色彩。

牛部长对巫艳辉有相当高地器重，非常欣赏他。牛部长有时会说这研究生水平的确不凡，这研究生可以将自己的姿态摆放很低，可以很随和很聪明，这是位天才，他有时又不免对巫艳辉充满兴趣，“你怎么会到我们公司来应聘业务员呢？你研究生读的是什么呢？你怎么还没成家？”

巫艳辉对这批问题表现出先是没听明白随后又有些不屑的态度，他的大眼睛左忽右闪，脸上挂着灿烂的笑容，“啊，哦，你问这个呀，唉，不说了，不说了，英雄不提当年勇。”

牛部长面对着这堆笑容似乎懂了似乎觉得知识分子就是这样，

小情小调，外圆内方，心有千千结，问多了显得不尊重了，于是就跟着笑，还说句：“你这小子呀。”边拍打着对方肩膀边哈哈大笑，表明他理解了，表明他和巫艳辉一样，都有此类英雄之殇。

就在牛部长感觉最美好的时候，就在销售部觉得巫艳辉前途远大的时候，他消失了，像他对待女人一般，他对待公司也是这般无情，甚至是更加绝情，他不做任何交代，直接就无影无踪，电话不接传呼不回。这是发生在巫艳辉将货送至孝感，然后客户将货款汇入公司，接着他从公司领走返利和奖金之后。开始，大家都认为他有事或病了，但过一段时间，大家又都认为他到某地去挥霍去放肆了，但不久那孝感的客户来人找巫艳辉索取那返利时，大家又开始认为这家伙或许被图财害命了吧。牛元辉和公司的领导翻找他当时的登记时才悲哀地发现，几乎所有的信息都是假的，但似乎又不够报案的条件，只能摇头作罢，巫艳辉不但让大家意外，甚至都让自己意外，因为他自己桌里还有些东西没拿，说明他事先没有任何准备。

夜风把白杨刮得哗哗响，浮云不断地遮住月光，又不断地被让出夜空。

扁奇很早就醒了，他穿上衣服走出这阴冷的宿舍，望着朦胧的山色，他要爬上山，要去看一下清晨的济南。他沿着山路向上爬着，远方是微微发亮的地平线，按照流行的语句，是一种接近的鱼肚白，这种比喻是一种思想跳跃，将两个不同范畴的概念连接到了一起，这种结合会给观者制造一种什么体验呢，或者说观者会由此创造出什么样的认识呢？同样是比喻，同样是词语的搭配，当山和灵魂和神这类词搭配，那会有什么样的感受呢？他自问着：山有灵魂吗？或者有山神吗？都是人所赋予的，而现代教育也否定了这一切，但为何要搞出这么个东西混淆理智呢？或许人在无力或恐惧的状态下找个安慰或靠山吧，就像人在走夜路的时候喜欢拿个棒子吧。鱼肚或者灵魂或者神，这属于不同类的词，不同类的词放到一起就会产生各种怪异，语言被认为是一种工具，但继承发扬到一定程度，却反过来规定了人类的思想，控制了人类，变成人类的枷锁。

风已经小了很多，但那冰冷还是在缓缓侵入，扁奇加快走着爬着，希望这运动起来的热气可以逼退这寒冷。

地平线已经泛红了，这种深红开始不断延伸，远远近近的云朵已经披上不同深度的朝霞，扁奇被莫名感动了，一种壮烈感油然升腾，他想若不是早起，真不知道原来这世界还有这般壮丽。人真是不应该只沉浸在一种视野里，或者说人真不应该只有一种角度。

扁奇在抵达山顶的那一刻非常震撼，那阳光已经穿透地平线，不再是羞怯或被压抑的红色了，而是一种光耀天下了，脚下的这座山，人称是燕翅山，就在平地凸起，非常显眼，扁奇开始浑身发热，面对着眼前的都市，街道楼房横平竖直远近有致，他看着分辨着，平复自己的情绪，把心神慢慢地聚敛到眼前的孤寂，完全投入到眼前的广阔，慢慢与眼前的节奏吻合，过了一会儿，他又努力转换成为都市角度，模仿都市的感觉，模仿城市看着眼前的自己，这个小人物这只小动物，多么可笑，本来脆弱如芦苇，却这般不自量力。扁奇在这种变换中，突然怀疑“我”这个概念，“我”究竟是什么？这种独特的“我”，每个人各自的“我”到底是什么？怎么来的？这个“我”不但不可思议，甚至非常难定义，这是某哲学家所说的记忆画片累积吗？扁奇在这个概念上停顿了一会儿，不得所获后思维自动转移。就如同那大灰狼敲打小白兔的门，各种花招使用后不得而入，于是悻悻走开。

扁奇想，自己应该有所改变了，要将自己的节奏放慢，要将自己的情绪放松，要将自己的志向现实化，一切都要慢慢发展。想到志向就又想到了雾絮，她或许还在睡吧，或许也在清醒之中，春节快到了，应该带着她一起回家乡。

又是个阴天，外面稀稀疏疏地飘着雪花，雪花一片片摞叠起来，无人触碰的地方都被遮盖起来，白色慢慢变成了唯一的主宰。

办公室里暖洋洋的，这既有暖气的因素，也有车间里机器元件需要老化处理从而散发的热量，还有人体在喘息中释放自己的体热。牛元辉翻看了一篇法制方面的文章，他由文中的案例联想到现实中，他悟了出来，这巫艳辉一定是跑路了，想到这，他那眼睛瞪了起来，小眼睛变得炯炯有神气势汹汹，他身体的另外一种状态涌现，他拍案而起。

“这是个坏蛋，这种坏蛋，要办了他。”

这也是一种四合院文化，那就是背靠群体，就会有雄心壮志，他就会像位豪杰，杀心四起。

扁奇也很烦，这巫艳辉还欠他三百元钱呢，就在巫艳辉还在公司时，扁奇曾经催讨过。巫艳辉笑着说：“你这人就是小气，就这点钱着急什么？我还能不还你吗？过几天等我拿到奖金后。”

一个月后，一封来自湖北的信，是寄给巫艳辉的，牛元辉牛部长拆开看了，他觉得他有权拆开，他认为坏人不需要隐私，他认为这样的公布于众是种正义彰显，他还认为应该让大家知道这巫骗子的可恶之处，应该为此嘲笑一番，随后就开始在销售部传看了。这是个女孩的信，这封信大致是这些词汇组成的：思念，第一次，太快了，爱，结婚，你在哪里。

39. 我要收拾你

巫艳辉这时已经在北京了，其实就在他从孝感回济南的卧铺车厢里，他结识了位大姐。这位大姐是北京人，她先在武汉办事，然后再去济南办事，最后要返回北京，本来在路上，大家相互间保持着相应的沉默和谨慎和冷漠和礼貌，但这巫艳辉满脸笑容，他热情满怀，言语不断，这位大姐还是被他打动了也就被他诱惑了。

当时巫艳辉是准备当天就将返利送到孝感，但当他拿到那沉甸甸的厚厚摞摞的现金后，突然不舍得，他的心很痛，这么多的钱，自己从来没有见过，现在就在自己手上，这么多的钱如果就这样从手里流出，那自己简直是傻 × 了。巫艳辉看待这个世界是很不同的，通常人都会理性地看待多数人或尊重多数人，而巫艳辉则认为这个世界完全是傻 × 构成，多数人其实就是多数傻 ×，根本不需要什么尊重或看重，女人都是可利用的东西，男人都是要防备的东西，成功的人都是大骗子，平庸人都是要被骗的。当然要骗和被骗都在一定尺度上，尺度大了就犯法了，就要被关进牢房。巫艳辉也很明白，返利就是不上台面的东西，这笔返利是属于那集体小金库，估计会不了了之，属于灰吃灰，现在机会来了，我要去北京，那是个更广阔的世界，巫艳辉想到北京这个词时，所有的细胞都沸腾了，他要再次启动自己要再次开创自己了。

巫艳辉的女人太多了，爸爸催促他早些结婚，他就像那挣脱缰绳的野马，他已经习惯这世界是一个动物园了，他任性惯了，他也约束不住自己了，更没有哪个女人可以约束他，抽象而言，没有任何规矩道德可以约束住他。就在北京，就在五年后，也就是他爸爸死去的当年，他也死去了，他为女人生为女人活最后为女人死。他记得“男人都是要防备的东西”这句话，但他忘记男人是包括高个子男人和矮个子男人，他睡了别人的老婆，以前他只是挨揍，但这一次他被一个矮很多的男人用刀捅死了，当巫艳辉看到那是个矮个子男人时，他比较放松，没想到那矮个男人看他高大，怕搞不定他，就动作幅度过大，一刀夺了他的命。

巫艳辉的遗传基因还是传播了出去，有一些女人怀了他的孩子并生了下来，但那些孩子都是别的姓，只是他不知道，这些孩子也不知道。巫艳辉和他爸爸在银行存了很多钱，其中包括那孝感的返利，但他突然死亡后这笔钱竟无人知道，即便是有人知道，无人有资格领取，因为银行有规定。

牛元辉现在很急了，整个一月份销量很低，他甚至说，你们都说困难说问题，你们顺着这条长长的经十路，挨家挨户推销，我就不信，难道不能卖出去吗，他说扁奇你的干劲不如以前了，现在总在家里晃来晃去也不像以前那般满世界跑，他还说，你们这帮做业务的人应该像那表针，要永远不停地转动，这样才是做业务的样子，他还说，你们应该学会动脑子，怎样才能更高效率地销售。他把意识所能浮现的话像倒垃圾一般一下子全部倾泻，他似乎只是负责说，并不负责取舍和引导，他只负责源源不断地施加压力，也就是他理解的动力，他认为压力就是动力。就在这个会上，大家都变换着角度用不同的故事，都在阐述一个意思，马上过年了，各单位都停止采购了，这是淡季呀，这正常呀。牛元辉牛部长听进去了，也就接受了，然后，他就将这句话讲给公司的总经理和副总经理听，二人不置可否，因为总经理是台湾人，他对大陆的认识似乎还处在梦游阶段，副总是技术工程师，他看到的是秩序的抽象，这类人间万象他不屑一顾。那就等年后吧，未来一定更美好，不能否认，谁否认谁就是悲观主义者。

曹士斌几乎坐了一天，他觉得脖子凝固了，于是摇晃着脖子，用脑袋在空中写着“风”这个字，他就这样不停地写着，过一会儿就不自觉地停了下来，他一直想着，就在昨晚，来往于深圳和济南的高中同学跟他说着程控交换机项目，他说深圳可以批量买到设备，现在山东市场很大，对于你我，技术很容易掌握，咱们可以组建公司，一定会赚钱的。

组建公司？这是个动宾结构的词，这个词意和这个词所分解出来的词，一定又是内涵丰富，这代表了很多行为甚至时间，曹士斌毕竟是刚毕业的学生，他似乎被这个词吓住了或难住了，在这点上，那位高中同学也是茫然，他只是说我看其他省的人这么做了，我现在来往于深圳和济南，对这里不熟悉，技术设备方面我没问题，其他还是需要你来张罗。

曹士斌想到了扁奇，然后他就暗暗地感觉那扁奇的各种特点，他将扁奇的行为言语在脑海中播映，从中筛选分析着，如同过滤板一层层地过滤着，从中不断地挑选，最后生成某种抽象的词语，再把这些词语和自己的困惑相互匹配，看是否可以建构起理想的新公司。最后抽象出来的概念是：能干、聪明、灵活、内向、自私，似乎这些并不能填补自己的不足，拼不出理想公司的图案。这时的他开始茫茫然了，如同那空杯子中突然倒满了水，他无法继续思考了。

仓库的女人总看自己，曹士斌发现。那个女人漂亮丰满，她明显已经四十多了，但那种漂亮和丰满不是皱纹和肤色和脸型和躯干和紧绷和味道完全可以遮蔽的，如同那西红柿，已经绵软了，但也有甘甜。年龄的区分对于二十三岁的曹士斌而言不是很清晰，在他的感觉定义里，女人有孩子和少女之分，然后就进入三四十的大妈级别，再后来就是像妈妈那样的老女人阶段了，对这大妈类型，曹士斌其实毫无认知，但在她经常的含情带笑的注视下，曹士斌的身体就进入某种混乱中。

史震巍校长每天凌晨就起床了，他的睡眠不好，每个晚上他只能睡五六个小时，中午当然还能睡两个小时，他想这样就够了吧，足够饲养身体了吧。冬季的天总是迟迟放亮，似乎跟着寒冷一起做着搭档，史震巍不愿意懒散在床上，他就披上衣服走了出去，他每天都这样，史校长会围着校园慢慢走，他不想跑步，因为这一方面会出现特别的一种仪态，另一方面就是他还是喜欢那缓慢的节奏感，在缓慢的节奏中，他觉得自己心灵有一种舒适，有点像做薄饼，面团被轻轻地滚压，这样的心一定是熨帖舒服，那些皱纹那些苦难那些情结会被挤压会相互融合会被平复会被消除，他就慢慢走着，从教工宿舍穿过操场穿过食堂穿过学生宿舍穿过教学楼一直走到大门口，看看门卫，然后再返回，这其中他不断地变换线路，他就这样不断地走着，直至校园广播响起，这种散步长达几个小时，这样一来，他全身会热气涌出会汗水涔涔，他喜欢这种散步，已经五年了，自打他成为校长那一天起，应该说这还是偶然的，他那晚很兴奋，于是他就早早起床，就在黑暗密布的校园走着，他觉得像个国王，他有一种占有感，他甚至还有一种归属感，他要视察每个角落，这样习惯就慢慢养成，他一直是这样，在这种运动中他会心体通畅。

校园的一部分就要开发了，那是沿街的一部分，可以盖出一栋大楼，那里是个小园区，本来有个小凉亭，修剪一下就是个所谓的人类艺术领地，但不修剪就是自然的领地，那里还有几棵粗壮的枝叶繁茂的大树，很快都要被砍掉了，要为人类的想象让开空间。

史校长本来没这么多的想法，他还是有些守旧，他的欲望很低，他虽然检讨过去，并重新规划了自己，但还是顽强地保留了过去的一部分，他觉得这种开发是种侵犯是种背叛，但这项目其实是源自那些开发商们，他们看中了这块地，就在四年前不断地游说，他就这样不断地被推着被拖着，直至去年主管领导都发话了，主管领导甚至将守旧这类的帽子都造出来了，就等着找人戴上呢，另外就是负责基建和后勤的副校长也是支持，他说咱们可以通过这个项目顺便在校园内造几栋楼，改善提高一下教师的住房条件，这个理由很强大，史校长没办法了，他只能同意甚至要鼎力支持。校长还是虚弱的，他在框架内生存像在某种牢笼中，他在这一点上就没有国王的感觉了。

自打去年他同意后，风声已经传出了，很多开发商就找上门来，史校长全将此事推给那副校长，他不喜欢和外人交际，他不想被外界刺激，他真是欲望很低。

天已经放亮了，史校长望着眼前的一切，就在这里几年之后将竖立起一栋高楼，眼前的一切都要摧毁，这就是人类的进步，这就是未来。他有一种伤感，这伤感可以追溯到他的大学时代。

就在春节假期前奖金发放，扁奇领了很多，他太兴奋了，他自我鼓励他期待明年，要在新的一年赚更多。

牛元辉牛部长似乎需要领取在所有人眼里的天文数字，这在公司上层引起了一波抱怨甚至愤怒。作为总经理的台湾人倒是很平和，他不理解大家的情绪，但他承认这奖励政策的缺陷。

春节临近了，雾絮跟着扁奇回到了家乡，想象经常比实际过分，雾絮一直想象那东北严寒的可怕，但就在他的家乡，那白雪皑皑的大地上，那疏密有致的小城镇里，每间房内都是热气腾腾，在这种强烈的对比下，雾絮甚至有些欢喜，她跟着扁奇走出家门走向田野，眼力所及的地方无不是白雪覆盖，由远及近大雪平铺，随处可以平躺，可以舒展四肢，可以肆意呼喊，可以四处奔跑，厚实的大雪真是如同那软垫子，随时可以摔倒，随时应该摔倒，就躺在那里望着蓝天，纯净的蓝天，阳光铺张开，铺张在蓝天上，铺张在大雪上，那院子四周已经被劈好的短木包围，就在那火炉边，火在升腾着，在欢畅着，在吞噬着一根根木材，那也是一种辉煌一种畅快，雾絮自己设想了一幅图景，那就是坐在火炉边，听着古典音乐，喝着茶或咖啡，看着日出日落，伴着扁奇伴着孩子伴着爱情，就这样度过一生。

那天，雾絮竟然问扁奇，为什么呀，为什么呀，你的家乡多好呀，这种平静的生活会多么幸福呀。

扁奇的家不是很大，他是独生子，二人就住在他当年高考苦读的小屋内，妈妈看到雾絮后还是很高兴，但随即那种不安感也在扩散，她跟扁奇的爸爸私下表示了那种共同的担忧，雾絮总是在微笑，雾絮很有礼貌，她和他们本是相互陌生，只因为扁奇的原因就需要拉近，就需要亲如一家，这其实是一种勉强，这对于人的智力和情感是一种挑战，如同不同密度的西红柿和茄子，相互保持距离就好，千万别硬生生地合并到一起。

无论怎样，爸妈的不安感是认识上的非合理性造成身体上的非舒适性，这是一种细细的浅浅的器官感觉，没有什么超验的，并不代表什么。

扁奇带着雾絮四处走动的时候还是很欢喜很自豪，这可以说是虚荣心在作用，对于别人的夸赞，扁奇认为对方只是说着心里话，自然接受，欣然领受，对于别人淡淡的反应或者没有反应，扁奇又可以自解为嫉妒。扁奇在说着自己单位的时候，又洋溢着某种自豪，总之，他很成功，他这么想，也暗示别人这么想。

雾絮还是淡淡地笑着，在扁奇的家乡，她是有一种视角的，这种视角是这个家乡作为一个整体，所有的故事所有的情绪都是这整体中的运动，她只是这整体外的观察者，这还可以认为是一段时间，有开头和结尾的时间，非常清晰的，自己的和这些所有关系也就有开始和结尾。她就如同飘在这个整体中的云，静静地穿越静静地观赏，她只是路过，无须参与。

她的话不多，她的想法其实也不多，她其实就是骨子里有一种顽固，若打个过分的比方，其实类似于狗，一旦认定了主人，就会死心塌地。

真的是这样的，雾絮的忠诚是源于教育的力量，她从小到大就一直在坚实稳定的道德教育下成长，她被灌输成:人本应当就是这样，爱情从一而终，无论出现什么变化，自己都应该顺从、维护、修补、保鲜，自己没有权利寻找额外的自由，在这方面，雾絮已经放弃自己了，这是义务这是责任这是道德。若是不幸地遇到变态若是被抛弃，这类极端状况她该如何应对，或许她的所有一切就需要重建，幸运的是，在她眼前暂时没有发生过，她自然就不会关注。

春节就这样走近走开，节日的欢乐也是出现然后变淡，寒冷却是依然不减分毫，冷风若隐若现地清扫着街道，蓝天和阳光就那样铺张着，整个济南似乎处在一种静默中。

仓库的中年女人像个绵软的西红柿，虽然不坚挺饱满，但也解渴也甘甜，她曾经的漂亮和现在的气质还是可以刺激感官，她有妖冶有妩媚有胸脯有坚实的屁股，也许已经足够诱惑男人了，面对这小屁孩，她不是毫无自信。就在那天下班时，她摇曳到曹士斌面前，“我帮你介绍个女朋友吧。”

就是这句话，让她有了接触他的借口，让他有了跟她吃晚饭的原因。晚饭是在一家小饭店里，就在花园路上，那里是繁华街道，每天都在堵塞着，那里总是人来人往车来车往，但无人驻足，人太多了，大家都是陌生人，彼此间相视无物，但她和他还是需要一个理由，一个正当的理由，这种正当的理由虽然无须向别人解释，但可以让双方安心，可以让彼此在这小饭店里安心安静地听和说，这种正当理由是一位热心的济南大姐给一位毕业半年的男孩介绍对象，但实质是，这位大姐想让这男孩附身上位，她需要被进入被侵犯，她被那欲火缠身，自己已经燃烧起来了，面对着：这个粗胖的精力旺盛的小男人，这个浑身散发着勃勃生机的小野兽。

中年女人名叫李伦，她在五年前离异了，孩子也被那男人带走了，她现在是一个人。

曹士斌还是感觉到了她的魅力，他不是全然无知的，他只是不确定她是需要他的，等她和他频频举杯，等她和他相互搀扶时，等他和她坐在她的家里时，他一直还是被动的，他一直没有主动，他也不敢主动，但他抑制不住自己的身体，精子有它们的千军万马，有它们的排山倒海。他不知道：他对面的身体里卵子已经在激狂地跳动着，等待对面的洪流滚滚。曹士斌按照本能在激情着，按照她的指引前行着。

这一切的发生，是李伦酝酿已久的，她自己想象自己决定自己策划自己行动，都发生在她的躯体里。但就在这一切的二十六年前，她还是十五岁的女孩，她还在为别人夸赞自己是漂亮女孩时而脸红羞涩，就在十七岁被男孩拉手时，她还是手心汗湿，就在十九岁和男朋友第一次时，她还蒙住自己的头，眼睛紧紧闭着，就在二十九岁和老公在一起时，她就可以熟练地和老公撕咬，就在三十九岁她被另外男人勾引时，她完全激情迸发，就在四十岁时她开始勾引男人了，她开始享受男人了。曹士斌是她第二个享受的男人，这个小屁孩这只小老虎，哈哈，她的口水在体内流淌。换个角度看，她一直被社会这台机器篆刻，慢慢地她心中的一部分道德被摧毁了，她开始抵抗了：为什么我不能像男人一样？四十岁时，她彻底觉醒了，她就开始充当社会，她开始主动出击了，她开始篆刻别人了。抽象一下，那就是当年，她是被制作中，现在，她看明白这个世界了，她可以发挥了，她开始主动制作了。进一步抽象，人是变化的，她是一直在突破原来的自己。再进一步抽象，人是没有本质的。

就在床上时，曹士斌跟她说了自己想做公司的想法，李伦按照自己的经验阻挡，她说这样多不靠谱呀，你们有钱吗？你们赔得起吗？你们这些孩子懂什么呀？你应该找家大国企或者政府机关进去，这才是正路。曹士斌问，那你能帮我找到吗？我不能，我还没着落呢，李伦摇着头叹着气，她的这番话将曹士斌一堆想法中的几个消极想法拉出，让曹士斌不免沉浸在这几个想法中，某种程度地牵绊了他的壮志和热情，他就不免犹豫，结果就是拖延。

牛部长很愤怒，年终奖他只拿到三分之一，关于他的奖金的事情进入了董事会的议程，中方坚决反对，外方也不坚持，这毕竟是拿走他们共同的钱，观点空前一致。倒是那台湾总经理从管理的角度上说，公司还是要有一定的信用和威严的，要让公司显得纪律严明，这有利于长远利益，中方的董事们说这个无须担心，我们会做思想工作的，这是我们的利器法宝。

中方的思想工作比较简单熟练，董事长亲自召见了牛部长，其实这位董事长是电子局的一位领导兼职，他让牛部长到他办公室，说：我们和外方合资要考虑大局，大局就是要让外方高兴，他们不同意你的奖金，他们说这笔钱太多了，这些资本家呀，没办法，我希望你忍一忍吧，就这样吧，不过话说回来，即便这样，你的奖金也是非常高呀，年轻人，你的未来还广阔呀。看着那上下翻飞的道理，牛元辉能怎么说能怎么办，在这位董事长面前，在电子局的领导面前，自己就是弱不禁风的小树苗。

大局，这个词是个名词，但有时又如同可伸可缩的形容词，普通人说大局，和局长说的大局，以至于主席说的大局，一定是不同的。就拿牛元辉奖金事件来说，董事长所说的大局是中外双方的满意，但牛元辉所理解的大局难道不是社会的信誉和公平吗？这个大局一定会远远超越这社会一角的大局。这是社会的示范、社会的规则，甚至社会的道德。牛元辉无力辩驳，明白这道理如何？说出来说清楚又能如何？董事长明白牛元辉有道理能如何？董事长其实就是假借大局的名义遮掩自己的私心罢了，自己的妒忌，平衡中层干部的妒忌等混杂的想法。那些经常以大概念描述的道理真是应该小心，那往往是权利的词汇，是权利的陷阱是权利的工具。

董事会的事情向来比较机密，那台湾总经理似乎也不善于跟这些下属进行思想交流，于是真相就被压在谎言的威严之下，甚至是永远被埋葬，于是无知的牛元辉就很痛恨这些资本家们。

40. 无限风光在险峰

今年的任务非常艰巨，奖金也大幅缩减，用董事会的说法是要回归到正常的范围，“调动所有的积极性，要更加严谨更有效率”，简称“一调两更”。董事长是资深领导，他喜欢这样简明的口号，这样会让下属们思想简单明确，这是种灌输，这是种强化，治理社会就应该这样，要用语言做出无数个方格，将每个人都放入其中，每种思想都规范一致，这是一种心理学中的控制主义。

牛元辉牛部长有情绪了，整个销售部有情绪了，如同身体的某个部位出现了肿块，虽然还没有形成疼痛，但病症已在潜伏生成中，等待发作。

拖到不能拖的心理承受时间，曹士斌请了个假就去工商局，他要准备注册了。他很明白，自己必须要挑战，必须要突破现状，不能活在这种一眼望穿未来的现状中。当他阅读了相关规定后，他有些傻眼，这类科技公司注册资金需要三十万,三十万？到哪里去找三十万来注册呀？他垂着头叹着气上了 2 路车，然后转 18 路坐到终点站，然后再从终点站走回宿舍，他并没有觉得疲倦，他只想走下去，累着自己也就是惩罚自己，公司注册这个门槛挡住了他，这么大的期望就被这个小细节击垮，这一个多月的情绪高涨和思想积累突然在这一瞬间释放出来，他一言不发躺在床上，眼睛呆呆地望着，就在桌上，立着一面小镜子，他望着镜子的自己，发现自己的身体躺在镜子的深处。

扁奇在河南设了几个销售点，如同在鱼塘里支了几个鱼竿，他期待着那鱼不断地上钩，其实这点类似于牛部长的策略，销售部这些业务员们，也是牛部长的鱼竿。但对于公司而言，这牛元辉这销售部却是他们唯一的鱼竿。公司这种奖励政策，牛部长心里不满，开始的几天，他全部发泄到所有他强势的地方，他对着手下叫嚷训斥，他对着自己的孩子紧绷着脸，他对着老婆沉默，他对着手中的笔和纸大力摔打着或揉搓着，他对着天空对着花香对着街上的流行歌曲视若不见闻若不见听若不见，他似乎不再拥有感觉器官了，他将注意力转向自己，思考着自己也不知道的什么东西，为了思考而思考，在阴郁的情绪下表现得更阴郁。几天后，他似乎慢慢恢复，慢慢走回原来的习惯中，他又开会了，在会上他开始鼓劲了，这种鼓劲与其说是鼓舞提醒威胁，倒不如说是自我鼓舞自我提醒自我威胁，他毫不例外地跟别人一样，自己生病却以为大家也生病，自己吃药，别人也要吃药。

公司管理层和销售人员的关系非常紧张，以前还有礼貌笑容共识这些温情的包装，但现在只有冰冷的规则——顺从，就老实跑业务，不顺从，就另谋高就抓紧滚蛋，公司已经有几人离开了，扁奇又进入另一种不稳定状态，虽然他没有被退回学校的担心，但看不到未来，面对这公司的现实残酷他忧心忡忡。

行人走在冬天的街道上，斜斜长长的影子跟随着，树木开始暴露自己的丑陋：枝、干、树皮，所有的生机都隐而不见。

科技职业大学周围开发项目的消息已经传出去了，很多开发商陆续登门拜访，他们有直接上门自报家门的，有的七绕八绕通过各种关系介绍来的，副校长都予以热情接待，他并不表态，他只是温和地说，我们学校办公会需要研究。大家只能悻悻然表示理解然后又再三表态自己的优越性。副校长是个很有想法的人，他似乎要将所有简单动作变成一种复杂过程，在过程中寻找机会享受快乐。

扁奇还是每天和雾絮在一起，那个傍晚他站在她的宿舍门口时就闻到了她的气味，那是她躯体穿行后留下的痕迹，如同雪地足迹如同雨后彩虹如同山谷回音如同逝去怀念。

他向雾絮说出了现在的担忧，公司政策发生变化了，赚钱变得更加艰难了，自己或许应该找个出路了。雾絮已经开始上讲台了，她说其实讲课还是有点意思的，现在才发现讲课并不累，自己在讲台上一直是释放状态，真正累的应该是学生，他们虽然坐着，但脑子必须跟着她转，这是个紧张尾随的脑力劳动，若自己不时地提问一下，那又像一种驱赶的感觉，像用鞭子抽打那落后的绵羊一般。说着，她笑了，扁奇也跟着笑。

不过，现在也有点烦，雾絮继续说，学校需要让出地来搞开发，办公室总是让我们这些新老师干这干那，全是细碎的事，真烦。两人相互望着笑着不大会儿又贴到一起了然后又进入彼此。

许多人的脸像被腌在冬季的风里，上了一层霜，就在大街上房屋内院里院外，每个人感受着不同的冰凉，在黑夜里，人只能是一个个无差别的黑影。

就在当晚扁奇带着温存后的温度回到宿舍，他已经暂时忘记自己的烦恼了，他那一刻是带着一种愉悦心情，看着曹士斌还在那里仰着头发着呆，扁奇笑着问："怎么了，哥儿们。想女人了吧。"

"没有。"

"那干吗还不睡？"可以隐藏快乐去关心别人改变别人，这是扁奇的一大优点，这种优点若夸大就可以归结为心胸开阔和心地善良。

这个优点有时会创造奇迹，他和曹士斌都不知道，就是往下的对话，改变了各自的命运。

"你说，咱们就没有出路了吗？"

"唉，原来这样。"

"要不咱俩去院子里抽根烟吧。"

曹士斌望着另外六张床上的人，他们各种姿态地应付这缓缓的时光，曹士斌突然觉得应该找个人倾诉一下。

就在院里，月亮还挂在空中，将乳白色静静地平铺到山川河流楼房街道及至万物。

"你知道我今下午干吗去了吗？"曹士斌一个人抽着烟。

“我去工商局了。我想注册公司。”

他不时停顿地说，似乎在等待微光下扁奇的脸在每句话、甚至每个词后的变化，这雷同于一捧一逗的相声演员，既是表演者也是欣赏者，人的意识就是这样，既是对外执行者也是对外观察者。

“知道吗，我和深圳同学想做个公司……”曹士斌慢慢讲着，扁奇以惊讶的表情听着，隐约间他吃惊他佩服他嫉妒他庆幸。这种表情的展现带给了曹士斌自豪和叙述的动力。

“注册资金？要不我明天去看看，我在工商局有个朋友。”

扁奇似乎找到了自己的位置，曹士斌本来是种发泄是种试探还有一点炫耀，当他发现扁奇产生兴趣并且声称有朋友可以越过困难时，他的情绪又反弹了，期望再次被点燃，至少，困难又多一人承担。

在烟头的亮暗转换下，扁奇似乎还在分辨月光之外的星光，那一刻他俩都没发现，那位房东老太太就站在窗后，黑暗的地方，面无表情地望着月光下的他俩。

扁奇做事很积极，换个角度可以说是很急躁，他一早到公司冒了个头，告诉销售部助理印晖自己去跑业务，然后蹬着那个红色的赛车奔向工商局。

就在昨晚曹士斌问他，你在工商局还有朋友？他很神秘地点点头，曹士斌问真的还是假的，扁奇说你到时候就知道了，曹士斌看到他不愿深说并面带神秘，就只能按照自己说话做事的逻辑和习惯去猜测了。他没想到的是，这扁奇其实是装作神秘，他说的是假话，扁奇一个外地人，在济南认识的人屈指可数，别说是工商局，在济南，除了周围几个人，他根本不认识其他什么人，但扁奇就需要这种效果，他只是适度地欺骗，他留有余地。

扁奇到工商局后，并没有去一楼的注册科，他先是看了一下门口的科室分布图，然后直接奔向二楼，就在对着楼梯的房间，大门还在敞开着，扁奇走过去扭转脑袋看着挂着的牌子，牌子上写“办公室”三个字，就在他走过来并做着左顾右盼的动作时，房间里面的人显然已经注意到他了。

"干什么的？"

扁奇注意到一个中年男子用生硬的话语盯着自己，"哦，我可以进来说吗？"这突然的发问让扁奇有些紧张。

"你站那儿说就行，别进来了。"

扁奇注意到这办公室是个套间，就在房间内还坐着一个跟自己同龄的女孩，她转过头在看着自己。

"嗯，我，我听说你们需要复印机？"

"听谁说的？不需要。"扁奇发现那女孩笑了，扁奇感觉那不是一种友好的笑，那是一种嘲弄的笑，因为友好的笑会在脸部呈现均衡的曲线，而嘲弄的笑则是有一点扭曲。

"我是厂家的呀，质量很好的。"扁奇也是在笑，但这是一种巴结，一种献媚的笑。

"我已经说了，不需要不需要，走吧走吧，不要再来了。"说话间，那中年男推动了门。

门"砰"的一声关上了，扁奇的笑容只能自己慢慢收起，他的脸庞对着油漆斑驳的门面，听到里面传出轻轻的笑声。

关门的中年男子是办公室副主任，最近工商局的几个房间都被盗，他对这些外来人员很是厌烦和警惕，他觉得很给面子了，要不是看来人一副傻样和眼镜，他会让这人掏证件的。

那耻笑他的女孩是邢华，她是去年工商学校分配进来的，她学习并不好，上学的时候总是被老师数落，她羡慕那些学习好的学生，若她跟扁奇同一个班级，他也一定也是她羡慕的对象，她有个区政府工作的爸爸，因此她很顺利地分到了工商局。邢华觉得眼前推销的扁奇一副傻呆呆的样子像只笨鹅，办公室每天都要对付这些傻蛋们，真是影响正事，真是烦人。她不了解扁奇，她就将他归于一类人，她想这类人属于社会渣滓，他们总是给社会添乱，应该把他们关起来，不要让他们肆无忌惮地窜行，像老鼠一样。她对待这些人的态度很类似学生时代老师对待落后学生的态度，那就是羞辱他们嘲笑他们，然后用落后班用留级来集中他们，邢华不是不善良，她只是不同的场合不同的时间，不会一贯的同一的善良。

扁奇突然陷入一种沮丧中，他似乎感觉到了邢华的渣滓处理方式，他所有的意义突然被贬低了，他似乎跳出自身，俯视着眼前这个名叫扁奇的家伙，这家伙的确应该关起来，甚至应该五花大绑，让他受尽折磨。

他走到一楼的注册科，他重新振作，如同重新吹鼓的气球，他笑着问："这注册资金一定要足额吗？"

对方白了他一眼，"废话。这是规定。"

扁奇垂头丧气地走出房门，他注意到了阴暗的走廊墙是白色的，他拿着上面印着规定的几张纸走出工商局大院，他发现自己真是错了，上学阶段觉得自己是被教育，在社会上是受训斥，自己总是在被修理中，真是恼火，他又对自己的存在价值发生怀疑了。

他以前一直以为自己是有价值的，自己的价值是大于别人的价值，但无数现实在否定自己，他怀疑自己了。他不知道按照某个理论，每个人其实都是毫无价值的，在这个世界上，你需要自创价值，你只能自创价值。在他不知道这个理论的时候，他不得不自卑。

天渐渐暖和起来了，春天来了，太阳照耀着，街上人来人往车来车往，一切还是那么规律，一切都是秩序井然，他站在街道上，真实地发现其实周围所有的一切都是自行其是，突然感觉，在这种规律下，自己哪有出路呀。

扁奇有一种迷信，那就是若几件事情不顺，那就不要再做事了，换个时候再说。上午不顺，那就上午不做，等下午做。那现在做什么，他突然没有想法，像平时那样，耗在公司吗？想到公司，他又觉得回到某种轨道中，本来在年前认为的机会，现在看来又是脱轨了走失了，规则发生变化了。他不想再像起初那样漫无目的地跑业务，那不仅仅是劳苦，而且效率低下，更严重的是让自己心灵受损，难道我的命运就是要百般劳苦吗？总是备受折磨吗？他突然陷入像在郑州那晚的沮丧中，他骑车路过植物园时，突然临时改变主意，他存上车，走进植物园。

烦恼并没有因为绿草和阳光而消散，反而异常清晰，像一把尖厉的刀白光晃晃，如果说郑州的刺激是独立成型，那么这次工商局的刺激是将以前的刺激再现并重塑，甚至将中学时代的自卑唤起，这些东西积聚成长为一种心底的黑暗，扁奇仰面躺在草坪上，手脚全部张开，做出最大的表面面积，他要吸取阳光，要积攒阳光，如同那沙漠积攒雨水一般，他觉得阳光倾泻在身上，然后化作某种热量在身体中慢慢积聚，他似乎睡着了，他在模糊中自言自语："我和世界是种乞讨关系，我骗走了公主，我无法支撑谎言，我承受不了现实，我原形毕露。"

这种模糊慢慢自动地被理智解析，这理智变作一把刀将这种模糊切薄切碎，原来他跟众人一样，并不看好自己和雾絮的未来，自己配不上她，自己承载不了她的幸福，自己抢占了不配拥有的美丽。他突然想起了那个起点，其实就是大学同学叔言在长江淹死后自己受了刺激，就是个偶然将自己改变，自己在那一刻将自己转向。

但已经这样了，他就只能奋勇向前，他必须承受磨难，要承受超出常人的磨难，这不就是自己豪情万丈时的决心吗？

他就像学生时代养成的习惯，面对无法解出的题目，就反复看着反复琢磨，按照工商局的规定流程是需要银行的进账单和会计事务所的验资报告，他揣摩每个细节，如同那高考作弊前的细节解析，他眯着眼，脑子在飞快运转着，猛然间他有了想法，马上站了起来，他知道怎么做了，他要试一下。他不得不试。

这是他的不幸和幸运，高考、爱情、竞选甚至毕业分配，他其实一直在突破中，这些都是他的幸运，就在这幸运背后，既有偶然巧合也有心机算计。但，他的不幸就是，他无法区分哪一种是偶然巧合哪一种是心机算计，哪一种是泥沙混杂哪一种是杀机重重，他要为这进行区分或者为这分寸尺度把握付出代价。他太嫩了，过早地挑战世界，就会被连根拔起。

他跳上那鲜红的赛车就奔向舜井街的那家大银行，他先用十元开了个公司户，公司的名字他起作"济南科信电子科技有限公司"，银行给他出具了进账单，他拿着这张进账单反复看着想着，然后他又打咨询电话问询周边会计师事务所，随即他又奔向会计师事务所，就在事务所那简陋的办公室里，两个人在望着各自的眼前，他问自己公司注册验资需要什么手续？没想到两人都很热情，扁奇看到对方的热情后，就将自己的小心翼翼彻底解开，他变得自信大气了。

还是如同昨晚的时间、地点和皎洁的月光，扁奇见到曹士斌说我已经找朋友了，他说没有问题，资金的问题他都能解决，工商注册没有问题。

曹士斌的眼睛圆睁，“真的吗？”

“是的，不过我有个要求，我要求有一半的股份，我来做法人代表。”

曹士斌沉默了，他想了一下，“你要知道我还有个同学呢，你这个太多了。”

“你们想过没有，公司以后需要我跑业务，你们两个负责技术采购和进货，另外你俩毕竟是同学呀。”

“要么这样吧，我再问问我同学。”

曹士斌对扁奇的重新认识是源于压力，当压力需要扁奇来解除时，他的认识也在转向，本来不适合一起合作的扁奇变成适合的了。

41. 新的包装

科技职业大学的史震巍校长接到了局长的电话，这是个非比寻常的电话，通常，各种事务的传达或安排都是由局秘书或局办公室出面。局长在电话里说史校长呀，这次大领导给我打电话，指名道姓要求你和一个人见面，应当就是关于你们学校的开发问题，这个人你要亲自接待呀，要重视呀，这有关你我呀。局长这话说得非常露骨，非常过分，这让史震巍也不免惊讶。估计省里没有几个人可以给局长这么大的压力呀，这个人会是谁？想要做什么？

曹士斌告诉深圳的同学说扁奇似乎还算正直，跟咱们的命运相似，现在他在公司跑业务并且成绩不错，他看起来比较成熟能干他现在能搞出公司注册，另外他跑业务对咱们发展会起到很大帮助，不过他要求做法人代表，他就是董事长总经理了，这样公司就被他控制了，当然我不太在乎这出头露面的事情，你呢？

那同学说即便是成立了公司，我现在还不想一下子离开单位，但咱俩要有一人做头，毕竟是咱俩发起的，另外，他要求的股份太多了，他不能好处都占了，要么你我各是百分之三十五，他是百分之三十，怎么样，曹士斌说这样谈有点累呀。同学说，若他过分计较，也就不是好的合作伙伴了，将来在一起要没有什么好果子吃。

当天晚上曹士斌和李伦还是在一起，两人激情过后又回到平静中，曹士斌对她说我们就要成立公司了，公司的扁奇也加入，李伦只是看着他然后轻轻地晃着脑袋，她说，唉，你们这帮年轻人呀，不撞南墙不死心呀。李伦是按照自己的经验来预测世界的，在她身上，除了性之外没有浪漫没有创新，她一直觉得这世界都是固定好了，命中注定了，要按照传统的稳妥的办法去做，否则就会头破血流。

突然传来咚咚的敲门声，这还是晚上八点多，李伦小声说道，坏了，不会是我儿子回来了吧，然后又听到窸窸窣窣的翻找声音哗啦的钥匙和防盗门的撞击声音紧接着又是“啪嗒”的门锁打开声音，最后是门的“咣当”声音，李伦的儿子回来了。就在这短暂的十几秒里，李伦已经跳下床迅速穿上衣服走出卧室并关上门，曹士斌也在里面紧张地穿着，他从李伦的紧张中也同步了自己的紧张。儿子已经是大学一年级了，他站在门口，看着妈妈衣服不整的样子和紧张红涨的脸，他意识到了什么，眼珠也在转着，他不知道自己为何那么冲动，迅速地走了过去，绕过妈妈，直接推开了卧室的门。这一切太快了，李伦没有反应过来，曹士斌还在穿着裤子，那白色的内裤还没有被裤子遮盖，裸露的上身还在灯光下反射着皮肤的光滑，他非条件反射地望向那男孩，那男孩面对这整个画面，这年轻的比自己大不了几岁的男孩和那白色的内裤和床上扭曲的被子，地上的卫生纸，若有若无的气味，那侧面白色的墙，那昏黄的灯光，那毛茸茸窗帘的鲜红，这丰富的画面给了他无穷的想象，及对想象的控制，和控制后的心跳和肌肉收紧，心跳和肌肉收紧本身唤醒了名叫愤怒和羞耻的情绪和感受。儿子转身就跑出房间。

这件事在一刹那间还是淹没了这男孩，他在短暂中窒息了。

扁奇在半年后将会非常后悔自己的要求，为什么要做这个法人代表，但当时的他就是为了荣耀就是为了主导，他到河南出差了七天，晚上回来见到曹士斌，曹士斌说我跟校友说了，校友说公司毕竟是我俩发起你不能做法人代表并且股份不能最多。扁奇就说自己的道理，他说我学管理会经营会销售你俩毕竟是搞技术的我应该做总经理，另外我的股份虽然是百分之四十你俩仍旧最多要么这样吧前期的启动资金由我解决，怎么样？这个细节曹士斌和校友真没想过，扁奇还说这个启动资金也是不少的至少前期的注册费租房费差旅费办公杂费这也是一笔钱呀，我想你俩都没我的钱多。说到这时，扁奇笑了笑，这对于曹士斌的耳朵算是一种干笑，对于眼睛算是皮笑肉不笑。

就在第二天，三人最后谈成：扁奇做法人代表，股份比例是百分之四十，前期的运作资金需要扁奇来承担，他俩各占百分之三十。

扁奇当天就去计算机市场，他在寻找那种银行的打印纸以及打印机，他找到了。他又在街头各种小广告里找到了各种印章制作的电话。

四天后，一个三十万的银行入账单做好了。

第五天，他就找了一家会计师事务所要求出具验资报告。

第六天，他就找到一个高级写字楼说是租一年，然后签订合同。

第七天，当他将入账单、验资报告、租房合同、三张身份证及复印件、申请表格递进工商局注册科的窗口时，他是一本正经的微笑，他头发抹着啫喱水，眼镜不时反射灯光，眼睛圆睁且有神，这是个坦诚真实、孜孜追求、要为国争光的神情，这是个前途远大、挑战庸俗的年轻人形象，但所有这些光彩夺目之内，却是藏着怦怦的心跳，这不仅仅是紧张的节奏，还有涨落不停的恐惧。

窗口的人接过他的这堆纸，那是个精明的中年人，眼睛漆黑冷峻，像无底的深渊，可以吸纳并分解所有的光芒。他从这堆纸中独独地挑出那银行进账单，举了起来，对着灯光，左右上下前后仔细看着。

扁奇的恐惧开始爬升了，似乎就临近极限了，这可不仅仅是紧张了，不是心跳加速的问题了，而是某种惊骇，他几乎屏住了呼吸，所有的周围突然安静了，只有体内血液的流动汩汩。他知道这是犯罪，但不知道这种犯罪和那些流氓罪和诈骗这类的区别，反正都是坏人之类的，如同二楼办公室女孩的划分，是需要戴手铐的坐牢的，是证明她的正确的，是的确应该关押起来的。他不知道的是工商局每天都会大量地遇到这类事情。

那人毫无表情，“你的资料有问题，先放我这里，哦，表格上有你的电话，我到时候通知你。”

“有什么问题？”扁奇觉得心都要跳出来了，他发觉自己的话音里已经有了颤抖，像那临近崩断的弦，丝毛泛起。

里面根本不予理睬，只是说下一个。

扁奇在离开的时候心一直沉重，他艰难地蹬着车，济南那天真很冷，春天了，但还是任性地忽冷忽热。

就在路上，扁奇在想象着，这位工商局人员去银行调取他的银行信息，经过对比后报案，然后我公安人员准备在工商局抓捕他。

站在流逝的此时，看着过去慢慢走远，感受着过去的是与非，想象着用今天的思想去解读过去的行为，再试图用今天的思想去预测明天的结果，突然又一跃，又试图幻想站在明天的角度来看待今天的选择，这两种图景交错起来，像个重影。

很显然，扁奇那晚和雾絮在一起时表现得情绪低落，他不时地发呆，他不时地答非所问，雾絮问他怎么了，他却回答说如果有一天我被关到监狱里，你就离开我吧。雾絮说你乱说什么呀，我不会离开你的。你怎么了？你怎么会被抓，呸呸呸，快吐几口，真是不吉利。扁奇笑了，一脸茫然。雾絮虽然这样说了她并没有多放松，因为她觉得心上那阴影在继续移动继续遮盖。

雾絮打发时间是画画。她喜欢精微素描，每天都陷入那细密的一笔一画中，她不断地描绘着，宏伟的世界并不吸引她，细节，深不可测的细节是她的所好。她画人民币，将一元钱画成一个鞋子大小，她先将那一元钱揉搓后再展开，然后就开始画，将其中的皱褶其中的泥垢其中的纹路用放大镜观察，然后一笔一笔地描绘。扁奇笑着说你画的人民币太大了，画的若是正常大小，你就可以不用上班了。雾絮也跟着哈哈起来。扁奇还说，你画得这么好，可以卖钱了吧，雾絮说，唉，其实画成这样的人在中国数以万计呀，你知道我为什么喜欢这种精微素描吗？因为人可以在不同的生活精度下生活，假如人像鸟一般小，或者像大象一般大，那注意到的世界精度一定不同，但世界还是这个世界，趣味还是那么多趣味，所以何必活在自己承受不了的宏观上呢？完全可以跳入自己可以把控的精细里呀。

扁奇这时候觉得雾絮真是和这安静的周围生长到了一起，而自己还在波涛汹涌中。

就在科技职业大学史校长接近忘记那局长电话的十天后，那是个上午，史校长接到了电话，里面是个中年人的声音，文雅且平静，他淡淡地自我介绍，说他是局长介绍，您能否抽时间跟我见个面，史校长说可以呀。

“那能否在下午两点在万豪大厦五十层的行政酒廊呢？”

“可以。”

史校长还是有好奇心的，这个年龄这种阅历这些经验这些思想以及那过去和现在和未来，这所有已经将他完美塑造，他不是一种角度不是一种组合不是一种结构可以综合解释或理解的，这是一个整体，一个远大于部分相加的整体，这个整体已经生成了被称作为灵魂的东西或独特的自我。

下午一点五十分，他就坐着学校那辆伏尔加轿车到达了万豪大厦，门口的五颗星星的铜块泛出冰冷坚硬的奢华，这对于每一个人都是一种压力，像一种神像。

穿着如同皇家卫士般的门童将巨大的玻璃门推开，并带着不要求回报的微笑说着欢迎光临。

史校长是第一次来这种地方，这种奢华和礼貌收紧了他的自在，他只能按照平时的习惯，保持着原有淡漠威严的状态，但心底上却是自我关注，他在心底上其实是手足无措的，因为这里的客人大都表情放松，大都礼貌微笑，面对粗劣凶恶，他知道怎么从容冷静，但对待礼貌微笑不卑不亢，他不知道如何应付，在这种奢华下。

就在五十楼的行政酒廊，轻柔的音乐像搂抱一般温暖着体贴着，当史校长放眼在门口时，就有位穿着正装的女士迎了过来。

“请问您是史校长吗？”

“是的。”

“哦，您请过来，赵总在那里等您呢。”

高大厚实的棕红色软皮包面的双扇门被推开，放眼看去，整个对面是落地大玻璃，这是个套间，外面一个长桌，走入里面，是一组沙发，里面一人闻声站了起来。

这是位衣着考究的青年人，或者准确地说是临近中年的青年人，史校长估计他也不过三十出头，他高大帅气，眼睛似有一种淡淡的忧郁，他浅浅地笑着，一股香气静静地散发着。

“您好，史校长。我是赵军浦。”

赵军浦就这样被整体包装着，从里向外，从视觉从听觉从触觉出发，大量地释放着信号，这些信号刺激着勾引着同化着甚至改变着对方，要让对方舒适、新奇、喜欢，最后就是顺从。

“您好，赵总。”

史校长其实并没有对这眼前的青年人有什么好感，这所有的包装，包括自从踏入这豪华的五星大酒店开始到现在，从所有的谦恭到微笑，他不自在不自然，他一直在暗暗地排斥暗暗地在抵抗，他坚决地将这些细节、香气、文雅、音乐、情调推到心灵之外，这些东西无法靠近自己无法熏染自己更无法深入乃至腐蚀自己。在他心目中，这些都是对自己经历的背叛，这些是对自己自由的剥夺。

“您过来看，看这个方向，可以隐约看到你们的学校。”赵军浦指着，眼光顺着手指飞翔着，一直抵达那灰色的教学楼，不过那飞翔的眼光只是赵总的，当他回头转向史校长时，校长平淡地望着自己，赵军浦轻微的浪漫被这样无视，赵总有轻微的羞愧感，这点相似某位哲学家的比方，当一个偷窥的人突然发现自己被别人注视，自己一直以为另外的物体是目标，没想到自己成为目标，那么自己一定会将注意力对着自己，自己一定会有羞愧感，自我意识一定会出现。

“赵总见我，有什么事吗？”史校长不想从这个位置这个角度看着自己的地盘，他更不想跟从这青年人的指头。

“哦，哦，您请坐，喝点什么？”赵军浦试图掩盖着自己的不安，随即他又喊着什么名字，又继续张罗这一系列客套。

二人各自的头脑中对事情有不同的图像，他们要用语言将图像表达出来，如同拼图一样，要拼接成相同一致的一块。

“我希望您们学校将这个开发项目交给我们。”

“哦，哈哈，首先感谢赵总对我们学校的看重，赵总愿意参与其中，我们非常高兴。不过呢，整个项目对于我们很重要，我们学校为此成立了开发办公室，这个办公室牵头的是我们学校的副校长，我可以跟他说一下你们的情况。”

这是冠冕堂皇的官话，赵军浦按照自己的经验认为这完全是废话是托词是关系生疏的表现，若跟眼前的老狐狸这样说话，那还不如不见了，这样的见面毫无用处。

“哈哈，您客气了，我想将此项目跟您再详谈一下。”

赵军浦知道这是过渡这是过程，他需要跟这校长周旋半小时，这半小时会将情感引向某种深度，只有在某种深度内，有些话才能说出来。

“按照目前规划，只是十亩地，要盖出一栋二十层办公楼，但我们想大胆一些，要改变规划，需要学校再让出十亩地，要盖出一栋五十层大楼和一栋三十层大楼。”

“什么？”

史校长有点呆住了，嘴微微地张开，这是小时候的表情，随着成长成熟，他慢慢修正自己，表情幅度已经变小，他变得愤怒了，他压抑着自己，咽了口唾液，强作镇静。

“哈哈，赵总开玩笑吧？”

“我是认真的，其实我们的设计人员已经很多次在你们学校勘查了，我们想好了，你们不用出一分钱，开发后，给你们那栋三十层的，我们留那栋五十层的，如何？”

“哈哈，看看我们开发办的态度吧。”史校长端起茶杯，他似乎失去耐心了。

赵军浦感受到了史校长的语言节奏发生变化，他觉得面前这个老东西的下句话应该是要告辞了，赵军浦有点着急了。

“咱们第一次打交道，您可能还不了解我和我们公司，我们可以做很多大事的，您如果有什么个人需要，我们可以帮忙的。”

史校长的怒火在升腾，他已经完全明白了，他知道这所谓的合作是不可能接受的，这是肆无忌惮的妄想狂，这是他最后一次见这个家伙了，于是他的微笑显得更真诚，他的面容很慈祥，他的眼光透露一种欣赏喜爱。

“啊，年轻人，你真不错，谢谢你了，这样吧，我会把你的想法转达给开发办的。我还有个会，下次见，好吗？”

赵军浦看着史校长的庄重、儒雅和温情，感觉正是这些东西让自己舒服，但细细品味却发现一无所获，这种一无所获的感受开始浸泡着自己。

42. 可怜的每个人

就在这两天，窗外的花一朵接着一朵依次开着，扁奇坐在雾絮的宿舍里，他一会儿望向窗外，一会儿又看雾絮在一笔一笔地细细勾画着，她的神情是那么专注，她的头发就散垂在脖颈周围，她的脖颈是那么细长，那种细长是自己仔细亲吻过的，是经过自己的身体缓慢耕耘过的，他现在想用手背去细细触摸去丝丝感受，就在那一瞬间，他的口水有些泛滥，他被转移注意力了，他的烦恼已经隐而不见了。但很快，烦恼又回来了，如同那水中的荷花枝干，在风偶尔地吹动下惊扰了水面，水面开始散布着涟漪。他想，这已经是第三天了，毫无音讯，曹士斌昨晚问过自己了，我或者应该去工商局问问吧。

他的传呼机响了，上面是个陌生的号码，扁奇有种强烈的感觉，这应该就是自己等待的东西，他此时紧张他开始兴奋，他迅速走到一楼传达室拨打电话，那长音号用短暂的停顿连接着，扁奇似乎看到了虚空和虚空在沟壑之间搭建着桥梁，突然，桥搭好了，畅通了。对方直呼其名，然后说自己是工商局的，他说我看了你的资料，里面有些问题，你过来一下吧。

“现在吗？”

“是的。”

“那我去哪里呢？”

扁奇匍匐的姿态在操纵着自行车，自行车按照他的意愿摇摆然后划一，他感觉自己成功了，这是个好兆头，对方给了他出路，但为何给他一个家的地址，他似乎明白又似乎疑惑。

他敲着那个位于一楼的房门时，天已经黯淡下来了，走廊有点黑，很快门开了，那个工商局的注册科的中年人开了门，他温和地说进来吧。

“吧嗒”一声，中年人拽了下开关线绳，灯亮了，应该是个两居室，扁奇注意到，一个对着门的小客厅，客厅中间还摆着一个圆桌，圆桌周围散放着几个凳子，房内似乎并无第三人。

扁奇形成了个判断，这是个简单的客厅，只有基本用具，这些用具只是维持生活需要，他又据此推断那卧室那厨房那卫生间也应该如此，根据这些判断，他形成最终整体的判断，这是个简陋的家。桌子上摆着几张纸，扁奇认出那是他提交的注册材料。

扁奇面对他，还是胆怯的，他只是讨好地笑着。

“我看了你的材料。”

“嗯。”

“实话告诉我，这张进账单是真的吗？”中年人手里拿着那张纸晃动着，眼睛却是温和的。

“哦，当然，当然是真的了。”

“你知道吗，我每天需要审核多少进账单吗？别骗我了，你骗不了我。”

“我没想骗您。我只是想注册公司。”扁奇已经在回避“真假”问题了，他用目的说法遮盖问题，逻辑术语是偷换概念。

“你这样做是无法注册的，你知道吗？”中年人依旧温和。

“我没办法了，唉，那您说我怎么才能注册呀？”

中年人只是看着他，并不说话。

“您帮帮我好吗？我们这些外地人是很不容易的。”在扁奇的视觉中，中年人似乎陷入帮或不帮的犹豫中。

就在这瞬间，扁奇想：他为什么要帮我？人究竟是利他主义还是自我主义的？他会像我在街头给个乞丐一元钱那样无私帮助我吗？我是怎么唤起他的利他主义的？他怎么知道我是那个可以帮助的人？他知道我什么？我给乞丐的一元钱就完全是无私的吗？完全是利他主义吗？我不是需要讨一个好兆头吗？我不是因为帮助这个乞丐，就会让我心里更舒畅吗？这个舒畅足以让我心甘情愿地掏出一元钱。我有时利他行为，是因为我没有意识到自我主义的深藏不露，表面的利他主义实质上还是自我主义吧。

这个世界没有免费的东西，一定都需要付费，或许，对那些表面上不需要收费的东西，也要自觉付费。这不是一种善良，这是一种智慧这是一种理性这是一种义务。

扁奇陷入思考中，他对面表演的一方却一人承受着尴尬。

“你很胆大呀，你怎么敢做假的对账单？这是犯罪的。你其实可以找个注册中介呀。”中年人要重掌局面，要将需求明朗化，他需要严厉的话语和神态。

“啊，还有注册中介呀。我不知道。”扁奇的惊讶是由内而外，是本真状态。本真，是个存在主义的术语，是说变化中的人的本性的原始展现。

“当然注册中介需要花钱的，你这样的公司是需要几千元钱的。”中年人笑了。

这样就行呀，扁奇在暗自埋怨，后悔像一股电流由头至脚闪电般穿透全身。

“啊，我真不知道呀。唉，那我怎么办呀，您帮帮我吧。好吗？”

扁奇望着他的眼睛，中年人却看向别处。

“不过，好吧，既然已经这样了，我可以帮你。”中年人的眼睛转向他，和缓了表情。

“谢谢您了，太谢谢您了，我一定给您付个代理费。”中年人想你终于明白了，他先是不置可否，随后说你一周后来找我拿执照吧。扁奇外表还在认真严肃，但心里笑了。

就在回宿舍的路上，扁奇的情绪一直在高涨中，这里面混杂着很多，有注册成功的兴奋，有中年人的态度折磨，有对方话语的压迫，有注册中介的遗憾，有伪造进账单的恐慌解除感，这些经历似乎在心上涂抹一层厚厚的油漆，原来鲜活通红真诚的心继续被涂层遮盖。

工商局的中年人名叫文军，他其实也是外地人，他是当兵后转业分配到工商局的，他的老家是农村的，家境一直贫寒，自己在济南结婚后，老婆家也不富裕，他很无奈，一切相当于自己白手起家。正像他说的，他每天都在审核公司资料，这么多年了，他太有经验了，其实大部分注册金都是假的，很少有人有那么多钱去开公司，即便是注册金真实了，也都是临时在账上过一下，所谓雁过留声钱过留痕，工商局大概就需要这痕迹，这也是那些中介公司的生意，几乎所有注册都在作假，这就是现实。我也可以这样做呀，我甚至可以什么都不做呀，我只是审核不严罢了。扁奇的对账单他其实只是装模作样地扬起来看罢了，他并没有看出真假，看出来和看不出来意义不大，他只要摆出姿势就行了，对方在跟他交谈中就会泄露出来，一切就会掌握在自己手里，就能按照自己的想法去做。当然这些想法需要对方说出来，表明这是对方的想法，这是种技巧，这样心甘情愿的结果一定是好结果。有几年，文军一直这么做，直到有一天被人检举了，文军就被调到后勤部门了。

另外关于进账单作假问题，其实几年前就报过案，公安局根本不予立案，反而严肃地说，这事没有严重后果，你们不给注册就是了，不要给我们添乱了，我们每天正经的事还忙不过来呢。

工商局为此专门开了会，对待这种事情后来有个变通措施，那就是为了繁荣经济，还是尽量不要在这个细节纠缠，毕竟绝大部分公司是要靠合法的经营获利的，印在纸皮上的注册资金实在不是获利的筹码。

有一些大彻大悟的境界本来每个人可以接近甚至可以领悟，但很多人都找个坎坷藏了起来，自以为安全可靠真实，却是另一种危险。

就在史校长离开万豪大厦的当天晚上，他就接到了局长的电话，非常不寻常。电话里局长问他谈得如何？这史校长忙说本来想明天跟您汇报呢，接着他说那个年轻人呀不是个骗子吧，年轻人的口气非常大有点过分，另外这个项目已经让那副校长管了，我就不方便插手了。

局长在电话的那边明显有些不高兴，他说这种话不能乱说，这可是上面领导点名安排的，至于项目负责问题，你是这个学校的一把手，这么重大的事你不负责谁负责，出了事，你能逃脱责任吗？另外，明天我还要去见上面领导，你再等我电话吧。说完，不等他回应，电话挂断。

声音突然中止，随即就是“嘀嘀嘀嘀”的短促电音，如同空间被切断被碾碎，所有的东西都离他而去，史震巍感觉自己猛然被踢开，自己的尊严像碎玻璃撒落一地，他从没被别人这样无礼地训斥，自己也是有身份的人，是个曾经天马行空现在颐指气使的校长，在一瞬间他有一种冲动，这是一种自由的喷发，他想将一切踢开，乖张的样子，但马上他就冷静下来了，这是个社会，这是个有秩序有规则的社会，自己若想继续这种游戏若想从这种游戏中获益，那就必须遵守规则顺从权利。他冷静下来，开始琢磨这事情的细节，很明显，自己和赵军浦见面的事情，局长已经知道了，说明那赵军浦已经通过他的渠道将事情反馈了，说明这个电话是在问询自己对合作的态度。

第二天中午，局长就打来电话，让他马上来局长办公室。

史震巍觉得自己已经调整好了，他已经变成一个没有态度的人了。就在二人眼睛对视的那一刻，彼此的表情都是笑，这看似是种温情，但，这是皮肤表皮的扭曲，这不会进入真皮层，更别说渗入心灵了，二人都是礼貌，都是规则的要求，都是按照规则在扮演角色，在规则下，没有任性没有自由，虽然表皮的扭曲可以有程度差别。

“今天大领导接见我了。他简单问询了情况，他说我们需要创新呀，要在政策上创新在思想上创新呀，另外说那位年轻人是首长的最小的儿子，咱们要帮助支持爱护年轻人呀。”

局长没说的是大领导说你们局这几年的发展紧跟时代不够，有什么情况要跟领导汇报呀，不能影响大局呀，局长完全听懂了，他知道大领导在警告他在威胁他，都是革命几十年了，二人都明白这话的含意了。领导永远用文学语言管理社会，因为这种语言模糊，因为这种模糊就会正确，因为领导永远要正确的，他的语言就是他的一切，他的语言正确，领导就永远正确，在这种模糊中，他要让你体悟，要让你做得适合他的心意，你若是不适合他的想法，他就会认为你不称职，所以你要揣摩领导的真正想法。简单说就是领导永远要用正确的话表达自己私人的心。

“哦，他是首长最小的儿子呀，我懂了。但他提出的想法很过分，竟然还要突破规划。”

“你糊涂呀，他提出的你们做就是了，你觉得他过分，我觉得他不让你们学校整体搬迁就不错了。你不要瞪眼，我不是开玩笑的，首长若是想让济南搬家，济南都要搬家的，你明白吗？”

“这我怎么向学校交代呀？”“糊涂，向什么学校交代，你向我交代就行，学校是什么？是名字还是地址还是楼房桌椅板凳还是生老病死的老师，还是来来往往的学生？你这么说有点唯心主义呀，你这么说就是官本位，你以为你的位置是永远的吗？你若不听话，你就会被听话的人代替。这个社会是谁的？不是咱们的，是他们那些打天下的，他们都常说，老子流血流汗打下的天下，怎么可能不交给自己人呀？”

“那我怎么办？”

“再跟他谈，按照他说的做就是了，你只能从中为学校争取一些利益吧。”

当局长最后还能说出“为学校”这个词时，史震巍感觉到局长其实也保留着某种信仰某种自由某种态度，局长能跟他说得这样详细，不也是一种善良吗？

这个天下是谁的？这还真不是个问题，史校长从来没对此发生过疑问，这都是些天经地义的基本概念，如同自己一直姓史一样，突然有人宣称这个姓是别人的，不是他的，他会重重地迷失，他会对自己发生怀疑。他们说这天下是他们的，是说他们打下了天下，他们就拥有天下，其实这个天下一直就是被各种人占有，但一段时间之后就被赶走，这样看来天下不是他们的。按照书本上天下属于这片土地上的人，其他都是僭越都是无知都是狂妄，他觉得似乎又不对，因为有时候又说这片土地的人也不拥有这片土地的归属，应该属于更大范围的人民，属于人民？还是有点疑问，因为他脑海里浮现一个比喻，那个古老的传说，这个世界是在龟背上，难道龟身上的壳一定属于壳上面的微生物吗？难道那壳不属于龟吗？再从比喻中走出，这个天下不就是地球的一角吗？这个地球不就是宇宙的一个小角落吗？这本就是宇宙的一部分，根本也不属于人民甚至人类，或许这天下是属于万物，或许什么也不属于。抛开这些令人迷惑的抽象，那官二代捍卫的不是自己的东西，自己呢？捍卫的东西是谁的？自己当年的奉献呢？史校长突然有种感觉，是自己错了，错得太久了错得太深了，可以追溯到学生时代，一股电流穿身而过，他不敢深想了。

当天下午，史校长给这位赵军浦赵总打了电话，他说你的那些想法我们内部专门开了会研究，我们基本同意，但有些细节还需要一起商谈，看你的时间了。电话那端的赵总一直很礼貌地说谢谢，二人在通电话时，其实都是望着各自的虚空。

史校长让副校长到自己的办公室过来，当副校长拥有主动权时，他一定和蔼可亲，他就是那种传说中的好人聪明人，有占便宜的想法后就一定要有微笑。史校长的眼睛又恢复到鹰一般的锐利和灵动，他告诉副校长，情况变了，现在上面指定了一位高干子弟，让咱们将这个项目交给他做，另外咱们的学校还要再让出十亩地。

“什么？”

副校长很愤怒，他首先的反应是这位史校长在做手脚，史校长发现了利益，想收回权利，但这种话无法说出，要遮掩住自己的想法，一定要从事情本身去发泄自己的情绪，所谓的就事论事。

“还要再让出十亩地？这是强取豪夺吧，这是要求卖国吧。哈哈。”

当副校长很过分地调动语言时，他就改变态度了，这是种温和，因为语言就有力量了，就不要再用情绪辅助了，否则就显得得寸进尺了，不符合老练了。

史校长看他说话到这个程度了，他不愿意去探究话的动机，这是他的手下，他不屑，但他需要应付。于是他说，这样吧，还要跟那个高干子弟见面，你可以问问他吧，他稍停顿又补充一句，这样吧，你还可以问问局长。

副校长名叫卢洪武，他其实在这个学校很久了，应该是建校以来他就在这里了，所谓的元老级，或者说开校元勋了。他从年轻时代的办公室跑腿，到现在声色俱厉的副校长，算是升了四级，这就是他这三十年的功德结果，他对史校长很不服气，一个城镇里的破校长，竟然到这里做副校长，两年前再被提拔为校长，这明显是上面有人，这明显是不公平。至于那所谓的史校长二十四年的奉献，卢洪武用一句简短的话概括了：鬼才知道那几十年前是咋回事？卢洪武完全是靠自己踏实的工作作风和兢兢业业的努力、源源不断的聪明才智才成为卢副校长，想想自己，想想这个所谓的公平概念，他不由得苦笑。

史校长的回答是软中带硬的，也是富含情绪的，卢副校长已经听出来了，自己就是应该使用这种尖刻的抱怨，然后换回冰冷的回答。这样的一问一答会让自己分析出这事情的内幕，也就是这背后的因果关系，他在不自觉中达到了目的，他也就想或许还真不是这鹰眼校长的私心，或许的确是自己多想了。也是，若这老东西这么想，也就没必要在开始时把这事完全交给我。

“哦，是这样呀，那您说咱们怎么办？”

卢副校长笑了，这是歉意的笑这是巴结的笑，是求荣的笑，也是赞美的笑，他知道自己要像某位伟人说的那样，做事要像尖刀，要一直插进去，若碰到硬东西，那就退回来，他是聪明人，他就经常这么做，那位大人物一定就靠这种试错法或者是试硬法成为了大人物。所以那些所谓的靠善良靠优秀靠努力靠聪明可以成功的言论，是很幼稚可笑的。

史校长面对卢副校长的笑和问不动声色。

43. 他是另外的你

赵军浦这个名字被命名给这位帅气高大的男人，这是位给人温暖给人好感让人倾慕的成熟男人，他被心里的独特的我支配着，这个我是个独特的他，是个理性的、是个情感深深的他。

他的爸爸也就是首长换过三任老婆，第一任是在老家，大革命期间一直他在外革命，两人在不同的天空下，风雨将二人不同地浇灌，二人就不再同样成长也就不在同呼吸也就不再共命运；第二任是在同一块天空下，但首长很忙，也就是两人在不同的空间里，空间将二人用不同的氛围包裹，二人就面临各自不同的诱惑，在诱惑下就有不同的决定；至于第三任，也就是他的妈妈，她是文工团的演员，当年的爸爸和她是处在各自不同的高峰上，一个是高高在上一言九鼎的首长，一个是美貌出众蜂蝶滚滚的盛名女郎，一个是已经占领了所有制高点的英雄，一个是众多爱慕者争先献爱的女人，两人都望着彼此无法攀登的高峰，相互有某种倾慕，首长其实像每个男人一样，都是动物凶猛，只是他更凶猛，女演员清冷，她拒人千里，她如同那复杂的机器，等待特殊技能的人去启动去操纵，等待卓越的人去升华。

他俩其实很简单，首长已经接见过她很多次了，她也在这些大型庆典中显露礼貌的微笑，于是就有了一定的相识度亲切感，首长说："小丫头，真不错。"

女演员："我还要努力。"

很多次见面中，他俩一直重复这标准对白。

就在后来的一个晚上，首长的警卫告诉她首长要接见她，她穿戴整齐后就到了戒备森严的重地，就在明亮的灯光下，她的帽徽领章军装将她的胸她的粉嫩她的妩媚伪装成飒爽英姿，风扇在吹着，那从上到下从里到外的所有器官都在和缓缓流动的空气摩擦着。

在那个大套间内，只有首长和她两人。

首长说："小丫头，真不错。"

女演员说："我还要努力。"

首长说："今晚跟我吧。"

女演员说："好呀。"

首长说："那你脱了吧。"

女演员说："你要娶我。"

首长哈哈哈笑了。

女演员说："您看，我带了把刀。"她平静地从裤兜里掏出了把小刀。

首长哈哈哈继续笑："你就拿这把小刀？"

女演员说："这足够将我自己的血放干净的。"她很平静。

首长说："你以前没有跟过男人吗？"

女演员说："从来没有。"

首长说："好吧，我明白了，你走吧。"

女演员说："谢谢首长。"说完敬了个标准的军礼，扭头就走。女演员记得，这个军礼她学了三个月，总是那么舞蹈范，也就总被纠正，文工团的领导告诉她，你还是要把艺术和军人两个概念分开，也就是说要一身兼二用，这样你的敬礼就会标准了。

就在这见面后的一个月，首长离婚了，女演员嫁给了首长。那第二任的老婆跟了首长二十多年，她跟首长有了一个儿子一个女儿，她跟首长在一起时总是很顺从，首长说咱俩已经没有爱了，第二任老婆说咱俩这二十多年一直也没说有爱也一直在一起，首长说现在没有爱就不能在一起了，他说咱俩离婚吧，其实这句话也是首长的试探，若老婆疯狂或崩溃，他就让步，他就不再坚持，但第二任老婆很冷静，她突然厌恶这个名叫首长的东西，她觉得她不需要男人了，她觉得自己现在可以无忧无虑平静舒适独立生活了，其实自己很完美呀，为什么非要有个什么老公的东西在牵绊，为什么还要装作首长老婆的形象去受累呢？娘家人说她被抛弃了，她瞟了一眼对方，“我从来也没有属于谁，我一直是独立的，何来抛弃说？”

赵军浦出生时就面对这个环境，首长将他所感知的都要重新配置，权利是最高的，美丽是最高峰的，所有配置是顶级的。

说起来，赵军浦还是个早产儿，女演员在生他的时候很受折磨，甚至多次疼昏过去，生下他之后，她当着秘书医生护士警卫的面将首长痛骂，周围的人真的很尴尬，首长只是笑，像个大彻大悟的高僧，他不辩解更不劝解，他一直四平八稳地笑。

赵军浦长得很弱小，开始的几个月，他一直住在医院的特殊病房里，首长的秘书打了几个电话，就将国内知名的妇幼专家调了过来，小军浦不负众望，他很快茁壮起来。

按照某位哲学家的说法，整个大自然和万事万物都有生存意志这个东西在支配，这种生存意志就是生命和繁衍。小军浦就跟所有人一样被这种力量牵引着推动着。

他还是有一些特点的，有点胆小，不倔强，这些特点不是教育带来的，也不是他这个年龄可以领悟的，这是先天配置的，这样他很乖，首长很喜欢，当然若是反过来，例如他横行无忌，首长也是很喜欢。或许这也是源于身体虚弱，这是一种自我保护，但在这种家庭里，他实在不用保护自己了，但他不懂，他只是顺从天性。

他的女演员妈妈不知为何，奶水不足或奶水质量不好，于是就找了个奶妈来喂养，那奶妈也刚生了男孩，一个健壮的男孩，男孩名叫小亮，小军浦一直吃奶，直接吃到了四岁，而小亮只是吃到两岁，这不是奶妈为了赚钱，而是小军浦过于贪恋这奶水，医生特意检查过，包括奶水质量，医生说孩子没有问题，奶水也是质量上乘，孩子很聪明，孩子在补着自己缺乏的东西，这是正确选择，无须担心，在这点上，首长和女演员总认为自己的孩子很神奇，将来一定可以做成大事的，女演员有时皱着眉头对首长说，就是因为你，年龄这么大，孩子肯定需要额外补充，他只能靠自己努力了，你这个混蛋，每对话到这种深度，首长就卡壳了。

到了四岁，小军浦的身体还是有些单薄，但他很聪明，非常听话，很多事大人说一遍规则和要求，他就顺从了就做到了，他没有逆反没有矫揉造作。小军浦有自己的房间，房间里整齐地摆放着各种大小不一的玩具，玩具太多了，都是那些叔叔阿姨们送的，他还有自己的玩具房，他甚至有自己的服务员，这服务员不能称作保姆，因为她们是国家配备的，是正式职工，那位奶妈也在家里帮着，因为小军浦很喜欢她，另外就是这奶妈很让首长和女演员放心，她真的对待小军浦很好，甚至比对儿子小亮还用心，这是他们的感觉。首长和女演员常说，你带着小亮也来吧，让孩子们在一起玩。

很有趣的是，这小亮虽然比小军浦大几个月，但几乎比小军浦高出一个头，当他跟小军浦玩时，他总是指挥小军浦干这干那，小军浦也严格执行跑跑颠颠并乐在其中，奶妈看到了，女演员看到了，首长也看到了，慢慢地，他们都觉得一点点不舒服了，奶妈就私下嘱咐小亮要主次分明要突出重点，开始的时候，小亮还是记得那些话，但时间稍长就会忘记就又原态毕露，在各种暗示和提示下再坚持一会儿，但时间不长小亮又开始指挥小军浦了，无奈中妈妈责骂小亮，这小亮就开始讨厌到这小军浦家玩了，这样一来，奶妈也就明白了，也就以各种理由不带小亮来了。

有一天就在院里，首长倚在藤椅上，女演员倚在藤椅上，小军浦玩着水池里的军舰模型在自言自语，首长若有所思地仰面朝天，女演员的话在空中回荡，奶妈的眼睛看着女演员，绿树在摇曳中，夕阳还在西照着，每个细节都被上一个细节所注定，就在这淡淡的无聊中，所有的物体都在微微地变化着，都在构建着各自的目的。

小军浦是个听话的孩子，演员妈妈将所有的关注都投入到他身上，就像在舞台上，所有的细节都在演员妈妈眼睛的聚光灯下，这不仅仅是情感还有理想，演员妈妈将所有对世界的期盼都凝聚到他一身，她告诉孩子什么是勇敢、什么是谦虚、什么是善良、什么是尊重、什么是努力、什么是花花公子。

但是这些概念不会像玩具或衣服在那里静静地等待，等待着被挑选被鉴别被定义，它们其实一直在变化，这些概念如同空气一般漂浮在人类周围，它们不能缺少，但也不易描述更不易把握，别说是这位演员妈妈，就连那首长也未必分辨清楚，甚至即便是思想界的哲学家们也为此争议纷纷。

当小军浦害怕一个人在房间睡觉时，妈妈就说你要勇敢，不要害怕，要像童话书里的王子一样，那就是勇敢；当小军浦在大院里和小朋友们在花坛里打闹毁坏花草时，妈妈就说你这样破坏公物，会被警察抓的，小军浦回答说我要勇敢，不能怕警察。当小军浦被拜访的叔叔夸赞聪明时，小军浦就笑了，妈妈说你要谦虚要继续努力，小军浦觉得谦虚就是在大人的表扬之下不能笑。当小军浦对服务员也像爸爸那般呼来唤去时，妈妈就说你要尊重这些叔叔阿姨们，小军浦说那爸爸怎么不去尊重他们呢？当小军浦看到大院外要饭的孩子时，妈妈会带着他走过去给那孩子钱，并告诉小军浦要善良，小军浦就问那为何不让爸爸下令给这些要饭花子们吃和住呢？爸爸可以不善良吗？当小军浦在小学时考试不好时，妈妈说你要努力，要为自己的理想奋斗了，小军浦问那你当年是在努力学习吗？妈妈说是努力学习呀，小军浦问那你为什么嫁给我爸爸呀，他那么大的年龄。当小军浦面对家里衣柜里的大堆衣服时，他就说我要每天都换几套衣服，妈妈说你不能这样，你的心思要用在学习上，否则你会成为花花公子的，小军浦问成为花花公子会是什么样，会很威风吗？当小军浦问为了多数人幸福可以牺牲少数人利益，这就是正义，那若是医生杀死一个正常人，然后用他的器官分别移植给五个垂危的人，拯救了五个人，这算是正义吗？儿子就这样慢慢长大，妈妈发现自己的聚光灯已经无法覆盖儿子了。

演员妈妈其实出生在一个曾经的资本家后来被定义为剥削阶级的家庭里，没办法，就在几十年前，整个社会是由穷困的大多数和富裕的极少数构成，那大多数认为这社会是不合理的，因此就借助于富裕的个别人是有罪的推论，将所有富裕的人一网打尽，将他们名义罪恶化，然后将他们绳之于那后制定的法，这其实是一种社会情绪化的体现，有时就像愤怒的小军浦将所有的玩具都踢开一样。演员妈妈不明白这些，她只是按照那资本家对她的教育来教育小军浦。

至少在这些稍显混乱的概念之外，小军浦其实还是很听话的孩子，他知道了自私知道了限度知道了世态炎凉知道了不平等知道了不公平知道了装模作样知道了应付世界，他没有任何创新，他只是延续了社会的文化。这些所有的细节都被标准化都被社会化，都有参照物，他只是标准下的产物。

相比而言，那小亮却没有成为这社会标准化的产物，他不甘心就这样站在穷苦人群里，他心里充满了仇帐。若出生在几十年前，他一定是个革命者，因为他完全是穷困的多数人中的一员。当年那批穷困的大多数人只有少部分成为了富裕人，个别人变成了首长，小亮的爸妈在几十年前出生在穷困家庭，在几十年后，依然将自己的孩子生到了穷困人家。本来他的妈妈做首长家的保姆不错，她曾经想继续在首长家帮忙，但小军浦已经长大了，那里实在不需要她了，她羡慕那里的工作，但那里是有编制的，在这种体制下，每个位置都被固定，每个人都被固定，她要回到那原有的固定她的位置，但她的固定是在社会计划范围外，也就是说她属于多余的人，她无法选择，自己的权利在别人手里，别人会选择性遗忘，她能怎样，只能守着贫穷，像一只麻雀，四处觅食。至于小亮的爸爸，一位铁道工人，非常不幸，因事故突然死去。

小亮像一位造反派，在一个稳定的社会里，往往只能用不理性不合作去实现自己，他要挑战，他竟然偷东西，在这点上，他就跟其他穷人不同。很多穷人甘守自己的命运，选择去适应去麻木，或者说去等待或去幻想自己的运气，在机关大院的首长家里时，他就偷拿过小军浦的玩具，妈妈并没有说什么，后来他的妈妈经常从首长家带回来东西，妈妈说这是首长家剩下的或不要的东西，但这毕竟不是自己家的东西。偷，慢慢在小亮的心头里呈现几种解释，一种是对方不在乎，那就是默许；一种是对方太多了，这是不公平的，自己可以拿应该拿；一种是那些玩具实在太特别太好玩了，这太重要了，像个梦想，可以为之去献身的梦想。这三种解释本来是集合关系，后来慢慢在他心里演变，变成并列关系，这就意味着任何一种原因，都可以导致他去拿，也就是社会定义的偷。

不仅是妈妈，还有老师甚至还有周围使用的所有语言，都用各种腔调督促小亮要好好学习，要为自己的未来发奋图强，小亮听懂了，也完全领会。但是，从小学开始到小学结束，是他每次从信心满满的开学，到每天的学习艰难，到最后放弃的结果，都是他完全厌倦的过程，是决心努力坚持失望绝望的过程。学习对他太难了，算术太难了，语文太难了，每一科都太难了，每节课都听得累，听不懂，作业不会，妈妈不会，爸爸也不会，就在小学毕业时，他仅仅可以坚持到没有留级。等到他的爸爸死去了，进入初中后，他又重燃信心，但所有的科目更加艰深，他完全被阻挡了，那个努力就会成功的说法像个美丽的泡泡被戳破了，他已经不知所措了，他不期望很多，他只期盼正常的生活，家里贫困异常，妈妈不时地失业，周围开始用“穷困可怜”这样的标签标示这个家庭。他太自卑了，太被人蔑视了，除了学习，一个小屁孩，还能靠什么光彩自己光彩家庭呢？很明显，这唯一的正路对于小亮已经堵死了，那就在街上混吧，那里有一帮和自己共命运的伙伴，在那里他们找寻办法他们研究出路，若在风雨飘摇的旧时代旧朝廷，为了拯救可以去造反去革命，但现在就在这新社会这人民当家做主的时代，只能服从，只能参与这成人世界的把戏。为了钱，他开始偷东西了，偷，甚至抢劫，都是一种重新分配财富的方式，但这属于一种个人的手段，若是社会手段，可以冠冕堂皇至收税。

在初三那年，他被抓了，在全校师生面前，他一个人在蔚蓝的天空下站着，风轻柔地吹着，不知为何他总是有一种瘙痒感，面对广场面对大家。就是这个站满学生的广场上，曾经是戴红领巾或戴团徽可以炫耀的台上，那时在台上的每个人是欢欣鼓舞，是故作谦虚的不笑。但此刻他站在台上，要面对批判要面对正义，尤其是正义这个词，以前总是妈妈搂着自己似乎站在正义的一面告诉自己怎么分辨坏人，现在他发现自己已经被标签为坏人了，就在灿烂的阳光照耀下，站在高台上的他发出自卑无奈的挑衅般的笑。

这次他被抓被审被判被公开完全是过于恶劣的结果，就在十天前的公交车上，小亮偷一个妇女时被当场抓住，像往常不顺的情况一样，他本应该认错讨饶，但他竟然掏出刀子捅向那位妇女，那天很热，那若是冬天就好了，每个人都穿着很少，锋利的钢尖顺利地穿过衣服穿过肌肤直抵骨头，完全兑现了尖刀的承诺。如同尖刀的深入，偷这个词汇延伸至抢劫这个词汇，小亮也就由贼眉鼠眼的小偷变成穷凶极恶的抢劫犯。当时车上的几位山东大汉就将这矮个的小瘦子踢翻在地，坏人嘛，过街老鼠，人人得而诛之。

就在五公里外的重点初中，是小军浦的学校，他很聪明很听话，他一直做班干部，学校如同家里，都是一样的世界，在这个世界里，他有位子有尊严有赞美，他太成功了，他进出大院时，战士是给他敬礼的。关于这事，首长曾经说过，不要这样，但大家都说孩子可爱，这是喜爱的表达。曾经有一次老师家访，小军浦出来迎接时，老师亲眼看见小军浦笑着给战士回礼，这对于老师也形成了终身难以磨灭的一幕记忆。小军浦在小学二年级时就戴上红领巾了，也成为班长了，他在初二的时候戴上团徽，在高一入了党。他太优秀了，校长老师们都在嘴上这么说，这是我们学校的自豪，这是家访时校长和班主任对演员妈妈说的，首长那时不在，首长那时已经到中央了。

至于同班同学呢，大家藏着不同的心思，毕竟同龄人接触更多，他们竟然私下认为他学习不是很优秀，因为他的确是中游左右，他就是一般孩子。这可以理解，无论是功利心还是嫉妒心或是公平这些东西轻重不一，这些同龄的孩子们都显得太不识时务了，他们不面对社会，他们就会形成错误判断的。

小亮在三年后被放出来了，妈妈一直在街上卖雪糕，望着自己的儿子，他更瘦了，身高变化不多，但还是一副不屈不挠的神态。妈妈叹息发愁，这个年龄的孩子能做什么？在忧虑中她想出了办法，傍晚，她走到大院，在大院门口人民卫士的眼光下拨通了首长家的电话。首长夫人说可以进来，奶妈走了进去。还是那个院落，有十多年了，院子里的树更加茂密高大了，阳光已经不易穿透了，首长夫人倚在那藤椅上，看到她进来，夫人站起身来问候她，军浦也在，他倚在另一把藤椅上，他已是大人模样了。大家彼此叹息着，和十多年前一样，傍晚还是那个傍晚，静谧还是那个静谧，藤椅还都在，所有物件都在，每个物体还在寻找自己的目的。首长夫人说了，小亮去当兵这个想法不错，应该没有问题。

如同孙悟空给唐僧画的保护圈，大家也给小军浦画了很多保护圈，这个大家是由不同情绪的不同认知的人组成的，有人乐观，他就会画个大圈，有人悲观，就会画个小圈，小军浦就在这些圈内，根据这些说法有时他很自信，有时他又很胆小。相比而言，他不是个自信心很足的人，这有先天的一部分也有源于周围人过度的关注和关照的成分，当他遇到陌生环境时就会有某种依赖和胆怯，他的野心如同一个气球，其实是大家吹了起来，然后他就自以为是自己的理想了。其实直到高三时，就在济南著名的实验中学，在报考志愿时就可见一斑了。首长老婆问你准备去哪所大学呀？将来准备学什么呀？他本来想说按照大家说的做首长，但他知道这似乎更像戏说，那一瞬间，他的眼睛直直呆呆毫无色彩，他的心里是迷茫的，还是首长秘书启发他了，你去北大还是去清华呢？你是想学理科还是想学文科？你可以选。嗯，军浦想了一下，我去清华吧，想学管理。

赵军浦长大的过程，其实是选择的过程，他一直在做着选择题，从小就这样，玩具有选择，食物有选择，衣服有选择，学校有选择，班干部有选择，无数选择几乎涵盖了所有的生活细节，他有时不免任性，他不想选择了，太麻烦了，有时又对选择的项目发生质疑，还有多余选项吗？似乎他在自由中还要寻找自由。例如，当问到他是去北大还是清华时，他想问还有国外的大学吗？还是那种说法，随心所欲不是自由的表现，因为心欲很多是本能的东西，克服本能才是自由。

44. 你是这个他

赵军浦在清华的日子是个艰苦的日子，似乎选择在减少，很多选修课和必修课让他无从选择，个别讲师教授的苛刻让他无从选择，还好就是最后毕业时，首长秘书打了几个电话，可以藐视的是，那些老古板们，他们真的挡不住他的路，他顺利地拿到了毕业证。

他高大帅气又是高干子弟，这获得很多女孩子的喜欢，他对爱情一直平平淡淡，他不追求女孩，但对那些过于主动的女孩也不排斥，毕竟也有生理需求，那就玩吧。清华校园里也偶尔有漂亮女孩，但赵军浦并不喜欢，学究气过重的女孩在过度的文化雕琢下反而显得自然气息不够，他就这么感觉，真是不如那没什么学历的社会女孩，精灵古怪，意气用事，性情中女，欲火煌煌，他那时就这么理解。

小亮这时候转业了，他被分配到济南工艺品厂，三年的劳教生活和三年的当兵生涯将他部分改变，他知道自己错了，错在方法手段上。他受过太多的挫折了，他已经变得冷漠和逃避了，他对外表现冷漠，对内逃避理智，他不愿面对这个世界，他毫无信心，他似乎看透了这个社会的真相，他总结出来就是第一不平等，第二要巴结，第三要投机。他在工艺品厂的保卫科，每天的工作其实就是看大门，他望着人来车往的街道，手挠着下巴，跟着同事一起谩骂着聊天。谩骂，既是一种情绪发泄也是一种尊严建立，这超出了道德的话语范围，除去价值不说，这其实是一种思想突破或超越，这还能制造出一种发泄的生理快感。

大学毕业后，演员妈妈坚决要求赵军浦回到济南，她觉得只有他才是自己真正地拥有。其实赵军浦在北京一直有失控的感觉。在济南赵军浦可以选择做什么，而在北京赵军浦只能选择不去做什么，这一进一退表明他的自由度，一个是所谓的积极的自由一个是所谓的消极的自由。北京的确太大了，不同街区带给人不同的感受，权威的和平等的在矛盾，经典的和自由的在矛盾，时尚的和文化的在矛盾，精英的和积淀的在矛盾，短期的和长期的在矛盾，宏观的和微观的在矛盾，围墙外的和围墙内的在矛盾，权利和权利在矛盾，自己和自己在矛盾，总之，到处都是矛盾，到处都在失控中。首长似乎都失控了，他现在北京，又有别的女人插足，并且是一帮女人，演员妈妈早已经看透了，她毫无办法，她明白了自己前任的感受，自己并无任何不同的结局。

赵军浦回到济南后就被分到了省直机关，他属于高才生，各机关部门都欢迎，大家都知道这是个通道，如同北京和济南之间有一个高速公路，聪明人谁不想跑高速呀。

首长和另外一位北京的首长之间关系很好，其实都是各自分管的高峰，相互间本来没必要很好，但曾经有一段时间是需要彼此合作的，这是政治上的携手甚至是政治上的担保，所以就开始走动频繁关系密切。北京的首长有个女儿，她从人民大学毕业，第一次见到赵军浦时，她就钟情了，她不像父辈那样被身外之物指引，她完全顺从身体意志，帅气高大这两点就将她融化了，就像深入火焰的蜡烛。她在大学时就是那种热情开朗的女孩，虽然学习成绩乱七八糟，但她叽叽喳喳，大呼小叫，评点人事，锱铢必较，不屈不挠，在赵军浦面前，她的声音她的表情她的肌肤她的心脏所有的她都在颤抖，就像在地球外，她全然失去了重心。

赵军浦在这方面总是迟钝的样子，他其实不是混沌，他只是不很在意，或许可以归结为他的性发育比较迟缓所致，或者说他有别的喜好，他很喜欢下围棋，他痴迷于那种支配，有时候甚至超越了赢输的结果，清华里人才济济，他的围棋水平实在无法出头，即便在寝室里还是无所纵横的，但他沉浸其中，也就有所满足有所安慰了，她总来找他，首长说你应该娶她，演员妈妈说你娶她也不错，他就说那好吧。

物理学中有一个测不准原理，说起来有点复杂或者有点累，通俗的比方是，你想了解一个女人是否适合自己，那首先就要交往，但在交往的过程中，也是她自己表现的过程，这时的她一定不是真实的她，若不交往，她会是真实的她，但你又无法看到她的表现。简短地说就是你对她的认识过程也是你干扰她的过程，所以你无法准确地了解她。

毫无疑问，赵军浦就掉进了这个认知的陷阱中，他对她产生了兴趣。反过来也同样，这人大女孩觉得这清华男孩很神秘很帅气很威风，她不知道在接触他的时候，他也在某种程度地做作着，她无法接近真实的他。二人就这样，彼此在对方的眼光中给对方搭建舞台，相互为对方演戏。

就在分配时，二人还是有点纠结，但最后这人民大学的女孩为了爱情还是毅然决然地跟着清华大学的他来到了济南，首长和北京的首长就联姻了，如同两座高峰间有了某种表面上的桥梁或深藏不露的隧道，他们跟普通人一样，也需要志同道合的朋友，哪怕是临时的甚至一夜情。

很不幸的是，赵军浦的妈妈也就是曾经的演员也就是首长夫人，她死了，准确地说是消失了，那天她带司机去洪家楼朋友家，这是身边人在回忆，和平路是必经之路，那是个寒冷的傍晚，似乎每分每秒都与过去一样，但就在途经的那个时刻，煤气管道竟然爆炸了，据说爆炸当量相当于一个基数的炮弹，足足有三四公里长，那时正是下班高峰，很多人都在赶着，很多灵魂都在依附着，但突然间都灰飞烟灭了都形如空气了，有人曾为此发问：这种倏忽间的爆炸是否破坏灵魂的完整？这么多的灵魂猛然间聚集是否过于拥挤？那么多的灵魂是否凝结了巨大的愤怒和遗憾？面对这无端的爆炸，灵魂到底为何而生有何必要？不过可以肯定的是，女演员或首长夫人一定不孤独，因为她的上下前后左右都是跟她一样地支离破碎，一样地像肉馅一样细密的人。

就在二十五年的运行中，赵军浦一直如同爸爸妈妈的很合手的工具，他一直准确高效地执行着他们的意愿，直到这一天，这个意愿炸碎了，所有的力量消失了，或许是妈妈的那个牵引断开，或许是源自于身体深处的苏醒，或许是早产后他慢慢地积累、成长、成熟，他所有的欠缺和不足都被填满充盈，或许是他一直被吹鼓着他一直被社会宠惯着被各种爱包围着，突然最真实最厚重最可靠的母爱消失了，他也好像被炸开了，生命中神圣的太阳不见了。赵军浦似乎崩溃了或者醒悟了，他就像断线的风筝，或者像张开翅膀的雄鹰，他开始寻找自己的轨迹了。

他要辞职，谁的话也不听了，他不辩解不争论，首长沉默了，又回到那句话上了，赵军浦在济南有选择做什么的自由。

在保卫科小亮习惯了现状，习惯了过去，甚至习惯了未来，他已经被社会训诫成功了，他不再负隅顽抗，他缴械投降了，见领导点头哈腰，见强者嬉皮笑脸，见陌生人冷若冰霜，见弱者横眉立目，见朋友装腔作势，按照某位哲学家的功能世界理论，人是不同功能的集合，他的人格是分裂的，他在领导面前，只是个需要提携帮助的人；他在强者面前，是个不想招惹麻烦的人；他在陌生人面前，是个表现自尊自爱的人；他在弱者面前，是个需要发泄放纵的人；他在朋友面前，是个需要平等互助的人。他在不同场合承担不同角色实现不同功能，他实现了一种丰富多彩的人格。

他长胖了，像个气球被吹大了，但他还是手脚敏捷，妈妈对他发愁，两人还是住在那个四合院里，房子还是当年爸爸在铁路局分的，就是里外间，都是小房间，妈妈真正发愁的是这小亮没有女朋友。他似乎不喜欢女孩，另外就是这房子问题，即便是有女朋友，娶进来怎么办？叠罗汉吗？他的收入这样低，不知道未来怎么办？奶妈知道他的收入还不及自己，其实不要小看这卖雪糕，收入至少是小亮的两倍。愁，就像那四面八方的噪声，彻夜不停地敲打着奶妈。

赵军浦要自己开公司，他也要做首长，他等不及了。开公司需要注册，当他了解到注册细节后觉得麻烦，但他可以将麻烦化解，他于是跟首长秘书说了，“这事很简单。”

首长秘书打了个电话，有家公司就将注册金打入开户银行，赵军浦拿着入账单找了家会计师事务所，又找到济南万豪大厦的老总搞了份租赁合同，去工商局时给局长打了个电话，拿着全套手续，当时是办公室主任带着他去注册科办的，一周后赵军浦就拿到了全套手续，他又到银行，将那注册金返还那家公司，并说了一句谢谢，首长和首长秘书还有那家公司的老总真的都很高兴。

他的第一桶金很简单，有家房地产公司想买一块地，于是跟赵军浦的公司合作就拿到了那块地，房地产公司给了赵军浦的公司一千万。现在有了一千万，赵军浦知道应该支个公司架子了，他于是找了个女孩做出纳，会计不用找，他找个人来兼职就行了，他买了辆车。

很巧的是，那天他开着车，就在红绿灯前等候时，那是个小路口，他无意中发现就在右手边的角落有个卖雪糕的，那么的面熟，他马上靠边停车，走向前去亲热地叫阿姨，一如既往。奶妈认出来了，眼前的年轻人是军浦，她的表情跟那些久别重逢的人一样，她的语言像所有人的话语一般，这有某种同一性，这是文化的规则、语言的规则在潜伏在支配。

“啊，是你呀，这一晃多少年没见了，你都长这么大了，变了，变了，时间过得真快呀。首长还好吧，你妈妈还好吧？”

“我妈妈去年死了。”

“什么？”奶妈瞪大了眼睛，呆呆的样子，她似乎在那一刹那被这急转直下的说法弄晕，这一刹那的头脑是一种无功利无目的的忘我状态，类似于一种面对宏大壮观的审美状态．但可惜的是这是另外一个极端。

“怎么能死了？怎么回事？她那么漂亮，人那么好，怎么可能呀。”

其实按照这种推理，漂亮善良优秀死掉了，这是一种不可思议的完全的不公平，但很快，她联想到自己不漂亮、命运不好却在活着时，这似乎又是一种公平了，猛然间，她又有点轻微的舒心，马上她又自责，别人的死唤起自己的高兴，这是多么的邪恶。她回归到那正常的反应中，或者是军浦需要的反应中，就在这短暂中，她的思想在脑海中左奔右突，她有些木然。

“小亮现在做什么呢？”

“你还记得他的名字呀，你跟你妈妈一样，都是那么善良。小亮能干什么呀，就在厂子里混吧，那点儿工资，现在媳妇都找不到，我真愁死了，你要能帮帮他，那就最好了，其实你妈妈真是个好人，为什么会这样呀？”说着说着，她竟然哽咽了，眼泪“哗”地流了下来，扑扑簌簌，她就坐在冷饮摊边的凳子上，记忆缓缓展开着流动着。

她扭曲的脸和汩汩的泪水形成了一种图像，像一张网将赵军浦罩住，他在其中开始沉沦，在这恍惚间，风轻柔地吹着，宽大的叶片反射出一道阳光直入心底，像在林中开辟了空地，他猛然清醒。

“您让他来找我吧。我，我还住在老房子里。”说完，他匆匆走开，其实他在临近流泪了。

剥去细节只留骨干就会发现，军浦和小亮有某种相似，他俩都是被经历改变了性情。军浦是从封闭走向开放，小亮是从开放走向封闭。他们还是原来的自己吗？他俩都记得自己的发展，他们有自己独特的记忆，这过程可以证明他们还是自己。他们一直按照自己期望的发展，现状都不是他们期望的，军浦没有想到自己现在居然如此独立，小亮没有想到自己曾经的奋斗是现在的麻木。若从当年的愿望而言，他们不是原来的自己了。

小亮其实并不想见军浦，他经常简单地判断为那是大贪官的后代，他对军浦的印象还是六岁时的形象，现在应该是什么样子，他想象不出，军浦觉得小亮应该是那个霸道的孩子，现在什么样子，他周边并没有这样的人，他也无法想象。

就在二人见面后一来一去的数语中，双方大致在各自的心里进行了预判，男人和男人间的感受是通过眼光的交叉审视而生成，军浦觉得小亮老实不自信不敞亮甚至有点猥琐，小亮觉得军浦高大帅气霸气异常，小亮没想到的是军浦扔给他一摞钱：“这是一万元，你先拿着，你明天起跟着我干吧。”

小亮从那刻起很感动，这相当于自己几年的工资，他完全被征服了，他似乎觉得自己可以为赵总的豪爽去上刀山下火海了，从来没有人这样对待自己，包括妈妈，这是信任这是尊重这是爱，小亮当然不会分析出这些组成元素，他自动或者是先天性地得出的是这些因素结合后的结论，也就是综合判断：感动和服从。

小亮从此跟着他，对外称是办公室主任。

公司有三人，有万豪大厦的三间套房，都是红绒绒的厚地毯，有两辆车，有公司执照税务登记证，还有门口那庄重的方铜块，上书“山东神州房地产开发公司”。

小亮到公司后，觉得这里是个中心，是权利奢华高贵的中心，以前他一直觉得自己是个边缘人，一直被社会丢弃，觉得这个社会和他毫无关系，他从此时此地变了，变成了中心的一个分子，如同这个城市有一个金字塔，而他就在塔尖上，他庆幸自己可以进入这里，他经常站在落地窗前，抬头望着天空，低头看着城市，指点着，喘息着。小亮真的都不懂，他觉得公司这个名称神秘，赚钱模式神秘，财务神秘，这五星级的万豪大厦神秘，军浦神秘，他完全迷失了自己。他本能地紧跟着军浦，崇拜军浦，对军浦俯首帖耳，他看不到远处，那就紧盯眼前，将军浦照顾好，把具体的工作完成好。

赵军浦公司的第二桶金依然很简单，他拿到了一块地，然后将这块地捂了一年，一年后卖了出去，净赚一个亿。他赚钱真的很简单，只要和政府签合同，象征性地付点定金，然后把合同一转让就行。

这时的山东神州房地产开发公司已经拥有六个人了，又新增加了一个会计、办公室女秘书、一个司机，又增加了一个套间，又买了两辆车，原来军浦的车现在配给小亮主任了。

军浦一直在顶层的行政酒廊接见人，他现在要大展宏图了，要做大做强，不想继续做买进卖出的投机生意了，他似乎觉得自己的神州公司可以腾飞了，不能让那些黑心的开发商赚钱了，他要独立做个项目，将利润翻倍再翻倍。另外就是一种想象，万丈高楼经由自己构想自己设计，这是一种自豪，更是一种符号。还有就是他偶尔的小心眼，这万豪大厦从自己身上也没少赚钱呀，这个钱完全自己可以省下来，自己搞个楼，留个顶层，弄个酒廊，也像这样，那公司更气派了，这可是一举几得呢。

谁也不知道，军浦其实在夜深人静的时候，总是要抱着枕头睡，他经常在梦里抽泣，他低低地哭，有些类似于电机的低沉的噪声，潜伏在低处，他竟然一直不自知，按道理说，他住过校，有相当的独立能力和自制力，但，或许是他对妈妈的过度思念和依赖，或许是爸爸一直高高在上的霸道，反正他早产后留下的不充实被慢慢撕开一个缺口，这个缺口需要事件或时间去填充，就在他的梦里，妈妈亲吻他搂抱他哺乳他，在妈妈的怀抱里是那么温暖踏实，然后妈妈慢慢将他推开，非常缓慢非常温柔地走开，消失在黑暗中，这是一种极慢的动作，似乎可以持续一整夜的离开动作，他无法动弹，只能眼睁睁地望着，在这缓慢中泪流满面。事实是他不应该记得吃过妈妈的奶，他在某种情境中将奶妈的乳房和妈妈的乳房混淆了。

他的老婆也就是北京首长的女儿跟他在一起，两人感情一般，老婆现在团委里风风火火，全身心地投入到工作里并获得了快乐。道德感很强，她有信仰，她嫌弃这人性中的弱点，她认为这都是应该抑制应该消灭应该战胜的东西。跟军浦已经结婚三年了，她有时觉得看懂了这个家伙，他本质上应该是个软蛋，但他却以强者以成功者以倔强者存在，这又让她无比困惑。她对军浦有点无奈，军浦很任性，她毫无办法，她并不屈服，她只是忙自己的事，反正二人没什么负担，家很大，各睡各的房间也行。即便是爱情浅薄、观念不一，但不影响二人继续婚姻。

她只相信正面的东西，也就是宣传的东西，这宣传的东西就是要你相信的东西和需要你发展的方向，那苦难可怜其实是人生的阻碍是社会的阻碍，即便是真相，都是可以蔑视或忽略的，社会只有所有人的利益而没有个人利益，她就这么想。但随着时间变化，社会百态的认识，随着自己对衰老的认识，她还是改变了，无人可以无视那天然本性的强大，无人可以无视那文明对个体的关照。再后来，她不再有什么理论上的顿悟，她只是变得更自私了。

45. 每个人都要成为猫猪狗

对于科技职业大学的那块地，校长的表现是在赵军浦意料之中的，毕竟成长于官宦之家，不能玄妙地归结为基因所致，至少那后天的教育也就是耳濡目染，让他对官场的做派甚至心理都能基本拿捏到位。军浦看明白了，需要再给那家伙烧把火，他于是又给大领导打电话了。大领导，这是首长几十年的手下，是他从小一直喊到现在的叔叔，军浦对基层这些干部根本不屑一顾，在这些高干子弟圈里，他们经常探讨，对那些出身于贫家子弟的基层干部们，他们称之为猫猪狗，猫，主要是说那干部投机性很强，你永远抓不住他们的尾巴；猪，主要是说那些干部就知道占便宜；狗，主要强调那些干部对自己的原主子或某些东西忠心耿耿。这些官二代们忘记或者有意不谈，就是他们父辈之上的祖辈，也是穷困人家，也是被那个专制王朝的子孙们视作猫猪狗的，反正没必要穿越想法，总之目前这天下是他们的，别人若染指，那就不外乎是这三种类型的动物，时间久长后，这种言论对于军浦形成一种规则甚至纪律，他必须遵守必须执行必须捍卫这样的思想，这就是所谓的立场，这是义务，即便是他理智上认为这是不对的。

这种划分对做事是有帮助的，史震巍校长属于哪类呢？目前更倾向是猫，一看就很难对付。赵军浦跟大领导叔叔打电话时，叔叔哈哈笑着说：

“这是小事没必要纠结，个别人就是缺乏组织纪律性，放心吧，我再问问。”

济南的神态就是春夏秋冬各种分明的表情，凶巴巴地冻人，恶狠狠地炎热，万物都在其中，按照自己的任性野蛮生长，但也都有各自的天敌。当荷花肆无忌惮绽放时，就有小龙虾痛下杀手；当那城墙巍然屹立时，就有各种风吹雨打飞禽虫蚁侵袭。即便那柳、那湖、那荷花、那古建筑包围的大明湖，若在最美丽的时候，也是有众多游客和管理人员各种侵犯，让它无从自如，任性不得。人其实是大自然的报应。

扁奇和曹士斌及其同学的公司已经暗自开业了，他们在距离宿舍不远的地方租了套房子，里面放了两张桌子几把椅子，桌上摆放着新安装的电话，那“济南科信电子科技有限公司”的执照是张塑封的纸，被胶带捆扎在大白墙上。当他们三人坐在屋中时，如同手电筒向虚空射出的光芒，他们从一个共同点出发，无人知道能走多远。

销售部的人员已经出现了流失，有句话说“一朝天子一朝臣”，其实还可以更准确地改造为“一套规则一套人”，新规则已经造成销售部的员工们无法接受或者很难适应，大家心灰意冷各寻出路，这些人的确应该被淘汰了。扁奇已经很少去公司了，他大部分时间是在这民居中的所谓公司里，他抱着电话，翻着电话号码簿，不断地拨打着，努力从那白纸黑字中、从那阿拉伯数字的号码中挖掘希望，这厚重的号码簿里面是密密麻麻的单位，扁奇想这里面会蕴藏多少用户呀，这个问题类似于问大海，里面有多少鱼，会有哪条鱼上钩呀。

都是拒绝，扁奇仍旧坚持着，他不断改进自己的电话推销技巧，不断自我激励着。整个房间里也就是整个公司内只有他一人，太阳暖暖地穿过窗户，爱怜地抚摸着他，他的身影轻轻地贴在水泥地面上。

每天似乎看不到天空，看不到田野，大自然都隐藏不见，每天所接触所呼吸的都是眼见的利益。尘土、砖头、人来人往、巨大的重低音、电视、报纸、冷漠、匆忙，这些词语铸就了他每天面对的周围。

扁奇生出一种恐惧，那就是自己似乎每前进一步，后面就会马上跟着塌陷。已经一个月了，没有人有兴趣，在这望不尽的未来，他不时地算计着自己的存款能支撑多久，他不断地与曹士斌探讨，不断地自我检讨工作方式，是否需要上门推销，是否市场有问题，更多时候他不想在曹士斌面前露出自己的不自信，也不愿意露出自己在被拒绝后的尴尬表情，更不愿意让他知道自己的推销其实就是很简单、很不要脸的碰运气方法。

在午后炽热的阳光普照下，蝉在无休止地叫着，街道上人已稀少，万物呈现一种慵懒和一种安静，但是，一定不能大意，因为这世界还有坟地和墓碑在等待着，始终都张开着血盆大口。

军浦孤独地坐在巨大的玻璃窗前，望着远方那些雾气蒸腾的不清晰的楼群，其中有科技职业大学的教学楼，应该就是那个方向，那里将要有两栋高楼生长，那是自己的创作、自己的玩意儿，自己将在那顶层的办公室的大窗前望到现在所处的位置，想到这个细节时，他的脑海里就有种甜蜜，他不断地设想着，嘴不断地释放着笑意，过了一会儿，意识似乎跳出自身，他自我观察起来，体验着自己，这个不凡的人物，这个可以呼风唤雨的人物，他重新在建立自己，高傲自信藐视这些词以及这些词所塑造的自我，自我是什么？是记忆的片段，是词汇的抽象，是期望的主宰，如同电影胶卷，是一张张画片快速转动所致，自我不是一个无缝隙的连续的意识，是一张张印象图片的流动。

军浦虽然只是做成了两笔业务，但他其实一直都在寻找着下一个机会，“不见兔子不撒鹰”，这是他的口头禅。大部分时间他一直是在酒桌上宴会上娱乐场所里泡着，这都是声色犬马的生活，在那里有一种现代节奏和一种真实的喧闹，那才是最真实的现代社会，这都不是宁静平淡稳定所能遮掩的，宁静平淡稳定就是空虚就是堕落。他就这样定义宁静平淡稳定，所以在俯视中的他此刻有点不耐烦，这其实还是由于他惧怕孤独，他于是用这种思想来逃避孤独。

就在今天下午，科技职业大学的校长和分管基建的副校长都要过来，就是猫猪狗要来了，他要把这俩动物都变成猪，就是说要变成只是吃的畜生，并且只是需要自己喂的畜生，一定要镇住他们，这样他们才能变成猪。对于这次会面，他知道他们妥协了，军浦就是瞧不上他们，这些小官们都这德行，不能给他们尊严，否则他们就会伺机咬人。这是他们这个官二代圈子的共识，一定要让他们进入自己安排的轨道上，变成为自己效力的家奴。

他面无表情地指挥小亮，晚上要在豪门盛宴大酒店开包房，要海吃海喝，吃完后就去绝代天骄夜总会玩，小亮小心地应允着。

小亮现在变了，这两年跟随赵军浦的日子是他回归到小时候性情和梦想的时光。赵总对他很好，高工资，有车开，家也搬了，他和妈妈住在敞亮的楼房里，三室一厅，是赵总原单位分的房，赵总说了，这房子就是你的了。小亮现在能言善辩，能屈能伸，积极热情，忠心耿耿，他现在越来越怕军浦了，因为军浦有时候会扇他耳光，他更怕的是，自己若努力不够会让赵总失望的。

比较起来，卢副校长还是更见过世面，他心里要轻松随便些。史震巍校长仍旧不太适应，他依然保持着在学校时的面色和步伐。还是在上次那个大套间，赵军浦赵总还是那种温文尔雅，三人寒暄起来。事情的难点在于那额外的十亩地，这需要向诸多部门重新申请，需要修改规划，需要重新审批，这是不可能完成的任务。

“只需要你们提出申请，我去完成后续的手续。”赵军浦只是淡淡地说。

当他这句话说完后，卢副校长就看向史震巍校长，史震巍和他的目光短暂地交汇了一下，各自穿过彼此的光线看到了对方的眼神，史震巍知道卢副校长是在惊讶和探询中，卢副校长知道史校长在思考中。赵军浦看着对方两人的眼神交错，他似乎明白了什么，于是站起来说句对不起我去趟洗手间。

从这奢华的房间远望，太阳已经偏西，但强光没有丝毫减弱，它不愿轻易放弃这焦烤的大地，城市还是雾气腾腾，卢副校长小声说道：“我们只负责申请？他负责其余？这口气不小呀。”

史校长的鹰眼已经停滞不动了。

“也好，那就等他办手续吧。”这做官的拖字诀他很娴熟。

史校长非常不喜欢这赵军浦，虽然他摆出一副谦恭有礼的姿态和口气，但他的话语内容却是体现了权利金字塔上的咄咄逼人，在具体事务上贪得无厌。从逻辑上说，表面上他使用各种或然说法，但实质上却是应然说法。史校长转念一想，那也好，不如借力打力，既然他这样大包大揽，那以后的意外那就由他承担吧，就是他自己的事了，另外就是若那诸多部门给予批准，那就说明这事不能是学校一方的责任了。但是，史校长还是简单幼稚了，因为他和赵军浦的底线真不一样。

卢副校长已经看明白了，史校长也说得很明白，他只有执行的义务了，他自我调整得很快，他马上就抛弃掉这几个月积累下来的私心，顺应新的变化，不要固执要灵活，这是他的聪明所在。他很快意识到眼前的年轻人或许会为他提供一个新的机会，他要顺应要利用甚至要驾驭。

往下还有很多细节需要展开商讨，双方就这样进行初步的磨合，打造成一副双方适应的轨道。就在阳光已经无力再肆虐时，赵军浦赵总说请二位校长吃一个便饭，因为我们以后要长时间在一起了，要做这个大项目，就要像夫妻一样耳鬓厮磨了，所以咱们就从晚餐开始，另外，还要在晚餐时光继续谈我们的合作和我们的前景。赵总不愧是在清华读的书，那脱口而出的幽默和事情化繁为简的透彻相互结合得完美无瑕。

鹰眼校长只是爽朗地笑，但心里是厌倦，他可以服从可以配合，但他绝不迎合，这是史校长自认的骨气。他看到卢副校长望来的目光，他似乎读出来那个愿意的想法，于是说道：“很抱歉呀，我晚上已经安排了，以后机会很多呀。这样吧，要么卢校长你代表我陪一下，怎么样？”

卢副校长马上望向赵军浦，“是的呀，赵总，来之前史校长就说晚上要参加省里来的一个检查团，的确太忙了，请赵总理解吧。”

史校长心想这卢副校长其实没有必要这样编瞎话，不过从这个细节看也说明卢副校长已经想将这件事情完美化，不想让赵军浦有任何不舒服的感觉，他的立场已经向对方倾斜了。史校长想他真不愧是副校长。

赵军浦其实很注重结果，他知道这种场合上谎话连篇，凡事看结果就行。结果就是史校长不参加，所以可以推断他在躲避，躲避成为猪的命运，慢慢来吧，慢慢收拾你吧，那就先收拾这个姓卢的，赵军浦赵总笑着说："哈哈，当然理解，不过，卢副校长可以赏光，也是我们的荣幸呀。"

每晚的宴会都好像一场表演，在这场表演中，赵军浦赵总毫无疑问地要成为主角，被请的客人表面上是主角，其实是配角，主人需要客人为自己服务。饭桌边的手下人要围绕着赵总的心思转，他就像一个总指挥，而宾客则是需要被攻克的目标，宾客和主人的关系形同某种战役的双方，区别是要用自残换取对方自残的方式。

巨大的圆桌前围坐着五个人，除了公司的小亮主任和女秘书外还有一位省剧团的女演员。这女演员一看就是比赵总大几岁，他和她的关系在公司几个人的眼里还是有点神秘，其实他们经常在一起吃吃喝喝，很多大的应酬那女演员一定会在场，赵总介绍说这是我们公司的副总，是专门负责这个项目的。

女演员名叫舒雨秋，省剧团像一个巨大的钟，多年接近于停摆状态，她的美丽也在这停摆的忧虑中与日俱损，她认识赵总也是通过某次酒会，她很能说也很会说。赵总说你是个才女佳人，舒雨秋说你是个才子佳男，二人像对情侣般配合默契嘻嘻哈哈，赵总说来我这里帮忙吧，舒雨秋说好呀，随叫随到，他和她都知道可以随时上床，但都不知道什么时候，不过赵总暂时不想。

就在落座前后，大家相互间还是有些拘谨，都还处于人间正常状态，就在赵总逐人介绍后，卢副校长说你们公司真是人才济济资源丰富呀，赵总说这次有缘聚会只谈感情不谈工作。

三杯两盏之后，卢副校长觉得自己的腰带有点紧了，就问服务员洗手间的位置，服务员说包房自带洗手间然后走过去帮他打开门，卢副校长就走进去转身拉上插销，他松了一下腰带，对着大镜子整理了一下仪态，顺便调整一下表情，打开龙头冲一下手再关上，抽出纸巾擦一下，然后将揉搓后的纸巾扔进垃圾篓，抬头再看一下镜中的自己，转过身，拉开插销打开门，走了出去，保持着温和的神情。整个过程是三分二十三秒。

在女演员和小亮的热烈语言空间中，女演员似乎代表了公司的感性，小亮似乎代表了公司的理性，一个唤起了卢副校长的身体欲望，一个提供身体的基本需要和安全感等，酒没办法不喝多，她和他都说得太好了，把所有在场的人说成一个家庭，把这个世界说成是一个乐园。

两个小时后，也就是一百二十分钟以后，黑暗慢慢地从四面八方包围过来，浸透到所有的表面，整座城市像被关入牢笼中，每双灵活的眼睛都被困在那无形的笼框和有限的周围，灯都亮了，每个灯光下其实都是一个中心，是一个抵御甚至战胜黑暗的中心。

赵总、卢副校长、小亮一起来到绝代天骄夜总会，就在包房里，赵总搂着卢副校长的脖子，“哥，你有什么想法告诉弟弟，所有的事，我都能做。再升一级？还是搞点回扣？小弟都能做到。知道吗？我知道那史校长有点想法，没关系，他不配合有人配合，他这个位置有人惦记呢。知道吗？”

似乎这些话还过于抽象，或者酒醉的人认为对方也是酒醉，担心对方不容易理解到位，赵总开始给卢副校长举例子了，那些鲜活的例子。这几个例子，都是谁支持他，谁就官升几级，谁不支持他，谁就退位让贤，这些例子大都是些高干子弟们吹牛的传言，或真或假难以辨别无法认证。

卢副校长全都听明白了，他只是笑着说我都懂，全靠你老弟帮忙了。

那一排排的所谓各种优雅各种气质各种靓丽各种性感女孩站在面前，赵总挑来选去，从左看到右，从上看到下，当即就看中一个眉目很清纯的漂亮女孩，招呼她坐到身边，卢副校长挑了个年龄小的矮个女孩，他和她坐到了黑暗的沙发角落，在那里唱唱喝喝交头接耳嘀嘀咕咕，赵总身边的女孩有点羞涩，但还是努力迎合着他，唱唱跳跳说说笑笑非常开心，在酒最肆虐的时候，他对女孩耳语，“晚上跟我走吧。”

“对不起，我不出台。刚才我也说过，这是我第一次来这里玩。”

他却在想，这里的女孩都会说自己是第一次来到这里，在嘈杂多彩的环境里，只能是一箭穿心了，“我很喜欢你，我会多给你一些钱。”

“真的，不是钱的事。”

“我给你五千。”

“您别说了，还是唱歌吧。”

“我给你一万。”

“不可能。”

“我给你二万。”

“我不会出去的，晚上我妈还等我。”

每次加价，女孩的婉拒似乎让他感觉更好，似乎女孩就更单纯，似乎更提高了价值，他玩夜场的次数太多了，他知道这些女孩的各种状况都有，有的的确是生活困顿逼迫所致，也有的是为挣钱又快又多，也有的爱慕虚荣是个玩家。

他相信女孩所说的了，感觉这女孩还在风尘外，他似乎有种莫名仇恨。

“我不啰嗦了，陪我一夜，给你五万。”

女孩一下子怔住了，呆呆地望着他，想了一会儿，然后期期艾艾地说道：“哥，我看出你是个好人，谢谢您看得起，但真不行。”女孩很认真的神态。

赵总不再说什么，他只是走向门口，但在拉门那个瞬间回头看了小亮一眼，小亮其实一直在注意赵总的说话和动作，小亮懂了。

看着赵总走出门，小亮于是端了杯酒走到女孩面前，他笑得很真诚，“敬你个酒。”

女孩马上站起端着酒杯，

“不敢不敢，谢谢哥哥，我真不能喝了。”

当即，小亮收敛了笑，一个巴掌扇了过去。

“给脸不要脸，是不是？是不是给脸不要脸。”

女孩当时被扇倒在沙发上，嘴角流出了血，女孩手里的杯子摔到了地上，哗啦的清脆声音表明这个杯子从一个名称变成另外的名称。

卢副校长呆住了，卢副校长边上的女孩呆住了，小亮的陪伴女孩呆住了，服务的女孩呆住了，只有音乐不为所动还在重复着应有的旋律。

“你妈的，不识抬举，干死你，知道我们是谁吗？找你妈咪来！你妈的。”

女孩站起捂着脸跑了出去，女服务生也跟着跑了出去，小亮转过头笑着对着卢副校长说：“大哥，不好意思呀，不好意思呀，那孩子不懂事，教训她一下。您接着唱，我去看一下。”说着走出门。

卢副校长注意到，有十分钟了，那位赵总和小亮主任一直没有回来，包房里只有卢副校长和两个女孩还有返回的服务员，音乐还在孤单地响着，卢副校长心情有点恶劣，他对着陪自己的女孩说，一会儿那人跟你结账。女孩望向服务员，服务员点了点头，卢副校长在女孩的陪伴下离开。

就在这些三陪女的休息室，小亮还在骂着，妈咪小心地赔着笑，其实就在几分钟前妈咪问了一下值班的夜总会副总是否找几个保安揍他们，那副总说这是首长的小儿子包房，咱们得罪不起，你抓紧去赔个不是。

于是妈咪迎到门口笑脸赔罪，小亮说这样没用，让那女孩来。

妈咪回到办公室对那女孩说，你要这样，在济南就别混了，不就是两腿一劈吗，又赚钱又快活，别傻了，就这样了，没办法了，你得罪人了。否则，我帮不了你，那帮家伙没人敢得罪。

那女孩瞪着眼睛嘴唇在发抖：

“那我就离开济南。”

小亮不耐烦了，他正巧走进办公室，“妈的，我现在就废了你。”说着又扬起手。

“你敢，我报警。”

“哈哈，好呀，这是电话，给你电话，抓紧拨110吧。”小亮拿出大哥大。

妈咪赔笑着：

“老板您先出去，等我一会儿。”小亮还在愤愤然，他走了出去。

“你不能这样，我们怎么做生意呀，再说警察能拿他们怎么样，警察还能跟着你回家吗？能天天保护你吗？”

“那个赵总其实也不错呀，让他多掏点钱就是了，别再闹了，没有好处，听大姐的话错不了，好吗，姑娘？”

“你看，那家伙还在门口等着呢，你不从，他就等着你下班，就跟着你，不说别的，打你一顿你不也得受着吗？没办法，干这行就这样，好妹妹，你听我的，你拧不过他们呀。”

过了一会儿，就在包房里，女孩小声对赵总说：“对不起大哥，都是我的错，那晚上您能对我好一点吗？”

赵总小亮还有三个女孩及服务员又坐到了包房里，在音乐的环绕中，赵总问小亮那老头走了吧，小亮说是的，赵总笑着说别把老头吓出心脏病就好，两人都哈哈大笑起来，歌声开始在欢乐中飞翔。

就是这个绝代天骄夜总会，你把它当作欢乐的设施，它把你视作送钱的工具。

46. 谁是谁的陷阱

在回家的车上，卢副校长有些清醒过来，他又惊又恼，本来一切都那么完满，但那一巴掌将这完满撕开一角显露出某种真相，那小亮说的话似乎是对着自己，他似乎在威胁自己，那一瞬卢副校长想爆发，这些混蛋，他知道这些家伙自己得罪不起，这个项目也的确非他们莫属，看样自己在其中并无便宜。

就在大床上，成熟老练肆意的赵军浦将害羞稚嫩顺从的美丽女孩压在身下，他还是看出来了，女孩的确很淳朴，女孩在他发泄后告诉他，真的，哥，除了前男友，你是我第二个男人。

赵总就是要给她这个感觉，他就是需要这个效果，他对待卢副校长和对待那女孩是一样的，什么五万，最后其实只给那个女孩两万元，他还说你知道行情吗，这已经很多了，那女孩真不敢多说什么，多说也没用。对于这卢副校长，毕竟他是个副手，对他要恩威并施，这些人，在赵总的心里，都是些下贱的猪，给点吃的就行，想多点，那就是贪婪那就是欺负我。这甚至可以推广到对万豪大厦的态度，他在算计万豪大厦赚了自己多少钱，即便是到最后，他还欠万豪大厦一部分房租。他这些算计和小气和偏见其实适合于官场，真不适合商场，虽然他有无与伦比的资源，但随着万物的变化，他逐步被淘汰。

就在第二天，卢副校长在向史震巍校长汇报昨晚的事时，他只是说大家一起吃饭喝酒，这些高干子弟呀太霸道张狂了，他说咱们就没有别的选择了吗？就一定要跟那高干子弟合作吗？这句话的倾向是反对意见，这种态度其实还是让史震巍校长满意，至少表明这卢副校长还没被对方搞定。史校长说没办法我也不想，按照约定，明天要继续商谈合同细节，你让他过来吧，这样咱们主动些。

卢副校长说好的，然后他并不言语，他根本不想通知他们，他继续往常的节奏。没想到的是，那位舒副总打来电话，问能否一起坐坐，卢副校长哈哈地笑着，说今天很忙改天吧，那舒副总也跟着哈哈笑，声音软软地说知道您忙，只占用您十分钟就行。

就在校门不远处的茶馆一个包房内，舒雨秋一改那天的正装打扮，换成裙装，松紧得当，完满地将胸和臀的突出展现，她略略的棕色皮肤，有种青春动感在散发，她直接递给卢副校长一个纸袋子，卢副校长问这是什么？她说这是我们公司的心意，十万元，卢副校长马上用手挡住，“不要这样，不要这样，谢谢你们了，我不能收钱，这可是犯罪呀。”

“哈哈，不用客气，这年代就这样呀。这是我们赵总的心意。”

“那可不行，我不会要的，谢谢赵总了。”其实卢副校长想说的是我哪敢要你们的钱呀，昨晚的事已经让他彻底清醒。

“那我回去没办法交差了。”

舒雨秋的声音不仅仅是绵软而且开始撒娇了，她浑身散发着一种香水味，这一刻卢副校长真是觉得无法抵御这种类型的诱惑了，他毕竟五十多岁了，所有的激情都被压抑或解除了，他有时会觉得看到死亡的曙光了，他的恐惧不时会敲打着他，他一直在闪躲中，不得不承认有时候性的诱惑是战胜恐惧的一个手段，面对着人生，面对着舒雨秋，所有激情被调动起来真是那一刹那就能完成的，他在欲望和道德和人生这几个概念中，毫不犹豫地选择了欲望。这是理性的结果，他就这么认为。有的哲学家认为，理性不是本能的仇敌，它是各种本能协调一致的结果，是被意识到的本性。

“那你就自己留下吧，就当我送你的了。”

“那我哪里敢承受呀，那可不行，小妹收了这钱可怎么回报呀！”

舒雨秋的眼神热辣，她的鲜红嘴唇都噘成一个樱桃大小，对于做演员的舒雨秋来说，这种形状生成和对观者的刺激，是属于基本功，她就是要影响别人感染别人甚至控制别人。

有时看问题要这样，不要以为行贿受贿是多么罪恶，换种角度上说，其实这是对权利的挑战，这是对权利集中的一种抗议，也是分权的一种方式，这是社会的一种平衡方式，抽象一下，可以认为是大自然的反抗。

晚上舒雨秋给赵军浦打电话说那卢副校长已经把钱收了，赵军浦还是有点意外，他想这卢老头不像是这么爽快的家伙呀。赵军浦就是这样打一棍子再给个枣，他的这种方法屡试不爽，这样既降低对方的胃口，又加强自己的威力。卢副校长的狡猾根本无法抵御赵军浦的横行，其实最关键的是，赵军浦的背景强大，这一套适合他。赵军浦没有想到的是，舒雨秋打电话的时候是在床上，她的一条腿正被那口水溢满口腔的卢副校长舔舐着。

卢副校长从此见到赵军浦不再坦然了，他竟然有点怕他了。假如这个世界是透明的，他应该发现，其实大家都是相同的，都是各取各的欲望。

水边很凉爽，垂柳依依，倒映在水里的灯光随着波纹缓缓伸缩不停。和雾絮在一起经常可以深入到很放松很忘我的境界。雾絮常常劝导扁奇，为啥这样拼呀，其实穷有穷的过法富有富的过法，咱俩就这样简单地过着呗，我可以接受呀。雾絮和扁奇在校园里在公园里在街上游逛着，她不时地会进入某种世界里，她甚至有时会紧盯着毛毛虫，看着毛毛虫在树枝上的爬行，她有时还会透过餐厅的大玻璃看着行人的一举一动，她微笑着静静地看着并猜测着目标对象一举一动后面的故事，并要求扁奇也这样观察，她还在画，那张巨大的人民币她已经画完了，她笑着说："怎么样，咱们有大钱了，哈哈。"

她现在开始画树叶了，她要把手指长短的叶片画成毛巾大小，她拿着放大镜观察着，然后用笔勾画着，这是需要巨大的耐心，这是一种貌似毫无意义的细致。她还兴奋地说要把印象中的天安门和眼前的牙刷画到一起并画得一样大小，室友已经服了，她觉得雾絮是个不同寻常的人或者是个怪人。

雾絮经常和这世界融为一体，甚至深入到具体的细节中。扁奇看着她有时会觉得她已经把这世界搞乱了，有时候又觉得她这样真是浪费人生，有时他也想女人或许就该如此。扁奇在这平静中慢慢思考自己工作的不足，时间一长，也会某种程度地被影响被改变着。

在院子里，扁奇反复上下刷着牙，喝水漱口，然后对着水池吐水，吐出的水在空中划出弧线，一道银光反射，是月亮在高空注视着。

扁奇走进房间，看到灯光把家具的黑影投到墙上把自己的影子投到地上。扁奇突然有种感觉，他并没有被这世界所抛弃，他一直被平等对待。

出钱和不出钱真是不同的感觉，扁奇把这公司当成自己的起点自己的家，但曹士斌和他同学就不这样想，他俩从心底上还是觉得这公司的盈亏和他们有点距离，这一点扁奇是通过他们说话时的点滴表象察觉出来的，这个发现让扁奇产生多少有些吃亏的认识。

就在下午，扁奇的努力有了回报，其中有一家烟台的集团办公室说你们可以过来面谈。扁奇太高兴了，曹士斌也高兴。扁奇反复说要冷静，这只是意向，否则有多少期望就有多少失望，有多少高兴就有多少悲伤，不过，我不怕了，因为我们毕竟年轻，明天我就出发，祝我好运吧。说完，扁奇戴上耳机，听着缓缓的钢琴曲，一点点解析着激动。

上午十点，赵军浦赵总带着舒雨秋副总小亮主任和办公室女秘书还有设计院的一位总工出现在科技职业大学的办公楼前，卢副校长及办公室主任基建科科长还有办公室人员守候在门口，大家相互问候相互介绍相互握手，每个人都有自己的经历，都有自己的欲望，都有自己的喘息，他们需要放弃各自的任性各自的喜好各自的时间，这些本来是他们的权利，但为了工资当然还会为了别的什么，他们不得不放弃一部分权利，他们组织成了两帮人，每一帮人都有各自的目标，现在为了更大的利益，两帮人要各自放弃自己的某些散漫凌乱，要进一步组织起来，装配起来，运转起来，要实现一种目标要成为某种一致的东西。

赵军浦注意到那史震巍校长并不在这人群里，一种不快在心里流淌，如同周围的光彩被过滤了，他的心跳和肌肉发生了轻微的变化，他感受到了，这是机体感受器的信号，这生成了他的烦恼。

卢副校长说史校长在会议室恭候赵总呢，赵军浦只是“嗯”了一声，他想自己需要跟这史校长单独说点什么，要让这人物变成标签上的畜类，而不是像那不像猫不像狗不像猪的几不像动物，搞得自己有点不知所措。

赵军浦见到史校长后说让他们谈合作细节吧，咱俩再说点事。他说这话的时候卢副校长也在边上，这在卢副校长的脑海里就浮现出回扣或好处之类的词汇，赵军浦就需要他这样想，这样两位校长间就会有某种松紧关系。

史校长的办公室里面满满当当，每一种精细的欲望都有相应的工具，这都是各任校长不断添置的不断积累的。赵总就和史校长坐在灰布面沙发上，面对着面。

“赵总想跟我谈什么呀？”

“史校长，您知道我的情况，也知道咱们为什么合作，但我想加深咱们的关系。”

“哈哈，怎么加深？”

“我可以为您个人提供一些费用，或者您还有其他需要，是否需要进一步升迁之类的。”

史校长说谢谢了，这些我目前都不需要。

“我很理解您，毕竟我年轻，咱俩的熟悉程度不够，您的信任不够，没关系，咱们慢慢来。”

赵军浦说这话的时候是睁大着双眼，他知道这样会让自己的眼睛清澈透亮，会增加史校长的错觉，觉得他真是为友谊而来是可以信任的人。

史校长当然看懂了这年轻人急切的诚恳的态度，他对这些语言和这个态度并没有预测，他没想到赵军浦会这样大胆地说，史校长的意识在流动着，在这些语言和态度下起了一个漩涡，意识的流动有点转向，他似乎不再反感了。

史校长本来还想继续坚持说我这么大年龄了，都不需要了，谢谢你了。

但门被敲响，史校长想说的话转化为："进来吧。"

雾絮推门走了进来，她最先迈的是右脚，左脚马上跟随，这是她的习惯，她那天穿的是蓝色套裙，表情依然平淡。

"不好意思，打扰一下，史校长请您签个字，这是一份文件。"说着递过来几张纸。

从她进门到离去，赵军浦一直看着她，雾絮知道一个陌生人看着自己，她不旁顾更不理会，她只是看着眼前的校长，然后转身道谢离去。

赵军浦一直盯着她看，若有所思，他瞪大了眼睛仔细看着她，她太像了，像自己的妈妈，五官体态神情都太像了，乃至她说谢谢时淡淡的一个嘴角上翘都像妈妈，对，还有她的声音，怎么能这么像。

另外，赵军浦看到她的胸、她的屁股、她的苗条、她的白皙、她的肤质，不同的人会有不同的眼光，但赵军浦不同，这是一个总在女人中玩耍的人才能达到的专家境界，这是一个经常在夜总会挑选女孩时的专业眼光，他似乎看透了她，他被震惊了，他第一次觉得颤抖了，这是他第一次如此失态。

他在呆呆的神态中将眼光放到自己的一根指头上，他发现一个手指头在乱动，这是食指。

史校长注意到赵军浦的眼光总是在跟随着雾絮，一副若有所思的神情，史校长似乎觉察到什么，他不想进入赵总的想法中，于是说：

"哦，刚才你说的，我很感谢，我再想想吧。"

原来这世界还藏着这样的美女，原来还有这样的美女可以让我魂不守舍，赵军浦的心一下子飘了起来，似乎在俯视着自己。

史校长其实对于青春旺盛的女孩也不是无动于衷的，但几十年的自我控制，他已经不再对女人的体态气味敏感，他将这些眼前的感官刺激予以屏蔽甚至废弃，将此类刺激升华为别的刺激，他的腺体不会过度分泌荷尔蒙，即便是偶尔想法显露，他仍旧可以将想法转移，如同小小的浪花自消自灭，他什么都不说，只是暗自捆绑自己，用道德用理智用尊严，即便是面对自己的老婆。两人已不再做爱了，这有两年了，他和她都不想了，生命就这样了，激情就这样了，人生就这样了。这样的意思就是收敛了收尾了收工了。

史校长从来没有也永远不会像放肆的赵军浦这样形同惊涛拍心，任意横行。

赵军浦就像潜伏的恶狼，他恨不能随时迸发出来，他本来不是这样，三十年来这世界一直顺他的意，他的行为模式慢慢建立起来，“支配人征服人”成为他的人格，“支配人征服人”的人格在他身上趋于稳定。

赵总并无回应。史校长看着眼前的年轻人突然进入了沉默和凝固，如同剧场突然落幕，他不太确信这是其中的女人因素，他静静地观察这位赵总。赵军浦突然发现自己在别人眼光之下，他有一种仓皇感，这种感觉升腾的时候他就松开了对女人的欲望，他掩饰地笑了笑。

“刚才您说到什么了？”

雾絮根本就没看赵军浦，即便是看到，她会模糊会漠然，不会参与感情不会具备态度，就像工程师看待楼房的框架结构，就像验尸官看待冰冷僵硬的尸体，她似乎现在活在自己的世界里，她有时在想，自己画的那片叶子上被虫咬的小斑点该怎么配色，有时她想扁奇的样子。

这段时间，雾絮看得出来，扁奇很辛苦，自己不知道怎么帮他，只能尽量地将他引领到自己的世界里。她跟他谈自己的工作、周围的同事、办公室的打杂、自己的画、自己的观察，他很少谈他的工作，除了出差，他几乎每晚都过来，她有时为他做饭、有时去食堂。现在他成立公司了，他真是很能干，雾絮坚信他一定会成功的，现在只是积累只是过程，她这样说给他听，有时也说给自己听，她对他的信心已经远远超过他对他自己的信心。前天他出差的时候说咱俩结婚吧，雾絮点着头，看着他笑，自己也在笑。雾絮说咱们旅行结婚吧，去我家，见我爸妈，然后再去你家，见你爸妈，反正这济南无人惦记我们，当然我们也不惦记济南。

雾絮想他今晚该回来了吧，或许应该给他烧条鱼做个排骨，他最爱吃了，如果那同寝室人不在，我还可以跟他继续那个。雾絮想到这，甜蜜的微笑浮出，面庞轻微地绯红，像朝霞初开。雾絮有点喜欢做爱了，那时候也是扁奇最开心的状态，她注意到扁奇那时候的眼睛真是迷离，和往常太不一样了。

每个人都以自己作为中心，这样的结果就是坐井观天，雾絮换过几个中心，家里的中心，学校的中心，大学的中心，现在单位的中心。她其实并不知道这个世界，或者也可以说她不需要知道这个世界，知道一个角落就行了，就可以幸福了。

47. 启动

会议室里，众人还在商讨中，赵总的心一直在摇曳着，如同一间关门闭户的黑房子，突然被打开，所有的宁静和稳固都被破坏，这个重要的会议似乎变成了一种干扰，如同在课堂上，他的心思已经高高飞翔。

会议结束了，大家簇拥着彼此的领导走出会议室，赵总和史校长走在前面，后面是各自的队伍。就在行政楼的门口，雾絮迎面而来，她正准备去财务报销，看到众人走出，她平静地站到边上，等待着他的走过。本来史校长和赵总还在笑着谈着，赵总突然中断了对话，直接向雾絮走去，史校长奇怪地看着他的举动，其余的人也停下了脚步，就听得赵总问："你叫什么名字？"

雾絮愣了一下，看了他一眼，一丝不快在眉间积攒，"你要干吗？"

这个声音和生硬的反应在赵总那里似乎变成一种夸赞，他毫无顾忌，他开始笑了。

这时卢副校长走上前，"哦，这是我们学校的雾絮老师。"

"雾絮，这是赵总。"

"哦，赵总，您好赵总。"在众人面前，雾絮觉得要有相应的礼貌。

"雾絮老师，奇特的名字，真不错，很高兴认识你。"说着他伸出了手。

雾絮装作没有看见，对着周围人微微一笑，看了一眼赵总。

“对不起，我有点事。”

边说边穿过众人走进大楼，一副事情紧急的样子，赵总转头望着她的背影，这样正迎着众人的眼光，他脸色平静，收回了自己的手。

“好，好。”这一刻旁观者并没发现赵总表情尴尬。

他的这个举动非常特别，有一点刺痛了史校长，这里既有自己没有受到尊重，也有自己失去了体面的感觉，他觉得受到了侮辱，要跟这种混蛋合作吗？这人当众出丑，简直是个流氓。

其实这种感觉也在众人面前有了或深或浅或重或轻的感受，学校的人全都难以接受，这位赵总这种跳跃式的待人接物让他们无法解释不可思议。

公司其他人也觉得有些过分，他们想赵总霸道惯了，这次终于碰到钉子了。小亮却是想赵总是真男人，性情中人。

这一切，对于赵总来说，只是不循常规不走寻常路的表现而已，别人的惊讶甚至反感在他那里反而是赞扬，他自豪自己的特别和与众不同，他肯定不会跟这周围环绕的低俗大众一样，这是肯定的。

雾絮这类事其实倒还见识过很多，她遇到无数次各种男人的大胆骚扰，她随后就忘记了，像这样在很多领导同事面前可以视同袭击般的行为，这还是第一次，她没有觉得这是对自己变相的推崇，她只是觉得讨厌，她搞不清这是什么人，会让学校领导产生什么样的想法，会给自己带来什么样的麻烦，自己真是没什么办法，遇到讨厌的人最好的办法就是逃开。

就在车上，赵军浦对舒雨秋说：“问问这个叫雾絮的人什么情况。”

舒雨秋笑着看他：“看样赵总动心了。”

赵总斜眼看了她一眼什么都没说，这种表情搞得舒雨秋觉得自己多嘴，她觉得眼前的人表现出自己无法知晓的东西，于是就生出了一点惧怕。

小亮透过车窗望着过往稀疏行人的街道，耳朵却在听着他们的对话，自己在脑海中跟随着理解着。

赵军浦喜欢她的气质，那种自然的气息，自然的微笑，自然的愤怒，自然的从容，从里到外都散发出一种安宁，这种安宁也照进了自己的心灵，自己的焦躁、欲望、节奏似乎都得到某种安抚，他在这种安抚下有一种幸福的体验。

赵军浦面对老婆时又恢复到以前的平淡里，在家庭世界里，他要正经要有规矩要有主从感，这就意味着他要变成另外的模样，他很不适应。老婆在工作中也很强势，回到家中也要变成另外的模样，她也很不适应。两个很不适应的人也就有各自的隐私。家里有保姆，有几个卧室，这样会放大了各自的隐私，他和她本来可以相互组装成一艘远航的船，但因为各自的强大，仍旧是两艘乘风破浪的船，还算是有道德的约束，有双方爸妈的约束，还有女方单位的约束，双方还能齐头并进，若有孩子，或许还有机会再次合二为一，但目前看来，在波浪滔天的生活中双方有些疏远，不无渐行渐远的可能。

晚上他俩坐在饭桌时一如往常地平静，保姆将一切都安排妥当，老婆只是说这个汤有点咸了，保姆说唉我总把握不好盐量要么我重新做吧，老婆说不用了你吃饭吧。

圆桌边上还空着四把椅子，这空着的椅子是地位相同的人才可以落座的，椅子的用材做工都比较特别，特别的木料特别的设计特别的木工，这是首长家的椅子，也就是说不是什么人都可以随便坐下。她看着他说，明天晚上有演出，咱俩去看吧。他说可以。就在她想告诉他这演出是什么内容时，电话铃响了，保姆接起后说是她的，她就站起去接电话了，回来后她就忘记要说的话了。

有时真想让冬天和夏天相互拥抱，就像两个敌我双方，都应该稍微地宽容对方。

济南太热了，扁奇到雾絮宿舍的时候，雾絮还没回来。他掏出钥匙打开门走了进去，屋里闷热，接着他又打开窗，里外的热气交汇着，他望向窗外，颜色、深浅、距离、大小、动静、快慢，这些指标将眼前的一切归类或综合，自己的思想将眼前的图像进行解释，自己的情绪将解释后的理解进行渲染，在眼前的呈现中，脑子是无边无际的茫然。

知了还在此起彼伏地高声叫着，扁奇就那么站着，望着。

“吱嘎”一声门开了，扁奇回转身体。

“啊，你回来了。”雾絮很兴奋，

“怎么样？这次出差怎么样呀？”

扁奇并不应答，他走了过去紧紧地抱着她，“你怎么了，这么想我。”

扁奇并不回答，他亲吻着她，吸吮着她的舌头。

好长一会儿，雾絮闭着眼被动地承受着，直到扁奇停了下来。

“知道吗？我成功了。”

“啊！”

“是呀。”

“真的吗？啊，太好了。”

“嗯，明天我就去辞职，我要把所有的精力都投入到这新公司去。”

“我知道你会成功的。你坐一会儿，我去买菜，给你做好吃的。”

“不要做了，咱俩去饭店吧。”

第二天，扁奇去了公司，牛元辉部长望着他，眼睛圆睁着，有惊奇也有恼火，他的左嘴角还留有褐色的痕迹，这是茶水的浸润，“你终于来了。”

“嗯，牛部长，我想辞职了。”

牛部长瞪着眼睛，那眼眶似乎被撑大，“你这孩子，你，你怎么能这样？”

其实扁奇不是很坦然，当一人面对被动时有很多逃脱办法，他可以说公司如何错误如何不对如何曾经伤人，也可以说自己一方如何特别如何无奈，还可以说公司和自己都如何完美，只是这客观外界如何阻碍造成双方无法继续。但他并没有朝着这些话题方向解释，他真是累了。

销售部又来了很多新员工，他们望着扁奇，扁奇看着他们。

“对不起牛部长，谢谢您的培养了，我去办公室办手续了。”

扁奇的档案已经进入电子局了，下一步会被转至人才交流中心，他的户口早已经在历下区入集体户了，谁也动不了了，这是他的底气和底线。

姜竹青主任看着他并无表情，“你们这些外地孩子，这么不踏实，来公司落个脚就走，不做贡献，好像天下都是欠你们的。你这样辞职，爸妈知道吗？下海干什么去？外面社会很黑暗呀，饿死也没人管呀。”

“你们这些孩子，为什么这样呀？真是瞎折腾，真没法说了。”

“主任，对不起了。真是麻烦您了。”扁奇没有面对她的一堆问题，他觉得她说的似乎也有道理，他认为她是好心。

姜竹青主任听扁奇说话时突然感觉左胳膊有点痒，她的右手放下笔，自动地绕了过去挠了挠左胳膊，那个痒处在搓挠中被分解分散，那一刹那，她流动的意识有了一丝波动。

就在扁奇辞职的一年后，牛元辉也辞职了，他自己加入了一家公司，也是卖复印机，跟这家公司做了竞争对手。

就在扁奇辞职的三年后，福华复印机有限公司停产，四年后破产清算。姜竹青主任和其他中方派驻干部一起又回到无线电厂，那里没有他们的位置了，他们于是下岗待业，姜竹青就四处应聘，她年龄大了，没有好工作。正像她判断的那样，外面社会很黑暗，所以她在黑暗的外面社会里看不清楚，也就找不到好工作了。

随着天空放亮，大大小小的物体像苏醒一般，样样东西慢慢分离开来，慢慢突出，慢慢与众不同。

坐在万豪大厦的行政酒廊里，赵军浦俯视着那些排排楼们，其中有几栋是古建筑。它们形色俱异地彰显着文化和历史，它们目睹了多少沧桑和变革，见识了几代人的生和死，曾经那些雄赳赳气昂昂的人已经躺进了大地里陷进永远的黑暗中，它们最清楚所有的高楼林立繁华高贵的地方，这所有的地方其实就是个乱尸岗。

看着脚底下的马路上形同蚂蚁般的过往人群，赵总心底习惯性地升起巨大的优越感，感觉自己独特不凡。他习惯了，跟动物在一起时，他想自己是人，在人群中时，他想自己是成功者，跟成功人在一起时，他认为自己很优雅，他总是对自己信心满满，总让自己处于优势中，这样的结果就是自己向自己献媚，自己让自己快乐。这是成功的目的还是成功的副产品？无人可以解释，世上所有的道理在某种角度下都会相互矛盾。

他一直在想着雾絮，那个教电子的女教师，不是百里挑一，这是万里挑一，这不是人生中可以随便遇到的女孩，想想都不可思议，这么漂亮的女孩竟然教电子。

一个成熟的男人怎么看女人，完全是需要决定，是性的需要，他要围绕着性的激情去感受，他会看胸、看屁股、看皮肤、看胖瘦、看脸庞、看嘴唇、看眼神，这些东西会带来性的幻想，会产生激情，源源不断地推动自己，甚至开创自己。在新的刺激物下，军浦发生了变化，他自己也感觉到了，也发现了。

办公室主任说雾絮老师麻烦你送个重要文件去山东神州房地产开发公司，那家公司就在万豪大厦，学校有车送你，办公室主任说这话的时候没有看她的表情，这是与往常不同的。

雾絮“哦”了一声，她其实有点烦了，新老师总被安排做这做那，唉，再忍一下吧，马上就一年了，就有新老师分配进来了，自己也就被新人替换了，自己就解脱了。雾絮没想到的是那位侵扰自己的赵总就是这家房地产公司老板，她的确没想太多，这已经几天了，她有点淡忘了。但是办公室主任知道，当时卢副校长告诉他这么安排时，他就有点异议，那天在大楼门前那赵总对雾絮那样无礼，这样安排不好吧。卢副校长回答说你让她去吧，年轻人嘛，让他们多互动一下，这样对他们都好，你多理解吧，何况就是送个文件。

就在这前一天的晚上，就在学校附近宾馆的一个标间里，卢副校长跟舒雨秋在一起，他俩做爱的时间很短，卢副校长年龄大了似乎力不从心了，他只是说太激动了太激动了然后就结束了，而这种快速往往造成舒雨秋某种急躁，如同门刚被敲响，等她打开时就发现敲门人已经离开了，舒雨秋有点无奈，其实她也没什么解决办法，想想这卢副校长还算绅士吧，对自己也算不错，也就忍了。人经常这样，在没有选择时候，就制造一种自己可以接受的理由。她有时又不免想着别的男人，包括那年轻的赵总。

“你们那个赵总有病吧？”

“为啥这么说？”

“那天公然调戏我们的女老师，太过分了。”

“嗯，有点，没办法呀，人家是高干子弟，又帅气又成功，看上她是她的运气呀。”

“我看他就是玩弄女人罢了。”

“唉，大概吧，他还让我打听她的情况呀，另外又说能否安排多些见面机会。”

“怎么增加，这是学校，不是夜总会。”

“想办法吧，赵总对你也不错，帮一下吧，就当是帮我了。好不好呀。”舒雨秋的嘴又噘起来了，是个小肉团。

在雾絮来之前赵军浦已经知道了，他为此特意理了个发，穿上一套昂贵的西装，还喷上了香水，他的皮鞋锃亮，像一面凸镜，将行政酒廊里的套间中所有的奢华都收录进来然后反射出一部分，他现在从里到外从上到下也变成奢华的一部分，除了肉体之外，除了和别人呼吸同样的空气外。赵总还告诉办公室的人说若雾絮到达就带着她到行政酒廊来，他甚至还准备了礼物，茶水、果汁、咖啡、背景音乐、西餐等，他运用高中时代做题的仔细将这事的前后左右上下都安排妥当。

对于这奢华的一切，雾絮当然很敏感，材料装潢构造气味礼貌旋律这些听闻触看的指标在她头脑外掀起一阵阵风暴，她如同对待橱窗内的尤物般观察着，如同对待肮脏丑恶臭气般观察着，她总认为这都是世界的不同呈现，这些呈现和自己毫无关系，她没有情绪的变化，更没有态度变化。

当前台的女孩将她带到行政酒廊的包房后，她看到那赵总微微地笑着站在那里，那个巨大的落地窗前，后面是蓝色的天空和点点白云，她眉毛皱了起来，

“嗯？是你？材料交给你了，我走了。”

她说完转头就走，这个时刻那个前台女孩还在边上，赵总似乎

没有反应过来，当她转过身后他注意到她的屁股有些突出，在她走路的时候，那是有皱褶的，像忽放忽收的花朵。

“哎，雾絮老师，急什么呀，我还要问你点事呢。”

“对不起，你问该问的人吧。我有事要马上走。”雾絮急急走出包房，走向走廊电梯。

赵总跟了过去，穿过包房门，穿过酒廊厅堂，穿过酒廊门，他跟着雾絮走着，前台女孩的眼光跟从着，她不知应该是否进退于是就呆立那里，这个不寻常的节奏引起了行政酒廊的人的注意，但他们的关注点随即又返回各自的意识里，刚才的场景融化到脑海里。

“我就这么可怕吗？”

雾絮并不搭话，她静等电梯。电梯到了，里面空无一人，她并没有进去，她心里有点恐慌，她要等电梯里有人她才能进入，她觉得这个纠缠者会跟着她进电梯。

赵总看她没有进入，以为她想法变化，就歪着脖子笑着看雾絮。

“赵总，你想干什么？”

“我想跟你交朋友。”

“对不起，我准备结婚了。”

“哦，还在准备呀，那我还有机会呀。”

雾絮心里恨恨地，“谢谢你的欣赏，我没有机会了。”

“你可以有，如果你愿意。”

“我永远不会的。”

“你知道我是谁吗？”

雾絮不想跟他废话了，她不想将对话继续，她发现每次电梯里的人出来后都是空无一人，这行政酒廊是在顶层呀，她暗自叫苦，她有点无奈，她不得不周旋，赵总看她还没有进电梯的意思，

“要么去里面坐一会儿好吗？”

那前台女孩走了过来，她懵懵懂懂，她其实是准备返回在十八层的公司，但这样一来，或多或少地影响了赵总的发挥，当电梯到来后，她望望雾絮又望望赵总，迟疑地走了进去，雾絮跟着进去，不出

所料，赵军浦也跟着进入，这时另外有人也走了进来，不动声色地相互望了一眼，雾絮算是松了一口气，

前台女孩在十八层下去后，没想到那几人在十层也下了电梯，毫无办法，雾絮也跟着走出，赵军浦依旧跟从，雾絮简直要崩溃了，她的焦躁从眼中脸上显露，这时的赵军浦也知道她的意思了。

“我就这么可怕吗？”

“真对不起，我不喜欢别人跟着我。”

“你的未婚夫很出色吗？”

“当然是的。”

“那我要见识一下啦，哈哈。”

“好呀。”雾絮并没多想，这随口的对付，她没想到会需要付出极限的代价。

很快，电梯门大开，很多人在其中，雾絮顺利脱身。

这一点上，雾絮非常有经验，她一直记得妈妈的话：女孩要学会保护自己。

对于赵军浦的那些指标，优雅帅气高大白净洒脱自信，这些在雾絮那里视若不见，她现在如同色盲一般，很多缤纷毫无光彩，或许在她眼里，那些伟大光荣正确其实也是危险重重。

望着雾絮离开大堂走进那个破面包车，赵军浦紧紧地盯着她的一举一动，他望着她的体态，他似乎望穿了她的衣服，他似乎看到了她的背部，她的屁股和屁股里面扭曲的阴道，他的激情越烧越旺。

赵军浦喜欢她的一切，她就像自己的一个宠物般，生气是那么可爱；发怒是那么可爱；愤怒是那么可爱；平淡是那么可爱；冷淡是那么可爱；淡漠是那么可爱。她的情绪由浅到深的所有表现都是那么可爱，赵军浦在她的反应中获得了快感，他为之迷恋、迷醉、眩晕，他已经进入她的细节中了，他逃脱不开了。

赵军浦本来一直把爱情当作世俗的买卖，突然他发现或许自己是错误的，这世界有的人是无法交易的，因为他发现无法交易，又无法逻辑推理其中的原因，所以他就开始相信爱情的神秘了。

48. 加速

这家烟台客户订了设备，曹士斌的同学于是跟深圳的厂家达成了交易，扁奇的销售价格是出厂价的三倍，当然市面上会达到四倍，他们济南科信公司提供所有的技术服务，那个年代就这样，这个行业就这样，利润高高挂起，这笔钱太厚了，足够他们公司半年的费用了。

曹士斌跟着这个合同的成功也辞职了，顺带着还有一个他俩的同事跟着辞职了，他们似乎已经适应了这窑头庄的没有天花板的民居了，他们习惯了就觉得这样的房子和自己的现状很吻合，他们就在公司不远处又租了一间，大家又同居了，区别是只有四张床，并且不再是上下铺了，他们说好了，再坚持一下，等到第二笔合同诞生，他们再升级，连同公司一起搬走，要搬到洪家楼边上的高新开发区内，那里有税务优惠有大批新楼建成还有边上的山东大学女学生们，曹士斌和另外的同事还没有女朋友呢，最关键的是扁奇想离雾絮的学校近一些。

或许有种对朦胧未来的不安定感，雾絮有点着急了，雾絮跟扁奇见面时说咱俩还是抓紧结婚吧，扁奇说不用这么着急吧，暑假快到了，你爸妈要过来吧，等他们到之前咱们就办手续吧，那时咱们租一间好一些的房子。

那种受挫后失恋的感觉和欲罢不能的激情和那种想象中获取的甜蜜彻底占据了赵军浦，这些沉甸甸的东西压在心头。

“怎么办？怎么办？”他低吟着。

有一点他很明确：自己绝对不能再乱发招了，要稍稍冷却一下了，想明白再做，目前似乎已经引起她的反感了，其实她可以有男朋友呀，我也可以爱她呀，如果她结婚了，那我也可以，他一步步地降低自己的道德底线，他其实还在变化着，欲望的追求让人变态。

他冷静下来，毕竟接触太少时间太短，女人是慢热的，是需要培养感觉的，是需要相当的耐心和诱惑的，是需要一定的机缘巧合的。

小亮似乎觉得看懂了赵总的心事，在他眼里怎么这样简单的事赵总反而烦恼重重犹豫不决？那天，赵军浦想着雾絮的时候又想到了妈妈，一种甜蜜的微笑挂在脸上，他英俊的脸非常生动。军浦真是像演员妈妈，或者说多少还有点像雾絮，他口中还嘀嘀咕咕地吐出了雾絮的两个字的发音，小亮就在边上，当时司机和办公室秘书也在，小亮就像平时那样讨巧或讨好，他忍不住说道："赵总，这一个小女人就让您费心。让我安排吧，我有办法，给她糊弄出来，酒一喝或者下点药，您就给她办了算了，何必这么费心呀，很简单。"笑容也在生成中。

就这一刹那，赵军浦首先觉得这是对自己心爱的大不敬，污辱她就是侮辱自己，其次就是自己的神圣的事让他说得这么龌龊，再次就是当这别人的面说，将自己视同平常人。他大怒，走过去就是一巴掌，力量很大，声音很脆，这一巴掌表面上看是肉和肉的碰撞，却是骨头和骨头间的较量。

"滚出去，说什么呢？滚出去。"其他人都有点恐惧不安，至于小亮，他似乎并不在意自己的面子，只是说大哥，您打得对，我乱说了，您别生气，我这就出去。在他走向光影不明的棕红色门时，其他两人望望赵总又彼此望望马上转身离开。

小亮走向自己办公室，他觉得口里有点发咸，似乎有液体流出，这时以前的经验帮助了他，他知道应该是出血了，他快步小跑冲进洗手间。就在那重重的力量击打下，是口腔内的肉和牙齿的碰撞，牙齿太坚硬了，肉没有缓冲，就直接在尖锐处破开了，他先是委屈，怎么这么大的惩罚，自己一片好心，自己是可以为他献身的人，怎么会得到这样的回报，他隐隐觉得赵总有点不完美，似乎不再是自己的归宿，他看着镜子中的自己，只是盯着伤口，他没看镜子中自己的眼睛，他的眼睛躲着他的眼睛。

在这间套房里，厚厚的地毯上，赵总坐到了沙发上，整个高大身姿都被沙发包拢，他明显被这件事打断了思路，“这个不开眼的东西。”

他努力地平息自己，他准备回到刚才的思想空间中，但手掌微微的胀痛通过身体感受器传到了他的意识中，他抬手看了看，发现了手面的肿胀，自己手掌里的真皮组织在猛烈的抽打下缓冲不够，被小亮的脸部骨头撞击后微微撕裂，一些毛细血管破开，血开始无序地流动，像奔跑在龟裂的大地上。

他站起来走到办公桌前的电话旁，“让小亮过来一下。”他在电话里告诉秘书，边说还边拉开抽屉。

小亮走进来时，赵总已经重新埋进了沙发里。他已经看出来小亮的脸肿起，他懒得多说话，用手指了指办公桌上的信封，“拿着吧。”

小亮进门时已经看到赵总冷漠的眼神，他只是偷看了一眼就将眼光望向办公桌，他走过去拿起信封看了看，发现里面装满了钱，“啊，赵总，不用，不用这样，都是我的错。”

“拿着，别废话，抓紧出去。”赵总真懒得跟他废话。

小亮再次点头哈腰小心地走着，在这厚厚的地毯上，他是无声的，往下的一段时间他的心里充满了感激、歉疚、敬仰，他有一刻还想找个没人的地方再抽自己几下，赵总对自己太好了，自己真是欠抽，他完全服帖了，赵总真是像自己父亲一样，不，比父亲还伟大，有一瞬间他想趴到赵总的怀里痛哭一场。

小亮后来在其他同事面前说，赵总待我太好了，他真的把我当作自己家人一样，其他同事听着，并不知道该应和着说什么。

小亮拿走的这一万元钱本来是那晚赵总给那夜总会陪夜的女孩，就在第二天凌晨，赵总发现那女孩睡得很香甜然后那女孩不太配合，突然觉得原来我也是陪睡呀。他略微计较了一下，就从本来要给的三扎钱中拿出来一扎钱放到另外的口袋里，那个口袋里的钱后来被扔到办公桌抽匣里，没想到在这里派到了用场。

小亮后来拿着这笔钱给了妈妈，他说这是公司奖金。妈妈太高兴了，儿子真是出息了，儿子总能源源不断地往家拿钱。这笔钱被存进了银行，银行按照国家规定，按比例做备用金，其余做贷款，后来山东神州房地产开发有限公司贷的款中一点点中的一点点，就涵盖这笔钱。

下午，赵军浦接到那个夜总会女孩的电话，女孩说我想你了，晚上想见见你，这类话若在几天前还会诱惑他，但自从雾絮出现后，他似乎已经被雾絮完全关到笼子里了，他自己做的笼子。

“哦，我有事。”

“今天是我的生日，你可以来陪陪我吗？我请你吃饭。”

“哦，我真不行。”

电话的另一端已经挂断，赵军浦听到对方挂断后的忙音，一只眼和嘴角都扭动了一下，嘴上发出了“靠”的音节。

女孩很伤心，就是这个男人，一夜激情的男人，自己将身体献给的男人，真是绝情。

她名叫关静，正像她说的，那是她第一次来夜总会陪男人，本来同乡姐姐说只是陪喝酒唱歌，但没想到第一晚就被这男人逼到床上。她想赚钱，但不想这样赚钱，在她毫无选择毫无准备下，她其实喜欢上了他。的确，当两人一丝不挂地拴在一起时，她就被动地喜欢上了他，身体接受，进入感觉接受，进入认知接受，进入理智接受，进一步升华，然后认知再如此循环，爱情诞生。

今天是她的生日，她其实这些日子一直没再去夜总会，她不想再去了。关静不是喜欢述说的人，她更习惯将苦恼密封起来，然后自己调兑。那姐姐看她这个状态，就用自己的经验说服她，姐姐的经验是性和钱是可以交易的，心灵是可以分离的，这是她的周围她的语境。

关静还处在自己原有的经验中，她的经历和教育对她还有牵引。

但此刻，赵军浦的冷淡和拒绝坚定了她，我要离开这里，反正我有了些钱，反正这是我的生日。

就在当晚，她简单收拾了一下就赶奔济南火车站，她想好了，什么都不需要了，随便哪里，随便什么方向，反正我要离开。

济南去上海的火车还有一小时就开了，她坚决地买了车票。关静运气很好，就在火车上，她遇到了一个上海男孩，那个男孩对她很感兴趣，她第三天就进入那个男孩所在公司做了前台，那是家外企，她的收入不错。

赵军浦似乎突然懂了，爱一个女人最好的方式是睡了她，这是务实的做法，睡了她才会改变她，似乎小亮说的方法是正确的是可行的，他在想着办法，这是一道题目，这是一场游戏，要让她扑过来，目前看来自己这样追她是毫无希望的，他想到她说的话，她的男朋友，那出色的男朋友，那就办他，赵军浦的仇恨在燃烧在延伸，他这莫名的仇恨似乎找到了出口，有了从心向外的快感。

舒雨秋在问卢副校长关于雾絮的事时，卢副校长说你们那个赵总还有完没完，关于雾絮的个人事情我是一无所知，你若真想知道，那就只有雾絮同宿舍的人了。

那就麻烦你引见吧，舒雨秋含情脉脉的眼神。

“我咋引见？说你们那个赵总想泡女孩让她透露消息吗？”

舒雨秋一时也沉吟了，这种打听的确不仅仅需要技巧还很麻烦。

卢副校长望着她思考的神态，眼光不免在她身上停留，那天舒雨秋穿的是淡绿色的裙子，内衣是蓝色的，在穿窗而过的阳光照耀下，两种色彩都微微地收敛了反射光，肤色反而有所衬托。卢副校长坐在办公桌后被颜色的变化所刺激着，脑子不由得塑造起那肉体的挤压形状、弹性和味道，这记忆的储存被释放出来，他的身体一点点被激活了。

“要么咱俩找个地方商量。”

“嗯，嗯？不去。”舒雨秋看了他一眼，当然看明白他的想法了。

“那你就慢慢想吧。”卢副校长的话似乎在赌气，他的头向上仰起用以表现一种洒脱。

舒雨秋真想不出什么好办法，她觉得这样可是无法向赵总交代，于是就说好吧色狼听你的。

卢副校长亲自出面，他安排人通知雾絮同寝室的女老师到他的办公室，他很直接，“雾絮的男朋友是做什么的？”

女老师眨眨眼看着卢副校长，那里是空洞无光的眼睛，是五十三岁的威严，是一种大义凛然，她猛然间缩回到小学时光面对老师严厉的感受中，是那只如同小老鼠般的自己所惧怕的图腾类的东西。

“嗯，我还真不清楚，他好像开了家公司。”

“他叫什么名字？”

“哦，叫扁奇，怎么了？”女老师觉得应该知道些内情，她毕竟已经部分看懂了这个世界，这是她不自觉的交易或顽强。

“嗯，你注意打听一下他的公司名字，这是组织的调查，你没必要知道。另外，你不要告诉雾絮。”

“嗯，好的。”

就在女老师迟疑地走出了门后，卢副校长还是松懈下来，他心里在笑着，卢副校长被自己的发挥所感染，这是种自我挖掘还是种自我欣赏，他其实也是在不断地创造着自己。那女老师坐过的凳子上还保留着一点热量，这热量来自于皮肤，来自于卢副校长造成她心理变化后产生的生理变化，这是女老师留下的，这是独一无二的。

第二天，雾絮敲开了卢副校长的门，“听说您安排我跟着基建科的人一起去那家房地产公司谈事，我不想去。”

“为什么呢？”

“我总被他们的人骚扰，希望您另换别人吧。”

“啊，雾絮老师，有些手续你比较了解，只能你去呀，这是工作的一部分呀，这是咱们学校发展的一部分呀，这是大局呀，不能因为你个人情况影响大局呀。”卢副校长的脸慢慢收紧，严肃、庄重、正式这些词描述他的外表是非常贴切的，他也就是要这样展现或者说他就要变成这种样子。他的眼光将雾絮都包围了，像聚光灯一般，阳光将雾絮的表面反射进卢副校长的眼里，进而进入大脑，他从中分析出各器官名称和形态，注意力从这堆混乱的信号中选择出嘴唇的鲜红、脖子的细长、胸脯的高耸、皮肤的白嫩、腿的细长，这些信号汇集后直接就给予自己性欲的挑逗，他略略地开始觉得下体传来的压力，他的脑海里开始想象她在床上应该具备的呻吟，他开始偷偷地咽着唾液，但他的理智将这些家伙紧紧按住。

“至于那个别人的骚扰嘛，我觉得你要适当地宽容理解嘛，你们都是年轻人嘛，哈哈哈哈。”

“对不起，卢校长，我真不能去了，那些手续文件很简单，我根本起不到作用，您换人吧。”

卢副校长在她的坚持中看到了她的反抗，他身体的变化被她的反抗所冲淡。

“这是学校的安排，你要服从的，雾絮老师。”卢副校长表现出生气了。

“对不起，我不去，我走了。”

雾絮转过身子走向门，她拉开门，走出去，带上门。卢副校长有点恍惚，这连续的动作在卢副校长的眼里却变成一个消失的动作，似乎她被眼前的墙吞吃掉。

卢副校长其实并没有生气，他太明白了，女孩这样做是对的，符合自己的道德标准，虽然和自己的目的发生冲突，这还真是自己和自己的冲突，和这女老师无关。不过这女人的确长得好，那个赵总喜欢泡她也正常呀，那个赵总真是混蛋，不过这丫头若是嫁给他其实还真是不坏的选择。

49. 再加速

校园临街的一片地方围起来了，推土机进来了，围墙倒下了，以前的设置布置都变成现在的垃圾，不仅仅是“一朝天子一朝臣”，也是“一种设计一种用具”，也意味着以前的想法变成现实的垃圾，似乎预示着某些传统其实是现代的障碍。

各种工程车各种卡车进出这片地方，赵总偶尔戴着安全帽进入，在前呼后应下听着各种描述，他并不需要发什么指令，他面无表情，这是他的地盘，这是他的游戏，这都事先安排了，有图可查，按照他的设想。

卢副校长发现这家公司超出了施工范围，地本来只是按照已审批的进行清理和修建，但他们将未审批的地也连通一起清理了。他顿时觉得血往上涌，怒气升腾，抓起电话，于是给那舒雨秋拨打电话，他明白若是直接找那姓赵的是会伤和气的。他要发泄，这不是床上的形式，这是另一种极端。舒雨秋其实根本不懂业务，她被动应战，连说我问问我问问。

在舒雨秋开始拨打电话准备告诉赵总卢副校长的怒火和威胁时，赵总正在五星级酒店的美容美发室里闭目半睡，手机响了，他睁一只眼看到手机在台上跳动着，理发师做出拿手机的动作，赵总皱了下眉头说别管它，这东西就是方便别人麻烦自己，有啥急事，管它呢，天塌不了，说着继续闭上眼任理发师鼓捣着。

赵总其实没闲着，他在想雾絮男朋友的事，这是一块肉，一定要吃了她。

理发师很喜欢赵总这样的客人，很帅气，有礼貌，还给他小费，还经常微笑，这一定是个有教养的人，还一定是个有身份的人，那个面无表情的胖保镖就坐在门口沙发上，他每次都点头哈腰地跟随左右。

下午的天一直是阴沉沉的，地面上很多人都在注视着乌云的灰度变化，然后根据经验推算化云为雨的时间和程度。

舒雨秋很担心，这么大的事别出问题呀，她马上又回拨给卢副校长说你不要着急赵总没找到请再稍等一会儿。十分钟后赵总理完发接起了电话，赵总听完后笑了，这有什么着急的，不管他，这是小事，让老头儿紧张一下有利于健康，问急了你就说过几天手续就到了。

赵总对这类事太有数了，合作双方都已经上床了，还在乎尺度大吗？项目已经运转了，主动权已经在我手里了，就出这点纰漏还能怎么着，还不是听我的，真是猫猪狗般脑袋。他笑是想到这些人慢慢进入自己套内的笑，是想到这些蠢货们被自己训练成玩物的笑。

转念又回到雾絮身上，赵总也有了主意，小亮还在几米外的沙发上坐着，他看着领导在那里对着电话说，又在笑着，他发现赵总向上提了一下裤子，裤子一会儿似乎又落回原处，不知他是否还需要提一下或紧一下腰带，小亮小心翼翼地看着想着。小亮一直不是很放松，在赵总的面前管他叫大哥，开始赵军浦还不习惯，他还说你比我大呀，不用这样叫，小亮说您就是我大哥我就是佩服您没有您我的所有日子都是白活的。

“你去工商局找佟局长，查一下这家公司的详细信息。”他边说边把手上的名片递给了小亮。

那张名片出自扁奇，扁奇将它交给了雾絮的室友，室友将它交给了卢副校长，卢副校长将交它给了舒雨秋，舒雨秋将它交给了赵总，这张名片又到了小亮的手里，这张名片还要交给佟局长手下的档案科科长，科长还要交给档案员，档案员会放在桌子上，资料查完后，这张名片会静静地躺在桌子上，将来会有一阵风吹来，那张名片就会掉在地上，档案员的同事打扫卫生时就会将这名片打扫到垃圾筐里，名片会随同垃圾一起被送到街边的垃圾站里，垃圾很湿很黏，名片也就会很湿很黏，就会粘到垃圾箱壁上. 在很长一段时间后，名片一定要变成黑糊糊的一片，散发着被沾染的臭气，但它还会坚实地粘住，等到两个月后的一阵暴雨后，名片又会落到垃圾中，这时的名片其实已经不是名片了，因为纸片已经残破了字迹也分解了。纸皮是名片的尸体，名片是纸皮的前世，它始终开创不了自己，它的命运是被注定的。

其实雾絮跟扁奇说过，不要给别人名片，似乎总是炫耀自己成功似的，你能不能低调点呀，再说你那公司，说到这时雾絮往往不再说了，而是用手遮掩着笑。扁奇会问，我那公司怎么了？我不说就不说，你自己知道，于是两人就又胳肢起来，然后就变成拥抱接吻，某一刻，雾絮就会觉得自己乳头发痒，她就会一点点渴望，而扁奇似乎一直在鼓胀中，他随时都在着火状态，于是他俩在合适的场合就会肌肤相亲，然后各自的器官就开始同步。

当雾絮的室友问扁奇你的公司叫什么名字呀，扁奇就笑着递了过去。

“请介绍业务呀，有提成的。”

雾絮事后对扁奇说，不要这样跟我的室友说话，好像求她似的，让我面子不足。

其实人在每晚入睡前或每早醒后应当稍微用心感受一下这个周围这个世界，一定不要马上投入各种感官，要想一下，自己和这个世界到底是种什么关系。

第二笔业务第三笔业务接连成功，大家都很兴奋，每个人都开始逐步淡忘昨天前天一周前一个月前两个月前半年前的所有困惑、烦恼、妥协、挣扎了，每个人都快速地进入了兴奋、成功，接着马上酝酿出新的期望目标，甚至人生规划，这些东西很快就冒出来了，像雨夜后的嫩芽。济南科信电子科技公司就这样蹒跚着起步了。

扁奇这天翻看那厚厚的报纸广告，他看到深圳的厂家广告，他好奇中或疑惑中打电话询价，结果是大吃一惊，他发现那曹士斌的同学跟公司的结算价比报价要高出百分之十，这个发现由眼睛传导进大脑，大脑比较分析后得出结论，结论经过社会认知情绪等加工后，一种愤怒的情绪爆发了，他再进一步加工分析，情绪更加激烈，他认为自己被利用了，像匹傻骡子在奋蹄，表面上看自己是大股东，自己掌控着一切，原来那曹士斌和他的同学才是真正的老板，自己只是个打活的，是他俩的工具。

赵总看着桌前放着的几页纸，是扁奇注册公司的所有信息的复印件，他仔细看着，反复看着，一切都非常规范，里面没有破绽，他注册过公司，知道这里面的难点，他看着进账单上的三十万，突然心思一动，这是种思想突破，这外地的孩子会有几十万注册金？有可能吗？他怎么搞来的？真的假的？想到这，他马上翻电话本，找到银行行长号码，随后摸起电话。

小亮拿回的那张单据复印件上只有十元，“哈哈哈哈。”赵总太高兴了，正义感和嫉妒和蔑视汇集到一起，他的仇恨越烧越旺。

曹士斌的技术很好，他安装得很快很利落，设备调制运行很好，那家大集团的副总还代表公司请他吃了饭，还夸他实诚聪明，真是很难得的人才，甚至还说你可以到我们公司来做呀，曹士斌其实在这里也看清楚了，他听到了内部人的抱怨，其实这是家大私企，很多事老板独断专行，公司内部大都是亲戚相连，这个副总就是老板的亲弟弟，自己来算什么呀，这并不是什么好去处，何况，自己在为自己做，自己的公司也在成长，或许某天我们也会这样大。他只是笑，说谢谢您看重我，欢迎您到济南来，我请您喝酒。那晚酒真喝得很多，曹士斌都忘记自己是怎么回到了小旅社。那晚其实是月亮忽隐忽现，云太多太厚了。

就在早晨，曹士斌坐了一晚上的火车到达济南，当走进那个四合院后，地上的几只鸽子一哄而起，扬起一片土，这片土纷纷扬扬四处扩散，暂时以不同的密度占据空间，这是鸽子翅膀扇起的风，风带起了土，这个空间是风的长相。

曹士斌一只手空挥着，一只手拎着包走向西屋，他推开门的时候，扁奇还在打着电话，并没有其他人，看他望着自己并没有流露出笑容，这让兴致勃勃的曹士斌有点失望，扁奇放下电话，“我要跟你谈谈。”

“怎么了？”

“我觉得股份太不合理了。”

“不合理？你最多呀。”

“表面上我最多，其实我最少，别把我当傻瓜。”

“谁把你当傻瓜了。”

“咱们这设备进价这么贵，你们拿回扣了吧？”

“什么回扣？怎么贵了？”

“别说你不知道，你自己看看广告吧。”

“我真的不知道，我看看。”曹士斌坐到了桌前。

两人的关系已经像那遮天蔽日的整块云朵化作两块孤独的云。

四合院相互连接着，像一个个方块连接着延伸着，周围的庄稼长得越来越茂盛了，大自然和人工世界连接得越来越紧密。

雾絮没告诉扁奇，其实就在昨天清晨，她刚出宿舍门时，雾絮本能地感觉有人在望着自己，在楼右侧停了一辆车，她仔细看去，是那个赵总在里面，她心内一惊，马上抬转脑袋像没看到什么似的走过，但她知道，两人的眼睛交汇了，他看到她的眼光了，她也看到他的眼光了，这周围太清晰了，一个清爽的早晨，阳光是那么肆无忌惮，将所有都曝光了。

“雾絮老师。”他推开车门。

“干什么？”雾絮没有任何表情。

“咱们可以谈谈吗？”

“没什么可以谈的。”

“你不觉得咱俩很合适吗？”

“我告诉过你，我已经有男朋友了，我要结婚了。”

“我不在乎。”

雾絮听而不闻毫不理睬，她已经跑向食堂了，那里有更多的人。

痛苦像烟雾由心底向外升腾着，慢慢弥漫全身，他的脸红了身体红了，阳光是从他的左侧照过来的，因此他高耸的鼻子在脸颊右边投下阴影。赵军浦看着雾絮跑开，咬着牙自言自语我这是给你最后的机会。

谁也不知道，他在这里坐了整整一晚，昨天一直是阴沉的天空，还没有明亮就变成黑夜了，老婆出差了，他昨晚喝多了，他开着车，看着伸向远方的车尾刹车红灯，他就想她了，一种如同绞痛的忧伤，他一人开车进了院，他问清楚了，然后把车停在教工宿舍楼下，他知道她一定会在某个时刻从右侧的大门走出，她一定还是那种风姿那种骄傲那种纤柔，她的所有已经在他心里完整化细节化，在他看不见的地方他已经用别人的印象去填充，他像一位艺术家，他其实也在创作，她现在已经完整地呈现在他的脑海里了。除此之外，他还将塑造后的她放置到自己的理想中，那是个诗里所描述的“面朝大海春暖花开厮守终身白头偕老”的人间天堂，她应该站在那里，一袭雪白长裙，在湛蓝的大海边微微地笑着。雾絮呀雾絮，你知道吗？我是真爱你的，我才是你的依赖你的目标你的终点，我就要侵犯你，我要拯救你，要把幸福塞给你，你真是个没见过世面的小姑娘呀，怎么可以跟那个人，你真是个傻孩子呀。

他睡着了，在梦里，那搂着他那被他亲吻乳房的妈妈已经变成雾絮了，那个缓缓离开的雾絮，那个让自己泪如雨下的雾絮。

他醒了，走出车外，摸着楼的外墙，似乎感觉这就是雾絮的外衣，她穿着这钢筋混凝土的外衣，冷高坚硬。

我不是玩弄她，我要娶她。他突然如同顿悟般清醒，他觉得自己以前是心术不正，他那时只想玩弄只想把她剥光，现在不是了，他想说，我变了，我要告诉你，我要娶你了。

其实仔细考察这赵总的历史就能发现他并不是一个情场老手，严格意义上说他只能算上是床上老手，他并没有追求女孩的经验，他从没有将一个对他毫无感觉的女孩慢慢地吸引再慢慢改造成一个死心塌地的女人，恰恰相反，是他的老婆某种程度上将他从一种无感的状态改变成一个算是爱情承载的丈夫，所以当他面对自己的所谓真爱后，他其实是方寸大乱毫无章法，他就像一个幼儿园的孩子，要么炫耀要么逼迫，他真不会哄或骗，他不能要么就上床要么就娶她这两种去向，真的不能这样绝对地做事。当然并不意味着他若是情场老手就会得到雾絮，但至少不会让雾絮充满恐惧。

若不是这个时代，他的这些做法和他的背景和他的习惯相互加强会印证他就是一个强抢民女的霸王，虽然他自认为不是这样。现在，在旁观者看来他就是如此的恶霸，旁观人只能通过外部现象去演绎推理，雾絮更会如此认为。

赵军浦觉得自己眼前已经无计可施了，他要采用新的策略新的方法了。

他找到了公安局的叔叔，他说您要帮我忙我被人家欺负了。

“哈哈，这世界还有敢欺负你的人吗？”

“您看，就这家公司的法人代表，搞诈骗，自己伪造存单骗取执照，您要管呀。”

副局长拿起两张存单复印件对照看了看，“嗯，是够胆大的。不过，你受什么损失了吗？”

就在赵军浦的支支吾吾神态下，副局长笑了，“你这孩子呀，我们公安局知道这类事存在，但一直没有深入管理，知道为什么吗？就是因为大部分这种情况没有形成社会危害，说到底这些人都是想正经做生意的，那条注册规定也是有点儿问题，这些人也是没办法，你若没受什么损失就算了吧，底层的人活着很不容易呀。”

“不行，您要帮我，我反正受欺负了。”

副局长略微地想了下，这事若驳了他的面子，首长那里的确不好交代，何况这事也是在管理范围内，虽然可管可不管。

“要么这样吧，你去找分局的经侦大队吧，这属于小案子，他们分管，你去找那大队长吧，我跟他说一下。”

就在客套几句赵军浦离去后，突然副局长在后面又喊了声你回来。

副局长笑着说："记住叔叔的话，孩子，得饶人处且饶人呀，不能太过分了。"

大队长很热情地接待他，"领导交代的案子没问题，放心吧。"

转身他就喊了两个民警过来。

赵军浦在出门后自言自语，我知道，我像个小偷，一直在尾随着你，直到你露出破绽，然后我就扑上去，不同的是，我把幸福塞给你，像传染病毒一样，让你跟我一起跳舞，按照你的理解，你的节奏，只要你和我，因为，我实在无法忍受这如同轨道一样的生活，偶尔出轨，还要扳回来的恐怖的无聊乏味。

50. 准备冲刺

那是一条长长的巷道，没有路灯，在没有月光的黑夜里，就只能靠相连的四合院的高窗透出的光亮来辨认道路。

走过窑头村村口的电话亭后就是这条巷子，扁奇已经下了车了，他推着自行车在这微光下低头看着慢慢走着，在这黑夜里自行车似乎是一个拐杖，他可以借此探路借此支撑。就在不远处，他听到了看到了对面一个黑影在接近，他根据那黑影的方向调整自己的方向，但奇怪的是那黑影似乎在左右摇摆，扁奇有点犹豫，脚步随之放慢，车轱辘近乎停下，很快那黑影接近，就在那黑影轮廓清晰时，扁奇迅速地推动车子闪到另外一边，毫无疑问，那黑影似乎也吓了一跳，就在这贴近的距离里，双方都模糊呈现，一个是壮硕的醉汉一个是瘦小的眼镜男，扁奇知道躲开了，他快步推着自行车继续走，没想到黑影骂上了，甚至还追了上来，扁奇在奇怪中并不理睬，但劈头盖脸的拳头打了过来，扁奇在抵挡中问着为什么打我？这种外地口音和礼貌似乎坚定了醉汉的拳头和勇气，他就是踢打着，几下之后，扁奇和自行车就倒下了，醉汉又继续踢打，扁奇躲闪中问："为什么打我？"

"去你妈的，就打你。"

扁奇跑开，向着巷口外，那里有灯光，那里有人，那里有电话，醉汉跟着追着。

巷口那里有人，扁奇高喊："有人抢劫。"

那里有几个年轻人，他们站了起来，就在这瞬间醉汉也赶到了。

“我打死你。”

中间有人在叫：“你又喝多了。”随后就有人拦住醉汉并拉住他。

扁奇看他们都认识，就说：“我要报警，电话在哪里？”

没想到就在边上有人拦住他甚至踢打他，“报你妈的警，滚蛋。”

另一人叫着，“抓紧走，要么打死你，你个死孩子。”

这时，醉汉挣扎着过来又要踢打他。

就在这黑夜里，扁奇的无助感和恐惧感在肉体的疼痛中相互激发，他的眼泪流了出来。

什么地域特点，什么群体，什么正义，什么实诚，什么善良，这些词的原意就在这具体的事故中像浸水的字迹，慢慢分解变形。

扁奇不知道，这是遥远事件的第一次提醒或警告，这是一种宏大场面的铺垫或烘托，如同某个大人物出场之前的排场。

其实这个醉汉名叫莫伟，他就是窑头村书记的儿子，对比他爸爸的宽容和妈妈的精明，莫伟从来就不是一个头脑清晰的人，这真是天生的，他个子偏高很粗壮，他从小就打架斗殴，为此在家里不少挨揍，在初中时候还进过几次派出所，村里人都知道他这样，碍于书记的面子，也就不免忍着让着甚至护着，派出所也警告他多次，爸妈为他也算是操碎了心，除了打骂训斥，实在没有别的办法。

这莫伟是这样认识世界的，因为他不很清晰，他就基本上围绕着自己的本能而判断，他的自控力很差，这就造成他有时想和做非常不统一，例如他也觉得以后不要惹是生非，不要骂人打人，但在醉酒后或在情绪低落时，他就会像头被激怒的动物，完全爆发出来，就如同这次对扁奇的殴打，其实第二天醒后，他会记不起来，甚至他会觉得这个不应该是他干的，他不会无缘无故地欺辱一个生人。

这世界就是这样，有些的不公平在起点之前就发生了，莫伟的先天智力缺陷造成了后天的麻烦，从这点上看，他其实也是无辜的。

扁奇对此毫无所知，他只知道自己被这混沌的世界殴打了，没有缘故，没有说法，只有那被打后的疼痛和瘀血，他就只能消化忍受然后凝结成某种情结，毫无疑问的是，就在未来的某一天，这情结将会发泄出去或者扭曲自己。

这就是社会，他会觉得无缘无故受到不应有的对待，会很无辜很委屈，但是，既然存在这个世界中，就没有无缘无故，

这几天扁奇并没有去雾絮那里，他只是在电话里说过几天过去，这几天来客户了，需要陪一下。

等到脸上黑青的东西慢慢淡了，朝气开始涌现了，扁奇见到了雾絮，“你这脸怎么了？”雾絮手摸着扁奇的脸，

“哦，没什么呀，前天喝多了碰的。”

“胡说，你骗我，肯定是被人打了。”雾絮焦急地望着他，眼圈在变红。

雾絮不知道为什么突然这么心疼他，那一种情绪像急流一般涌上心头，这不仅来自于几天不见的思念，也来自她那天对卢副校长的抗拒所引致的压力，还来自于那赵军浦的追求下的烦恼。

就在这一刻，扁奇似乎进入雾絮的情境中了，他更是带着情绪，还有那难以消化的愤懑。他脑子转得很快，他马上从情绪中跳了出来，他不能在雾絮面前流泪，他要坚强，要像个英雄，要挺立在这个世界上，这是他的期望对现实自己的一种约束。

他有这个想法因为他已经有些不自信了，他发现自己完全浸入爱里了，准确地说，他已经形成了对雾絮的依赖，在大学时代，扁奇觉得自己很强大，他无须依赖别人。而在社会上，只有雾絮才是他的港湾，雾絮实实在在的关怀和源源不断的爱将他包围，他在这里形成习惯，这种习惯产生温暖。

“别乱说了，亲爱的，晚上吃什么？”

“哦，我买了排骨，炖给你吃，不过我要放点辣呀。”

“好，我已经被你征服了，辣妹妹。”

“那你好好端坐在这里，看看书还有我的画吧。”雾絮松开了拉着他的手。

临近六点了，天还是亮着，空气中弥漫着一种烤焦的味道，所

有的一切都跟平常一样，整个楼体在视觉上颜色不一，一边偏暗一边偏亮，猛一看，一头大一头小，像什么呢？像口棺材。

曾经有个说法，说是这间寝室的风水不好，自打这栋楼建好后，住在这寝室的人都不顺，其实这房间一直是单身教师宿舍，等到成家后就搬走，这是个跳板，从这里跳出会进入婚姻，当然从时间上看所有的住房都是人生临时居所，都是跳板，跳向死亡。也没有精确统计，但前后这间房住过十多位老师，这些单身老师们在后来的变化是有四位离了婚，三位年龄很大后才匆匆结婚，有一位至今未婚，有一位得了精神病，有一位始终没有孩子，最后一位就是和雾絮现在同寝室的，她跟男朋友打打和和总是不稳定。这几年就有想法精细的人注意到了然后就说了出来，说这房间风水不好，但每个人似乎都有自己的细节因果，所以这个说法根本无法得到证实。总务科的科长还说你们这些人不要瞎说，不管怎样，雾絮现在的室友也是新来的，原来的老师趁机更换了寝室。

不得不承认，现在还是有一些东西没有得到澄清或证实，你若说这世界就是概率问题，似乎也可以站得住脚。

雾絮把饭菜准备好，两人刚坐好，扁奇会永远难以忘记这个细节的，因为未来出场了。

“嘭”的一声，门，被踢开了，两个人闯了进来，这刹那间扁奇和雾絮惊怒地望向对方，他俩的所有注意力被眼前的对象所充盈。

同样，扁奇和雾絮也作为视觉和思想的对象被进门的两人所充盈，双方相互望着互为对象。

是两位警察，毫无表情的五官透着一种金属或机械的强大和冰冷，他们就像是两台机器，没有个性，是完全标准化的东西。

“你是扁奇吗？”

“哦，哦，我是。”扁奇吞咽着唾液。

“我们是公安局的，有点事需要问你，跟我们走一趟。”

“什么事？”

“过去就知道了。”

“过去哪里？”

“别废话了，抓紧。”

“他怎么了？为什么要跟你们走？”雾絮也站起来了。

两位警察不再解释，其中一位走上前就抓他，竟然掏出手铐，瞬间就将扁奇的一只手铐上，然后又铐上他的另一只手。

雾絮眼泪“哗”地流了出来，“他怎么了？为什么这样？”

“他就需要跟我们去一趟，我们在调查一件事，他就是协助一下，没么事。”

“没事你们给他戴手铐干什么？”

警察不再回答，拉着扁奇就走。扁奇感觉自己进入梦中，他有些难以置信。

“我没事，雾絮，他们一定搞错了，我过会儿就回来。”

“是的，他过会儿就回来。”

其中一位不露声色地说，他们将扁奇推出门外。这些不同往常的声音在走廊传播着，正是晚饭时间，很多门都打开了，很多老师走出门外，看着雾絮的男朋友被带走，他的手上戴着手铐，手铐上反射着不同光源的光芒，其中也有旁观者的影子。

就在穿行在这些老师之间，扁奇试图表现出无辜受辱和懵懂无知的样子，他不能哆嗦，他要正常表现，但毫无疑问地他被当作对象在被周围观看被周围审视，他试图突破周围人的眼光。本来在以往，在正常走路时他是观察者的身份或被观察的角色，他可以在两者中自由变换，但此刻的他在试图证明自己，此刻的他完全是别人的对象，只能被审视，他的心已经不再自由。他的眼睛仿佛反复在说，我和你们旁观者一样，是无辜的，警察是错误的。

“搞错了，搞错了。”只有他一人在说着，在饭菜味和发霉空气混杂的昏暗走廊中。

他记得就在学生会新成员欢迎会议上，他在众人的眼光下走到台上，那时他是种需要完美的心态，他在台上的每一步都有略微的颤抖，那时众人的眼光是欣赏式的，他是表演式的。

而此时的这些老师们，其实他们准确的定义是旁观者，他们面对眼前的对象有一种审判的眼光，这是一种主动，他们的注意力完全投射到对象中，在对象走过之间的几十秒中，他们要观察，他们进入思维开始进行判断。

这种事情他们大都是第一次见到，他们其实也是孩子，对一件新鲜事情的解释是认识世界安抚自己的必要手段，人一定要活在可以理解的概念中，那就是要按照经验包括书本影视等各类间接经验来判断来推测来解释，否则就会心生恐惧。

那雾絮的男朋友一定做了违法的事情，这是预判，这是偏见，每个人的观念都是来自于经验，教育提供了经验，经验往往提供了偏见，偏见不是错误的，这只是一种单一角度，当面对新鲜事情若只是持有单一角度，意味着你已经有了态度。

就在扁奇被推进后车厢时，雾絮说那你出来后抓紧过来呀，扁奇回转头说放心吧，他还在笑着。雾絮对这笑容太熟悉了，她的注意力还在眼前他的动作中，她将那种熟悉笑容的记忆紧紧关住，否则这将她唤醒第一次学生会门口见面的记忆。

雾絮的眼泪一直在浸泡着眼睛，在夕阳的光芒下，亮晶晶闪亮亮。

未来就这样展开着，各种可能性都在慢慢降临。像雨点，不知哪一滴可以打中你。

小亮兴奋地给赵军浦打电话，“大哥，把那孩子抓起来了，据说很多人都在看着，戴上手铐了。”

“嗯，好，好。”

赵军浦放下电话，他的嘴张开着，舌头在牙齿边缘滑来滑去，眼睛也在咕噜地转着，这是他算计的第一步。

要把那死孩子抓起来，要当着雾絮的面，要当着她同事的面，人越多越好，就是要让他丢丑，也让她丢丑，制造一种表面、一种逻辑，那就是警察抓的都是坏蛋，警察抓了雾絮的男朋友，她的男朋友是坏蛋，她呢，她眼光太差，她太没见识，这回她需要明白了，她应该反省自己应该纠正自己，她应该重新选择。

他此刻是如此的愤怒同时又是如此的兴奋，这是一种复仇的快感，他想象着那个场景，想象着雾絮的表情，就在这昏暗中他独守了一会儿，随即又开始想雾絮此刻的表情和状态，她在做什么呢？天已经完全黑了，赵军浦并不觉得饿，自打小亮说雾絮的男朋友来了现在那俩警察在路上往这里赶之后，他就一直没有胃口，他不想吃晚饭，望着阳光缓缓被黑夜吞噬，望着灯光慢慢从城市四周星星点点亮起慢慢亮光汇集，他就坐在巨大的落地窗前俯视着，他的腿在不由自主地晃动着，他的食指还在乱动。他就这样在城市的上方，和这济南保持着距离，对这世界保持着沉默。

人其实不完全是理性的，有时任性有时信仰有时道德有时习惯有时病态，赵军浦也想自己这么做是否损人利己，是否道德败坏，但这念头刚一显现，他就全然否定，这是我的爱情，这是爱的奉献，本来那小子就不配这一切，他就不应该占有，他应该为我让路。

赵军浦在开辟着，他为自己设计了一种锦绣一种幻境，那些旧存的那些阻挡的那些庸俗的那些弱小的都要被清理都要被消灭，这一点上，他像人类对大自然的改造。

小亮现在跟这两个警察已经称兄道弟了，他请他们喝酒给他们加班费给他们奖金，这些日子他真是很辛苦，他一直守在雾絮的楼前，来往的人很多，他每天傍晚都守在那里，从下午五点开始一直到晚上八点，这三个小时他一直盯着楼口。就在五天前他看到了雾絮和一个男孩手挽手在散步，没想到要等到今天这男孩才再次出现，他一直耐心地看着等着，就在今天下午五点十一分男孩出现后，他马上通知了两个警察，然后又告诉了赵总。

这些日子小亮一直是安静地面对这每天三小时，四天了，一共十二个小时，他一直在静默中，面对着灰色的楼体，仔细盯视着进进出出的陌生人，有一刻他感觉这些人被这眼前的灰色吞吃，过一会儿又被眼前的灰色吐出。这段时间对于小亮真是折磨，他似乎从来没有进入过一个人的寂静中，这是一种扼住咽喉的感觉，逼得他不断思考，但他却没有思考习惯，他被感觉所牵引，无法进入推理阶段，他就会更无聊，望着楼道，人出来进去，有时候长时间没有进出，这眼前就会变成凝固的死气沉沉的死物，他感觉自己也要死了。

小亮其实有点不理解赵总，为什么对这个女人这么感兴趣，嫂子很好呀，各方面都很优秀呀。这个叫雾絮的女人只是长得俏点儿，其他有什么呀，相比而言，小亮对女人实在没有兴趣，他现在很胖很壮，他似乎没有生理需求，他还是个处男，这一点估计周围所有人都会吃惊，妈妈一直催他抓紧找个女人娶回家，这几年他的条件和状态非比寻常了，他已经进入别人说的主流社会了，但他还是原来那套眼光，似乎他很传统，他甚至具备传统中圣人的潜质，一个先天不好色的男人其实是最大的超越，这胜过后天的修炼。

他不懂自己，意识的自省功能似乎在他身上不存在，他只会透过眼眶看世界，不会反着看自己。

另外他的观念很有趣，若打个高大上的比方，就是如同诗人一般，他就喜欢唐诗的写法，他认为那才是诗，现代诗只是胡诌八扯，也如同那木匠，那平稳四角的才是凳子，变形了的就不是了，这真是角度或高度问题，的确不能用正确或价值来定义。他真是很传统，甚至可以说他很纯洁。人真是很复杂。

他在赵军浦的庇护下，他是在传统观念的庇护下，有时还要反过来，他也在庇护赵军浦，他用身体用决心用崇拜用忍受甚至用生命来庇护。

在这寂静中在这忍耐中，他想要么也找个女人吧，像每个人一样，不过这女人一定要孝顺，老婆就应该孝顺。

就在这个晚上，雾絮躺在床上，反复睡着又反复醒来，她甚至有时会听到敲门声，当她起身后声音就消失了。她开始轻微地幻听，听到对床的室友轻轻的喘息声，夜是那么的静那么的漫长，她有时睁着眼看着黑暗，她甚至起身将窗帘掀出一角，她看到月亮从云缝间露出，透过玻璃照在窗棂上反射出阴冷的光，就在一瞬间她打一激灵，在这阴冷的微光下她发现自己的心完全被黑暗包围了。她的心咚咚地敲着，她马上躺回床上，将被子紧紧地裹住自己，眼睛闭着，她要跳出刚才的恐惧，努力地想着爸爸妈妈扁奇．她用牙齿咬着被子，抑制自己的哭泣，但泪水在奔涌着，在被子里，泪水上下左右前后浸透着，打造着一种立体结构，可以说是“水立方”或者“泪立方”。

整个房间黑漆漆，这只是对于人的视力而言，这黑漆漆抵挡不住更黑的降临。

曹士斌见到同学时一脸沉重，他的嘴唇在颤抖，“那设备到底多少钱呀？”

“怎么了？”

“你看看这广告吧，那扁奇打电话问了，比你进的便宜一大块呢。”

同学猛然脸红，他喉结上下运动，他不断地吞咽着唾液，心怦怦地跳着，是的，他已经心虚了，他的表现就是这种心虚的特征表现。但曹士斌年轻，他没有经验，他对所看到的同学表情变化会有猜疑，但他也会认为这是惊讶的特征，当他搞不清时，他就会把这个明显的信号排除，这个信号于是自行灭失。

“哦，我不清楚呀，那就是厂家给咱们价格高了。当然还有一种可能，那就是广告呀，广告就这样呀，就是靠虚价抢客户呀，你应该相信我的呀。”

曹士斌望着同学，同学的眼睛在躲闪，曹士斌并没有从中发现什么，他仍旧排除表情信号，采取简单的直接的可靠的语言识别。他大学读的是理工科，讲究实证反对感觉，现在他仍保留着这个思维习惯。

从语言上，曹士斌选择了对同学的信任，“那扁奇很生气，他还怀疑我了，他说要调整股份了。”

“什么？还想调整股份，你看，你看，他的尾巴露出来了，就是找个借口罢了。”

“你说怎么办？”

“什么怎么办？没门儿呀。再调整咱们就不跟他合作，就自己干了。”

“我再跟他说吧，不过那进货价你要搞清楚的，别被人糊弄了。”

晚上两人就在一起吃晚饭，晚饭是同学花的钱，又在一起说了大量的话，曹士斌觉得是应该站在同学这一边，他的同学还说了，我准备辞职了，山东市场太大了，业务做不完呀，有没有业务员都无所谓了，我就能带来业务了，扁奇要这样事多，咱们不跟他合作了。

曹士斌的同学确实是拿了回扣，他当时谈判的时候没想这样，但在议价过程中双方价格谈得很累，对方就说别这样计较了大哥，咱们都让一步吧，我们给你个人一些，你给我们多留一点吧，事情就是这样。有时谈价格就这样，似乎都是实话实说都是信誓旦旦，有时卖家退让过多，买家并不领情，有时卖家虚晃严重，买家却自认便宜大大。有时买家精明，比卖家还知道市场变化，有时卖家只知道自家状况，不知市场动向。曹士斌同学就这样在半推半就中陷了进去。

赵军浦发现一个问题，他忽略了一个重要环节，这其实也反映出他的智力真是中流水准，虽然他清华毕业，其实就智商而言，他其实远达不到那个水平，虽然他的情商或许不比那清华的学生低，但毕竟不考这一项。这个环节就是，如何巧妙地让雾絮来找自己营救男朋友，这个细节太重要了，直接关乎到这事的成功，要巧妙，怎么才能巧妙呢？

按照以前的接触路径，就是舒雨秋到卢副校长到雾絮的室友。但若还是走这条路，那卢副校长就会发现了，他毕竟是条狐狸，再有就是雾絮的室友或许也会感觉到什么，这就难免不被雾絮知道了。这个风险很大，不能轻易冒险，如果雾絮知道了，如果闹了起来，这事就和初衷背道而驰了，有些额外麻烦额外累，事情就失控了。

“再找一条路。”

这已经两天了，赵军浦还是没想出别的办法，他有些优柔寡断，他想要么还是找那老狐狸吧，他知道就知道吧，他能怎么做，他会圆滑，在自己这个套子里，圆滑能怎么样，不还是深陷其中吗？结果不就是还要做得像狗一样忠诚嘛。

51. 倒计时，万物静默

雨丝在空中若有若无地飘飞，路面被滑腻的青苔覆盖，所有的东西摸上去都是黏的，周围的边角处霉气刺鼻，暗绿斑点四处可见。

雾絮在第二天早上还没看到扁奇时就开始寻找了，她发现自己竟然不知道是谁是什么部门带走了扁奇，她只能去派出所，派出所的警察看着她的憔悴和眼泪，还是为她联系了指挥中心，几个电话转接后，最后的回话是正处于调查中，让她等消息。

雾絮找到了曹士斌，曹士斌第一眼看到她时，眼睛就是一亮，这女孩太出色了，是自己无法企及的，他真是羡慕扁奇，嫉妒对于他不存在，他始终觉得扁奇比自己强，他其实一直暗暗地佩服扁奇。曹士斌得知后也很吃惊，他完全不知道发生什么，完全不知道该怎么做。

雾絮又去找了律师，律师只是热情地接待不断地宽慰，但他有自己的节奏，第二天才去关押的地方跑了一趟，当然只是空跑，律师说这事还是很蹊跷，如像你所说的是清白的，怎么可能这么神秘，你最好找个关系侧面问一下，雾絮说我哪里有什么关系呀，还是需要您帮忙呀，律师说好吧，但是需要花钱的。

就是在这两天中，雾絮吃不下饭了，她本来就瘦，现在她还有点虚弱了。同事们都安慰她，她变成同事中的焦点，扁奇变成她的焦点，周围都稍稍地改变了生活原貌，如同交响乐中某个乐器的节奏发生了变化，其余的乐器都要相应地进行遮蔽。

这已经一周了，律师那里没有任何反响，每天雾絮都过去，每次都只能是希望而去失望而回。第八天了，雾絮真是绝望了。望着这周围，她觉得自己如同飘荡在空中的花朵，真是脆弱，无依无靠，同事也帮着问，但没有结果，大家都是普通底层，不会有任何力量的。

这期间赵军浦告诉舒雨秋，让她找一下卢副校长，让卢副校长想办法暗示雾絮。舒雨秋的吃惊和赵军浦的微笑就在办公室里同时相互显现。

赵军浦实在没办法了，于是就在这拿不准的想法中找侥幸了，他的说法很简单，“听说雾絮的男朋友被抓了，你让那个姓卢的暗示一下雾絮，就说我可以帮忙，让她找我。”

舒雨秋马上就想这个你怎么知道的，随即意识到是这赵军浦的把戏，她望着对面的帅气年轻人的笑容，这似乎出现了一种选择，这是对此事的道德判断，青年人的淘气或年轻人的狡猾，她吃惊着，眼睛圆睁着，舒雨秋并没有在此想法中停留，她必须表明态度，她马上进入这语境之中，“不过那卢副校长不知道怎么想，他会去做吗？”

“你就这么说吧，别忘了，他既然拿钱了，那就要办事的。”赵军浦说这话的时候其实有点硬着头皮的感觉，但他的声音还是很温和，如同首长爸爸在跟幼年的他讲怎么玩那八音盒，这句话让舒雨秋心底猛地一震。

舒雨秋在跟卢副校长见面前就在想这话应该怎么说，她真是觉得这赵军浦太过分了，为了达到目的，竟然这样算计别人，看样自己以后也要多加小心呀，她开始怕他了。现在怎么办？唉，没什么办法，我毕竟在他那里打工，他待我不错，工资还算可以，唉，还能怎么办。她不知道这话该怎么说，这个说法太难找了，另外那个卢副校长也是人精，自己哪里是对手，舒雨秋不想再编话了，她似乎觉得原话直说可以表明自己的态度了，自己并不赞同那赵军浦的做法。

听舒雨秋讲完这话后，卢副校长的脸色明显大变，他的眼睛圆睁。

“这赵军浦在干什么缺德事？”稍稍停顿他又说，“他以为他是谁，为什么这么欺负人？这么混蛋？”

“这混蛋利用我调查那个男朋友，我还没深想，原来他要这么干。”

舒雨秋无辜的神情望着他，“他就是个没有长大的孩子。”其实舒雨秋在心里认同的是赵军浦是个狡诈的混蛋。

“他还没长大？是你没长大吧。这事不要找我，这种缺德的事我可不能参与。”很明显，卢副校长已经进入人生的总体感受和评价中。

“唉，其实我也觉得他过分，事情都这样了，那怎么办呀？”

“怎么办？你管他呢！”

这对话其实是发生在一家火锅店，两人的眼睛穿过冒起的蒸汽看着彼此。卢副校长突然斜了一下脑袋绕过蒸汽，眼睛更加清晰地望着她，他笑了，“你不管他，他会对你怎样呢？或者他曾经对你怎么样了？”

舒雨秋马上明白他的意思了，她的脸一沉，“去你妈的，你以为都跟你一样是老色狼呀，我毕竟还有老公孩子。”

她的愤怒让卢副校长很开心，卢副校长发现她不是那么烂，那就意味自己喜欢的是有价值的，她的价值会匹配自己的价值甚至抬高自己的价值，这是对自己的变相鼓励，或者证明了自己的眼光，这样提高了自己的兴奋度，这也是一种艺术体验。

卢副校长嘿嘿地笑了，“你知道那赵军浦怎么说吗？”

“怎么说？”

“他说你拿钱了就要办事。”

“什么？”

卢副校长将手上的筷子一扔，筷子被坚硬的盘子弹起，两根筷子一根滑到桌面上，另一根撞上锅又弹回盘面上，各自发出了不同的声响。

“还威胁上了，让他来把那几个臭钱拿走。”

舒雨秋的眼睛里出现了复杂和浑浊。

“我不是说了吗？他像个孩子。”

“去他妈的，这就是个混蛋，这种事我干不了，愿怎么治怎么治。”

“别这样说，要么我再让他出点。”

卢副校长突然意识到自己的失言，他看着对方复杂的眼神自己的眼光也复杂起来。

气温越来越高了，已经临近假期了，知了盘踞在周围放声高唱，阳光照耀着，整所校园生机勃勃。

史校长不由自主地想着局长的话，这赵军浦真是神通广大，那个规划已经重新更改了。他发现原来这世界真是人造的，他对这人造的有了新的理解和感受，转念又一想，他觉得自己不该这样古板了，自己或许应该对那赵军浦有新的认识应该有新的态度了。史校长就像一个女人，对男人的接受是需要时间的，当时间积累到一定长度后温暖才能渗入心间，赵军浦似乎一直在证明自己，一直在颠覆自己对他的判断，当判断被不停地修改之后，自己发现这赵军浦似乎所作所为都出现了合理性，感觉上出现了可爱。

眼前的杯子还是去年办公室主任送的，当时他说校长您的杯子该换了，我买了个新杯子，这是景德镇出品的，上面是某位艺术家的作品。史校长凝视着，试图寻找所谓的艺术。每个人说到艺术就说不下去了，如同进入某种无限了，语言走到了尽头，那个地方无法描述，艺术不是某个特征某种状态，它无法细分，或许艺术本来就不存在。

门被敲响，史校长说了句进来，门“吱扭”的一声开了，是雾絮。

她有些苍白，眼睛红肿，看出来她在努力地笑着。

“嗯？雾絮老师？你有什么事吗？”

“是的，史校长，我有事，请学校帮帮我，请您帮帮我。”

“你怎么了？”

“是我的男朋友，他被警察抓了，十天了，一点消息都没有，我找公安局找律师，都没有任何答案，我和他都是外地人，我实在没办法了，求您帮我问一下，到底发生了什么了呀。我知道，只有您这个位置的人才能帮助我。”

雾絮的眼圈已经红了，她已经处在泪流满面的临界边缘了。

史校长看着她，沉吟了一下：

“哦，好的，我明白了，你先回去休息一下，我想想办法吧。”

有人将事物神秘化，但无论怎样一厢情愿，上帝也是隐而不现，事物就是这样，寻根溯源的结果是看不到根看不到源。

赵军浦有些焦躁，舒雨秋告诉他那卢副校长觉得这事很难办，他办不了。如果有人有异议，说明这人需要关照了，这是一种社会经验，赵军浦知道这老狐狸需要加码了，这事目前还是他出面最好，他已经通知舒雨秋到财务再取十万送给卢副校长，要抓紧办，已经十天了，警察那边也说了，不能这样拖了，再拖属于严重违纪了，一定要进入审讯阶段，若进入程序中，工作就更加复杂了，结果就很难估量了。赵军浦可不想这样做，真是要将这孩子判刑，那就太缺德了，这是赵军浦的底线，跟别人的确不同。

赵军浦坐在会所沙发上，他已经变换很多坐姿了，每一种都舒服，每一种舒服一段时辰后又变成不舒服，他就这样变来换去，望着天空望着吊灯，所有的一切都在艳阳下，他看得很清楚，但没有任何新的发现。

他真没想到史校长会给他打电话，电话里的史校长似乎很真诚地客气，“赵总呀，学校需要你帮个忙呀。”

“哦，您尽管指示，不用客气。”

“我们学校的雾絮老师，不知道你是否还记得，她的男朋友有点状况，需要你帮着在公安口问一下，这年轻人呀，外地人，可怜呀，你知道，毕竟是我们学校的老师，不能不管呀。”

“明白明白，您让她直接给我打电话吧，我一定摆平这事。”

赵军浦没意识到自己在电话里已经变得如此姿态和口吻，他在困难中妥协了，他其实被这事件改变了。

史校长打完这电话后心情大好，他觉得其实这赵总人还不错，或许可以搞些合作了，或许合作会为自己的未来敞开空间，他的鹰一般的眼睛活跃异常。扁奇以前的说法是对的，长着一双如同鹰一般锐利眼睛的校长真适合做国家级领导。

假设上帝给史校长一个妙龄女郎，短期他一定会排斥，一定不会有任何多余动作，但长期呢，这女郎一直环视周围，无论在他睡前还是醒后无论在他床前还是醉后，他能把持住吗？能把持多久？推广一下，人是有激情的，可以上刀山下火海，但只是暂时的，长时间后，一定都是贪生怕死之辈。

赵军浦太兴奋了，计划的第二步已经顺利完成，要展开第三步了，最关键的一步。

傍晚了，雾絮还坐在办公桌旁，扁奇你怎么样了，你知道吗，我真是很爱很爱你，我真是离不开你了，每次喘息，我似乎都能看到你，都会痛。雾絮呆呆地望着窗外，天空中飘着一朵花，她的眼睛在追随那花朵的上下起伏，但这花朵似乎形成了她的意识背景，注意力是在这手边的人名和号码，她在犹豫是否该给这个赵总打电话，校长说他来头不小、神通广大，你应该找他，我已经给你牵上头了，他让你给他打电话。

雾絮想为什么这正副校长都被这赵总所挂连，自己给他打电话会是什么样的开端会是什么样的进程，她的预感越来越差了，自己的心已经被黑暗包裹了，似乎黑色在加重，她已经越来越无力了。就在这刹那间，她突然对周围对这傍晚对这夕阳对这天空对那蔚蓝有了恐惧，扁奇呀扁奇，你怎么样了，亲爱的，我怎么办呀，没有了你，我真不知道怎么办了，雾絮的眼圈又红了。

雾絮想，我只是需要那赵总帮这个忙，只是如此，他帮了我，我会赤诚以待，做好朋友，做我和扁奇的好朋友，当然绝不会是男朋友，若他过分，那就不需要他帮忙了。

“请问，您是赵总吗？”

“哦，是的，你是哪位？”

赵军浦还在办公室里，夕阳已经完全沉没了，天边上还有一点亮，整间办公室已经昏暗了，他就在这种昏暗中望着天空，如同雾絮一般望着同样的天空。他当然知道是她，他很激动，他的心要跳出来了，你终于求我了，他心里想，我来了，我出场了，主角出场了。

“我是雾絮，是科技职业大学的老师，我们校长让我给您打电话。”

“哦，我知道了，你把事情跟我说一下吧。”

雾絮放下电话时感觉异常轻松，她没想到赵总如此爽快，没想到赵总如此有信心，没想到赵总没有以前那些过分的话，或许自己错怪他了，她有一点歉意，有一点感动，她放松了，她高兴了，她觉得饿了，于是她站了起来，小心地走在昏暗的办公室里，打开门走出去再关上门，锁“吧嗒”一声扣上，门上的锁舌和门框的锁洞紧紧地咬到了一起，像黑暗的天空扼住了大地，像棺材的上盖和厢体合到一起。

赵军浦放下电话后哈哈大笑，他知道自己成功了，终于突破这一步了，最关键的一环，这个鱼钩没有跑偏，哈哈哈，下一步环节他已经设计好了，当然还是不自觉地借鉴小亮的想法了。

明天他要摆个酒宴，那俩警察要登场，小亮、舒雨秋还有办公室女孩都在场，雾絮要参加，要让她放松，要一起喝个大酒，要让雾絮喝多了，她必须喝多，然后就让她晚上睡到那个总统套房里，当然若有意外，药已经买好了，一定会随同饮料穿过她的香唇，浸透她的全身，她明晚必须倒下，必须在我的躯体下。

我先办了你，哈哈，爱情最近的距离是阴道吗？我要试试这个理论，赵军浦哈哈大笑，他此刻的笑比孩童时的笑多了几条皱纹。

年轻就会情绪化地看待世界，这意味年轻人过多地投入了感觉。但怎么才能客观，只能多角度多层次看这世界，这意味有时你需要俯视有时需要仰视，有时需要从正面看，有时需要从后面观察，能做到这一切，需要平淡需要经历需要思考。

曹士斌也是惴惴的心情，他和高中同学就这样对望着，“或许这小子做了什么违法的事了吧，要么警察怎么抓他。”

“唉，不知道呀。”

“应该和公司没关系吧，反正咱俩没做什么违法的事。”

“是的，应该是他自己的事。”

“别瞎操心了，这样也好，如果他关押时间长了，公司就是咱俩的了，反正往下应该容易多了。”

“再说吧。”

52. 你说的天堂，其实是一片荒凉

一场暴雨，不仅仅是化解了炎热，其实也是预示夏天的到来，还可以理解为，夏天派遣暴雨到春天做个启示。

临近中午，雾絮下课回来就听教研室的同事说一位姓赵的人给她打电话了，雾絮马上抓起电话拨了过去，她竟然接连拨错了两次号码，太紧张了，手在抖动，她的心怦怦地跳着，这种经历她是第一次，她沉浸在事情的逻辑中，她的所有兴趣注意力激情都已经集中在这一点上了，没有人告诉她，没有经历告诉她，越是这个时候越应该放松应该从容，因为事情像面前的办公桌像身处的大楼已经纹丝不动了，所有的周围都在静观她的焦急，静观她的错误。某个偶然已经潜伏了，就在几个小时后，这个偶然将要吞吃她的错误。

“您好，赵总，我是雾絮，有什么结果了吗？”

“哦，雾絮，你好，你不用担心了，我已经找到那两个警察了，事情不大，放心吧，估计这两天就可以放出来了，这样吧，我已经安排好了，今天晚上我宴请他们，你也过来，咱们一起做做工作，让他们明天就放人。”

“啊，是这样呀，太谢谢您了，今天晚上吗？”

“是的，你过来吧，还有我们公司几个人呢，男男女女一帮人，我不信这俩警察不帮忙。哈哈哈。”

“嗯，好吧，太感谢了。”雾絮没有什么可以犹豫的。

“不用客气，学校的事我一定要帮忙。”

雾絮只是个小女孩，在没有上帝的存在下，无论她有什么样的教育什么样的美丽什么样的从容什么样的聪明，在赵军浦面前，在这种安排下，在这种话术下，她被完全算计了，她无路可逃。

雾絮坐在椅子上，她四肢略略地伸展着，她暗暗地舒了口气，笑慢慢地浮现，周围的同事开始望向她，就在电话应答中，同事们的眼睛是回避的，但耳朵是在追随的，周围的同事对她并没有深层的熟悉，大家也就抱着不同程度的善良心理，希望她的麻烦解除，至少办公室不会继续笼罩某种悲伤的气氛。

雾絮两周没给家里打电话了，教育已经把她训练得很成熟了，她心里会根据事情的轻重缓急进行排序，当最大的事情解决后，第二件事就从心海中浮出，她要给家里打电话了。

是妈妈接的电话，当济南的天空已经乌云密布的时候，长沙的天空却是骄阳似火。相互问候后再重复那些几乎所有女儿和妈妈间相似的电话语言，往下妈妈说：“孩子，我们想过几天就去济南玩玩了，那里据说是泉的城市。”

其实老两口感觉不好，他们想自己的女儿了。

“哦，好吧，不过我也快放假了。”

“我们可以一起再去青岛。如果扁奇不忙的话，咱们可以一起去。”这是爸爸说的。电话两端，一边是欢笑，一边是淡淡的不安，一端是万丈光芒，一端是乌云压城。

雾絮放下电话的时候，猛然间觉得有些喘不过气，她发现心已经完全被更黑的黑缠绕了，像沉入海底的泥土里，她的心扑通着，她的理智似乎已无法覆盖恐惧了，她望向窗外，外面乌云密布。

雾絮不知道这个中午和下午是怎么度过的，不过她还是快乐了许多，下班后她简单收拾了一下就出门了，她需要先搭乘5路车然后转2路电车，一路真是很顺利，她就在路口下车了，对面就是万豪大厦，她只要穿过泺源大街的这条斑马线就行了，这一刻是红灯，她就在路这边静静等待着，其实越接近那大厦，她就越紧张，她发现自己的出发有些唐突，她应该找个人来陪，她被赵军浦那句“公司几个人，男男女女一帮人”所影响了，她还被那面子所拘束了，她不想让扁奇的内情传到学校里，这个细节也阻挡了她找人陪伴的想法。她的心思有些乱，这种混乱或这种情绪影响了她对视神经的信号处理，神经感受器没有将这街上的信号进行优先处理。绿灯一亮，她就开始走了，雾絮在大街是先迈的左脚然后右脚跟随，她的习惯是先迈右脚，但这次为何这样她自己也不知道也没有注意。

一辆大卡车右拐，车头绕她过去，但拖斗不是按照前轮的轨迹，它走了一条新的轨迹，这条轨迹和雾絮的路线重叠了，“咣”的一声，后拖斗直接将雾絮撞倒，后轮毫不犹豫地从她的身体碾过，周围的人“啊”地大叫，血瞬时喷涌。

地上本来已经布满雨水，血又加了进来，按照物理规律，密度高的向密度低的渗透进而融合最后达成平衡，二者混合起来填补着地面的凹处，卡车停下了，过往的人包围了，过了一会儿警察来了，救护车也来了，现场被保护了。

大约一小时后，现场被清空了，乌云也被吹走了，天空露出了湛蓝，阳光又洒了下来，整个世界又回到了原有的模样。

就在下班前，赵军浦已经让舒雨秋给雾絮打了个电话，告诉她时间地点了，这时应该到了呀，大家都到了，大家都围坐在饭桌边，赵军浦对那两个警察说谢谢了，真是要好好感谢你们，等这件事办完后吧。

怎么还没到？赵军浦让舒雨秋再给雾絮的宿舍打电话，舒雨秋说同寝室的老师说雾絮不在，据说有事。舒雨秋其实在想，这卢副校长的办法真是很多，怎么能这么快就安排妥当，另外值得高兴的是，这十万元又进入自己的口袋，不过想到赵军浦的精明，她又不免忧心忡忡，不免多看他几眼。

赵军浦仔细想着，那雾絮在电话里已经答应了，为什么还没过来，难道她知道什么了吗？不应该呀，为什么还没到，还在路上吗？堵车？不应该呀。不管怎样，她要今晚不来，那就再搞一场，反正不能放过她。

已经晚上八点了，天完全大黑了，赵军浦在揣摩着雾絮的心思，还是吃饭吧，或许马上就到了，毕竟还有两位警察，否则太不礼貌了，于是几人喝了起来，赵军浦太烦恼了，这焦急逐步在减弱，挫折感却在升腾，他发现自己似乎失败了，就如同幼时被同伴推搡，如同小学时被同学排斥，如同课堂上被问住了，如同大学时面对作业本上红色的叉叉，这些都勾引出了他的自卑和他的不自信，这就是他，所有的成功都没有真正植入根深蒂固的心理基础，都是飘在外面的装饰，他太骄傲了，他跑得太快了，他只是一味地生长，而不是将心内的渣滓重新捞起重新清理重新组装。

他还是原来那样，每次自卑缠绕时他就不自觉地发泄，他的眼睛扫荡着，酒在心里燃烧着。他无法排遣，那只是不经意的一眼，就看到了舒雨秋的眼光，就在他感觉很隐蔽的第二眼时，他发现她还在观察自己，他的第三眼已经看到舒雨秋的暧昧眼神了，那里藏着一种幽怨，他似乎在酒醉中读懂了，他还看到了舒雨秋凸起的胸。舒雨秋已经感觉到了，女人就这样，似乎全身都布满了视神经，他的眼光已经惊动了舒雨秋，舒雨秋感觉到了，她开始启动了。

几个人还在喝着，俩警察说下一步怎么办？赵军浦说还能怎么办，那就办了那孩子，一定要执法必严，他已经喝多了，那个“必”字说了两个。他太愤怒了，将自己原来的打算改变了，当然清醒后，他一定还会改变的。

赵军浦和舒雨秋的床欢其实没持续很久，他很快就进入睡眠。

舒雨秋这次是主动的，这次似乎是为了保证那第二笔十万的安全，另外她一向倾慕赵军浦，这比自己小三岁的帅男，是自己的猎物，谁知道谁是谁的玩物。但有一点很明确，她不会在外面过夜的，毕竟家里还有老公。老公才是自己爱的归宿，她不会被阴道左右，也就是说她的上下体之间只是快乐传递，而没有思想交流。

就在雾絮去万豪大厦的路上时，扁奇是在睡梦中，他的梦越来越浑浊了，开始在梦里都是色彩斑斓的田野，那里是家乡的样子，还有校园的大楼，自己的寝室，这些东西缓慢地在梦里飘着，像云般地舒展，他觉得自己身子很轻，跟从着，梦境里色彩绚丽夺目，那一刻，一朵花慢慢地浮升起来，在空中飘动着，花瓣色彩娇艳，慢慢地色彩在变化，梦境开始昏暗，突然花瓣一片接一片变成黑色，最后变成如同孝服般黑色的花瓣，然后又开始一片接着一片地脱落，黑色的花瓣开始在灰色的空中飘落，他发疯地哭，声嘶力竭地大哭，最后只剩下花枝了，那是一个黑色的秃棍，猛然间掉落，就这一瞬间，扁奇惊醒，一身汗出来，他的心“咚咚”地敲打着，他不知这意味什么，但他知道这一定有什么预示，他瞪着眼，呆呆地望着四壁，坚硬的原色的水泥墙，高窗外的天空是乌云密布。

扁奇在拘留所的开始几天其实是吃睡都不正常，他几乎不吃饭，他实在没有胃口，他开始没完没了地睡。这几天，身体需要战胜了痛苦，他慢慢吃了起来，睡眠仍然时断时续毫无规律。

已经很长时间了，没有人理睬他，他一人住在这里，每天三顿饭按时送到，他已经无数次喊叫，要求有人过来，这一切到底为了什么？他一直在反思自己的行为，他想到过在河南的回扣，也想到了工商局的注册造假，他甚至想到了当年高考时的作弊，这都是自作自取的，或许是真的，自己就不该进入大学，自己就应该留在家乡，就应该在爸妈在家乡的模具里活着，继承这个模具，然后传递这个模具，最后死去，其实这才是真实的自己，这作弊以后所有的一切都不是自己应得的，或许就应该按照这社会所规定的轨道前行，这就是自己的命运，从出生到结尾就该如此。我按照自己的欲望塑造自己，而没有顺从社会规定，活该如此。

但他又为自己辩解，难道我就应该承受这生来的命运吗？从开始就看到终点吗？这公平吗？我的长相身高智力家庭城镇就已经注定我的命运吗？我难道就不该挣扎不该奋斗吗？我的自我就应该被困在其中吗？就像眼前这个小屋子吗？这就是公平吗？难道我活着就应该为证明或顺从这个规律或模具吗？

他突然想起，其实上了大学应该还不至于这样吧，似乎应该从那通讯社社长开始，那种偶然的降临，不可思议的运气，那一定是命运的安排，那是个激发点，那个起点曾让自己兴奋幸福，哪知道现在才发现那是个危机的起点。

他又想起叔言了，那个长江淹死的同学，他还记得自己的总结，这个社会没有价值没有上帝没有公平，只有规则只有技巧，但他现在连规则都看不到了。

这到底怎么了，到底怎么回事呀？为什么自己没人搭理没人审问？这需要等多久？他已经不再哭泣了，他似乎习惯了或者麻木了或者死去了，他真不敢面对了。他不再想雾絮了，不再想爸爸妈妈了，不再想未来了，他不仅仅是身体被关押，自己的需求欲望希望也都被关押了，只有记忆还漂流在外，如同那高高的小窗口外的一片天空。

扁奇有个习惯，每到一个新地方他总要将东西南北辨认清楚，当他晕向辨认不清时，他就会将家乡的南北方向调出来在脑中纠正，在他刚进入这个屋子时他自觉东西南北是应该某种方向，但那高高的小窗口洒进的阳光却表明是另外的方向，于是他努力地纠正着。

上午十点多，舒雨秋接到了卢副校长的电话，“知道吗？雾絮出车祸死了。警察打电话通知的。据说就在万豪大厦边上，你们没干什么吧？”

“啊，什么？车祸死了？”舒雨秋的嘴张开着，眼睛圆睁着，手在哆嗦。

“我们能干什么，别瞎说，我们晚上一直在等她吃饭呢。”

“吃饭？你们花样真多。”

这个时间赵军浦已经坐在办公室了，他本来想给雾絮打电话呢，要追问一下为何昨晚没来，但一想这事应该雾絮主动，她不管男友了吗？他就忍着等着，看她怎么解释，反正一定不会让她逃掉的。

小亮和会计都在他的办公室，在说着科技大厦的贷款情况，他的心思就降落到这其中的因果中。

他接电话的时候还是无心的随意的，接通后“嗯”了一声，这是他的风度和气势，小亮和会计望着他冷漠的一贯表现，“什么？车祸死了？就在楼下？”

“真的吗？”

他突然爆发，眼泪“哗”地流了出来，整个脸庞都布满泪水，电话被他摔了，电话里似乎还在说着什么，他的双手紧紧地抓着头发，已经有些日子了，他该去找二楼的美发师了。

“谁死了？”小亮其实有点指向了，他似乎感觉到是谁了。

“我操你妈，你为什么不去接雾絮呀，我操你妈！”

“大哥，您没让我去接呀！”

赵军浦猛地站了起来，冲到小亮身边一巴掌扇向小亮，小亮没有躲，让他来回扇了几下，巴掌太重了，小亮再次出血，那右脸曾经的出血点现在已经是重生的表皮组织了，比以前厚实了，这次抗住了重击，没有出血，但左脸明显是第一次这样受力，血是从这里涌出的。赵军浦以前扇巴掌总是用左手，并且只是一下，但这次他却来回三下，看到小亮的嘴角出血，他开始扇自己巴掌，那站在一边的会计已经吓坏了，她在浑身哆嗦。

小亮感觉是对的，赵总对待他像对待自己一样。

小亮拽住赵军浦的手，“大哥，不要这样。”

“你们都给我滚出去，出去。”

会计吓坏了，马上转头就走，她甚至第一下没拉开门，她太紧张了，这是她平生第一次遇到这样的突发事件，她明显受刺激了她吓坏了。

“快点滚！”

小亮松开手退着走开，缓缓地。小亮的眼泪也下来了，那一刻小亮想跪在军浦的面前，求他继续扇自己，求他不要哭了，求他抱着自己。

就在昨天，警察先是勘查现场，然后问询围观群众，根据描述是这样的，女孩走得太急了，没注意到大卡车的拖车。

现场的几个人都听到那个死去的女孩说了句：“妈妈，我疼，我好疼呀。”但其实那一刻的雾絮什么都没说。

那卡车司机知道的真相是，他其实那些天都没睡好有点狂躁，他开车时观察不足，转弯半径不够，没睡好的原因是他那几天加班太多了。

赵军浦知道的真相是：雾絮其实是走向那张大床的时候出错了，是自己的运气不好。

雾絮知道的真相是：自己还在走向救男朋友的路上，很疼。

雾絮的爸妈知道的真相是：女儿不听他们的话，跟那个穷小子去济南，是那穷小子惹的祸。

警察知道的真相是：死者穿行过街的时候不够小心，司机开车观察不够。后来这个路口加装了右转信号灯。

科技职工大学的老师知道的真相是：那间寝室有恶鬼出没。自打这以后，那间寝室无人居住。

事件的真相是不同层次不同角度地呈现，每个人似乎都得到了真相，或许都不是真相。按照某位信徒的说法：你们都错了，其实天堂需要个美女做菩萨。

又是一天以后的上午，扁奇的房门被打开，还是那两个警察。

“你可以走了。”

“什么？”

“你被放了。”

“没事了吗？”

“别废话，快滚吧。”

“你们为什么抓我？”

“为什么？问问你自己吧，别以为我们不知道你伪造银行单据，现在不追究你，老实点吧。回去后要守法，要少乱说少乱动。”

扁奇站到了街上，人来人往，阳光真是灿烂，这应该是个上午，万物欣欣向荣。他突然意识到不仅仅是身体被释放了，其实思想也被释放了，未来又显现了，他还有雾絮还有公司还有美好的未来。他直接打了个车，他要回趟宿舍，要简单洗涮一下要换身衣服，然后去雾絮那里，她一定不知道自己释放了，真想她。其实有她的日子里，平静自由就是最大的幸福了，就在车上，他也想明白了，自己那家公司的股份什么的也不错了，不再争了，主要还是盈利赚钱，或许自己太激进了，这样不好，要平静下来调整好自己。

就在扁奇走进校园时，他还是觉得有点不对劲，他觉得门卫看自己的样子有点怪异，怎么怪异呢，似乎是在端详自己。他想，唉，一定是那俩警察抓自己时他们目睹或耳闻，自己真是丢人了，唉，真是对不起雾絮，真要找个机会挽回颜面。其实这个门卫最近一直休病假，昨天刚上班，他什么都不知道，只是觉得这些天不见这扁奇，怎么这家伙变得这么又白又瘦了。

当扁奇推开雾絮的宿舍门时，他猛地一顿，“啊，叔叔阿姨，你们怎么来了？”他看到他俩在哭泣中，心猛地蹦跳起来。

“你们怎么了？雾絮呢？”

“孩子，你问我们雾絮吗？”春梅开始哭叫起来。

“孩子，我要管你要雾絮呀。”春梅放声大哭。

“她出车祸死了。”那位收拾房间的室友轻轻地说，她的眼圈是血红色的，她在哆嗦着从他身边走过，她正在搬家，她要永远躲开这里。

“什么？”扁奇的眼泪汹涌喷出，整个脸形同水洗。

“孩子，你是怎么说的 我把她交给了你，你告诉我，阿姨您放心吧，我会照顾好她的，她会幸福的，孩子，你告诉我，她在哪里呀？她不需要幸福了，她在哪里呀，你把她还给我们好吗，孩子，还给我们，好吗！孩子，请你还给我们，好吗！”

雾絮的妈妈大哭着，雾絮的爸爸拉着她，眼泪在奔流着，就在此刻，扁奇猛然间向后倒下，你不得不承认那动作很有喜感，不是像面条般的瘫软，而是像根筷子，直直地向后倒下，没有弯曲，很纯粹的直挺，“嘭”的一声，脑袋砸到水泥地上，鲜血缓缓地流出。

扁奇记得，在初中时候，他们站在沙堆上就玩类似的游戏，看谁可以直挺挺地倒下而不弯曲，扁奇总是做不到，那时或许想法太多，境界不够，踏实不够，安心不够。此刻他安心了，他坦然了，这世界没有什么再深的深渊了，没有再疼的痛了，他已经抵达极限了，他毫无力量去支撑自己的意识了，他也不需要意识了。他这次做得很完美。

妈妈，我惹祸了，妈妈，我想回家了，我想你了，妈妈，我知道我不该出来，妈妈，我知道不该上大学，妈妈，我知道我不该离开家乡，妈妈，我可以从头再来吗？

我发现这明明是个晴朗的天空呀，怎么是瓢泼大雨呀，我应该出门吗？突然门被敲响，我开门张望，并无人影，疑心幻听，关门，门再次被敲响，我不再自疑，再次开门，仍无人迹，我仔细望向空间延伸处，还是毫无痕迹，我慌张地关上门，门还是被敲响，我猛然开门，突现寂寥空无，随即有异样感觉，低头一看，自己竟然站在悬崖边，再抬头，门已不见，悬崖不见，周围不见，我站在虚空中，所有的现实都已经崩塌。

2016 年 7 月 25 日

图书在版编目（CIP）数据

你说的天堂一片荒凉 / 子日山 著. -- 北京 : 作家出版社，2017. 8

ISBN 978-7-5063-9460-4

Ⅰ. ①你… Ⅱ. ①子… Ⅲ. ①长篇小说 - 中国 - 当代 Ⅳ. ①I247.5

中国版本图书馆CIP数据核字（2017）第079908号

你说的天堂一片荒凉

作　　者：子日山
责任编辑：史佳丽
装帧设计：高高国际文化传媒
出版发行：作家出版社
社　　址：北京农展馆南里10号　　**邮　　编**：100125
电话传真：86-10-65930756（出版发行部）
86-10-65004079（总编室）
86-10-65015116（邮购部）
E-mail:zuojia@zuojia.net.cn
http://www.haozuojia.com（作家在线）
印　　刷：三河市北燕印装有限公司
成品尺寸：152 × 230
字　　数：360千
印　　张：26.75
版　　次：2017年8月第1版
印　　次：2017年8月第1次印刷
ISBN 978-7-5063-9460-4
定　　价：39. 00元
